BASTEI LÜBBE

Ian Irvine im Bastei Lübbe Taschenbuchprogramm:

DIE DREI WELTEN:

20 569 Bd. 1: Der Spiegel der Erinnerung
20 576 Bd. 2: Das Magische Relikt
20 581 Bd. 3: Der Turm von Katazza
20 585 Bd. 4: Die Festung der Macht
20 591 Bd. 5: Dunkler Mond

Weitere Bände in Vorbereitung

Über den Autor:

Ian Irvine, geboren 1950, ist Meeresbiologe und zählt inzwischen zu den absoluten Top-Autoren Australiens. Mit der Arbeit am Zyklus DIE DREI WELTEN begann er schon während seiner Studienzeit. Nach dem Studium arbeitete er als Berater für Umweltfragen, ehe er sich ganz dem Schreiben widmete.

Ian Irvine

Dunkler Mond

Aus dem australischen Englisch von
Malte Schulz-Sembten

BASTEI LÜBBE

BASTEI LÜBBE TASCHENBUCH
Band 20 591

1. Auflage: April 2008

Vollständige Taschenbuchausgabe

Bastei Lübbe Taschenbücher in der Verlagsgruppe Lübbe

Deutsche Erstausgabe

Titel der australischen Originalausgabe:
»Dark is the Moon« (Teil 1)
Originalverlag: Penguin Books, Australia

Lektorat: Gerhard Arth/Ruggero Leò
Titelillustration: Vitali Alexius Samarin/Uwe Luserke
Umschlaggestaltung: Bettina Reubelt
Satz: SatzKonzept, Düsseldorf
Druck und Verarbeitung: Ebner & Spiegel, Ulm
Printed in Germany
ISBN: 978-3-404-20591-2

»Du glaubst, das Glück habe sich dir gegenüber gewandelt. Du irrst! Wechselhaftigkeit ist meine ureigene Natur.«

Boethius, *Trost der Philosophie*

Kapitel eins

Der Sturm

Ein misstönendes Horn beweinte die Mitternachtsstunde. Maigraith wälzte sich unruhig in ihrem schweißgetränkten Bett, ihre Haut brannte vor Hitzepickeln. Die feuchte Luft schlug sich in nassen Perlen auf allen Oberflächen nieder. Drei schwüle Tage waren vergangen, zwei heiße und stickige Nächte in Thurkad, seit Faelamor, als Vartila verkleidet, das Tor durchquert hatte, und ein weiterer seit Yggur ihr gefolgt war. Keiner von beiden war zurückgekehrt.

Der Sturm hatte mit einem plötzlichen heulenden Windstoß eingesetzt, der an den Fenstern von Yggurs Festung rüttelte, einem uralten Bauwerk, dessen schwarze Mauern über der Stadt brüteten. Der Wind flaute ab; einen Augenblick lang herrschte Stille. Ohne Vorwarnung tauchte das weiße Leuchten eines Blitzes Maigraiths Zimmer in eine Helligkeit, die so intensiv und grell war wie der lichte Tag. Ein ohrenbetäubendes Donnergrollen folgte. Die Stille, die das Geräuschvakuum füllte, war unheimlich.

Maigraith sprang aus dem Bett und rannte zum Fenster. Ein Sturm, wie sie ihn nie zuvor gesehen hatte, nahte heran. Blitzstrahl auf Blitzstrahl fuhr hernieder, das Flackern der Blitze bewegte sich langsam entlang der Berge von West nach Ost. Donnerschläge erschütterten das große Bauwerk – gemessene Donnerschläge. Sieh, was auf Thurkad zukommt, sagten die Schläge zu ihr. *Fürchte es!*

Maigraith hielt es nicht länger in dem beengenden Zimmer mit seiner stickigen Hitze und den vergitterten Fenstern wie in einer Gefängniszelle. Der Sturm rief sie nach draußen. Sie warf sich ein Kleidungsstück über, setzte eine Brille auf, die die Farbe ihrer Augen verbarg, und rannte die Stufen zum Turm an der Ostseite der Festung empor. Dort lehnte sie sich unter dem Schutz einer Kuppel, die auf sechs klobigen Säulen aus rußbeflecktem Stein ruhte, über die Marmorbrüstung und spähte hinaus.

Ein unsteter Mond schien durch die gepeinigten Wolken, die zu schwarzen und cremefarbenen Türmen emporquollen und von innen heraus von Blitzen erleuchtet wurden, die die gesamte Stadt erhellten. Und schon wurden die aufgeblähten Wolkensäulen wieder auseinandergerissen. Wolken rasten überall dahin! Maigraiths Kopfhaut begann zu kribbeln. Der Sturm wirbelte auf einen einzigen Ort zu: das Zentrum von Thurkad, Yggurs Festung, der Turm, auf dem sie stand.

Der Wind rannte von Norden her gegen den Turm an, dann von Osten, dann von Süden, erstarb in einer Minute zu einem Flüstern, sodass die Luftfeuchtigkeit Maigraith zu ersticken drohte, um in der nächsten aus entgegengesetzter Richtung auf sie einzubrüllen. Maigraith musste ihre Finger in das gedrechselte Eisen unterhalb der Balustrade krallen, damit sie nicht in die Nacht hinausgefegt wurde. Von den Dächern gerissene Schindeln wurden durch den Himmel gewirbelt wie Papierbögen im Wind. Schornsteine begannen ringsumher einzubrechen, ihre langen, flachen Ziegel fluteten über die dichtgedrängten Dächer. Jetzt wurden ganze Dächer zerpflückt und ihre Schindeln, Latten und Ähnliches über die Stadt gewirbelt wie flatternde Papiervögel. Und wie Papiervögel wurden sie vom Sturm zerknüllt und in den Hafen geschleudert.

Wolken verhüllten den Mond. Es wurde ruhig. Eine unheimliche Dunkelheit senkte sich herab, sekundenweise von einem diffusen weißen Glühen unterbrochen, wenn die ins Innere der Gewitterwolken zuckenden Blitze deren milchige Eingeweide offenbarten. Doch der Donner erklang jetzt gedämpft, verbarg etwas.

Ein Papierfetzen stieg kreiselnd zur Spitze der Kuppel empor, obwohl kein Wind ging. Maigraith fühlte, dass auch ihr Haar sich aufrichtete, glühend und knisternd.

Aus den zornigen Wolken über ihr stieß ein Lichtzucken herab, so nah, dass sie die Hitze spüren konnte. Dann ein doppeltes Zucken, blendend und in ein drittes übergehend, wodurch die Stadt in ein schwarz-weißes Licht getaucht wurde, als bestünde sie aus Blei und Gips. Blitzbögen wölbten sich nun ringsumher und formten einen Schirm aus Licht über dem Turm. Der Wind begann wieder zu heulen und riss eine Kupferplatte von der Kuppel. Zu einem Knäuel verbogen, trieb sie außer Sicht. Ein mächtiger Blitzstrahl traf das Kuppeldach und versprühte Funken und glühende Tröpfchen geschmolzenen Kupfers in alle Richtungen. Das Donnern wurde zur Kakophonie, eine brüllende, donnernde, zerstörerische Gewalt. Maigraith wurde emporgehoben und auf den Boden geschleudert, wobei sie sich das Knie verstauchte. Für einen langen Augenblick blieb sie liegen, voller Furcht, was sich ihrem Blick darbieten würde.

Ein heißer Metallgeruch strich ihr übers Gesicht. Als sie die Augen öffnete, sah sie einen Fluss geschmolzenen Kupfers über den Boden rinnen und sich in zwei Ströme teilen, die sie einzuschließen drohten. Sie sprang auf, doch ihr Knie versagte den Dienst, und sie musste sich hüpfend in Sicherheit bringen. Ein Feuer hatte sich auf der gegenüberliegenden Seite der Plattform in einem Haufen herabgefallenen Holzes entzündet. Mehr als die Hälfte der Kupferplatten der Kuppel waren verschwunden und eröffneten Maigraith freie Sicht in den entflammten Himmel.

Auf der obersten Treppenstufe hatten sich dürre Gestalten zusammengerottet. Schon ehe der Blitz aufzuckte, wusste sie, dass es sich um Whelm handelte. Nicht alle von ihnen hatten ihren Eid gegenüber Yggur gebrochen; fast die Hälfte von ihnen war zurückgeblieben, als die Übrigen sich erhoben und, als Ghâshâd, Shazmak in blutige Vernichtung gestürzt hatten.

Warum hielten sie einem Herrn die Treue, dem sie Verachtung entgegenbrachten? Sie wusste es nicht. Warum hatte Yggur sie behalten, nachdem der Rest von ihnen sein Fähnchen nach dem Wind gehängt hatte? Auch hierfür hatte sie keine Erklärung. Nun sanken sie auf die Knie, streckten ihre dünnen Arme aus und reckten sie empor. Doch wozu?

Die ersten dicken Tropfen taumelten herab, dann war die Luft von Regen gesättigt, der so dicht fiel, dass der Fußboden binnen Minuten unter Wasser stand, das von Steinbrocken und Holzstücken gestaut wurde, die den Eingang verstopften. Als ein Blitz hinter Maigraith aufzuckte, belebten Regenbogenfarben die Luft. Ihr Blick wanderte nach vorn, wo sich die verbliebenen Kupferschindeln der Kuppel gelöst hatten und eine gewölbte Haube bildeten, die im Winde schwankte. Ein Wasserfall rauschte an ihr herab.

Abermals zuckten Blitze, begleitet von Donnerschlägen. Maigraith hörte sie kaum, da ihre Ohren noch von dem vorangegangenen Getöse klangen. Die Blitze versengten ihre Augen. Maigraith war regendurchtränkt, die Tropfen trafen so hart auf, dass sie in ihre Kopfhaut stachen, in ihre Arme, in ihre bloßen Füße. Außerdem fror sie, denn ihre einzige Bekleidung bestand nur in einem dünnen Hemd. Jedes Härchen auf ihrem Körper stand zu Berge vor eisiger Furcht. Ein Frösteln breitete sich auf ihrem Kopf aus und kroch langsam über ihren Rücken hinab. Sie rieb sich die Augen, schlug sie auf.

Langsam kehrte ihre Sehfähigkeit zurück. Massig und schrecklich stand unter jener Haube aus Kupferschindeln, sodass kein Regentropfen ihn traf, obwohl die Nässe um seine schwarzen Stiefel dampfte, breitbeinig ein Mann vor ihr; sein Bart war schwarz; eine Mähne dunklen Haars wogte hinter seinem Rücken; die Arme waren vor der breiten Brust gekreuzt, karmesinrote Funken tanzten in den indigoblauen Augen, und in seinem Gesicht stand ein Ausdruck wilden Frohlockens. Sie erkannte ihn sofort – *Rulke!*

Maigraith war gelähmt vor Grauen und Verlangen. Er war frei! Dies war der Augenblick, den Santhenar tausend Jahre lang gefürchtet hatte. Tensor hatte versagt, ebenso Yggur. Rulke war *hier*, stolz und schrecklich. Ihre Furcht vor ihm war schwarz wie Hass, denn dazu war sie erzogen worden. Doch zugleich fühlte sie sich zu ihm hingezogen. Zweifellos war *er* frei von den quälenden Zweifeln, die sie selbst lähmten. Was mochte seine Anwesenheit hier bedeuten? Hatte er seine Feinde bereits zermalmt? Falls dies zutraf, worin bestand nun ihre eigene Aufgabe? Ihrerseits immer nur Gehorsam leistend, war sie an solche Gedankengänge nicht gewöhnt.

Aus der Whelm-Ansammlung stieg ein Stöhnen der Verzückung auf, und eine junge Frau trat daraus hervor. Sie sank im Wasser auf die Knie nieder und streckte Rulke die offenen Arme entgegen. Zugleich erhaschten Maigraiths Augen eine Bewegung am gegenüberliegenden Ende der Plattform. Dort hockte eine hagere, hakennasige Gestalt und beobachtete das Geschehen. Es war Vartila, und ihr Mund stand offen, während sie Rulke anstarrte, nicht in Verehrung wie die übrigen Whelm, sondern voll Verwunderung. So als könnte sie einfach nicht begreifen, warum er eine solche Macht auf ihresgleichen ausübte.

Die Whelm stießen einen tiefen, klagenden Schrei aus. Maigraith wusste, was nun geschehen würde. Sie würden Rulke Gefolgschaft schwören, würden zu seinen Ghâshâd werden, so wie es die übrigen Whelm im vergangenen Winter getan hatten.

Rulke wandte sich ihnen zu und sprach kraft- und hoheitsvoll. Hinter seinem Rücken leuchteten Blitze und ließen ihn zur Größe seines eigenen Schattens anwachsen.

»Getreue!«, dröhnte seine Stimme über den Donner hinweg. »Wisset, dass Rulke Treue über alle anderen Tugenden wertschätzt. Bald schon werdet ihre euren Lohn empfangen. Niemand hat ihn sich mehr durch härtere Arbeit oder längere Gefolgschaft verdient.«

Das ist eine Lüge, dachte Maigraith schaudernd. Der Große Täuscher, so nennt dich die Welt. Der verräterischste Mann, der je durch Santhenar wandelte. Und doch war alles an ihm großartig – der kraftvolle Körper, die intelligenten Augen, der empfindsame Mund, das Selbstvertrauen, das er ausstrahlte. Sie konnte nichts Schlechtes von ihm glauben.

Er streckte seine Arme aus wie ein Vater gegenüber seinen Kindern, und seine Stimme war Nektar. »Kommt zu mir, meine Ghâshâd. Tausend Jahre lang war ich ein Gefangener. Ich habe viel Wissen nachzuholen, und doch so wenig Zeit. Berichtet mir über meine Feinde.«

Sie versammelten sich um Rulke wie die Blätter einer Blüte und ergriffen einer nach dem anderen reihum das Wort, ohne einander zu unterbrechen. Maigraith konnte sehen, wie ihre dunklen Augen leuchteten und die Pupillen sich zu vertikalen schwarzen Schlitzen verengten. Nach einer langen Zeit trennten sich die Blütenblätter voneinander und bildeten einen Kreis um ihn.

»Einen weiteren Dienst müsst ihr mir erweisen«, sagte er, und jetzt war seine Stimme heiser, ihre Beanspruchung machte sich bemerkbar. Für Maigraith war es ein Zeichen seiner Menschlichkeit.

»Nenne ihn uns, Meister!«, rief ein überaus hagerer Whelm mit öligen grauen, unruhigen Augen, dessen eine Schulter niedriger war als die andere. »Mein Name ist Japhit. Befiel mir!«

»Geh hinaus, Japhit, und verbreite eine Vorstellung meiner Macht! Führe die Macht Rulkes ganz Meldorin deutlich vor Augen. Lasse niemanden im Zweifel, wer jetzt der Herr ist!«

»Wir werden es tun!«, sagte Japhit. Seine Stimme war ein raues Schnarren, das Geräusch einer Säge, die über Sandstein raspelt. »Und Thurkad?«

Rulke furchte die Stirn. »Thurkad?«

»Yggur ist verschwunden; die Menschen sind aufsässig.«

»Dann stellt die Ordnung wieder her!«, schrie Rulke mit

überschnappender Stimme. »Führt die Ghâshâd fort aus Shazmak. Euch erteile ich meine Vollmacht, sonst keinem. Enttäuscht mich nicht!«

Japhit schien zu glühen. »Ich werde Euch nicht enttäuschen, Meister«, sagte er, wobei seine kratzende Stimme neben der von Rulke blass erschien. »Ihr habt mir Ehre erwiesen.«

Rulke begann sich aufzulösen. »Meister!«, rief die junge Frau, die Maigraith schon früher bemerkt hatte. Sie zitterte vor Erregung, vor Verlangen nach ihrem Meister. Ihr schwarzes Haar war zu zottigen Büscheln zerschnippelt, und doch war sie eine anziehende Frau, nach den Begriffen der Whelm.

Rulke sah sie nicht. Er war jetzt kaum mehr als ein schimmernder Umriss. *»Meister!«,* schrie sie. In verzweifeltem Bemühen, wahrgenommen zu werden, reckte sie ihm ihre Brüste entgegen. Graue Lippen teilend, stieß sie aus den Tiefen ihrer Kehle ein Stöhnen hervor.

Als ob er *dich* wollte, dachte Maigraith und erkannte zugleich, wie gemein dieser Gedanke war, und wie zutreffend.

Rulke nahm wieder Gestalt an, doch sein Frohlocken war erloschen; er war jetzt müde und herrisch. Er starrte die Frau an. »Warum rufst du mich zurück? Ich habe viele Bürden und nur noch wenig Zeit. Tu, wie dir befohlen!«

»Meister, mein Name ist Yetchah!«, rief sie und rang ihre Hände. Verzweifelt um sich blickend, fasste sie Maigraith ins Auge. »Diese dort besitzt Macht, Herr. Was sollen wir mit ihr tun?«

Rulke spähte durch die diesige Finsternis zu Maigraiths Versteck hin. Er sah eine schlanke Frau mit dichtem braunem Haar, einer Haut so geschmeidig wie Honig, der von einem Kamm tropft, einem schönen, schmalen Gesicht, wenn es auch oftmals traurig war, und den ungewöhnlichsten Augen der Welt. Sie konnten karmesinrot oder indigoblau sein, oder beides zugleich, ganz wie es ihre Stimmung oder das Licht wollten. Doch die Welt fürchtete ihre Augen, und man hatte sie gelehrt, ihre Augenfarbe hinter einer Spezialbrille zu verbergen.

Maigraith duckte sich im Regen nieder, Wasser strömte über ihr Gesicht. Sie wollte nicht, dass er sie so erblickte. Durchweicht und niedergeschlagen, wie sie war, wusste sie, dass sie wie ein mutloses Bündel aussah. Und Maigraith, eine sittsame Frau, war sich bewusst, dass ihr nasses Hemd nichts verbarg.

Er ging auf sie zu, und kalter Dampf stieg auf, wo einer seiner Stiefel den Boden berührte. Rulke musterte sie von Kopf bis Fuß, legte ihr die Hand unters Kinn und zog sie auf die Füße. Seine Hand war heiß, obgleich seine Berührung so zart war wie Gaze. Er war kaum anwesend, wurde ihr bewusst. Ein leichter Windhauch klebte ihr das Hemd auf die Brüste und den Bauch. Sein prüfender Blick war unerträglich, doch sie würde sich nicht von ihm beherrschen lassen; von niemandem. Sie straffte ihre Schultern, warf ihren Kopf zurück und blickte ihm direkt in die Augen.

Rulke schien von ihrer Kühnheit schockiert. Dann brach sich ein Lächeln auf seinem schmerzhaft gut aussehenden Gesicht Bahn. »Wer *bist* du?«, knurrte er.

»Ich bin Maigraith«, erwiderte sie. »Einst war ich Faelamors rechte Hand.«

»Du hast dich selbst erniedrigt«, sagte er rätselvoll. »Du hast etwas an dir ...« Er beugte sich vor, um ihr die Brille abzunehmen, damit er in ihre Augen blicken konnte. Seine Handflächen und Finger waren grausam verbrannt und bedeckt von Blasen. Sie spürte seinen Schmerz. Als er ihre Brille berührte, bebte seine Hand und er schwand bis zur Durchsichtigkeit.

»Der Zauber verliert bereits seine Wirkung«, sagte Rulke zu sich selbst. Mit einer Kraftanstrengung wurde er wieder sichtbar. Er stieß ein kaltes Lachen aus. »Keine Zeit. Tut ihr nichts zuleide«, sagte er zu Japhit. *»Haltet sie fest, bis ich zurückkehre. Beschützt sie mit eurem Leben.«*

»Das werden wir, Meister!«, riefen sie wie aus einem Munde,

sogar eine rot angelaufene Yetchah. Maigraith gefiel der Ausdruck in ihren Augen nicht.

Rulke hob seine Arme, blickte auf Maigraith zurück, zögerte, dann war er innerhalb eines Donnerschlags verschwunden, und es herrschte wieder strömender Regen.

Die Whelm starrten allesamt auf Maigraith. Sie bewegte sich nicht. Sie war von solch machtvollen Empfindungen ergriffen, dass es ihr im Augenblick egal war, ob sie sie nackt sahen oder nicht. Die Furcht vor Rulke, und das Verlangen nach ihm, waren jetzt tausendmal stärker.

Japhit starrte Rulke verzückt hinterher, so als wäre eine große Wahrheit offenbart worden. Schließlich rührte er sich, wobei das Ruckartige seines Gangs kaum wahrnehmbar war.

»Der Meister trug uns auf, seine Stärke zu verkünden«, schnarrte er. »Gehet hinaus, und tut dies. Vertreibt Yggurs Soldaten aus dieser Festung! Hetzt seine Armeen gegeneinander. Schöpft aus der Ordnung Chaos. Benachrichtigt auch unsere Brüder in Shazmak. Wisset, dass wir nicht länger Whelm sind. Fortan kehren wir zu unserem ursprünglichen Namen zurück – Ghâshâd! Und Ghâshâd, wisset eines noch ...«

Als Maigraith sich vorbeidrängte, packte er sie am Handgelenk und hielt ihren Arm empor. »Rulke hat ihr sein Zeichen aufgedrückt. Behandelt sie höflich; bewacht und schützt sie mit eurem Leben. Sie darf tun, was ihr beliebt, doch darf sie die Festung nicht verlassen.«

Vartila geleitete Maigraith hinab in Yggurs Wohnräume. Anschließend trieb sie sich in Maigraiths Nähe herum, hob Gegenstände auf und legte sie wieder hin, so als wollte sie sprechen, fände aber die richtigen Worte nicht. Endlich brach sich ihre Pein Bahn.

»Ich erinnere mich nicht an ihn!«

»Wie bitte?«, sagte Maigraith mit interesseloser Höflichkeit.

»Hast du gesehen, wie sie ihn alle Meister nannten? War *er* einst unser Meister? Wie majestätisch er war! Meine Brust sehnt sich nach ihm. Einem solchen Meister zu dienen, würde mich endlich vollkommen machen.«

»Dann geh, und diene ihm«, sagte Maigraith gereizt, verzweifelt nach dem Alleinsein verlangend und voller Hass auf Vartila, weil sie in diesen Ort eingedrungen war, ihre einzige Zufluchtsstätte in einer erbarmungslosen Welt. Sie war fremd, Verständnis nicht möglich.

»Du weißt nicht, wie es ist, Whelm zu sein«, gab Vartila wütend zurück. Sie musste Qualen durchlitten haben, um ihre Gefühle derart offen zu zeigen – obendrein gegenüber einer Feindin. Sie hatte Maigraith in Fiz Gorgo gefoltert, und Maigraith hatte das niemals vergessen. »Dienst bedeutet uns alles. Leben und Tod und Liebe, Fleisch und Blut. Unser Eid, Yggur zu dienen, kann nur auf eine Art gebrochen werden – indem sich erweist, dass ein älterer Eid gegenüber Rulke noch immer Gültigkeit beansprucht.« Tränen tropften von den schlaffen Säcken unter ihren Augen, doch in ihrem Schmerz war sie sogar gegenüber dieser Schmach unempfindlich. »Und ich weiß, der Eid ist noch gültig. Ich weiß in meinem Herzen, dass *er* der Eine ist.« Ihre Stimme schwoll an, bis sie ein Heulen war. *»Aber ich erinnere mich nicht an ihn! Ich bin blind gegenüber meinem Meister!«*

»Bist du derart alt?«, staunte Maigraith.

»Ich bin siebenunddreißig, doch das hat keine Bedeutung. Unser Eid besitzt die Gültigkeit von tausend Jahren. Selbst meine Knochen sollten sich noch daran erinnern, dass meine Ahnen ihn leisteten.«

Welche Treue die Whelm besitzen müssen, dachte Maigraith, um während all dieser Jahrhunderte auf ihn zu warten – während sie selbst starben, geboren wurden, alterten und starben und doch an ihrer Schuldigkeit gegenüber einem Meister festhielten, den niemand aus dieser Generation, oder den vorangegangen fünfzig Generationen, jemals gesehen hatte.

»Und die Art, wie er dich ansah«, fuhr Vartila fort. *»Ausge-*

rechnet dich! Es tut mir so weh. Er kann niemals dein Meister sein.«

»Kein Mann kann jemals mein Meister sein«, sagte Maigraith und fühlte plötzlich, dass ihre Knie nachgaben und sie sich hinsetzen musste. »Und auch keine Frau, *auf ewig.*«

»Dann gib gut auf dich Acht«, sagte Vartila, »denn ich bleibe Whelm und diene Yggur, doch die meisten meiner Kameraden sind jetzt Ghâshâd. Rulke hat dir sein Zeichen aufgedrückt; sie werden dich niemals gehen lassen!« Sie wischte sich über die Augen und stolzierte hinaus.

Maigraith fühlte sich so allein, gefangen in der alten Festung mit ihren Ghâshâd-Wächtern, furchtbaren Feinden der Aachim. Ebenso ihre Feinde.

Ihr Zimmer kam ihr vor wie eine Gefängniszelle, denn wann immer sie es verließ, löste sich eine finster blickende Yetchah von der Tür und folgte ihr. Sieht so mein zukünftiges Leben aus?, dachte Maigraith. Beschattet zu werden, wohin auch immer ich gehe, in einen Kokon gesponnen als Siegespreis für ihren Meister? Ich werde das nicht ertragen.

Sie drückte ihre Nase gegen eine der kleinen Fensterscheiben und starrte auf den Mond, der keine Ketten kannte. Er war beinahe voll in dieser Nacht und zeigte nur seine gelbe Seite. Das zerklüftete Terrain der anderen Seite war bedeckt von roten und schwarzen Flecken, dazwischen lagen Seen von der Farbe grellen Purpurs. Die gemächliche Eigenumdrehung des Mondes brachte die dunkle Seite etwa alle zwei Mondzyklen zum Vorschein, obwohl dies zum Glück nur gelegentlich mit einer Vollmond-Phase zusammenfiel. Die dunkle Seite war ein schlechtes Vorzeichen, doch ein dunkler Vollmond besaß eine verheerende Vorbedeutung.

Jeder Tag und jede Stunde und jeder Bruchteil einer Stunde dehnten sich endlos. Das galt auch für die Wenigen, die Whelm geblieben waren, in ihrem unbehaglichen Zusammenleben mit den Ghâshâd. Sie konnte es in ihren Gesichtern lesen. Sie schlichen durch die Gänge der Festung wie Hyänen, angstvoll, so als hinge ihr Wohl und Wehe von Ereignissen ab, die in weiter Ferne stattfanden. Auch sie hatten eine Krise erreicht. Und Vartila war angespannter als irgendjemand sonst. Sie ging mit ihren langen Beinen auf und ab, ihre Gewänder raschelten gegeneinander, ihre Sandalen klatschten auf den Steinfliesen. Ihre Haut schien grauer denn je, ihre Hundezähne schärfer und länger, ihr Gesicht härter als Achat.

Durch die Ghâshâd-Patrouille vor ihrem Gelass fühlte sich Maigraith an Fiz Gorgo und ihre vorangegangene Gefangenschaft erinnert, an Faelamor und ihr früheres Leben. Das Leben war ein Gefängnis; ob des Fleisches oder des Geistes, spielte kaum eine Rolle. Sie besaß nicht einen einzigen Freund auf Erden. Karan hatte ihr die Freundschaft angeboten, und Maigraith hatte sie zurückgewiesen. Maigraith hatte oft an Karan gedacht, daran, wie schlecht sie Karan behandelt und wie sehr Karan darunter gelitten hatte. Wie mochte es Karan ergangen sein? Ich habe sie im Stich gelassen, nicht zuletzt in Thurkad, als sie versuchte, mir den Spiegel zu geben und ich es ablehnte. Wie überheblich ich sie zwang, ihre Verpflichtung mir gegenüber abzuleisten, und doch missachtete ich meine eigene Schuldigkeit ihr gegenüber. Ich nötigte sie, für eine Hand voll Silber.

Dieser Gedanke wurde gefolgt von einer schockierenden Erkenntnis – *Karan war jedoch nie bezahlt worden!* Maigraith errötete, Busen, Hals und Gesicht tiefrot vor Beschämung. Weil sie Karan derart über Pflicht, Ehre und Schuldigkeit belehrt und selbst so sehr versagt hatte. Ich erkenne überall meine Verfehlungen. *Ich muss das wiedergutmachen. Ich werde es!*

Kapitel zwei

Eine Unterweisung in Befehlsführung

Etwas krachte gegen die Tür. Maigraith fuhr empor, denn sie glaubte, die Ghâshâd kämen, um sie zu holen. Nur Tage nach Rulkes Erscheinen war Thyllan, der Mendark niedergeworfen und sich selbst vor dem Desaster des Großen Konklaves zum Magister erhoben hatte, mit einer Armee über das Meer gesegelt, begierig, die Stadt zurückzuerobern. Seither waren vierzehn Tage vergangen. Thurkad war besiegt, und sein Fall schien gewiss. Die Ghâshâd, die ihren Umsturz vollendet hatten, wollten rasch die Flucht antreten, bevor Thyllan in Thurkad Einzug hielt. Falls sie Maigraith nach Shazmak verschleppten, würde sie nie mehr von dort wegkommen.

Und auf welche Weise Rulke sie angesehen hatte. *Haltet sie fest, bis ich zurückkehre,* hatte er gesagt. *Beschützt sie mit eurem Leben!* Was wollte er von ihr? Der Gedanke an ihn war furchterweckend, doch zugleich erregend. Sie konnte sich nicht erklären, warum sie sich zu ihm hingezogen fühlte, denn alles, was sie jemals über Rulke gehört hatte, ließ ihn als Monster erscheinen – ein gewalttätiger, brutaler, verräterischer Mann. Doch hatte dies nicht zu dem gepasst, was sie in seinen Augen gesehen hatte.

Der Lärm, so stellte sich heraus, als Maigraith durch ihr Guckfenster spähte, stammte von jemandem, der eine Kiste beförderte. Sie durchmaß das Zimmer. Yggurs Reich zerfiel. Wie hatte dies in derart kurzer Zeit geschehen können?

In zwei blutigen Schlachten vor der Stadt, eine Woche zuvor, waren alle Generäle der Stadt und die Hälfte ihrer höheren

Offiziere hingemetzelt worden. Thurkads Armeen wurden jetzt von Vanhe befehligt, einst der jüngste von Yggurs Marschällen. Vanhe, ein sturer, phantasieloser Mann, war am Ende seiner Weisheit. Er wusste nicht, wie er den Verlockungen des sündigen Thurkad entgegentreten sollte, ganz zu schweigen von Thyllans Propagandafeldzug oder der Rebellion der Ghâshâd.

Maigraith wusste, was bevorstand – ein blutiger Häuserkrieg um die Stadt, Straßenzug für Straßenzug. Haushoch würden sich die Leichen türmen. Allzu gut erinnerte sie sich an den Krieg im vergangenen Winter, als sie sich in jenem eiskalten Schuppen zusammengekauert und nur ein paar wurmbefallene Rüben als Nahrung hatte. Dies wiederum erinnerte sie an den Jungen, der sie und Faelamor vom Konklave fortgebracht hatte, der so freundlich zu ihnen gewesen war, nur um sich dann auf den hingemetzelten Leichen seiner Mutter und seiner Brüder zu opfern. Das Bild war schmerzhaft. Wie viele weitere Waisen, so elend wie sie selbst, würde dieser Krieg hervorbringen?

»Ich werde es *nicht noch einmal* geschehen lassen!«, sagte sie laut.

Ihr ganzes Leben lang hatte Maigraith unter dem Bann von Faelamor gestanden, hatte mechanisch gehandelt, wie ihr befohlen, und kaum wahrgenommen, was die Welt bewegte. Sie hatte es immer schwer gefunden, Entscheidungen zu treffen, da sie nie an sich geglaubt hatte. Doch Faelamor war durch das Tor nach Katazza gegangen, gefolgt von Yggur. In ihrer Abwesenheit hatte Maigraith begonnen, eigenständig zu denken.

Zunächst musste sie von hier fliehen. Als Meisterin der Geheimen Kunst besaß sie genug Macht, um das Schloss zu knacken oder sogar die Tür aufzubrechen, falls es erforderlich war. Doch die alte Festung, einst Yggurs Hauptquartier, wimmelte vor Ghâshâd. Sie konnte nicht alle bezwingen.

Wie würde Faelamor die Flucht bewerkstelligen?, fragte Maigraith sich selbst. Oft hatte sie beobachtet, wie ihre Lehnsherrin sich der Sinnestäuschung bediente, um sich an bewachte Orte zu versetzen oder diese zu verlassen. Faelamor hatte sie beide ungesehen aus Fiz Gorgo fortgebracht, doch war sie eine Meisterin der Illusion, möglicherweise die größte auf den Drei Welten. Maigraith, obschon nicht ungeschickt, wusste, dass sie nicht in der Lage war, hier dasselbe zu vollbringen.

Sie würde etwas weitaus Machtvolleres anwenden müssen – vielleicht einen Verwandlungszauber, obwohl dies bedeutete, Neuland zu betreten. Der Zauber, den sie kannte, bewirkte nur eine teilweise Verwandlung – er würde ihr eine andere äußere Gestalt verleihen, sie jedoch nicht inwendig verändern. Eine vollkommene Verwandlung, die sie körperlich in jemand anderen umformen würde, war der schwierigste aller Zauber. Soweit sie wusste, war er noch nie erfolgreich gewirkt worden, obwohl viele bei dem Versuch einen grauenvollen Tod gefunden hatten. Und obzwar sie wusste, wie man eine teilweise Verwandlung zuwege brachte, hatte sie es noch nie getan.

Das nächste Problem: In wen sollte sie sich verwandeln? Hier würde jeder Fremde sofort angegriffen werden. Sie wagte nicht, sich als eine Ghâshâd zu tarnen, da sie diese nicht gut genug kannte. Die einzige Person, die sie gut kannte, war Yggur.

Maigraith setzte sich ruckartig auf, sodass ihr Kopf gegen die schräge Decke stieß. Sie war seine Geliebte gewesen, daher wäre es nicht unwahrscheinlich, dass er um ihretwillen herkam. Doch war Yggur ein großgewachsener und muskulöser Mann, doppelt so schwer wie sie. Es würde ein Albtraum sein, solche körperlichen Unterschiede zu überwinden.

Weiteres Geschrei erklang vom Gang her und das unbeholfene Patschen rennender Ghâshâd-Füße. Die Zeit wurde knapp. Maigraith begann sich im Geiste Yggur vorzustellen, wobei sie sich von den inneren Eigenschaften zu den äußeren vorarbeitete. Sie begann mit dem, was sie in erster Linie zu ihm hingezogen hatte – der kühle Intellekt, der jede Einzelheit abwog, bevor er eine Entscheidung traf, und der Schmerz in seinem Innern, der einen Widerhall in ihrer eigenen Einsamkeit und Leere gefunden hatte. Sie rief sich seine strenge, doch unparteiische Gerichtsbarkeit in den Sinn, obwohl diese ihn verlassen hatte, sobald die Besetzung Thurkads schiefgelaufen war. Not schwächte ihn – er war niederträchtig, geradezu brutal gegenüber seinen Leuten geworden.

Sie gab sich mehr Mühe, ihn zu verstehen, was nötig war, damit ihre Tarnung funktionierte. Sein Schmerz ob seiner Unfähigkeit, seine Gefühle zu vermitteln, hatte sie anfangs zu ihm hingezogen, bis sie merkte, dass sein Inneres kalt wie Eis war. Sein Grauen davor, wieder von Rulke besessen zu werden, hatte ihre Zuneigung geweckt, bis sie erkannte, dass er in seinen Ängsten schwelgte, statt zu versuchen, sie zu besiegen.

Nach ihren ungeschickten Versuchen, miteinander zu schlafen, den ersten ihres Lebens, hatte Maigraith fast geglaubt, dass sie ihn liebte. Dann war er vor ihren Charon-Augen zurückgeschreckt – an ihrer Seite liegend, konnte Yggur an nichts anderes als an seinen Feind denken. Später, als sie an eigener Stärke gewann, schrumpfte er selbst, bis sie die Achtung vor ihm zu verlieren begann. Dann hatte er sich in einem Augenblick verzweifelten Mutes oder äußerster Selbstaufopferung in Tensors Tor geworfen und war verschwunden.

Ein vielschichtiger Mann, Yggur! Schwierig, mit ihm auszukommen; unmöglich, ihn zu kennen. Maigraith lag noch immer etwas an ihm, doch wusste sie nun, dass sie ihn niemals lieben konnte. Näherliegend war, dass sie das Gefühl hatte, ihn gut genug zu verstehen, um den Zauber zu wagen. Es war ein gefährliches Unterfangen, das normalerweise Wochen der Vorbereitung erforderte. Nach den Geräuschen zu urteilen, die von außen ins Zimmer drangen, konnte sie sich glücklich schätzen, wenn ihr eine Stunde blieb.

Indem sie ihre Augen schloss, weckte Maigraith die Erinnerung an seinen langen, narbenbedeckten Körper, der neben ihrem lag, die Anmutung seiner Haut unter ihren Händen.

Seine Umarmungen waren genauso unbeholfen gewesen wie ihre eigenen. Während sie sich auf ihren Verwandlungszauber konzentrierte, ihre gesamte Geisteskraft aufbot, begann um sie her ein Abbild zu wachsen. Es schmerzte ungeheuer, so als würden ihr Fleisch und ihre Knochen gedehnt, um Yggurs größeren Körpermaßen zu entsprechen.

Als der Zauber vollendet war, erhob Maigraith sich. Augenblicklich fiel sie wieder zurück, als der oberlastige Männerkörper sie aus dem Gleichgewicht brachte. Sie versuchte es erneut, behutsamer, wobei sie sich am Bett festhielt. Ein Schmerz schoss ihr rechtes Bein empor, als sie es bewegte. Es weigerte sich, ihr Gewicht zu tragen. Sie hatte ihr Werk zu gut vollbracht und sich selbst verkrüppelt, so wie Yggur verkrüppelt war. Doch die Zeit war zu knapp, um das jetzt noch rückgängig zu machen.

Der Körper war ihr nicht im Mindesten angepasst; sie hasste ihn. Er war zu groß, zu schwer und zu plump. Sie wollte ihre eigene schlanke Gestalt wiederhaben, wollte die Muskelmasse loswerden, die sie nicht zu gebrauchen wusste.

Sie übte stundenlang, humpelte durch das Zimmer, wie es Yggurs Fortbewegungsweise entsprach: die stockenden Schritte, die Steifheit des rechten Arms, das schwache rechte Knie. Die Imitation war längst nicht perfekt – es würde eine Ewigkeit beanspruchen, ihn vollendet nachzuahmen.

Jemand stampfte den Gang herauf, rief etwas. Maigraith vernahm das gutturale Brüllen der Ghâshâd, dann noch mehr eiliges Fußgetrappel und krachende Geräusche. Die Zeit war abgelaufen. In einem Anfall von Panik legte sie die Hände auf den Türbeschlag und brach das Schloss auf. *Ruhig Blut!* Sie schob ihren Kopf zur Tür hinaus. Zwei Leute eilten den Gang entlang. Der Weg war frei.

Indem sie sich das Trugbild eines Umhangs über eine Schulter warf, schritt Maigraith so selbstsicher die Halle hinab wie Yggur in seinen besten Tagen. Mit jeder Bewegung schoss der

Schmerz aus ihrem rechten Knie bis zur Hüfte hinauf, als hätten ihre Nerven Feuer gefangen. An der Biegung stieß sie mit einer Ghâshâd-Frau zusammen. Der Zusammenprall hätte sie fast verraten, denn die Stirn der Frau traf gegen Körperpartien von Yggur, die in Wirklichkeit gar nicht vorhanden waren.

»Aus dem Weg!«, schnappte Maigraith im Bewusstsein, dass sie die Initiative behalten musste, um die Ghâshâd genauso zu behandeln, wie Yggur sie behandelt hatte, als sie seine Whelm gewesen waren.

»Was tust du hier?«, knurrte Yetchah. Sie starrte Maigraith düster an, instinktiv feindselig.

»Ich will meine Frau holen«, sagte Maigraith überheblich, wobei ihr bereits Yggurs tiefe Stimme Schwierigkeiten bereitete. Ihre Stimmbänder waren nicht dafür geschaffen, sie nachzuahmen, und sie musste auf eine Form der Täuschung zurückgreifen, um dies zu verhehlen – was bei Stimmen nie besonders gut funktionierte. »Wo ist Maigraith?«

Yetchah stieß einen Schrei aus, halb hörbar, halb fühlbar, der eine dornige Kugel aus Schmerz hinter Maigraiths Schläfen entstehen ließ. Der Schrei wurde beantwortet, und ein halbes Dutzend weiterer Ghâshâd schwärmten um die Biegung und näherten sich in ihrer unbeholfenen, ruckartigen Gangart. Einige von ihnen trugen kurze Speere.

Maigraiths Herz setzte aus. Niemals würde sie ihre Täuschung vor so vielen Gegnern aufrechterhalten können. Ein Krampf versteifte ihr rechtes Knie. Sie versuchte, zu sprechen, doch die Anspannung lähmte eine Hälfte ihres Gesichtes, so als hätte sie der Schlag getroffen. Yggur, mein Ärmster, ich verstehe allmählich, wie das Leben für dich war.

Widersinnigerweise schien ebendies die Ghâshâd davon zu überzeugen, dass sie Yggur *war*; alle außer Yetchah, die sie noch immer anstarrte.

»Wie kannst du es wagen, diesen Ort zu betreten!«, sagte

eine Frau, die Maigraith nie zuvor gesehen hatte. Sie war fülliger als die anderen und besaß einen vorgewölbten Bauch – die einzige schwangere Ghâshâd, die Maigraith jemals gesehen hatte.

»Hinaus!«, schrie Japhit heraneilend.

Ihre Stimmen verschmolzen zu einem konfusen Lärm. Ein Dickicht aus Speeren wurde auf Maigraiths Brust gerichtet. Sie erstarrte.

»Gebt den Weg frei, verräterische Hunde!«, brüllte sie und legte die Verachtung in ihre Stimme, die Yggur seinen treuen Whelm-Dienern stets gezeigt hatte. Es war die erste Sache gewesen, die sie an ihm gestört hatte. »Ich bin gekommen, um mein Eigentum zu holen. Auch ihr alle zusammen könnt mich nicht aufhalten!«

»Mein Speer in deinem Herzen wird dich aufhalten«, krächzte Japhit, obwohl Maigraith Furcht in seinen Augen erkennen konnte. »Zurück!«

Maigraith wagte nicht, ihnen den Rücken zuzukehren. Ebenso wenig traute sie sich, einen Schritt nach vorn zu machen, wegen des Speers vor ihrer Brust. Noch schlimmer war, dass sie merkte, wie ihr die Kontrolle über die Verwandlung entglitt. »Wo ist Maigraith?«, fragte sie gebieterisch, kaum fähig, das Kieksen aus ihrer Stimme herauszuhalten.

»Sie ist fort!«, log Japhit, offenkundig ebenso wenig bestrebt, eine Konfrontation herbeizuführen. »Wir haben sie nach Shazmak geschickt.«

Maigraith ließ die breiten Schultern hängen. »Shazmak!«, sagte sie, einen tonlosen Klang in ihre Stimme legend. »Ich sollte die Festung in Grund und Boden stampfen.«

Die Ghâshâd starrten sie an. Maigraith wirbelte herum und stolzierte die lange Halle hinab zur Eingangstür.

Sie blickte nicht zurück – wagte es nicht, denn das würde zeigen, wie viel Angst sie hatte. Den ganzen Weg über spürte sie die sengenden Blicke der Ghâshâd im Rücken, die sich fragten, wie sie unbemerkt hatte hereingelangen können und zu begreifen versuchten, was an ihr nicht ganz stimmte.

»Das ist nicht Yggur!«, rief Yetchah.

Ein grässlicher Schmerz strahlte vom Mark ihrer Beinknochen aus, eine Reihe von Muskelkontraktionen. Der Zauber hatte versagt; sie schrumpfte in ihre eigene Gestalt zurück. Der Fußboden kippte aus ihrem Sichtfeld; sie fühlte, wie sie zusammensank. Durch schiere Willensanstrengung kam sie wieder zu sich, plötzlich näher am Boden.

»Es ist Maigraith!«, schrie Yetchah. »Haltet sie auf!«

Maigraith verfiel in einen stolpernden Laufschritt, zugleich versuchte sie, sich wieder an ihren eigenen Körper zu gewöhnen. Ihre Beine schmerzten so sehr, wie Yggurs Beine es getan hatten. Das Äußerste, was sie zustande brachte, war ein torkelndes Traben.

Vor ihr waren die Wachtposten und die Eingangstür. Zwei Ghâshâd standen dort und versperrten den Weg mit gekreuzten Lanzen. Eine weitere Gruppe stürmte von rechts heran. Selbst diejenigen, die hinter ihr waren, bewegten sich schneller, als sie es vermochte.

Wäre sie in Form gewesen, hätte Maigraith vielleicht die Geheime Kunst benutzt, um sie wegzufegen, doch gegenwärtig hätte sie noch nicht einmal eine fliegende Mücke aus der Bahn pusten können. Dann erblickte sie linker Hand eine Reihe schmaler Fenster. Sie zog sich mit krallenden Fingern zum Fensterbrett empor, trat die bleigefassten Scheiben ein und fiel hindurch, ohne zu wissen, ob sie sich eine oder zehn Spannen über ebener Erde befand.

Es war tief genug, um ihr von der Hüfte bis zur Schulter Prellungen zuzufügen. Japhit erschien am Fenster, war jedoch zu groß, um hindurchzupassen. Maigraith hinkte die Straße entlang, hinaus aus dem von den Ghâshâd kontrollierten Gebiet in Richtung der Sicherheit, die die militärischen Hauptquartiere boten.

Die Entfernung betrug nur ein paar Blocks, doch war sie halbtot, ehe sie sie erreichte. Eine zornige Ghâshâd-Meute hatte sie mit doppelt so langen Schritten beinahe eingeholt.

»Hilfe!«, krächzte sie, noch immer ein gutes Stück vom Tor entfernt.

Keine der Wachen am Tor blickte auf. »Codgie wettet drei zu eins auf Quieker«, hörte sie deutlich, »doch ich glaub, ich werd wieder auf Old One-Tooth setzen.« Sie sprachen über die Mitte der Woche stattfindenden Ratten-Rennen!

»Hilfe!«, schrie Maigraith verzweifelt. Die Posten achteten nicht auf sie. Dann, wie durch ein Wunder, erspähte sie im Hof hinter dem Tor einen ihr bekannten vierschrötigen Offizier, der gerade vor einer Abteilung Soldaten sprach. »Vanhe!«, schrie sie.

Als guter Soldat reagierte Vanhe sofort. Er stampfte durch das Tor, dicht gefolgt von seinen Männern. Vanhe schnappte Maigraith direkt unter Japhits Nase weg und warf sie sich über die Schulter wie einen zusammengerollten Teppich.

Die Soldaten bildeten eine Phalanx vor dem Tor, weitere rannten herbei, um sie zu verstärken. Die Ghâshâd erstarrten. Maigraith sah ihre Augen, die unverwandt auf ihr hafteten. Rulke hatte ihnen befohlen, sie festzuhalten, und sie hatten versagt. Einen Augenblick lang hatte es den Anschein, als würden sie sich in die feindlichen Lanzen stürzen im verzweifelten Versuch, sie zurückzuholen. Ein Mann löste sich aus der Meute und versuchte, genau dies zu tun, doch ein anderer hielt ihn unmittelbar vor den Soldaten fest. Die Ghâshâd blickten einander an. Maigraith spürte, wie sie nach ihr riefen, ihre Schreie pochten gegen ihren Schädel wie der Schnabel eines Spechts auf der Jagd nach Holzmaden.

Yetchah stand in der vordersten Reihe, heftig atmend. Hass glitzerte in ihren dunklen Augen. Sie hätte Rulkes Befehl an Ort und Stelle missachtet, wäre sie in der Lage gewesen, an Maigraith heranzukommen.

Weitere Verstärkung strömte durch das Tor. Japhit ergriff Yetchahs Arm. »Komm!«, sagte er. »Warten wir auf eine bessere Gelegenheit!«

Die Ghâshâd waren beschämt und gedemütigt. Maigraith wusste, dass sie alles tun würden, was in ihrer Macht stand, um sie zurückzubekommen, um diese Schmach wettzumachen.

Ihre Beine schmerzten noch tagelang, und das knappe Entkommen machte Maigraith klar, wie sehr sie außer Form war, geistig und körperlich. Seit sie sich mit Yggur eingelassen hatte, war sie im Leerlauf gewesen. Nachdem sie ihr ganzes Leben lang an strenge Disziplin und endlose geistige und körperliche Anstrengung gewöhnt war, unterwarf sie sich nun ihrer alten, streng geregelten Lebensweise, um ihre Leistungskraft wiederzugewinnen.

Dazu gehörten aufreibende Leibesübungen, unterbrochen von Phasen der Meditation. Zur gleichen Zeit machte sie sich daran, ein abstraktes Problem zu lösen, das sowohl logische Gedankenketten wie auch Intuitionssprünge erforderte, wobei sie einen komplexen Gesang improvisierte. In ihrer Jugend hatte Maigraith Zuflucht in diesen Ritualen, Übungen und Problemen gesucht, und sie halfen ihr jetzt.

Ungefähr eine Woche nach ihrer Flucht erklang ein sachtes Pochen an ihrer Tür. Sie wusste, wer es war – ein Botenjunge, ein fröhlicher kleiner Bursche namens Bindy mit einem runden Gesicht, umrahmt von dunklen Locken. Er kam jeden Tag; jedes Mal mit derselben Frage.

»Worum geht's, Bindy?«, fragte sie.

Er schenkte ihr ein engelhaftes Lächeln. »Marschall Vanhe schickt mich. Er möchte wissen, ob Ihr heute Neuigkeiten von Lord Yggur gehört habt?«

Vanhe wurde mit jedem Tag besorgter. Maigraith schloss daraus, dass der Krieg ungünstig verlief. »Leider nicht«, sagte sie.

Das Lächeln des Jungen erlosch. »Der Marschall wird …«

»Was ist los?« Sie beugte sich auf die Höhe des Jungen hinab. »Wirst du Ärger bekommen?«

»Natürlich nicht«, sagte Bindy. »Aber gestern, als niemand zugegen war, raufte er sich die Haare. Ich fürchte, wir verlieren den Krieg. Meine arme Mutter weint jede Nacht. Seit Vater getötet wurde …«

»Wie starb er?«, fragte sie leise.

»Im ersten Krieg, letzten Winter. Ich habe drei kleine Schwestern, und Mutter kann nicht genug verdienen, um uns durchzubringen. Ohne das Geld, das ich heimbringe, müssten wir hungern.«

»Wie viel verdient denn ein Botenjunge?«, fragte sie ihn mitfühlend.

»Zwei ganze Grints pro Woche!«, sagte er stolz. »Dazu kommen meine Mahlzeiten und die Uniform. Und wenn ich groß bin, werde ich Armeeoffizier. Ich muss Marschall Vanhe Bericht erstatten.« Mit vor Stolz geschwellter schmaler Brust rannte er davon.

Maigraith widmete sich wieder ihren Übungen, in Gedanken noch immer bei dem Jungen. Eine Stunde später befand sie sich in der abschließenden oder *Nih*-Phase, die einen Tanz aus kriegerischen Bewegungen beinhaltete, mal schneller als das Auge blicken konnte, dann in traumgleicher Langsamkeit, beinahe wie die Parodie eines Balletts, und ihr Gesang erklang pulsierend, ein Kontrapunkt zum Tanz. Plötzlich fühlte sie sich beobachtet. Die Lösung des Problems, mit dem sie sich befasste, entglitt ihrem Geist. Die *Nih* endete unharmonisch.

Sie schlug die Augen auf, schwer atmend, und erblickte Vanhe. Er war klein, gerade mal so groß wie sie, rundlich, und besaß ein kantiges Kinn und einen harten Schädel. Kein gütiger Mann, den Gerüchten zufolge, doch auch kein grausamer. Aufgewiegelt von den Ghâshâd, fielen die übrigen Armeen auseinander, doch seine Truppen blieben loyal. Überrascht wies sie auf einen Stuhl und bot ihm Tee an.

»Vielen Dank«, sagte er, obwohl sein Gesichtsausdruck besagte, dass er lieber sofort zur Sache gekommen wäre. Seine Probleme waren drängend. Mit dem Krieg vor Thurkads Toren, ohne Neuigkeiten von Yggur und mit dem gewaltsamen Auftauchen einer Heerschar von Ghâshâd, entzogen die Ereignisse sich seinem Einfluss. Yggur war in jeder Beziehung der Anführer gewesen. Vanhe war gänzlich ratlos und ziemlich von Angst erfüllt. »Eure Übungen sehen ... schwierig aus«, sagte er.

»Sie sind es! Als ich mich vor vielen Jahren dieser strengen Selbstdisziplin unterwarf, nahm ich mir vor, die Neunundvierzig Chrighm der Calliat zu lösen. Ich arbeite an diesen Rätseln und Paradoxa, während ich meine Übungen mache.«

Eine ganze Weile lang blieb Vanhe stumm. Als er sprach, war seine Stimme gedämpft. »Und wie weit seid Ihr vorangekommen? Gibt es denn *irgendwelche* Lösungen?«

In ihrer Stimme lag kein Anflug von Stolz oder auch nur Selbstzufriedenheit. »Ich besitze Lösungen zu siebenundzwanzig der neunundvierzig. Sechs weitere sind verzahnt – will sagen, sie können nicht gelöst werden, ehe alle anderen, von denen sie abhängen, gelöst sind. Das siebte hängt vom Ganzen ab – es bedarf der Auflösung der übrigen achtundvierzig. Zwei sind ungenau formuliert, offenbar ein Fehler Calliats oder ihrer Schüler, und müssen neu formuliert werden. Das habe ich noch nicht getan. Eines ist schierer Unfug – ich verstehe es nicht mal im Ansatz. Mit dem Rest habe ich mich noch nicht befasst.« Ihre Stirn lag in Falten, so als würde sie sogar jetzt an einer Lösung arbeiten.

Vanhes Kinnlade klappte herunter. Was sie gerade gesagt hatte, war unmöglich. Von den neunundvierzig war nur eines jemals gelöst worden. Dazu hatte eine ganze Gruppe von Gelehrten ein volles Jahr gebraucht, und noch heute wurde ihre Lösung angefochten. Doch bezweifelte er ihre Worte nicht.

Plötzlich sprang Vanhe von seinem Stuhl auf und starrte sie mit dem Ausdruck eines Mannes an, der gerade einen Ausweg aus einer verzweifelten Lage gefunden hatte.

»Was ist los?«, fragte sie, sich ebenfalls erhebend.

»Ich glaube, ich habe die Lösung zu *meinem* Problem«, verkündete er. »Sagt mir, besitzt Ihr irgendwelche Neuigkeiten von Yggur?«

»Keine«, erwiderte sie und wischte sich mit einem Seidentuch den Schweißfilm von der Stirn. »Von welchem Problem sprecht Ihr? Dem Krieg?«

»Jawohl! Thyllan ist uns zahlenmäßig weit überlegen …«

Abermals nahm er sie in Augenschein. Sie fühlte sich irritiert. Was mochte dieser steife alte Soldat, mit einem Gesicht so hart und kantig und rot wie ein Ziegelstein, von ihr wollen?

Der Ziegelstein wurde ein wenig milder. »Ihr wart gut für Yggur.«

Maigraith lachte ironisch. »Teils gut, teils schlecht, wie das berühmte Ei.«

»Manchmal wünschte ich, nicht mein ganzes Leben der Armee geweiht zu haben«, sinnierte Vanhe. »Was gibt es Traurigeres als einen alten Soldaten? Aber ich habe meine Wahl getroffen und viele Dinge gesehen. Nun zur Sache!« Er umriss die Lage. Sie war schlimm. »Wir verlieren den Krieg. *Haben* ihn verloren, sollte ich wohl sagen. Von unseren fünf Armeen wurden alle bis auf meine eigene, die erste, von den Ghâshâd aufgewiegelt. Ich verfüge nicht über genügend Truppen, um die Stadt zu verteidigen.«

»Was verlangt Ihr von mir, Marschall Vanhe?«

Er schluckte, hatte sich einen Moment lang nicht mehr im Griff. Der Mann hatte Angst. »Maigraith …«

»Ja?«, schnappte sie. Die Lage musste verheerend sein, wenn er sich so schwertat, offen zu reden.

Vanhe riss sich zusammen. »Ihr habt mich überrascht.« Er zögerte.

»Was?«, fragte sie besorgt. »Was verlangt Ihr?«

»Ich kann Thyllan nicht die Stirn bieten. Er weiß das, und ich weiß das, und auch meine Truppen wissen es. Wenn ich es versuche, wird die Armee ausgelöscht und Thurkad zerstört werden! Wollt Ihr unser Befehlshaber sein, bis Yggur zurückkehrt ... oder bis auf Weiteres?«

Maigraith fehlten die Worte. »Ihr scherzt, Marschall!«

»Bestimmt nicht«, sagte Vanhe fest.

»Ich verstehe rein gar nichts von Befehlsführung oder Heereswesen.«

»Ich spreche nicht von Krieg. Wir brauchen einen starken Anführer, um über unsere Kapitulation zu verhandeln.«

Kapitulation! Furcht erfüllte nun auch Maigraith.

»Ich kann es nicht tun, ebenso wenig einer meiner Offiziere. Falls Thyllan in die Stadt einfällt, wird es blutig zugehen! Ihr seid klug, Ihr seid eine Denkerin. Ihr besitzt Macht; Ihr seid Yggurs ...«

Sagt nicht Frau oder Mätresse oder sonst etwas aus dem Wortschatz eines vulgären Soldaten, dachte Maigraith, oder Ihr werdet Eure Sache verderben.

»Ihr seid Yggurs Partnerin«, sagte Vanhe. »Ihm ebenbürtig.«

»Aber ich weiß nicht, wie man ein Kommando führt ... Ich empfinde Scheu davor, Herrschaft auszuüben.«

»Ich habe jede Menge Spione und Ratgeber. Ich brauche jemanden, der wie ein Führer wirkt.«

»Ihr wollt also ein Aushängeschild«, sagte Maigraith missgestimmt. Der Mann war so schlimm wie Faelamor. »Eine Marionette!«

»Ich bin verzweifelt, Maigraith. Die Stadt wird binnen Tagen fallen.«

»Was kann ich schon tun, das Ihr nicht vermögt?«

»Thyllan ist ein Wirker von beträchtlichem Geschick, so wie Ihr. Ich bin nur ein Soldat. Ich kann es niemals mit ihm aufnehmen, aber Ihr könnt es. Lasst ihn glauben, wir seien immer noch stark, anschließend handelt günstige Bedingungen für unsere Kapitulation aus.«

»Das kann ich nicht«, sagte sie schwach.

»Ihr habt Yggur über Stunden in Fiz Gorgo zurückgehalten. Niemand sonst hat jemals Derartiges vollbracht.« Er ergriff ihre Hand. »Ich bitte Euch inständig. Werdet Ihr es übernehmen?«

Maigraith nahm die Teekanne auf und lachte nervös. Die Kanne war leer. Den Vorwand nutzend, eilte sie in die Küche hinaus, um heißes Wasser zu holen. Sie war immer von Selbstzweifeln gequält worden, hatte das Erwachsenenalter in der Überzeugung erreicht, dass sie wenig wert sei und dass jede Aufgabe, die sie übernähme, schlecht ausgeführt würde. Faelamor war nie zufrieden gewesen. Dieses Angebot war unbegreiflich.

Als sie zurückkam, erkannte Maigraith, dass der Marschall noch immer wartete, und sie hatte sein Angebot nicht ernst genommen. Vielleicht hatte sie ihn beleidigt. Sie würde die Etikette, die Verhaltensweisen dieser Leute nie begreifen. Sie wand sich unter seinem durchdringenden Blick.

»Ich wollte nicht sagen ...«, begann sie, doch er unterband ihre Abbitte mit einem Neigen seines Kopfes. Sie versuchte es erneut. »Ich bin noch nicht einmal Herrin meiner selbst. Wie könnt Ihr dies von mir verlangen?«

»Ihr wollt keine Macht«, erkannte Vanhe. »Das ist ein guter Anfang.« Er wiederholte seine früheren Argumente. »Wir brauchen Stärke – Ihr seid stark! Wir brauchen Verstandeskraft und List; Ihr verfügt über diese Eigenschaften. Und einer Ghâshâd-Brigade zu entkommen, wie Ihr es neulich tatet ... Meine gesamte Armee empfindet Ehrfurcht vor Euch.«

Maigraith hatte Angst. Angst davor, die Herausforderung anzunehmen; Angst davor, ihr nicht gewachsen zu sein. »Ihr braucht *mich*?«, fragte sie leise.

»Nur *Ihr* könnt es tun«, sagte Vanhe. »Wenn Ihr es nicht

wagt, wird Yggurs Reich fallen. Es fällt bereits, trotz all unserer Anstrengungen. Wollt Ihr es preisgeben?«

»Reiche bedeuten mir nichts«, sagte sie gelassen.

»Bedeuten Euch Menschen etwas? Wenn wir um Thurkad kämpfen, wird es ein Blutvergießen geben, wie man es hier seit tausend Jahren nicht gesehen hat. Wollt Ihr das?«

»Ich will es nicht«, sagte sie fast unhörbar. »Doch ich bin unvollständig, unzulänglich.«

»Ich habe nicht gesagt, dass Ihr das Beste seid, was wir erhoffen konnten«, sagte Vanhe unverblümt. »Offen gestanden seid Ihr es nicht. Aber Ihr seid das Beste, was wir haben.« Dann verfiel er auf ein unschlagbares Argument, die einzigen Worte, die Wirkung versprachen. »Erkennt Ihr hier nicht eine Verpflichtung? Ganz sicher bringt doch dieser Bund mit Yggur, den Ihr eingingt, eine Verpflichtung mit sich. Wollt Ihr Euch ihr nicht stellen?«

Verpflichtung! Den Rest hörte sie kaum. Wie oft war ihr Pflichtschuldigkeit eingebläut worden. Das Wort allein bewirkte, dass sie sich in sich selbst zurückzog, sodass sie keine Einwände mehr erheben konnte, sobald man sie damit unter Druck setzte. *Warum* war es ihre Pflicht gewesen, Faelamor zu dienen und ihrem Willen zu gehorchen? Sie wusste es kaum. Es *war* ihre Pflicht gewesen, und sie *hatte* gehorcht. Irgendwie hatte ihr Bund mit Yggur sie von ihrer Pflicht gegenüber Faelamor entbunden. Nun wurde ihr eine neue auferlegt. Der Tag hatte all seine Freude verloren.

»Ich werde meine Pflicht erfüllen«, sagte sie. »Was muss ich tun?«

Maigraith saß am Kopf des Verhandlungstisches der Kriegsparteien und sah mit einem flauen Gefühl im Magen ihrer ersten Bewährungsprobe entgegen. Thyllan war nach Thurkad gekommen, um Unterhandlungen zu führen, aber nicht, um mit sich handeln zu lassen. Seine Stärke war überwältigend.

Vanhe saß zu ihrer Rechten; die übrigen höheren Offiziere zu beiden Seiten. Ein kläglicher Rest des Rates und der Versammlung war ebenfalls zugegen, ein abgehalfterter Haufen. Die Minuten verstrichen. Thyllan ließ sich Zeit.

»Bindy«, sagte Vanhe zu dem Botenjungen, »stiehl dich nach draußen, renn die Straße hinab, und halte nach Thyllan Ausschau. Hab ein wachsames Auge in Bezug auf irgendwelche krummen Machenschaften.«

Mit strahlender Miene rannte Bindy hinaus. »Der Junge liebt es, sich nützlich zu fühlen«, brummte Vanhe. »Er wird eines Tages einen guten Soldaten abgeben.«

Maigraiths Haut kribbelte. »Nun, Maigraith«, sagte Vanhe, »denkt daran, was ich früher zu Euch gesagt habe. Ihr müsst Eure Rolle glaubhaft spielen. Ihr müsst Euch zu Macht und zu Befehlsgewalt stählen.«

»Ich habe niemals Macht besessen. Ich weiß nicht, wie ich das tun soll.«

»Versucht es! Ihr dürft nicht wie eine Marionette erscheinen.«

»Aber ich bin eine Marionette – ein Sprachrohr für Eure Befehle.«

Er überging das. »Ihr müsst lernen, Herrschaft auszuüben oder wenigstens den Anschein erwecken, es zu tun. Keiner meiner Soldaten besitzt die Disziplin oder die Fähigkeit, zu tun, was ich Euch gestern tun sah. Betrachtet dies einfach als das fünfzigste Eurer Rätsel, das Ihr ebenfalls lösen müsst. Doch zunächst: Hört zu! Fragt! Denkt! Entscheidet! Und wenn Ihr entscheidet, *wisst,* dass Ihr richtig entscheidet. Lasst den Willen wie eine Flamme in Euch lodern. Und dann *setzt Euren Willen durch!*«

Und so war sie hier und hielt nach außen einen majestätischen Eindruck von sich aufrecht. Dabei kamen ihr ihre auffallende, wenngleich kühle Schönheit zugute, ihr strenges Auftreten und ihr Ruf. Maigraith war wenig bekannt, aber der Gegenstand mannigfacher Gerüchte, von ihrem ersten Erscheinen auf dem Konklave bis hin zu ihrem Wiedererscheinen als Yggurs Gefährtin. Dem Gerücht nach war sie eine Frau von furchterweckender Macht.

Abgesehen von Vanhe selbst waren die Offiziere missmutig, angstvoll und in einem Fall unverhohlen aufsässig; doch würden sie ihr Folge leisten, falls sie ihre Stärke unter Beweis stellen konnte. Die Mitglieder der Regierenden Versammlung waren immer Marionetten gewesen – sie hatten keine Funktion außer die leer gebliebenen Stühle zu füllen. Das Gleiche galt für die Ratsmitglieder, ausgenommen die verwachsene alte Hennia, eine Zain, die Mendarks zusammengewürfelten Haufen bei dem Fall Thurkads verraten hatte.

»Thyllan ist geistesgegenwärtig, kühn, furchtlos, aggressiv«, sagte Vanhe. »Ein erwiesener Opportunist. Traut ihm keinen Fingerbreit, auch wenn er unter einer Parlamentärsflagge kommt. Wüsste er nicht, wie schwach wir sind, wäre er gar nicht erst hier. Das Beste, was wir erhoffen können, ist, einige wenige Zugeständnisse als Gegenleistung für unsere Kapitulation zu erwirken.«

»Ich weiß noch immer nicht, was Ihr von mir zu tun verlangt.«

»Seht zuversichtlich aus, und wenn es zur Verhandlung kommt, konsultiert Eure Ratgeber, und gebt nur widerwillig Boden preis. Wir können noch immer mit unseren Leben davonkommen, und Thurkad kann unversehrt bleiben. Zum Teufel mit diesem Bindy – wo bleibt er nur so lange?«

In diesem Augenblick schwangen die eisenbeschlagenen Türflügel auf. Ein Standartenträger erschien und hielt eine blaue Parlamentärsflagge empor. Er marschierte quer durch den Saal und rammte den Flaggenstock in eine Halterung am Kopfende des Tisches. Die Flagge hing schlaff herab, so als schämte sie sich.

»Erhebt euch für Lord Thyllan!«, donnerte der Standartenträger.

Ein hochgewachsener, rotgesichtiger, narbengezeichneter Mann stand in der Eingangstür und wartete, bis alle Augen auf ihm ruhten. Indem er seinen Umhang zurückwarf, schritt er auf den freien Stuhl zu. Ihm folgte ein kleinerer Mann, der über den Boden glitt wie auf geölten Rollen. Er war prachtvoll gekleidet, sein schwarzes, kurzgeschorenes Haar glänzte vor Öl, und sein langer Schnurrbart war gewichst und an den Enden gekräuselt.

»Berenet!«, flüsterte Vanhe Maigraith ins Ohr. »Einst war er Mendarks Stellvertreter und als sein Nachfolger erkoren, aber sie überwarfen sich, als Mendark aus Thurkad floh. Behaltet ihn im Auge – er ist raffinierter als Thyllan und fast ebenso gerissen.«

Berenet ließ sich zu Thyllans Rechten nieder. Thyllan stand vor seinem Stuhl und drehte den Saum des Zauberergewandes zwischen den Fingern, das er zur Schau trug. Weiter unten am Tisch rutschte Hennia mit ihrem unförmigen Leib immer noch unruhig auf ihrem Stuhl herum, wobei ihr Blick von Maigraith zu Thyllan und wieder zurück schoss. Maigraith kannte sie aufgrund dessen, was man über sie sagte – eine brillante Frau, trotz ihrer äußeren Erscheinung, doch so unbeständig wie Treibsand. Auf ihre Unterstützung konnte man nur bauen, wenn man sie nicht brauchte.

»Hört mir zu, alle miteinander!« Thyllan besaß eine dröhnende Stimme. Er spielte gern den Redner, obwohl ihm dazu die Finesse abging. »Ich spreche als Magister, mit der Amtsgewalt des Rates und der regierenden Versammlung. Der alte Narr Mendark ist fort, der Usurpator und Emporkömmling ist ebenfalls geflohen, voller Angst vor diesen Ghâshâd, die er befreite, aber nicht in Schach halten konnte. Es gibt nur noch eine Hoheit – *meine!*«

Er schritt den Tisch der Länge nach ab und starrte jedem einzelnen von ihnen in die Augen. Maigraith war verblüfft von seiner Arroganz. Seine Streitkräfte waren unter dem Vormarsch von Yggur gefallen wie reife Ähren. Allerdings – Yggur war nicht mehr hier.

»Eure Armee ist ein Pöbelhaufen, Vanhe!«, brüllte er dem Marschall ins Gesicht. »Übergebt die Stadt, und Ihr sollt verschont werden. Niemand von uns wollte diesen Krieg.« Er stampfte wieder davon, wobei er mit dem Gesicht auf jeden einzelnen von ihnen hinabstieß, während er den Tisch entlangschritt.

Du bist ein großspuriger Lügner, dachte Maigraith. Dies ist eine Scharade, daher kannst du hier den General spielen. »Meint er es ehrlich?«, fragte sie Vanhe aus dem Mundwinkel.

»Das bezweifle ich! Die einzigen Gefangenen, die er macht, sind solche, die ein Lösegeld einbringen.«

Ihre Nackenhaare sträubten sich. Wenn er noch nicht einmal einen einfachen Soldaten verschonte, welche Chance hatten sie dann? Sie fühlte Panik in sich aufsteigen.

»Wir sind nicht führerlos, Thyllan«, sagte Vanhe so fest, wie er konnte. »Maigraith wurde von Yggur ernannt, bevor er ... wegging. Wir erwarten, dass er bald zurückkehrt. Bis dahin folgen wir ihr.«

Thyllan war verblüfft. Sein huschender, durchdringender Blick schätzte Maigraith ab. Dann lachte er, ein raues Schmettern, das im leeren Saal widerhallte. Maigraith zitterte. Vanhes Erklärung war hohl, denn sonst würde sie das Kommando schon vor Wochen übernommen haben, ehe der Krieg verloren ging.

»Wir fürchteten Yggur nicht, als er stark war«, prahlte Thyllan. »Warum sollten wir der Schlampe Gehör schenken, die er von sich stieß, als er floh? Gebt auf, Vanhe. Eure Marionette ist ein Gossenweib, und Ihr habt so wenig Mumm, dass Ihr Euch in ihrem Schlüpfer versteckt.«

Eine andere Herangehensweise hätte Maigraith vielleicht entmutigt, aber Beleidigungen würden das niemals erreichen, hatte sie doch ihr ganzes Leben lang von Faelamor Schlimmeres erfahren.

»Wie lautet Eure Antwort?«, brüllte Thyllan. Mit einem schleifenden Geräusch zog er sein Schwert aus der Scheide. Niemand sprach. »Würde Euch ein Exempel helfen, zu einer Entscheidung zu gelangen?«

Vanhe machte ihr hektisch Zeichen, doch Maigraith konnte keinen klaren Gedanken fassen, was zu tun war. Wie würde sie mit diesem Monster verhandeln können? Während sie verzweifelt mit sich rang, schlüpfte Bindy zur Tür herein. »Marschall!«, schrie er, huschte zwischen den Wachen hindurch und schoss durch den Saal. »Verrat! Der Feind ...«

Er hatte noch nicht die halbe Strecke zurückgelegt, als ihm Thyllan den Weg verstellte.

Maigraith sprang auf die Füße, doch war sie zu weit entfernt. »Bindy!«, schrie sie. »Zurück mit dir!«

Doch Bindy starrte bewegungslos zu dem narbengesichtigen Mann empor. »Der Feind ...«, wiederholte er.

»Bleib, wo du bist, Junge«, schnarrte Thyllan.

Bindy zitterte, als der große Mann auf ihn zuschritt. Er wollte wegrennen, doch seine Angst war zu groß. Thyllan trat dicht an ihn heran und stieß ihm seelenruhig sein Schwert durch den Leib.

Mit einem kaum hörbaren Seufzer glitt Bindy zu Boden. Thyllan wandte sich dem fassungslos starrenden Saal zu. »Nun?«, brüllte er.

Maigraith rannte herbei und schloss Bindy in die Arme. Er litt große Schmerzen. Er weinte nicht, doch sein Gesicht war verzerrt vor Trauer. »Meine arme Mutter!«, flüsterte er.

»Ich werde dafür sorgen, dass man sich um sie kümmert«, sagte Maigraith.

Bindy schenkte ihr ein tapferes Lächeln, dann starb er.

Sie legte den verkrümmten Körper nieder. Welche Hoffnungen er gehegt hatte. Wie wenig es gebraucht hatte, das Leben aus ihm entweichen zu lassen. Tränen bildeten sich an ihren Wimpern. In ihrem Inneren hatte ein Feuer zu schwelen begonnen. Sie nährte es zu flammender Wut.

Thyllan zu behandeln, als sei er lediglich ein weiteres Problem, das gelöst werden musste, war schwer; doch sie tat es. Schließlich hatte ihr ganzes Leben aus Disziplin bestanden. Der Mann war ein Schlächter. Falls sie sich ergaben, würde er sie ebenso beiläufig hinmetzeln wie dieses arme Kind. Sie hatte keine Wahl, als ihn sich vorzuknöpfen, hier und jetzt. Fast überwältigte Entsetzen sie – ihr Leben hatte bisher aus Unterwerfung bestanden. Wie konnte sie hoffen, zu gewinnen?

Sie bezwang sich und war in ihrem ausdruckslosen Zorn so schön, dass es Furcht erweckte. »Der Junge war mein Freund«, sagte Maigraith ruhig. Sie erhob sich, eine ruhige, schlanke Frau, nicht groß. »Thyllan, ich verhafte Euch wegen Mordes. Übergebt Eure Insignien. Ihr werdet einen fairen Prozess erhalten.«

»Mord?«, sagte er erstaunt. »Im Krieg gibt es keinen Mord!«

»Legt Eure Waffe nieder.«

»Ihr weist mein Friedensangebot zurück!«, sagte er mit einem finsteren Grinsen. Er warf einen Arm hoch, reckte das befleckte Schwert empor. »Dann werde ich Euch Krieg geben, *bis die Straßen in Blut ertrinken!*«

»Krieg gegen Kinder zu führen, ist alles, was Ihr könnt«, spie sie aus.

Der Saal war in Aufruhr. »Maigraith!«, zischte Vanhe. »Was tut Ihr?«

»Das, wozu Ihr mich hier haben wolltet«, sagte sie. »Der Junge ist tot. Steht mir bei, oder wir alle werden sein Schicksal teilen!«

Thyllan stieß einen Pfiff aus. Die Doppeltür flog auf. Eine Horde von zwanzig Zivilisten stürmte herein, doch als sie die Schwelle übertraten, warfen sie ihre Verkleidung ab und gaben sich als Thyllans Elitetruppe zu erkennen.

»Verrat!«, rief Vanhe und sprang auf die Füße. Es war zu spät; seine Wachen waren bereits entwaffnet worden. »Wie könnt Ihr es wagen, die blaue Flagge zu entweihen?«

»Seht Ihr?«, sagte Maigraith traurig. »Bindy hatte recht. Thyllan hat das die ganze Zeit über geplant.«

Vanhe begriff, aber er glaubte nicht im Traum daran, dass sie irgendetwas dagegen tun konnte. Hennia die Zain erhob sich von ihrem Stuhl, so, als versuchte sie, sich darüber klar zu werden, wen sie unterstützen sollte, dann setzte sie sich wieder hin. Der ganze Saal starrte die Soldaten an, dann den Botenjungen. Ihr aller Schicksal stand in den Rinnsalen aus Blut neben seiner Leiche geschrieben.

Kapitel drei

Duell der Geisteskräfte

Zorn verzehrte Maigraith, Zorn um des kleinen Bindy willen, der tot zu ihren Füßen lag, und wegen all der Unschuldigen, die für Thyllans Ehrgeiz sterben würden. Sie musste dieses Monster zu Fall bringen, und wenn sie bei dem Versuch ihr Leben verlor. Sie *würde* ihn zu Fall bringen! Doch wie? Sie war unbewaffnet, während er zwanzig Soldaten im Saal hatte.

Noch während sie zögerte, erschien ein halbes Dutzend seiner höchsten Offiziere, die gekommen waren, um seinen Triumph mit anzusehen. Irgendwie mussten auch sie unschädlich gemacht werden.

Thyllans Wachen entwaffneten die Leute am Tisch. Plötzlich war nur noch Vanhe zwischen ihm und ihr. Da nun seine Strategie in Scherben lag, zog Vanhe sein Schwert und machte sich bereit, zu sterben.

Ihre Finger gruben sich in seine Schulter. »Zurück, Marschall!«, sagte sie, und ihre Stimme hatte einen Klang, der Gehorsam verlangte.

»Ich habe die Pflicht, meinen Hauptmann zu verteidigen«, sagte er. »Ich werde *nicht* die Waffen strecken.« Er machte eine Seitwärtsbewegung, doch augenblicklich hatten ihn die Soldaten eingekreist und entwaffnet.

»Ergreift sie!«, brüllte Thyllan.

Maigraith setzte ihre überheblichste Miene auf. »Ich fordere Euch heraus, Thyllan – Ihr gegen mich. Seid Ihr einer einzigen *zerbrechlichen* Frau ebenbürtig, oder müssen Eure Hunde die Arbeit für Euch tun?«

Sein Gesicht lief rot an. Er warf den zuschauenden Offizieren einen schnellen Blick zu. Er wagte nicht, in ihrer Gegenwart das Gesicht zu verlieren.

Ohne ein Wort sprang er los, sein Schwert wurde im Lampenschein zu einem gleißenden Bogen. Maigraith reckte ihm einen schlanken Arm entgegen und ließ ihre ausgestreckten Finger in der allgemeinen Geste der Verachtung nach oben zucken. Die Bewegung wirkte unpassend bei dieser elegant gewandeten Frau, doch war es mehr als nur eine Geste. Thyllans Beine verhedderten sich, er schlug der Länge nach hin und sein Schwert klirrte zu Boden.

Dem folgte eine lang anhaltende Stille, dann begann jemand schallend zu lachen, und die meisten Anwesenden fielen ein. Thyllans Truppen erstarrten vor Wut, doch zwei seiner Offiziere lächelten. Sie hassten ihn! Sie folgten ihm nur, weil er stärker war.

Thyllan sprang auf die Füße. Sein Mund war blutig. Bei jedem Atemstoß wucherten scharlachrote Blasen aus einem Nasenloch. Dann hielt er inne. Maigraiths *Verstörungszauber* war so fein gewesen, dass er nicht sagen konnte, ob es ihre Zauberkraft oder sein Missgeschick gewesen war. Doch konnte er es sich nicht leisten, vorgeführt zu werden. Er machte einen Ausfall und stieß mit der Klinge nach ihr, zugleich gebrauchte er seine Kunst, um sie zu schwächen und Furcht vor ihm ihn ihr zu wecken.

Seine Magie war stark, besaß aber nur wenig Raffinesse, und obwohl ihre Stärke Maigraith erschütterte, war Furcht die falsche Waffe. Ihr Zorn wegen Bindys Ermordung versengte die Angst zu Asche. Von Yggur hatte sie in Fiz Gorgo Schlimmeres erlitten: Es war stärker gewesen, schlauer, raffinierter und hatte länger angedauert. Sie lenkte den Angriff mittels einer beiläufigen Drehung eines Handgelenks ab, und wieder flog Thyllan zu Boden. Abermals fragte er sich, was geschehen war, unsicher, ob seine Gegnerin überhaupt Macht besaß, und noch unsicherer, worin diese bestand.

Berenet rief Worte in einer Sprache, die Maigraith nicht verstand. Diesmal auf Abstand achtend, sprach Thyllan die Worte einer anderen Zauberformel. Diese zielte auf Maigraiths Selbstvertrauen, etwas, woran es ihr stets gemangelt hatte.

Maigraith erstarrte, gefangen in Unentschlossenheit. Thyllan war ein großer General, ebenso ein großer Wirker, derjenige, der Mendark höchstselbst niedergeworfen hatte. Sie war nichts im Vergleich zu ihm! Es gab keine Möglichkeit, ihn zu besiegen. Der ganze Saal wurde still. Sie fühlte, dass alle Augen auf ihr ruhten, und wusste, wie unbedeutend sie war. Die Hoffnung rann aus ihr heraus, Tropfen für Tropfen.

Thyllan hatte seine Lektion gelernt. Er stand da mit erhobenem Schwert, schätzte sie ab. Blut tropfte vom Schwertheft und färbte seine Hand rot. Bindys Blut! Plötzlich flackerte ihre Wut wieder auf; sie lachte ihm ins Gesicht. Röte schoss ihm ins Antlitz, und sie erkannte seine Schwäche. Es fiel ihm schwer, sich zu beherrschen; sie musste ihn bis zu jenem Punkt treiben, an dem er die Kontrolle über sich verlor.

»Ihr seid ein Mörder, ein Lügner und Betrüger«, sagte Maigraith. »Eure pathetische Zauberkunst hätte mich selbst dann nicht in Verlegenheit gebracht, als ich noch ein Kind war.« Während sie sprach, benutzte sie ihr eigenes magisches Talent dazu, ihren Worten mehr Kraft zu verleihen. Sie wandte sich an Thyllans Offiziere: »Ist euch zu Ohren gekommen, wie Mendark Thyllan in der Kai-Stadt demütigte? Wie Thyllan wie ein Köter floh?«

Plötzlich explodierte Thyllan. »Stirb wie ein Köter!«, schrie er und warf sich auf sie.

Einen Augenblick lang stand Maigraith da wie gelähmt, dann schien sie seitwärts zu huschen. Als Thyllan an ihr vorbeistolperte, wobei seine Schwertspitze einen langen Span aus der Tischplatte schnitzte, versetzte sie ihm einen verächtlichen Klaps aufs Hinterteil. Diesmal fielen alle seine Offiziere bis auf einen in das Gelächter ein.

Sogar Thyllans grobschlächtige Garde begann jetzt zu begreifen, dass etwas schieflief, als Thyllan einen neuen Angriff vortrug. Aber er hatte den größten Teil seiner Kraft verbraucht; Maigraith parierte ihn lediglich mit einem Zusammenpressen der Lippen. Er stand vor ihr, schwer atmend, und begann Furcht zu empfinden.

Sie rang sich ein Lächeln ab und trat auf ihn zu. Eine Sekunde lang schien er wie hypnotisiert, dann sprang er zurück und schrie: »Tötet sie! Tötet sie mit Pfeilen!«

Einer von zwei Bogenschützen an der Tür spannte seinen Kurzbogen. Maigraith richtete ihren Blick auf ihn. In ihre karmesinroten Augen mischte sich Indigoblau, und der Mann schoss seinen Pfeil in die Decke. Der zweite, ein kurzgewachsener, gut aussehender Bursche mit braungelocktem Haar, ließ seinen Bogen fallen und setzte seinen Fuß darauf. Thyllans Ablenkungsmanöver hatte das beabsichtigte Ergebnis verfehlt, doch hatte es ihm Zeit verschafft. Ein Messer erschien in seiner anderen Hand. Er schleuderte es auf ihren Hals zu.

Maigraith wich aus, doch nicht schnell genug. Das Messer drang tief in ihre Schulter, streifte den Knochen und blieb stecken, ein silberner Stachel, der aus roten Blüten aufragte. Der Schmerz war durchdringend, bohrend. Selbst ihr Training reichte nicht aus, ihn zu missachten. Sie keuchte, verlor die Kontrolle.

Thyllan sprang auf sie zu und versuchte, ihr die Klinge seines langen Schwertes in den Bauch zu stoßen. Maigraith warf sich nach links. Die Klinge säbelte über ihre Hüfte, eine rote Spur hinterlassend, dann prallte Thyllan in ihren Leib und riss sie von den Füßen. Sie fiel flach auf den Rücken, ein Sprühregen blutiger Tröpfchen sprenkelte den Boden. Mit einem triumphierenden Grinsen erhob Thyllan sein Schwert mit beiden Händen, um sie auf die Bodendielen zu spießen.

Maigraiths ganzer Körper schrie vor Schmerz, und ihr linker Arm war unbrauchbar. Aber genau dafür war ihre Lebensweise der Zucht und Selbstdisziplin bestimmt gewesen und all die

Jahre von ihr durchgehalten worden. Sie besaß vollkommene Kontrolle über den Rest ihres Körpers und auch über ihren Verstand. Und sie wirkte auf Thyllans Geist ein, ließ ein Flüstern in seinen Kopf strömen. *Schlag nicht zu. Sie ist gerissen. Geh bei ihr auf Nummer sicher.* Sie zog die Knie an den Bauch. Komm heran, mein Feind. Näher!

Das Schwert verhielt für den Bruchteil einer Sekunde. Ein schwaches, klägliches Wimmern vortäuschend, rollte Maigraith auf ihre Schultern zurück, und als Thyllan über ihr aufragte, trat sie mit beiden Füßen nach oben. Sie traf ihn so hart zwischen den Beinen, dass etwas kaputtging. Thyllan verlor den Halt und fiel rückwärts, wobei er einen Schrei ausstieß, der ihr in den Ohren wehtat.

Maigraith zwang sich auf die Füße. Ihre Schulter fühlte sich grässlich an, aber ihr Wille war stärker. Abermals lächelte sie, zeigte keine Schmerzen, und wandte sich Thyllan zu. Der Zorn bündelte ihren Willen so stark, dass Thyllan zusammenschrumpfte. Nun zweifelte er nicht mehr daran, dass sie Macht besaß, und dass ihre Macht die seine übertraf.

Thyllan kroch über den Boden, hielt dabei seine misshandelten Körperteile umklammert. »Berenet!«, krächzte er.

Wer war Berenet? Sie wusste es nicht mehr. Dann, als sie sich Vanhes Warnung entsann, sah sie, dass der Stutzer mit dem Schnurrbart nicht auf seinem Stuhl saß. Wo war er?

Er kam hinter ihr unter dem Tisch hervor, sprang und setzte ihr sein Messer an die Kehle. Maigraith würgte. Zum Schluss hatte sie doch noch versagt. Thurkad war dem Untergang geweiht.

»Soll ich es tun?«, schrie Berenet, wobei sein parfümierter Atem sie einhüllte.

»Halt sie fest!«, japste Thyllan, am Boden liegend. Er warf seinen Offizieren einen schnellen Blick zu. Einigen stand unverhohlene Verachtung ins Gesicht geschrieben. »Ich muss die Tat mit meinem eigenen Messer vollbringen!«

Sich auf die Beine kämpfend, machte Thyllan zwei schmerzerfüllte Schritte auf sie zu, dann erstarrte er.

Etwas machte *Tschack!* wie ein Schlachterbeil. Die Klinge flog aus Berenets Hand. Blut sprenkelte Maigraiths Kehle. Berenet schnellte auf die Füße und starrte seine Hand an. Sein Daumen fehlte. Ein Pfeil, die Spitze scharf wie ein Rasiermesser, war aus dem Nichts herangeschwirrt und hatte den Daumen glatt abgetrennt. Berenet konnte nicht begreifen, wie die Verstümmelung geschehen war.

Aber es blieb keine Zeit, herauszufinden, wie es passiert war oder wer es getan hatte. Maigraith bannte Thyllans Blick mit ihrem eigenen. »Zieht Euer Messer heraus«, flüsterte sie.

Die Wut brachte ihn fast um den Verstand, aber er war geschlagen. Seine Hand griff nach vorn, und mit einem krampfhaften Ruck zog er das Messer aus ihrer Schulter, wobei er ihr Fleisch aufriss. Blut tränkte ihr cremefarbenes Oberteil von der Schulter bis zum Handgelenk; ein zweiter Blutstrom rann an ihrer Seite hinab. Die Hand mit dem Messer zitterte. Hinter Maigraith stieß Vanhe ein Keuchen aus, überzeugt, Thyllan würde ihr in seiner Wut den Hals aufschlitzen. Einen Augenblick lang glaubte sogar Maigraith selbst, dass er ihren Bann brechen würde, aber sie schloss die Fessel ihres Willens noch enger um ihn. Seine Hand sackte herab, und das Messer fiel klirrend zu Boden.

Maigraiths Gesicht war weiß wie Gips, doch musste sie die Sache zu Ende bringen. Mit blutverschmierter Hand riss sie Thyllan die Orden und das Generals-Abzeichen von der Brust und zertrat sie mit ihren Absätzen. Vor Schmerz und Demütigung war sein Gesicht fast so weiß wie ihres.

»Hebt Euer Schwert auf, und zerbrecht es. *Unterwerft Euch mir,* nieder auf die Knie!«

Ihre Stimme war rau vor Anspannung. Selbst jetzt kämpfte er noch, dann war Thyllan plötzlich gebrochen. Er stolperte zu dem fallengelassenen Schwert hin, hob es hoch empor und schmetterte es seitwärts gegen eine Säule. Es brach sauber am

Heft entzwei. Auf Maigraiths Wink kniete er nieder und hielt ihr die Bruchstücke des Schwertes entgegen, hielt sie geduckt empor wie einen Schild, als erwartete er, dass sie ihn niederschlug. Er litt Höllenqualen dabei. Maigraith schuf sich einen furchtbaren Feind, sollte er jemals wieder zu Macht emporsteigen. Es bereitete ihr keine Freude, sie wollte lediglich, dass es vorbei war.

Maigraith ließ den Blick durch den Saal schweifen. Die Verachtung bei Thyllans Offizieren war unverkennbar. »Wer von euch traut sich, seinen Platz einzunehmen?«

Keiner antwortete. Sie waren bloß Soldaten, trotz ihres Ranges, und keiner besaß den Mut, seine geistigen Kräfte mit den ihren zu messen.

»Geht!«, sagte sie leise zu Thyllan, das zerbrochene Schwert noch immer umfassend. »Kehrt niemals nach Thurkad zurück, oder Euer Leben ist verwirkt.«

Er humpelte durch den Saal und zur Tür hinaus. Die schockierten Offiziere und Wachen machten Anstalten, ihm zu folgen, doch sie rief sie an, wobei ihre Stimme den ganzen Saal ausfüllte und von den harten Mauern widerhallte.

»Legt eure Waffen nieder! Der Krieg ist vorbei! Thyllan ist bezwungen; niemals wieder wird er Kriegsherr oder Magister sein! Und wer ihm dient, ist geächtet! Schwört, mir zu dienen; doch falls ihr ihm immer noch folgen wollt, geht waffenlos!« Sie blickte ihnen in die Augen, jedem Einzelnen.

Die meisten sanken auf die Knie, um ihren Eid auf sie zu leisten. Einige taten es freiwillig, in Ehrfurcht und Hochachtung; andere aus Angst und Mitläufertum. Doch einer oder zwei legten ihre Waffen auf den Boden und gingen still hinaus, darunter Ein-Däumling Berenet. Inzwischen musste sie ihren Willen bis zum Äußersten aufbieten, um auf den Beinen zu bleiben, obwohl es keine Rolle mehr spielte. Ihre Aufgabe war erfüllt. Selbst wenn sie ohnmächtig hingesunken wäre, hätte niemand schlechter von ihr gedacht.

»Tritt vor!«, sagte sie zu dem lockenköpfigen Bogenschützen, der sie gerettet hatte. »Wer bist du, und warum hast du deinen General verraten?«

»Ich bin Torgsted«, sagte er und schenkte ihr ein warmes Lächeln. »Ich folge einem Geheimauftrag. Ich habe niemals den Eid auf Thyllan abgelegt.«

»Willst du ihn auf mich leisten, Torgsted?« Sie keuchte – der Schmerz! Er sprang herbei, um sie zu stützen.

»Wünschte, ich könnte es, Mylady, aber ich bin Mendarks Mann.«

»Dann geh, und tu, was er dir aufgetragen hat. Obwohl er und ich nicht auf gutem Fuße miteinander stehen, gewähre ich dir meinen Schutz, bis er zurückkehrt.«

Torgsted verbeugte sich und trat weg. Langsam schritt sie zum Kopfende des Tisches zurück. Vanhe unternahm keinen Versuch, sie zu stützen. Hennia die Zain, die wie ein Kastenteufel aufgesprungen und wieder auf ihren Stuhl gesunken war, während das Kampfglück sich mal nach dieser, mal nach jener Seite neigte, war auf ihrem Stuhl zusammengesackt. Der ganze Saal war wie betäubt angesichts der unglaublichen Wendung der Dinge.

»Eure Marionette bewegt sich ohne Eure Fäden«, sagte Maigraith zu ihrem Marschall.

Vanhe nahm umgehend Habtachtstellung ein. »Geloben die Offiziere ihre Treue?«, brüllte er. »Bekundet der Rat seine Unterstützung? Wird sich die Versammlung Maigraith unterstellen?«

Alle zugleich erhoben sich. *»Maigraith!«*, schrien sie, und der gesamte Saal salutierte ihr.

»Es wird eine Wahl zum Magister stattfinden. Ich schlage vor, dass Maigraith gewählt wird. Hat irgendjemand einen Einwand dagegen?«

Maigraith schüttelte den Kopf. »Nein, schlagt mich nicht vor. Das Amt ist nicht frei, ungeachtet, welche Ansprüche Thyllan erhoben hat. Es gebührt noch immer Mendark, und er kann dessen nur durch den Tod enthoben werden. Stimmt der Rat dem zu? Hennia, was meint Ihr? Gelobt Ihr Eure Treue, *nun, da der Ausgang bekannt ist?*«

Hennia, die sehr krank aussah, tat es. Die Zeiten hatten es schlecht mit ihr gemeint. Krankhaft unfähig, sich auf eine Seite festzulegen, war sie von dem immer wieder wechselnden Stand der jeweiligen Lage in den Wahnsinn getrieben worden.

Die Angelegenheit wurde besiegelt, mit Unterschriften beglaubigt, und Abschriften wurden verteilt.

»Schlagt mich auch nicht für die Versammlung vor«, sagte Maigraith. »Freiwillig fülle ich kein Amt aus, doch will ich Yggurs Amt übernehmen, bis er zurückkehrt, oder zumindest bis auf Weiteres.«

Die Sitzung wurde geschlossen. Der Saal entbot ihr Beifall, dann rief Vanhe nach einer Ehrengarde, die Maigraith zurück in ihr Zimmer eskortierte. Vanhe selbst versorgte ihre Wunden, und seine Diener halfen ihr beim Baden und Umkleiden. Dann fiel sie ins Bett, und ihr Selbstvertrauen verließ sie. Sie hätte es besser machen müssen; schneller.

»Armer Bindy«, sagte sie. »Warum konnte ich ihn nicht retten?«

»Er starb wie ein guter kleiner Soldat«, sagte Vanhe. »Das war seine Bestimmung.«

»Was sind das für Zeiten, in denen Kinder Soldaten sein müssen?«, brauste sie sinnlos auf, wohl wissend, dass Vanhe das niemals verstehen konnte.

Vanhe war hocherfreut. Das verzweifelte Spiel war besser ausgegangen, als man je hätte erhoffen können. Eben jetzt verbreiteten seine Leute die Geschichte überall in der Stadt, und Kuriere galoppierten in die vier Himmelsrichtungen des Reiches.

»Ihr hättet es nicht besser machen können, außer, indem Ihr uns endgültig von Thyllan befreit hättet. Er wird immer unser Feind sein, denn er besitzt keine Gabe, zu dienen, nur die

Fähigkeit, zu führen, dieser aufgeblasene Versager.« Er wandte sich zum Gehen.

»Vanhe!«, rief sie. »Werdet Ihr Bindys Mutter aufsuchen?«

»Das ist eine meiner traurigeren Pflichten«, erwiderte er.

»Und verschafft ihr eine Pension, oder eine Anstellung.«

»Natürlich. Man wird Sorge für sie tragen.«

Maigraith schloss die Augen, fühlte, dass die Nachwehen mit Macht über sie kamen. Diesmal würde es schlimmer sein als jemals zuvor.

Zwei Tage lang wälzte sie sich unruhig im Fieberwahn, das Opfer schrecklicher Träume und Übelkeitsanfälle, doch als Maigraith am Morgen des dritten erwachte, fühlte sie sich bereits besser, obgleich sie schwach war und ihre Schulter stark schmerzte. Das letzte Mal, dass sie so lange geschlafen hatte, war, nachdem Faelamor sie aus Fiz Gorgo fortgebracht hatte.

Vanhe erschien, kaum dass er gehört hatte, sie sei wach. »Ihr wart großartig!«, sagte er, und sein Lächeln teilte seinen Rundkopf fast in zwei Hälften. »Es tut mir leid, dass ich an Euch zweifelte. Die Geschichte hat sich in der ganzen Stadt verbreitet und Euch eine Million Freunde gewonnen, obgleich Ihr eine *Gangia* seid, eine Fremde. Thyllan war hier niemals beliebt, außer bei Abtrünnigen und Wendehälsen.

Maigraith ließ ein mattes Lächeln aufscheinen. »Dann ist meine Arbeit getan.«

»Ihr habt erst angefangen! Meine Armee steht geschlossen hinter Euch, und die Vierte will morgen den Eid auf Euch ablegen. Falls Ihr weit genug laufen könnt, um sie zu mustern. Thyllans Streitkräfte fallen bereits auseinander – von ihnen droht uns jetzt kein Ärger mehr. Doch außerhalb Thurkads hat sich wenig geändert, und die Ghâshâd könnten sogar noch wütendere Vorstöße unternehmen, um Euch entgegenzutreten, bevor gar zu viele zu Eurer Fahne strömen.«

»Sie wollen sich mir nicht entgegenstellen«, sagte Maigraith. »Sie wollen mich nach Shazmak bringen, um ihr vorheriges Versagen wettzumachen.«

»Sie werden Schwierigkeiten haben, meine Posten zu durchbrechen!«, sagte Vanhe. Er rollte eine Karte auf. »Wir müssen nun unsere Blicke auf das Reich richten, Maigraith. Ganz egal, wie unerhört die Gerüchte sind, für den Rest von Iagador seid Ihr nur eine weit entfernte Hoffnung. Bannador leidet grausam.«

»Arme Karan«, sagte Maigraith. »Sie hat ihr Land sehr geliebt. Ich frage mich oft, was aus ihr geworden ist. Nun, Ihr verlieht mir Macht, und ich habe vor, sie zu gebrauchen. Tut kund in Bannador, dass Karan Fyrn meine besondere Freundin ist und dass ich nötigenfalls eine Armee anführen werde, um ihr Land zu befreien.«

Er blickte überrascht drein. »Eine ... interessante Strategie«, sagte Vanhe. Seine Stimme wurde kalt. »Allerdings erfordern solche Feldzüge sorgfältige Überlegung, keine bloße Laune.«

Er erinnert mich an meine Stellung, erkannte Maigraith. Ich bin noch immer eine Marionette. Plötzlich fühlte sie sich zu schwach, um Widerstand zu leisten, und sank in die Kissen zurück.

»Was verlangt Ihr von mir?«, flüsterte sie.

»Fürs Erste: nur dass Ihr ruht, Eure Kraft wiedergewinnt, die Kunst der Befehlsführung lernt und auf Eure Spione und Ratgeber hört. Vor uns liegt viel Arbeit: Wir müssen die Ghâshâd zurückschlagen, ihren Ränken begegnen, ihre Spione aufspüren, unsere eigenen Spione wieder einschleusen. Doch darin sind wir geübt. Was wir nicht wissen, ist, was sie als Nächstes tun werden. Wie werden sie vorgehen? Wie können wir ihnen entgegentreten? Dies sind die Dinge, um die Ihr Euch Gedanken machen müsst.«

»Und Thyllan?«

»Er ist mit einer Hand voll Getreuer geflohen, unter ihnen

Ein-Däumling. Thyllan ist bitter gedemütigt, doch ein Mann von großer Überzeugungskraft. Wirklich schade, dass Ihr ihn am Leben ließt.«

Nichts ist jemals gut genug, dachte sie. Wie bei Faelamor. »Der Tod ist Euer Geschäft, nicht das meine«, entgegnete sie schneidend.

»So ist es, und dieses Geschäft besorge ich auch. Inzwischen gibt es viel für Euch zu tun, falls wir Krieg führen wollen, in Bannador oder sonst wo.«

Maigraith schwieg. Sie würde in den Krieg ziehen, falls es nötig war; doch was konnte schrecklicher sein, als eine Armee zu befehligen, zu wissen, dass die Leben von Hunderten, ja Tausenden, von ihren Eingebungen abhingen? Und schlimmer noch, dass jeder Fehler mit Leben bezahlt wurde. Sie besaß nicht die Kraft, darüber nachzudenken.

Kapitel vier

Der gewaltige Abgrund

Es war ein strahlender Frühlingstag in Katazza, dem bergigen Eiland, das sich einst zum Herrn über die Perionische See erhoben hatte, da Kandor dies Meer zu seinem Hinterhof machte und wirtschaftlich und militärisch über sämtliche umliegenden Länder herrschte. Aber das Juwel von Perion war nicht mehr, es war ausgetrocknet und schon vor langer Zeit verschwunden. Zurückgeblieben war ein Abgrund, dicht gefüllt mit Felsplatten und Salzhügeln, mit tückischen Basaltdecken aus erstarrter Lava und kochenden Salpeterquellen – das Meer der Trockenheit! Die umliegenden Länder waren verwaist. Kandors Reich war zu Staub zerfallen. Seine einzigartige Festungsstadt hatte tausend Jahre lang verlassen dagelegen, und doch erhoben sich ihre atemberaubenden Türme, erbaut aus ineinander verflochtenen Säulen aus Stein, mit Goldplatten verziert und verblendet in Weiß und Lapislazuli, unverändert wie ehedem. Das Meer der Trockenheit war der unbestechlichste Wächter von allen.

Orangefarbenes Sonnenlicht strömte durch die offenen Fensterlaibungen, fing jedes Stäubchen in der Luft ein wie einen Splitter reinen Goldes. Eine liebliche Nachmittagsbrise wirbelte die Staubflocken zu einem verspielten Tanz empor, einem sorglosen Taumel. Doch im höchstgelegenen Zimmer des Großen Turms waren die Gefährten entkräftet. Der Kampf gegen Rulke hatte alle furchtbar mitgenommen, trotz ihres scheinbaren Sieges. Die Begeisterung, die sie erfasst hatte, als sie alle gemeinsam kämpften und ihn zu überwinden schienen, war erloschen. Rulkes Weissagung und sein überheblicher Abgang hatten das ihre dazu beigetragen.

Nun forderten die Nachwehen, die aus ihrem reichlichen Gebrauch der Geheimen Kunst erwuchsen, ihren Tribut. Nur Shand hatte noch etwas Leben im Leib, doch fühlte er sich, als stürzte er aus dem Fenster. *Rulke war frei!* Hatte noch irgendetwas irgendeinen Sinn?

Karan und Llian waren fort, verschollen irgendwo im Tor, und das Tor war so tot wie Stein. Nur Tensor konnte es wiederherstellen, doch der einstmals edle Aachim lag als verkrümmtes Elend auf seiner Trage. Sein Gesicht war geschwollen, seine Augen bloße Schlitze, die ohne zu blinzeln an die Decke starrten. Immer wieder marterte ein krampfhaftes Beben seinen Körper von Kopf bis Fuß.

Ich habe dich im Stich gelassen, Karan, dachte Shand unglücklich. Indem er den Blick durch das Gelass wandern ließ, erkannte er, wie bitter seine Kameraden litten. Es gab viel Arbeit. Vielleicht würde das helfen, die Verzweiflung abzuwehren.

Yggur lag ausgestreckt auf dem Boden, lang wie ein Mast. Glattes schwarzes Haar hing ihm übers Gesicht wie ein Wischlappen. Sein Gesicht war fahl und von Schweißtropfen bedeckt, und er saugte die Luft ein, als könnte er nicht genug davon kriegen.

»Selial braucht dringender Hilfe als ich«, keuchte er, als Shand seine Hand ergriff.

Selial saß zusammengekauert auf den Stufen jenseits der zerstörten Tür und übergab sich krampfhaft in ihrem Bemühen, sich von einem gescheiterten Leben zu erlösen. Ihre Augen waren tot. Shand versuchte, sie aufzurichten, doch sie stieß ein schwaches Stöhnen aus und verzog sich ächzend aufwärts in einen Mauerwinkel, die Arme über dem Kopf verschränkt. Ihre Nerven hatten versagt – sie hatte nicht den Mut besessen, sich gegen Tensor zu stellen, und das Ergebnis war ringsumher zu besichtigen. Sie würde niemals darüber hinwegkommen.

Shand eilte zum nächsten Verwundeten, bestrebt, sein Werk hier oben zu Ende zu bringen. Tausend Stufen weiter unten lagen Malien und Tallia, zurückgelassen mit ihren Verletzungen. Was mussten sie durchleiden?

Osseion, der große, dunkle Krieger, schien unversehrt. Nachwehen hatten ihn nicht befallen, doch er sah benommen aus, so als wollte er sich einfach nur hinlegen und schlafen.

Shand beugte sich über Mendark. Der Magister stieß ihn zur Seite und kam von alleine auf die Füße. Er litt so sehr wie jeder andere von ihnen, doch verbarg er es so gut, dass Shand es kaum erkennen konnte. Mendark war nicht im Mindesten gebrochen.

»*Selial!*«, brüllte er. »Bring deine Heiler herbei; kümmere dich um Tensor; fertige eine Trage für Malien. Ihr anderen, packt zusammen! Macht euch bereit, in der Frühe aufzubrechen. Osseion, mach deine Ausrüstung klar.« Dann dämpfte er seinen Tonfall. »Yggur, steh auf. Wir brauchen dich!«

Yggur zuckte zusammen. Das Versagen hatte ihm alle Zuversicht genommen. Er war Opfer des unfassbaren Schreckens, Rulke könnte wiederkehren, machtvoller denn je, und Besitz von ihm ergreifen, wie er es zuvor getan hatte. Yggur würde alles tun, um das zu verhindern. Er kam auf die Beine wie ein alter Mann, aber dennoch befolgte er die Befehle: zögerlich, sehr mitgenommen, sehr erschöpft. Ein Teil seiner Erinnerung fehlte, ab dem Zeitpunkt, ehe er bei Thurkad in das Tor getreten war, bis zu jenem Moment, da Mendark in seinen Geist eingedrungen war und *etwas getan hatte.*

»Was ist mit mir geschehen?«, fragte Yggur und schüttelte seinen Kopf im vergeblichen Versuch, ihn zu klären.

»Als Rulke vor einem Zeitalter von dir Besitz ergriff, muss er einen Einfluss in deinem Geist verankert haben, der seither dort gärte und dich schwächte und in Furcht vor ihm versetzte.«

»Ich hatte furchtbare Träume«, sagte Yggur, noch immer zitternd.

»Sie sind vorüber«, sagte Mendark beruhigend. »Ich habe den Einfluss gebrochen.«

Yggur sah verstört aus.

Shand beobachtete diesen Austausch wortlos, staunend. Die vorherigen Rollen von Mendark und Yggur waren vertauscht. Yggur war am Boden und Mendark frohlockte. Der Kampf schien alle Selbstzweifel, die die Fehlschläge des Jahres geweckt hatten, aus ihm herausgebrannt zu haben.

Shand war zu erschöpft, um sein Hirn deswegen zu martern. Von seinen eigenen Unzulänglichkeiten geplagt, stürzte er sich in seine Arbeit. Es half nicht – die morbiden Gedanken bezüglich Karan waren so stark wie zuvor.

»Ich geh jetzt nach unten und schaue nach Malien und Tallia«, murmelte er.

Der Rest der Truppe folgte ihm. Mehrere Stockwerke tiefer kam ihnen Tallia entgegen. Ein breiter Verband war um ihre Stirn gewickelt und drückte ihr langes schwarzes Haar ein. Ihre dunkle Haut sah blutleer aus.

»Was ist passiert?«, fragte sie.

»Als die Aachim sich den Zugang freisprengten, wurdest du von einem Steinbrocken niedergestreckt.«

»Ich meinte, dort oben.«

Shand berichtete es ihr. »Wie geht es Malien?«, fragte er.

»Sie ist krank und zerschunden, aber in erstaunlich guter Stimmung.«

Viele Stufen weiter unten betraten sie das zerstörte Gelass, das Tensors Werkstatt gewesen war. Es war ein sonderbar geformter Raum in Gestalt eines neunblättrigen Kleeblatts, mit einem aus Stein gehauenen offenen Kamin in jeder der Ausbuchtungen. Die Feuernische eines der Kamine war jetzt ein rundes Loch, das ins Dunkel führte; vermutlich bis hinab zum Spalt, denn der Große Turm war über jenem rauchenden Riss errichtet wurden – einem der machtvollsten Orte in ganz Santhenar, um die Geheime Kunst auszuüben. Tensors »Pavillon«, das schicksalhafte Tor, war ein Haufen Schutt. Sie setzten Tensor daneben ab.

Shand entdeckte Malien auf dem Boden außerhalb des Raumes, in einiger Entfernung von ihren Decken. Als er niederkniete, öffneten sich flatternd ihre grünen Augen. Ihr rotes Haar war voll weißem Staub.

»Was hast du getan?«, fragte Shand schroff, wobei er sie mit einer geballten Kraftanstrengung hochhob. »Mit einer gebrochenen Schulter umherzukriechen. Wenn irgendwelche von *deinen* Patienten das täten ...«

»Ich musste einfach wissen, was passiert ist«, sagte sie und versuchte, zu lächeln. So pathetisch es anmutete, wärmte doch ihre Tapferkeit Shands Herz.

»Wir haben nicht gewonnen, aber wir haben auch nicht verloren. Rulke ist geflohen, zurück ins Nachtland, wie ich vermute. Zuvor wurden Karan und Llian durch das Tor gezerrt. Wir wissen nicht, wohin.«

Malien schwankte in seinen Armen. »Hat denn niemand versucht, sie aufzuhalten?«

»Wer kann Karan aufhalten, wenn sie beschließt, etwas zu tun? Uns fehlte es ... ein wenig an Mut. Es geschah zu schnell. Ich versuchte es und scheiterte. Tensor griff Rulke an. Ich fürchte, er wird nie wieder aufrecht stehen können.«

»Bring mich zu ihm!«, rief sie.

Osseion und Shand trugen sie hinein und setzten sie neben Tensor ab. Sie fand seinen Anblick ziemlich schockierend. Die vernichtende Wut, die sie ihm gegenüber zuvor gezeigt hatte, war verflogen. »Armer närrischer Mann«, sagte sie und legte ihm die Hand auf die Stirn. »Sieh dich bloß an. Als ich dich erstmals traf, als unreifes Mädchen, glaubte ich, dass du der größte Aachim aller Zeiten werden würdest. Leider hast du einen schlimmen Fehler, Tensor.«

Tensor reagierte nicht auf sie. Malien seufzte. Jetzt fühlte sie Mitleid mit ihm, und für Tensor war das am Schlimmsten von allem. »Und Selial, Shand? Wie steht es um unsere Anführerin?«

Shand sah gerade nach ihr.

»Sie ist gebrochen, oder?«

»Ich fürchte, ja.«

Malien verzog das Gesicht, als sie versuchte, sich zu erheben. »Hilf mir, zu stehen, Shand. Es ist nun an mir, die Aachim aus der schlimmsten Gefahr zu führen, der wir seit dem Fall von Tar Gaarn gegenüberstanden.«

»Du tust, wie dir geheißen«, sagte er streng und richtete neben Tensor ein Bett für sie. »Du wirst nicht aufstehen, weder jetzt noch morgen.« Er ging kopfschüttelnd davon. »Wie wir euch beide nach Hause kriegen sollen, weiß ich allerdings auch nicht.«

Da Malien verletzt war, war Asper der einzige Heiler unter den Aachim. Er war ein gutmütiger Mann mit stacheligem schwarzem Haar und Pupillen, die seine gelben Augen wie schwarze Rauten teilten. Asper widmete sich Tensor. Kurz darauf ging ihm Shand bei dieser Aufgabe zur Hand. Sie zogen Tensor nackt aus, wuschen ihn mit feuchten Lappen und untersuchten ihn von oben bis unten. Der mächtige Körper war mit starken Muskeln bepackt, Brust und Hüfte waren die eines Ringkämpfers, doch war eine Seite seiner Brust eingedrückt, sein Arm hing nutzlos herab, und sein ganzes Knochengerüst schien aus der Ordnung gebracht.

»Das ist sonderbar, Asper«, sagte Shand, als er sich um die gesplitterten Rippen kümmerte.

»Was?« Asper sackte auf die muskulösen Hinterbacken zurück und strich sich mit der Seite einer blutbeschmierten Hand das Haar aus den Augen. Er hatte hübsche Hände, mit den charakteristischen langen Fingern der Aachim, die die doppelte Länge seiner Handflächen besaßen.

»Die Form und Anzahl seiner Knochen scheinen nicht zu stimmen.«

Asper lachte. »Wir sind nicht so gebaut wir ihr, weißt du das nicht? Wir Aachim sind eine eigene ...«, er suchte nach dem passenden Wort, »... Rasse? Ein eigener Stamm? Nein, das trifft es nicht. Wir sind eine eigene Art. Euch ähnlich, und doch anders.«

»Das wusste ich. Aber mir war nicht klar, wie sehr ihr euch von uns unterscheidet.«

Nachdem die erste Hilfe geleistet war, hatte Shand alle Zeit der Welt, um sich um Karan und Llian Gedanken zu machen. Was hatte Rulke gesagt? *Hätten sie gewusst, wohin das Tor sie bringt, hätten sie es vielleicht weniger bereitwillig betreten.*

»Wohin sind sie gegangen?«, fragte Malien. »Hat Rulke sie zurück ins Nachtland geschickt?«

»Ich weiß es nicht«, sagte Mendark. »Das ist auch nicht die wichtigste Frage.«

»Was denn sonst?«, rief Shand, so sehr von Angst um Karan erfüllt, dass er zu schreien meinte. Das würde bei Mendark nichts nützen. Obzwar kein unfreundlicher Mann, war dieser doch ein Pläneschmied, und wie es schien, hatte er in dem ganzen Desaster eine Chance gewittert.

»Was er mit ihnen vorhat, *das* ist die wichtigste Frage«, sagte Mendark sanft. »Was unternehmen wir in dieser Hinsicht? Und hinsichtlich Rulke?«

»Lasst uns in Erfahrung bringen, wohin sie verschwunden sind«, sagte Tallia, »danach können wir versuchen, sie zurückzuholen.«

»Nein!«, sagte Yggur, und obwohl er es zu verhindern versuchte, zuckte ein Muskel in seiner Wange.

»Was ist los mit dir?«, schnappte Mendark. »Ich habe dich befreit.«

»Und ich habe vor, frei zu bleiben«, stieß Yggur hervor. »Ich gebe ihm keine zweite Chance.«

»Hätte ich gewusst, dass die Sache eine Maus aus dir macht«, höhnte Mendark, »hätte ich alles gelassen, wie es war.«

»Du kannst niemals nachempfinden, wie es ist«, flüsterte Yggur.

»Pah!« Mendark setzte ein ehrlich wirkendes Lächeln auf und wandte sich an Shand. »Was sagst du dazu, Shand, mein alter Mitkämpe? Was ist, wenn Karan und Llian dort gefangen sind? Sollen wir auch nur *versuchen*, sie zu retten, oder ist die Gefahr zu groß?«

»Versiegelt das Nachtland!«, sagte Yggur mit unerbittlicher Stimme.

»Zuvor sollten wir sicherstellen, dass er sich darin befindet«, sagte Mendark.

»Natürlich müssen wir sie retten«, sagte Shand.

»Dem pflichte ich bei«, sagte Mendark. »Hinzu kommt: Was auch immer wir für Karan und Llian empfinden – und auch mir liegt an ihnen –, Rulke ist der Feind. Wenn er die beiden für sich will, müssen wir ihm einen Strich durch die Rechnung machen.«

»Und wenn es eine Falle ist?«, sagte Yggur, dessen Wangenmuskeln wieder zuckten. »Vielleicht sind sie nur der Köder, um uns hinter ihm herzulocken.«

»Mag sein«, sagte Mendark. »Oder vielleicht benötigt er sie tatsächlich. Was meint ihr anderen?« Er ließ den Blick über den Kreis von Gesichtern schweifen. »Versuchen wir, Karan und Llian zurückzuholen, oder laufen wir davon und verstecken uns? Allerdings sollten wir besser schnell laufen und uns gut verstecken, falls wir es tun.«

»Wir versuchen es«, sagte Malien, und einer nach dem anderen schloss der Rest sich ihr an.

Mendark hob eine Augenbraue in Richtung seines Widersachers.

»Zum Teufel mit euch!«, sagte Yggur. »Natürlich werde ich helfen – ihr schafft es nicht ohne mich. Aber ihr werdet keinen Erfolg haben.«

»Angenommen, wir haben Erfolg – oder wir scheitern; was dann?«, fragte Shand.

»Dann bauen wir ein Tor, das uns nach Thurkad zurückbringt«, erwiderte Mendark.

»Können wir das?«, fragte Malien.

»Es ist möglich! Begrabt eure Toten, Malien, anschließend werden wir eure Truppenhandwerker benötigen, um Tensors Tor wieder zu errichten und den Kupferspiegel instand zu setzen. Lasst uns anfangen!«

Die Aachim wandten sich ihrer traurigen Aufgabe zu. Drei von ihnen waren gefallen, darunter der hochgewachsene Hintis, der Llian so sehr gehasst hatte. Der Tod hatte die Berserkerwut, die seine letzten Stunden gekennzeichnet hatte, hinweggewaschen. Das wollige Haar war staubbedeckt, die faltenlosen Gesichtszüge friedlich, abgesehen von der geschwollenen Zunge, die aus einem Winkel seines Mundes ragte. Hintis sah aus wie ein zu groß geratener Bub.

Sein Freund Basitor säuberte ihn, bürstete unendlich behutsam den Staub aus seinem Haar, dann wuchteten zwei Aachim den Leichnam auf ein Brett. Sie hoben ihn sowie die übrigen Toten hoch empor und trugen sie aus dem Großen Turm über die Westbrücke in die Festung hinein.

Der Große Turm erhob sich senkrecht in der Mitte eines Plateaus, das aus einer Bergzinne herausgemeißelt war, und war über einem Spalt errichtet, die das Plateau zweiteilte. Das umliegende Gebiet war mit großen flachen Steinen gepflastert, die hie und da von den Wurzeln alter Feigenbäume emporgedrückt worden waren. Drei vulkanische Gipfel ragten über der Nord-, Ost- und Westseite des Plateaus auf und stießen schwache Rauchwolken aus. Zu allen Seiten fiel der Berg in einer Folge von Klippen und Terrassen steil ab, bis hin zu dem darunter liegenden, von Vulkanausbrüchen verwüsteten Gelände, das unter einer Decke aus Asche und Schlacke lag. Eine Straße schraubte sich bis zur Bergspitze empor. Die Terrassen der schattigen Südseite waren feucht und bewaldet, mit Pavillons, Tempeln und Badehäusern, die zwischen den Bäumen hindurchschienen, und gewährten einen flüchtigen Ausblick auf das dahinter liegende Meer der Trockenheit.

Hinter dem Turm stand die Festung von Katazza, ein weitläufiges, niedriges Bauwerk, das auf einer zerklüfteten Kante des Plateaus errichtet war und die Insel sowie das Meer der Trockenheit dahinter überblickte. Aus der Festung ragten weitere zopfartige Türme, Miniaturen im Vergleich zum Großen Turm, ein Dickicht schlanker Minarette und eine Anhäufung pilzförmiger Kuppeln. Zwei Brücken aus Stein und Metall spannten sich von der Festung zum Großen Turm, der einzige Weg hinein oder hinaus.

Die Aachim verschwanden gerade in der Festung. Shand folgte ihnen in Gedanken versunken über die Brücke. Der Große Turm war bei Weitem das gewaltigste Bauwerk, das er jemals gesehen hatte, und das atemberaubendste. Nirgendwo auf der Welt gab es eine vergleichbare architektonische Schöpfung. Er bestand aus neun spiralförmigen Strängen aus Stein, ineinander verwoben zu einem komplexen Geflecht, und das Steinmaterial war mit Schindeln verkleidet, die so weiß waren, dass sie die Augen blendeten. Etwa auf halber Höhe und direkt unterhalb der Fensterlaibungen des obersten Zimmers war das Steingeflecht von ringförmigen Simsen umgürtet, die mit Lapislazuli verblendet und oben wie unten mit einer Schmuckkante aus Gold versehen waren. Der Turm war von einer Zwiebelkuppel aus Platin mit karmesinroten Verzierungen gekrönt.

Sie trugen die Leichname in ein Gelass, das von jeder Staubflocke gesäubert und mit der schönen, sinnlichen Kunst ausgeschmückt war, die man in Katazza überall antraf. Sämtliche Aachim traten ein und schlossen die Tür, und abgesehen von einer getragenen Melodie, die gelegentlich nach draußen drang, bot sich Shand kein Hinweis darauf, was hinter der Tür vorging.

Stunden später kamen sie wieder heraus. Die Leichname waren gewaschen und parfümiert worden, ihr Haar ordentlich gekämmt, und jeder war in seine wertvollsten Gewänder gehüllt. Die Aachim trugen die von Leichentüchern bedeckten menschlichen Umrisse aus Katazza hinaus, vier Träger für jeden Toten, aneinandergereiht zu einer stattlichen Prozession. Sie stiegen behutsam die Steintreppen hinab, zogen über das steinerne Straßenpflaster dahin und folgten dann einem Pfad, der von der Plateaukante nach unten führte. Er schlängelte sich an den Findlingen und den Wurzeln der Bäume des Waldes vorbei, hinab zu dem kleinen gewundenen Pavillon, der Malien so sehr gefiel und der zwischen den Bäumen hindurch auf das Meer der Trockenheit hinausblickte. Zwei von ihnen beförderten Tensor auf seiner Trage und zwei weitere Malien auf ihrer. Der Schlussmann, Tensors Heiler Asper, trug den jeweils kostbarsten Gegenstand, den jeder der Toten besessen hatte.

Als die Sonne unterging, stellten sie die Toten auf dem Boden zwischen den gekrümmten Wurzeln eines riesenhaften Feigenbaums ab. Sie illuminierten den Baum mit Laternen und hielten die ganze Nacht hindurch Wache. Während ihre Instrumente wehklagten und das bronzefarbene Lampenlicht auf ihren Gesichtern flackerte, komponierte und sprach jeder der Aachim ein Klagelied für die Toten. Tief unten spien die kleinen, vor den Ufern des Eilandes verstreuten Vulkankegel Feuer, und ihre leuchtenden Lavafontänen erhellten den trockenen Meeresboden.

Am Ende der Nacht wurden die kostbaren Gegenstände neben die Leichname gebettet, die Gräber wurden mit Erde gefüllt und ein jedes mit einem Obelisken gekennzeichnet. Als die Sonne ihnen vom Horizont ihre ersten Strahlen entgegensandte, stieß ein Horn dreimal drei Rufe aus, dann kehrten sie um.

Selial lehnte an Shands Schulter. »Du kannst nicht wissen, wie es ist, deine geliebten Toten in einer fremden Welt zu bestatten«, sagte sie in einem erstickten Flüstern.

»Das kann ich nicht«, stimmte er düster zu. »Aber ich weiß, wie es ist, überhaupt nicht zu wissen, wo die eigenen Toten bestattet sind.«

Darauf hatte sie keine Antwort. Stumm gingen sie zu den Türmen zurück, um den gefahrvollen Ansturm auf das Nachtland zu beginnen.

Die Aachim fuhren mit ihren Vorbereitungen für die Reise fort, falls das Werk fehlschlug und sie in aller Eile fliehen mussten. Sie füllten Wasserschläuche, legten Zelte zusammen, zimmerten Schlitten, um Gerät und Wasser über den Salzboden zu ziehen, überprüften Destillierkolben zur Wassergewinnung, die sie *Traspars* nannten, und jedes andere Ausrüstungsstück, das sie brauchen würden. Ausreichende Nahrungsvorräte waren bereits verpackt, denn diese hatten sie nach ihrem früheren Aufstand vorbereitet.

Mendark, Tallia und Osseion trafen ihre eigenen Vorkehrungen ebenso schweigsam. Tallia sammelte eine Anzahl der leuchtenden Kugeln von den Mauerstreben, um die Nächte ihrer Reise zu erhellen. Nur Shand schien müßig, denn seine Vorbereitungen erforderten keinerlei Zeit, und er verbrachte seine Stunden mit Malien, oder allein auf der Spitze des Turms, wo er sich auf die Steinbrüstung lehnte, um über das Meer der Trockenheit hinauszublicken und sich wegen Karans Schicksal zu quälen, und auch wegen Llians. Trotz seines wohlbekannten Vorurteils gegen das Volk der Zain mochte er Llian und wünschte ihm nichts Böses.

»Lasst uns beginnen«, sagte Mendark am nächsten Morgen.

»Wie können wir das?«, fragte Malien. »Wir wissen nicht, wohin das Tor sie gebracht hat.«

»Ich bin hindurchgekommen«, sagte Yggur und stützte sich auf Tensors Werkbank, da er noch immer geschwächt war. »Hätte es sie zurück nach Thurkad gebracht, würde ich es wissen. Sie sind woanders hingegangen.«

»Das ist auch meine Vermutung«, pflichtete Shand ihm bei. »Was meinst du, Tensor?«

Unverwandt geradeaus starrend, den Blick ins Nichts gerichtet, blieb Tensor eine Antwort schuldig.

»Ich tippe auf das Nachtland!«, sagte Malien. »Obwohl ich mir nicht vorstellen kann, wozu er sie braucht.«

»Kannst du das nicht?«, sagte Shand. »Ich *wage* mir kaum vorzustellen, wozu er Karan gebrauchen könnte.«

»Zurück zur Sache!«, schnappte Mendark. »Wenn wir verwundet sind, dann ist er genauso stark verwundet. Wenn wir schwach sind, ist er es auch! Wenn die Zeit überhaupt jemals günstig ist, um den Angriff gegen ihn durchzuführen, dann jetzt.«

»Ich glaube immer noch, dass wir das Nachtland versiegeln sollten!«, sagte Yggur. »Rulke hat jede Menge Zeit, Fallen vorzubereiten, und es gibt keine Möglichkeit, sie an *diesem* Ort zu erkennen.«

»Du würdest ihm Karan und Llian preisgeben?«, sagte Tallia kalt.

Yggur senkte den Kopf. »Es ist bitter, aber ein Krieg fordert nun mal Opfer, und darunter sind häufig die Größten, Edelsten und Klügsten. Ins Nachtland zu gehen hieße, alles aufs Spiel zu setzen. Das ist seine Welt; wir wissen nichts darüber. Wer wüsste besser als ich, welche Folgen es hat, wenn man das Unbekannte zu erforschen trachtet?«

»Tensor weiß es!«, sagte Tallia.

Sie saß auf einer Stufe in mittlerer Höhe der Treppenbiegung und beobachtete Mendark. Xarah und ihre Zwillingsschwester Shalah saßen nebeneinander und amüsierten sich über einen Witz. Die Truppenhandwerker hatten Tensors Pavillon wieder aufgebaut so gut sie es vermochten. Die zerbrochenen Säulen waren mit Metallklampen zusammengefügt, die Dellen aus der Kuppel gehämmert worden. Abschließend hatten sie sie auf die sieben Säulen gehievt.

Mendark ging um den abgestuften Sockel herum und nahm das Steinmaterial in Augenschein. Es wies viele Risse und fehlende Bruchstücke auf. »Das Ding sieht aus wie ein kaputter Topf, der schlecht zusammengefügt wurde«, sagte er.

»Es ist ein ziemlich trauriger Versuch«, sagte Thel, die diensthabende Technikerin. Sie war stämmig, mit einem kräftigen Kiefer, den sie zusammenbiss und wieder entspannte, während sie arbeitete. »Doch mit der Zeit ...«

Der Kupferspiegel, den Tensor gefertigt hatte, um das Tor auszurichten, nachdem der Spiegel von Aachan ihn betrogen hatte, war nicht minder verdorben. Ein Knick, der ihn diagonal durchzog, war herausgehämmert worden, doch die Beschädigung war auch nach dem Glattschleifen noch immer gut erkennbar. Mendark zupfte an seinem Bart.

»Es muss auch so gehen.« Er zog einen kleinen Stein aus der Hosentasche. »Helft mir hoch!«

Asper bildete eine Räuberleiter für ihn. Mendark platzierte den Stein sorgfältig auf der Spitze der Kuppel, dann stieg er wieder herab. Während dies geschah, war die Treppe mit einem Schirm verstellt worden, und vier Aachim hatten einen glühenden eisernen Schmelzofen hereingeschafft, der von einer Apparatur aus gekrümmten Röhren gekrönt war.

»Beginnt!«, sagte Mendark.

Thel goss etwas Wasser in eine trichterförmige Öffnung, und augenblicklich strömte Dampf aus den nach oben gewölbten Enden von sieben Röhren. Binnen Minuten war die Luft voll Nebel.

Mendark hielt den Spiegel ausgestreckt vor sich und begann zu singen. Die polierte Oberfläche schimmerte, Bilder huschten darüber hinweg, dann wurde der Pavillon von einem karmesinroten Blitz erhellt. Mit einem lauten Knirschen zerbarsten der Stein und die Kuppel in kleine Teile, wobei jeder Splitter eine glühende Spur durch den Nebel zog.

»Fixiere sie, Yggur!«, rief Mendark.

Yggur hielt seine Arme empor. Eine Hand umfasste einen leuchtenden roten Rubin. Er stöhnte. Die Spuren erstarrten mitten in der Luft. Es waren sieben hell leuchtende und eine zahllose Menge schwacher Spuren, von denen einige kaum sichtbar waren.

»Eine, zwei, dicht nebeneinander«, sagte Mendark. »Das bist du, Yggur, und Faelamor, aus Thurkad kommend.«

Yggur nickte, ein undeutlicher Schemen im Nebel. »Und der dritte, kürzere, das ist Faelamor, die sich wieder von mir trennt. Sie ist nicht nach Thurkad zurückgekehrt.«

»Dennoch könnte sie es vorgehabt haben«, sagte Malien.

Zwei weitere Spuren nahmen gemeinsam ihren Anfang, trennten sich jedoch auf halbem Weg durch den Raum spiralförmig voneinander, ehe sie urplötzlich abbrachen. Eine dritte, sehr helle Spur verlief ähnlich, verblasste jedoch nach zwei Dritteln des Weges. »Die Doppelspur muss Karan und Llian darstellen«, sagte Shand, »und die dritte Rulke, der aus dem Nachtland kommt.«

»Also *sind* sie dorthin gegangen!«, sagte Malien.

»Keine voreiligen Schlussfolgerungen, bitte!«, mahnte Mendark.

Die siebte Spur begann an einer etwas anderen Stelle und schlängelte sich durch den Raum, wobei ihr in alle Richtungen Stachel entsprossen, ehe auch sie verblasste. »Das ist Rulkes abzweigende Spur«, sagte Mendark, unter ihr entlangschreitend. »Mir gefällt die Art nicht, auf die sie endet. Da stimmt etwas nicht.«

»Sie soll verwirren, oder ködern«, sagte Shand.

»Er ist nicht ins Nachtland zurückgekehrt«, sagte Tallia.

»Das schenkt mir ein wenig Trost«, sagte Yggur.

»Mir schenkt es nicht den geringsten«, knurrte Mendark. »Was hat er vor?«

»Können wir dem entnehmen, wohin er gegangen ist?«, fragte Tallia.

»Nein! Dies zeigt nur Pfade, die hier beginnen oder enden. Weitere Tore sind nicht aufzuspüren.«

»Hier gibt es nichts mehr zu erfahren«, sagte Malien müde. »Lasst uns hineingehen, falls es sein muss.«

»Nein, ich bin erschöpft«, flüsterte Mendark und sank auf die Stufe nieder.

»Ich auch«, keuchte Yggur. Er wedelte mit der Hand, und die nebligen Spuren verschwanden.

»Soll *ich* versuchen, dem Tor ins Nachtland nachzuspüren?«, fragte Tallia.

»Wenn du willst. Aber halt dich zurück. Öffne es nicht!«

»Das werde ich nicht!«

»Wie willst du beginnen?«, fragte Malien.

»Vielleicht gibt es zwei Tore«, sagte Tallia. Sie hatte sich auf Hände und Knie niedergelassen und durchstöberte einen Schutthaufen neben dem Pavillon.

»Zwei Tore?«

»Ich glaube, dasjenige, durch das Rulke kam, und das von Tensor waren verschiedene Tore. Ich versuche, in Erfahrung zu bringen, was sie unterscheidet.«

»Sag du deine Meinung darüber«, schlug Malien vor, »und ich sag dir, was ich glaube. Womöglich betrachten wir das Problem von verschiedenen Seiten.«

Tallia sah mit plötzlicher Wärme zu Malien auf; sie mochte sie sehr.

»Das Tor, durch das Yggur kam, ist tot, doch Rulkes könnte noch benutzbar sein.«

»Warum das?«, fragte Malien.

»Das Nachtland ist noch intakt, seine Befestigungen sind nicht zerstört. Tensor hatte sich einen Fehler zunutze gemacht, der dem Nachtland schon immer innewohnte, obgleich es nur von außen geöffnet werden konnte.«

»Das heißt ...«

»Rulke musste es offen halten. Lass uns versuchen, das Tor wieder aufzuspüren. Aber Vorsicht, er könnte versuchen, abermals Kontrolle darüber zu erlangen.«

Sie machten sich an die Arbeit. Shand saß auf einer Bank neben dem Pavillon und sah zu, doch er sprach selten und nur über belanglose Dinge. Tallia mühte sich stundenlang, arbeitete gewissenhaft, behutsam unter Maliens Anleitung beim Versuch, das ungreifbare Gebilde des Tores zu beschwören, jener Röhre, die die ureigene Beschaffenheit der Entfernung selbst gefügig machen konnte.

Plötzlich warf Tallia sich zu Boden. »Ich kann es nicht!«, sagte sie, während sie den Kopf auf die staubbedeckten Steinplatten legte.

»Sag mir, was du nicht kannst«, bat Malien und verlagerte ihrem Arm in der Schlinge, damit er weniger schmerzte. Sie verließ ihren Stuhl und machte eine Runde durch den Pavillon, wobei sie die Steinsäulen mit ihren Fingerspitzen berührte.

»Es ist, als wollte man das Ende eines geölten Fadens in einem Fass voll Gelatine zu fassen kriegen«, klagte Tallia. »Ich kann es weder sehen noch fühlen. Und selbst wenn ich es erspüre, kann ich es nicht packen.«

»Und selbst wenn dir das gelänge«, sagte Malien, »so gibt es doch keine Möglichkeit, es an irgendetwas festzumachen. Aber so sind Tore nun einmal. Du musst das Unfühlbare fühlen und das Unberührbare berühren. Versuche, dich von deinem rationalen Ich zu lösen.«

Aber wie?, dachte Tallia. Meine ganze Erziehung war darauf ausgerichtet, meinen Verstand zu bilden. Dennoch machte sie sich an die Arbeit. Eine Stunde später hielt sie abermals inne.

»Ich habe getan, was ich konnte«, rief sie aus, »und es hat nicht funktioniert!« Sie empfand bittere Mutlosigkeit.

»Wartet mal!«, sagte Malien.

Die Sonne ging unter und sandte flammende Strahlen durch ein südwestlich gelegenes Fenster, die das rau geschliffene Glas zu kleinen Funken zu zerstäuben schienen. Als das Tageslicht schwand, trat Malien einige Schritte zurück, auf einer Seite von Asper gestützt und mit wachsamem Blick.

»Ich glaube, etwas ist hier«, sagte Tallia knapp.

Sie hockte in den Schatten, die Stirn an die Mauersteine gelehnt. Ihre Augen waren geschlossen, ihre Handflächen auf den Boden gepresst.

»Das ist sonderbar!«, sagte sie, einen verwirrten Ausdruck im Gesicht.

Ihr Körper begann sich zu wiegen; ihr Kopf beschrieb einen Kreis durch die Luft. Ihre Arme zitterten. Sie wölbte ihren Rücken. Ihr Kopf schnellte zurück, und sie wurde auf die Füße gehoben, als würde eine Schlinge sie emporziehen.

»Hilfe!«, schrie sie und versuchte dabei vergeblich, sich mit den Händen wieder nach unten zu drücken. Während sie in die Luft aufstieg, schien eine Welle langsam durch ihren Kopf zu wandern, wobei sie ihn verformte, als würde er durch eine Mangel gedreht.

Shand rannte herbei, stellte sich auf die Zehenspitzen und packte Tallia an den Fußgelenken. »Mendark!«, kreischte er. Tallia begann zu würgen.

»Vorsicht!«, rief Mendark und eilte herbei. »Pass auf, dass du ihr nicht den Hals brichst.«

Shands Füße wurden plötzlich unter ihm weggezogen. Er begann ebenfalls in die Luft aufzusteigen, doch mit dem Kopf nach unten. »Yggur! Asper!«, kreischte er.

»Mendark, *er ist hier!*«, wimmerte Tallia. »Geh weg!«

Asper rannte herbei. Er sprang empor, erwischte knapp Shands Rockschoß, wurde jedoch ebenfalls hinaufgezogen.

»Hilfe!«, brüllte er.

»Mendark, was geschieht hier?«, schrie Malien. Aachim tauchten von überallher auf, doch sie blickten verwirrt und hilflos.

»Es ist eine Falle!« kreischte Yggur. »Schließt das Tor!«

»Ich weiß nicht, wie. Mendark, tu etwas!«

Mendark rief ein Wort. Tallias Beine zuckten vor und zurück, als baumelte sie an einem Galgen. Der Pavillon wankte, und eine der Säulen zerschellte mit ohrenbetäubendem Krachen.

Auf der anderen Seite hatte Yggur die Arme ausgestreckt wie ein Zauberlehrling; er schien unsichtbare Schemen in der Luft zu erspüren. Dann stieß er einen mörderischen Schrei aus und schüttelte seine Hände. Von seinen Fingerspitzen stieg Rauch auf.

Mendark gab einen erstickten Laut von sich, als Tallias Kopf gegen das Kuppeldach des Pavillons krachte und es dabei leicht anhob. Ihr Kopf schien durch das Metall zu dringen, obwohl er auf der anderen Seite nicht wieder hervorkam. Er schrie: »Er holt sie!«, und stieß in rascher Folge eine Reihe unverständlicher Worte hervor, doch ohne Wirkung.

Plötzlich wurde die Kuppel durchsichtig, und ein ringförmiger Durchschlupf schnitt Tallia in Hüfthöhe ab. Shand und Asper begannen ebenfalls darin zu verschwinden. Yggur rannte hinzu, sprang in die Luft und stieß die Kuppel mit beiden Händen von den Säulen hinunter. Sie blieb in der Luft hängen. Er stürzte an den sechs verbliebenen Säulen entlang und trat eine nach der anderen zu Boden, wo sie in Stücke zersprangen. Die Kuppel hing weiterhin in der Luft, ein Tor ins Nirgendwo.

Tallia war jetzt fast verschwunden, nur ihre Waden ragten noch hervor, und Shand und Asper waren auch schon zur Hälfte verloren. »Oh Tallia, ich kann nichts tun«, schluchzte Mendark. »Yggur, bitte hilf!«

Mit einem grimmigen Schnauben brachte Yggur seinen Rubin zum Vorschein und warf ihn empor. Yggur zitterte vor Anstrengung, sein Gesicht lief rot an, dann gab die Kuppel ein gongartiges Geräusch von sich und fiel zu Boden. Vor sich hin murmelnd, tastete er ihre Kante ab. Dann hob er die Kuppel mit einem mächtigen Ruck empor, und wie bei einem Zauberkunststück lagen die drei Entführten darunter.

Tallia hob ihren Kopf und ließ ihn dann wieder sinken. »Es fühlt sich an, als sei mein Inneres nach außen gekehrt worden«, krächzte sie. »Das Tor ist mutiert. Ich fühlte eine Präsenz, und im nächsten Augenblick begann es, mich in sich hineinzuziehen. Es war grauenvoll!«

»Er ist es«, sagte Yggur, der jetzt einigermaßen ruhig war. »Rulke beobachtet uns!«

Als Shand unter der Kuppel hervorkroch, stieß er sich den Kopf an einer der umgestürzten Säulen. Er sah vergrämter aus, als Tallia ihn je erlebt hatte. »Oh Karan«, flüsterte er. »Es tut mir leid.«

»Nicht so voreilig«, sagte Mendark. »Wir werden Wache halten.«

Als die Nacht anbrach, sahen sie ein schwaches Glühen inmitten der Trümmer. Ein leuchtendes Gas strömte zwischen ihnen hervor, wehrte sich quellend und kräuselnd gegen die Gefangenschaft.

»Oh!«, sagte Malien, sichtlich verstört. »Das gefällt mir *überhaupt nicht.*« Sie rieb sich eine staubige Schliere von der Stirn.

»Es ist aus dem Nachtland hervorgesickert. Das Tor *ist* noch offen.«

»Und auf der anderen Seite lauert er!«, sagte Yggur. »Wir können das Tor nicht benutzen.«

»Gibt es denn nichts, was wir tun können?«, flehte Shand.

»Versiegelt das Nachtland«, sagte Yggur schroff.

»Wie sollen wir das tun? Er hält es offen.«

»Ich sage es sehr ungern«, bekundete Mendark, »aber Yggur

hat recht. Das Tor ist mit einer Falle verknüpft. Wir haben keine andere Wahl, als es zu versiegeln.« Er warf Shand einen mitfühlenden Blick zu.

Tallia schauderte. Sie blickte im Raum umher, als schätzte sie ihren Feind ab. Sie biss sich auf die Lippe. »Ich würde gern – ich muss es noch einmal versuchen«, sagte sie leise.

»Nach *dieser* Erfahrung? Das wirst du nicht tun!«, schnappte Mendark.

»Wie können wir sie dortlassen?«, fragte sie. Nachdem sie Karan schon einmal im Stich gelassen hatte, schien es ihr undenkbar, das noch einmal zu tun. »Ich bin bereit, mein Leben aufs Spiel zu setzen!«

»Ich nicht. Es ist unmöglich.«

»Mendark …«

Mendark ließ seine Faust auf die Kuppel krachen. »Die ganze Welt steht auf dem Spiel, Tallia!«

»Und ich kann mir einfach nicht verhehlen, zu glauben, dass du das Tor für dich selbst haben willst!«, sagte sie, auf einmal wutentbrannt.

»Ich pflege einen guten Ruf, seit Rulke aus dem Weg geräumt wurde.«

»Und du hörst nie auf, darüber zu reden«, gab Tallia zurück. »Lass die Nachwelt über deinen Wert urteilen.«

»Das werde ich, zweifle nicht daran!«, schrie er.

»Ich kann sie nicht opfern«, sagte Tallia störrisch.

»Pah! Dann wirst du nach mir nie Magister werden.«

»Ich will es auch gar nicht, wenn das bedeutet, so zu enden *wie du!*«

»Also gut, du widersetzt dich mir?« Er erhob sich. Tallia tat dasselbe, sodass er zu ihr aufblicken musste.

»Tallia«, sagte Mendark, »niemandem liegt mehr an Llian als mir. Ich …«, er verzog das Gesicht, »mag auch Karan. Aber es gibt nichts, was wir für sie tun können. Das siehst du doch ein? Ist irgendjemand anderer Meinung?«

Keiner sagte etwas. »Nun, Shand«, sagte Mendark. »Für dich steht hier mehr auf dem Spiel als für mich.«

Shand blieb stumm. Eine Träne trat aus einem seiner Augen und lief die Wange hinab. »Ich sehe nicht, wie wir irgendetwas für sie tun könnten!« Abrupt wandte er sich ab.

»Ich nehme an, du hast recht«, sagte Tallia traurig. »Tu, was du tun musst.«

»Nun, Yggur«, sagte Mendark. »Du hast also doch noch deinen Willen bekommen. *Wie* versiegeln wir das Nachtland?«

»Ich weiß es nicht mehr. Ich hatte nicht vermutet, dass er so stark sein würde.«

»Wie haben nicht genügend Macht, um es zu versiegeln«, sagte Malien. »Es sei denn ...« Ihr Blick wanderte zu dem Schacht neben dem Kamin.

»Das ist es!«, rief Mendark aus. »Brillant, Malien! Bisher haben wir aufgrund mangelnder Macht versagt. Aber wenn wir alle zusammenwirken und eine größere Machtquelle anzapfen ...«

»Das habe ich bereits probiert!«, schrie Yggur mit überschnappender Stimme.

»Wir müssen es tun«, sagte Mendark leise. »Wir werden zum Quell von Kandors Macht hinabsteigen. Hinab zum Spalt selbst.«

»Nein!«, kreischte Selial, das einzige Wort, das sie innerhalb von Tagen geäußert hatte.

Kapitel fünf

Der Karten-Meister

Tallia saß auf dem Boden und ließ den Kopf hängen. Wieder einmal hatte sie versagt.

»Wir haben Rulke verwundet«, sagte Mendark. »Und er ist nicht an die Schwerkraft unserer Welt gewöhnt. Habt ihr gesehen, wie viel Mühe es ihn kostete, die Stufen zu erklimmen? Wir müssen *jetzt* handeln, bevor er wieder zu Kräften kommt.«

»Ha!«, sagte Tensor mit düsterer Stimme. »Er hat uns besiegt. Lasst ihm seinen Willen.«

Malien erhob sich, mit der anderen Hand ihre verletzte Schulter haltend. »Was schwebt dir vor, Mendark?«

»Vor allem wir drei halfen dabei, das Nachtland zu erschaffen«, antwortete er. »Ich, Tensor und Yggur.«

»Und als Rulke Besitz von mir ergriff, hast du mich im Stich gelassen!«, rief Yggur. »Und Tensor …« Sein Zorn übermannte ihn. Er stand mit gesenktem Kopf da, die Fäuste seitlich geballt, die breite Brust heftig auf und ab wogend. »Tensor hat uns alle verraten! Er hat eine Lücke im Nachtland hinterlassen, so dass er Rulke zu einem von ihm selbst gewählten Zeitpunkt daraus freisetzen konnte. Glaubt ihr, dass ich einem von euch beiden nochmals vertrauen würde? Ha!«

Mendark fuhr ruhig fort. »Wie ich schon sagte, waren wir drei dort, als das Nachtland erschaffen wurde. Wir kennen es und können es wieder versiegeln. Und wenn das getan ist, werden wir die Macht des Spaltes anzapfen, um unser eigenes Tor zu erschaffen und auf schnellstem Wege nach Thurkad zurückzugelangen.«

»Der Spalt hat mich schon vor zwei Tagen im Stich gelassen«, sagte Yggur, während er auf und ab humpelte.

»Aber du hattest nicht genug Zeit, um dich mit ihm vertraut zu machen oder dich vorzubereiten«, sagte Mendark vorsichtig. »Jetzt steht uns diese Zeit zur Verfügung.«

»Es würde Jahre dauern, bis man die Sache beherrscht«, sagte Yggur.

»Dann werde ich es selbst tun«, spie Mendark, »zusammen mit jedem, der den *Mut* besitzt, mir zu helfen.« Er stampfte hinaus.

»Das dreckige Schwein!«, sagte Yggur zu Shand.

»Ich kann ihn ebenso wenig leiden«, erwiderte Shand, »aber er hat recht.« Er nahm Yggur zur Seite. »Komm, und trink eine Schale Chard mit mir.«

Sie lehnten sich mit dem Rücken gegen die Außenmauer, während die Trinkschalen mit dem Chard ihre Hände wärmten. Es war kalt dort oben in den Bergen.

»Du kannst nicht ansatzweise begreifen, wie es war, als die Experimente fehlschlugen«, sagte Yggur. »Rulke bahnte sich krallend einen Weg in meinen Geist. Es war wie – *ich kann es nicht beschreiben*, wie es war, als er in meinem Schädel wütete!«, schrie er.

Shand sah ihm in die Augen und nippte stumm an seinem Chard. Yggur hatte das Bedürfnis zu reden. Lass ihn so viel sagen, wie er mag, oder so wenig.

»Seit ich wieder zu Sinnen kam«, sagte Yggur, »hat mich immer der Gedanke an Rache aufrecht gehalten. Aber nun weiß ich, dass ich ihm nicht gewachsen bin. Ich habe Angst davor, irgendetwas zu tun, wodurch Rulke wieder Besitz von mir ergreift.« Tränen hilfloser Wut standen in seinen Augen.

»Ich kenne dieses Gefühl«, sagte Shand und legte seinen Arm um Yggurs Schultern. Ah, Karan, wie sehr es schmerzt.

»Mendark verlangt zu viel von mir«, sagte Yggur ein bisschen trotzig.

»Er verlangt viel von uns allen«, sagte Shand, »aber nicht mehr, als von sich selbst. Er hat eine Gelegenheit erkannt, die nie wieder kommen wird. Falls er Erfolg hat, sind wir frei!«

»Wie kann er Erfolg haben? Wie kann *irgendjemand* Rulke besiegen?«

»Nun, lass uns zumindest einen Versuch wagen«, sagte Shand.

Tallia spähte über den Rand des runden Schachtes. Das Glühen, das von unten heraufdrang und das so hell gewesen war, als Rulke auftauchte, war restlos erstorben. Eine massive Leiter, bewachsen von Stalaktiten aus gelbem und braunem Salpeter, erstreckte sich abwärts. Es war sehr dunkel – sie konnte nur ein halbes Dutzend Sprossen erkennen.

»Was ist da unten?«, fragte sie. Niemand antwortete.

Mendark stieg auf eine Bank und begann die glänzenden Kugeln von der Wand abzuschrauben. »Steckt euch ein paar davon ein«, sagte er und schob zwei Stück in seine Tasche. »Nun, wer kommt mit mir?«

»Ich«, sagte Tallia, obwohl sie Angst vor der unterirdischen Tiefe verspürte.

»Und ich«, sagte Shand nach einer langen Pause. Sein Blick begegnete dem von Malien, die auf ihrer Trage lag. Du bist dafür nicht einsatzbereit, schien er zu sagen.

»Die Aachim müssen vertreten sein. Ich werde dir Asper und Xarah mitgeben.« Dann schwieg Malien eine Zeit lang und starrte an die Decke. »Nein, Selials Versagen muss wettgemacht werden. Ich muss mitgehen.«

»Einer noch«, sagte Mendark und starrte Yggur an, der nervös inmitten eines Stapels mit Proviantpaketen herumhantierte, der in einer Ecke aufgeschichtet war.

Die rechte Seite von Yggurs Gesicht war starr. »Ich bin dabei«, sagte er mit erstickter Stimme, »aber es sei hiermit festgehalten, dass ich diese Torheit ablehne.«

»Wie du willst«, sagte Mendark. Er streifte sich eine Tasche über die Schulter. »Kann es losgehen?«

Tallia folgte ihm fast genauso widerstrebend. Sie hatte beengte Räume nie gemocht. Salpeterkrusten knirschten unter Sohlen und Händen; sie spürte, wie ihre Haare zu den Sprossen emporgezogen wurden, als sie abwärts stieg.

Das Stockwerk unterhalb des Zugangszimmers, für das sie den Ort, der Tensors Arbeitsraum gewesen war, nun hielten, war vollkommen leer, obwohl Flecken an einer Stelle auf dem Boden vermuten ließen, dass dort Experimente durchgeführt worden waren. Das darunterliegende Stockwerk, das dritte Turmgeschoss, war gleichfalls leer. An den Wänden und der Decke hingen gelbe, braune und schwarze Kristalle.

»Es ist heiß«, sagte Asper und fuhr sich über die Stirn.

»Nicht so heiß, wie das Meer der Trockenheit sein wird, falls wir es durchqueren müssen«, sagte Mendark knapp.

Ein beißender Luftschwall wehte herauf und bescherte ihnen Hustenanfälle.

»Es brennt mir in der Kehle«, keuchte Xarah, eine kleine Frau mit gelbem Haar. Sie und ihre unzertrennliche Zwillingsschwester Shalah waren die jüngsten der Aachim.

»Dieser Ort ist gefährlich«, sagte ein ungewöhnlich schweigsamer Asper und wischte sich mit dem Handrücken über tränende gelbe Augen. »Die Luft versengt meine Lunge.«

»Dann kehrt zurück, wenn euresgleichen nicht den nötigen Schneid besitzt!«, schnappte Mendark. »Alle unsere Optionen sind gefährlich.«

Asper verzog das Gesicht, als sei seine Ehre in Frage gestellt worden.

Sie rasteten im Bodengeschoss, in einem Zimmer, das stark nach Schwefel stank. Es war noch heißer geworden.

Darunter gelangten sie in einen gewaltigen Hohlraum, der mit Myriaden von Röhren vollgestopft war, die sich durch die labyrinthartigen Grundfesten des Turmes schlängelten.

Mächtige stählerne Taue, ähnlich eingerollten Sprungfedern, schraubten sich in weiten Kurven von der Decke zum Boden, einander überschneidend, bis sie in schartige Stufensockel mündeten. Es waren neun Stahltaue, und jedes dieser Taue verlief inmitten eines der gewundenen Steinstränge empor, aus denen der Turm bestand. Kleinere Stahlseile entwuchsen jeder der Haupttrossen und hielten sie an ihrem Platz.

»Aha!«, sagte Asper und zog seinen Kopf ein, um sich darunter hinwegbewegen zu können. »So funktioniert das also!«

»Was?«, fragte Shand.

»Wir konnten nicht begreifen, was diesen Turm aufrecht hält. Da er über dem Spalt erbaut ist, könnte eine Erderschütterung, die eine Seite des Spalts stärker bewegt als die andere, das ganze Gebilde zum Einsturz bringen.«

»Der Turm steht seit zweitausend Jahren«, sagte Mendark, voller Ungeduld weiterzukommen.

Asper hörte nicht zu. »Seht nur, wie die großen spiralfederartigen Stahltaue die Spannung aufrechterhalten, während die Sockelblöcke des Fundaments sich in unterschiedliche Richtungen verschieben können. Wie genial!« Dann sagte er: »Malien, Thel, kommt schnell her!«

»Was ist los?«, fragte Shand und bahnte sich durch das Geflecht kleiner Stahlseile schlängelnd seinen Weg in Aspers Richtung.

»Dieser Block hat so ziemlich das Ende seiner Lebensdauer erreicht«, sagte Asper und zeigte darauf.

»Was bedeutet das?«, fragte Xarah.

»Es bedeutet«, sagte Thel die Technikerin, »dass die nächste große Erschütterung die Fundamente des Turms aus der Verankerung lösen könnte, was sicher seinen Einsturz zur Folge hätte.«

»Und es bräuchte noch nicht einmal eine große Erschütterung«, sagte Shand. »Seht mal hier.«

Alle versammelten sich um ihn, außer Mendark, der abwärts

im Schacht verschwand. Direkt über ihrem Sockel war eines der gewaltigen Spiralfeder-Stahltaue, dessen Durchmesser dem von Shands Brustkorb entsprach, unter seiner Salpeterkruste stark verrostet. Er löste Stücke der Kruste ab. »Das ganze Gebilde steht unter solcher Spannung, dass, wenn dieses Tau hier bricht, die übrigen den Turm umreißen müssen.«

»Vielleicht, vielleicht auch nicht«, sagte Malien, ihre verletzte Schulter umklammernd. Sie war bleich wie ein Blatt Papier. Die einhändige Abwärtskletterei hatte ihr arg zugesetzt. »Hoffen wir, dass wir es nicht herausfinden.«

»Mendark!«, rief Tallia. »Komm zurück!«

Mendark tauchte wieder auf und untersuchte die Konstruktion mit Hilfe seiner Lichtkugel. »Hm«, sagte er und richtete sich auf. »Oben an der Spitze wirkt er so unerschütterlich, und die ganze Zeit über frisst dieser Krebs ihn von innen her auf. Nun, dem ist nicht abzuhelfen; lasst uns den Abstieg fortsetzen.«

»Er könnte jeden Augenblick einstürzen«, sagte Tallia und biss sich auf die Lippe. Sie war stark im Angesicht eines bekannten Gegners, doch diese tödliche Ungewissheit lähmte ihren Mut.

»Das könnte er. Und Rulke könnte jeden Augenblick zurückkehren. Oder einer von uns könnte die Leiter hinabstürzen«, sagte Mendark verächtlich. »Hundert Zufälle könnten uns jeden Tag umbringen.«

Tallia musste sich zwingen, weiter mitzugehen. Sie hatten hier tagtäglich Erderschütterungen gespürt, und mit jedem Tag waren sie stärker geworden. Irgendetwas ging tief unten im Spalt vor sich. Der Große Turm schien nun auf Eierschalen zu ruhen, und sie hatte wahnsinnige Angst, unter ihm begraben zu werden.

Sie stiegen ein großes Stück abwärts, durch einen Schacht aus Schichtbasalt. Schließlich erreichten sie den Boden, eine Aushöhlung im gewachsenen Fels ähnlich einem umgedrehten

Pilz, wobei der Brunnen den Stängel darstellte. Das gewaltige Gelass war leer, abgesehen von verschiedenen verkrusteten Bänken, die aus dem Bodengestein herausgemeißelt waren. Ein verstopfter Riss durchschnitt den Boden direkt unterhalb des Schachts. Er war bewachsen mit geysirartigen Erhebungen von roter, brauner und schwarzer Färbung.

»Der Spalt!«, sagte Tallia.

»In der Tat«, erwiderte Mendark leise.

Sie schritt im Raum umher und spürte alle fünfzehn Sekunden einen Luftstrom aus einem Belüftungsschacht an ihrer Wange, obwohl sie kein Tageslicht erblickte, wenn sie durch die Schächte hinaufspähte.

»Wie willst du es anfangen?«, fragte Xarah.

Mendark blickte finster auf die Steinbank. »Ich bin nicht sicher, dass ich das weiß«, sagte er mit düsterer Stimme.

Viele Stunden später hatten sich die Gefährten wieder am Boden des Schachtes versammelt, alle außer Tensor, den Mendark nicht in der Nähe haben wollte. Sie hatten all jene Macht enthaltenden Gegenstände gesammelt, deren sie habhaft werden konnten, einschließlich eines Bruchstückes vom Tor, durch das Rulke gekommen war, und des reparierten Metallspiegels. Yggur hatte sich von seinem mächtigsten Werkzeug getrennt, dem grapefruchtgroßen Rubin, den er zuvor eingesetzt hatte. Die Aachim waren die ganze Nacht am Werk gewesen, um den Rubin zu einem Stab umzuarbeiten und die beiden Enden so lange zu schleifen, bis sie vollkommen parallel zueinander verliefen. Dann schnitten sie den Metallspiegel so zurecht, dass dabei zwei kleine Kappen herauskamen, die sie mit den reflektierenden Seiten nach innen über den Enden des Rubins anbrachten. Anschließend umwickelten sie die ganze Apparatur mit Metallbändern und steckten zurechtgehauene Steinstücke von Rulkes Tor daran fest.

»Was ist das?«, fragte Tallia.

»Es hat keinen Namen«, sagte Mendark. »Ich habe es mir einfach ausgedacht. Man könnte es ein Ampliskop nennen, vermute ich. Bereit, Yggur?«

Yggur zitterte. »Nein!«, würgte er hervor. Er stand mit gespreizten Beinen rittlings über dem Spalt und hatte die Apparatur beidhändig umfasst. Indem er sie auf Armlänge vor sich hielt, nickte er mit einem marionettenhaften Zucken des Kopfes.

Mendark schloss die Augen und hielt eine sorgfältig ausgewählte Lichtkugel empor, ein glänzend geschliffenes Glas von der Farbe grünen Heliotrops und der Größe einer Orange. Inwendig war der Stein mit roten Malen gesprenkelt, die an Blutstropfen gemahnten. »Bündle die Kraft, Yggur. Und ziel genau, oder du wirst mir die Hand wegbrennen.« Den anderen rief er zu: »Löscht die restlichen Lichter *jetzt!*«

Die Aachim brachten ihre Lichtkugeln zum Verlöschen. Das heiße Gelass war nur von dem glühenden Blutstein erhellt, blassgrün mit roten Sprenkeln. Ein Rauchfaden stieg aus dem Spalt auf. Eine kaum spürbare Erschütterung ließ den Fels unter ihren Füßen erbeben. Tallia bekam eine Gänsehaut. Sie warf einen schnellen Blick nach oben, doch die Fundamente des Turms rührten sich nicht.

»Erinnerst du dich, wie das Nachtland erschaffen wurde, Yggur?«, fragte Mendark leise.

»Es hat seinen Abdruck in jeder Zelle meines Körpers hinterlassen«, schnappte Yggur.

»Gut, denn wir müssen diesen Abdruck auf die Kugel übertragen. Ich werde Kraft aus dieser Stätte ziehen«, sagte Mendark. »Yggur, du musst sie bündeln und verstärken.«

Ein Schauder schüttelte Yggur. Seine ausgestreckten Arme zitterten. »Fahr fort«, flüsterte er. Ein schwaches rosafarbenes Leuchten strömte zwischen seinem Daumen und Zeigefinger hervor. Sein ganzer Körper begann zu beben, dann gewann er mit einer mächtigen Willensanstrengung die Herrschaft über sich zurück. Das Ende des Ampliskops zitterte, beruhigte sich dann und wies direkt auf den Blutstein.

Tallia konnte die Spannung fühlen, die stramme Vibration, als wäre jedes Atom im Raum mit Energie geladen. Ein schwaches Summen ging von der Apparatur aus. Es wuchs zu einem Brummen an, einem Winseln, einem Kreischen, einer Geräuschexplosion, die ihren Ohren wehtat. Für den Bruchteil einer Sekunde brach ein rubinroter Lichtstrahl durch den vorderen Spiegel und traf den Blutstein.

Die Kugel leuchtete wie eine Wolke aus Blutstropfen. Mendark stöhnte, dann breitete sich die Strahlung bis zur Größe eines Findlings aus und blieb in der Luft hängen: gefrorenes Licht.

»Ein winziges Abbild des Nachtlandes, so wie es war, als es geschaffen wurde«, sagte Mendark.

»Ich hätte nicht gedacht, dass es so leicht sein würde«, sagte Xarah, die Hand ihrer Schwester haltend.

»Ha!«, erwiderte Mendark. »Das ist erst der Beginn, und ein sehr zaghafter obendrein. Nun müssen wir die Grenzen des Nachtlandes erspüren, sie auf dieser Kugel eintragen und die so entstandene Karte auf die geeignete Größe dehnen. Nur dann können wir versuchen, das Tor vor ihm zu verschließen.«

»Mach endlich weiter!«, fauchte Yggur. »Das hier ist, als würde ich ein Pferd über meinen Kopf halten. Ich kann das nicht den ganzen Tag lang tun.«

Mendark zog einen kleinen Gegenstand aus der Tasche, ein Stück gelben Bernsteins in Gestalt eines Kammes mit drei Zähnen, das am Ende eines Bandes befestigt war, dessen anderes Ende er sich um den Kopf schlang. »Ich bin der einzige Empfindsame hier, oder nicht?« Er blickte jeden von ihnen nacheinander an, doch niemand ließ etwas Gegensätzliches verlauten. »Ich werde das Erspüren vornehmen, während du, Selial, diesen Kamm nimmst und die Grenzen des Nachtlandes auf der

Kugel einträgst.« Er wandte sich an Malien. »Malien, ich würde dies nicht von dir verlangen, aber es gibt sonst niemanden – wirst du meinen Platz einnehmen?«

Malien verhalf ihrem Arm zu einer bequemeren Position in der Schlinge, zuckte zurück und sagte dann: »Ich werde die Kraft kanalisieren, so gut ich kann. Fang an!«

Sie reichte Mendark ihre freie Hand. Er schloss die Augen; seine Lippen bewegten sich. Selial setzte den Bernsteinkamm auf die Kugel aus gefrorenem Licht, und drei feine gelbe Linien erschienen darauf. Sie führte den Kamm sanft über den Umfang der Kugel. Das Trio der Linien folgte ihm rundherum bis zurück in die Nähe des Ausgangspunktes.

»Das war hart«, sagte Mendark und schüttelte Schweiß von seiner Stirn.

»Hundertmal leichter als mein Teil«, sagte Yggur mit gepresster Stimme.

»Ich weiß!«

Sie fuhren fort. Am Anfang der dritten Umrundung erschien ein winziger Strang in den über die Kugel gezogenen Linien. Selial mahnte sich selbst zur Ruhe, doch ehe weitere fünfzehn Sekunden verstrichen waren, begann ihr Arm vor- und zurückzuzucken und verursachte eine wilde Folge zickzackförmiger Ausschläge. Ohne Vorwarnung ließ sie den Kamm fallen. Ihr Arm sackte herab; ihre Brust wogte; ihr hageres Gesicht wurde schrumpelig wie Krepp-Papier.

»Ich kann es nicht tun«, keuchte sie und schnappte nach Luft. »Ich kann ihn auf der anderen Seite spüren, beobachtend und wartend. Voller Häme!«

»Ah!«, stöhnte Yggur, dessen schlimmes Knie nachgab. Er wäre gestürzt, wäre Tallia ihm nicht zur Seite gesprungen. Die Lichtkugel begann einzudunkeln.

»Halt die Kugel!«, brüllte Mendark. »Mehr Kraft, Yggur. Verlierst du sie, kann ich sie vielleicht nie wieder zurückerlangen.«

Die Muskeln in Yggurs Wange arbeiteten, der Blick seiner Augen schoss hin und her. Die Kugel wurde ein wenig heller.

»Geht's wieder?«, fragte Mendark scharf.

»Ich ... ich glaub, ich schaff es. Du kannst die furchtbaren Erinnerungen niemals nachvollziehen, Mendark, die das in mir wachruft.«

»Ich stehe dir bei.«

»Beim letzten Mal hast du es nicht getan«, sagte Yggur kalt. »Nun, was machen wir jetzt?«

Mendark warf einen Blick auf Selial, ein gebrochenes Wrack auf dem Fußboden. Ihre Nerven hatten abermals versagt. Er schüttelte den Kopf.

»Ich werde einen Versuch machen«, sagte Tallia, »obwohl ich so etwas noch nie zuvor getan habe.« Sie beugte sich hinab, um den Bernsteinkamm aus Selials schlaffen Fingern zu lösen. Ihre eigenen zitterten ziemlich heftig.

»Denk an nichts«, sagte Mendark. »Entleere deinen Geist vollständig – öffne dich nur für mein Senden.«

Sie begannen von Neuem. Für Tallia erwies es sich als unglaublich harte Arbeit. Sie begann den Umriss auf die Kugel zu übertragen. Die drei gelben Linien waren völlig verzerrt, fast so schlimm wie zuletzt bei Selials Versuch.

»Nein, nein!«, schrie Mendark gellend. »Du folgst mir nicht. Konzentrier dich!«

Sie begannen von Neuem, und diesmal lief es ein wenig besser, und es verbesserte sich noch mehr, als Tallia lernte, Mendark zu folgen. Sie waren beinah mit der Hälfte der Kugel fertig, als Mendark plötzlich zu Boden sackte und schwer um Atem rang.

»Ich muss ausruhen«, sagte er. »Kannst du sie halten, Yggur?«

»Ich muss, oder nicht? Mach schnell!«

»Nur ein paar Minuten«, sagte Mendark und ließ den Kopf zwischen den Knien hängen.

Tallia war froh um die Atempause. Sie fühlte sich ganz schwach, und als sie die Augen schloss, konnte sie noch immer die wellenförmige Dreiergruppe aus Linien sehen. Indessen begann der Boden zu beben. Heißes Gas zischte aus dem Riss im Boden und entzündete sich in der Luft, erstickende weiße Dämpfe verbreitend. Ein eingeatmeter Hauch reichte, und sie vermeinte, dass es das Innere ihrer Nase, Kehle und Lunge zerriss. Ihre Augen begannen zu brennen. Erstickungsgefühle überkamen sie, klaustrophobische Panik.

Tallia sprang auf und keuchte: »Schnell! Die Leiter hinauf!«

Die blutige Lichtkugel, zur Hälfte eingewoben in ein Netz gelber Linien, verschwand. Angestaute Nachwehen explodierten in ihrem Schädel. Tallia wuchtete sich Malien über die Schulter und rannte zur Leiter. Jeder Atemzug war, als inhalierte sie Säure. Die meisten der Aachim waren schon dort und behinderten sich gegenseitig.

»Aus dem Weg!«, rief Asper und versuchte, die hilflose Selial zur Leiter zu schleppen.

»Nein, du Narr!« Malien griff nach seiner Schulter. »Lass die Starken zuerst gehen, sonst werden wir hier alle um der Schwächsten willen sterben.«

In geordneter Panik erklommen sie die Leiter. Asper war einer der Letzten. Er ächzte unter seiner Last. Ihm folgte Tallia, die gegen eine Übelkeit ankämpfte, die stetig schlimmer wurde, und die Nachhut bildeten Basitor und Blase. Die weißen Dämpfe umwallten sie wie die Wogen einer stürmischen See, kräuselten sich in einem Moment sanft um Tallias Fußgelenke und schossen im nächsten Moment den Schacht als ätzender Schwall empor, sodass die Fliehenden krampfhaft husteten und sich hilflos an die Sprossen klammerten, während sie versuchten, ihre Lungen auszuwürgen wie Erbrochenes.

»Aaah!«, schrie Blase.

Tallia blickte hinab und sah, wie seine Finger von der Sprosse glitten. Er stürzte in die Dämpfe hinein, und ein dumpfer Aufschlag kündete von seiner Ankunft auf dem Grund des Schachtes. Basitor machte Anstalten, ihm nachzuklettern.

»Nein!«, schrie Tallia. »Das bedeutet den sicheren Tod!«

Er sah aus blutunterlaufenen Augen zu ihr empor. »Der Tod *ist* sicher!« Aber er stieg nicht nach unten.

Sie erreichten das Kellergeschoss, wo die Fundamente ruhten. Einige letzte weiße Wolken stiegen aus dem Schacht auf und verflüchtigten sich im freien Raum, und damit war die Sache vorbei. Wenige Minuten später konnte Tallia, mit Hilfe ihrer Lichtkugel in den Schacht spähend, ungehindert bis zur Leiche hinabblicken.

»Sollen wir es noch mal versuchen?«, fragte Malien.

»Zuerst müssen wir das Ampliskop erneuern«, sagte Mendark, während er es auseinandernahm. Eine Spiegelkappe war wegen der Intensität der ersten Lichtexplosion durchgebrannt. Das glatt geschliffene Ende des Rubins war mit Tropfen verflüssigten Metalls verunreinigt. »Malien, wir werden so viele von diesen Kappen benötigen, wie deine Leute bereitstellen können.«

Es dauerte einige Stunden, um die Apparatur wieder in ihren ursprünglichen Zustand zu versetzen – Stunden, in deren Verlauf der massive Fels um sie herum erbebte, zwei Mal und so stark, dass die verrutschenden Fundamente ächzten. Aber sie lösten sich nicht aus der Verankerung, die Stahltaue rissen nicht, der Turm stürzte nicht ein, und schließlich ging die Gruppe wieder nach unten, im Bewusstsein, dass sie alle ihre Höchstform bereits hinter sich hatten.

Blases Leiche wurde aufgehoben. Er erhielt die dem Brauch der Aachim entsprechenden Ehrerweisungen und wurde die Leiter emporgeschleppt. Diejenigen Aachim, die nicht länger benötigt wurden – die Hälfte von ihnen –, gingen mit, um Vorbereitungen für ihre Abreise zu treffen, welcher Art auch immer sie sein mochte. Es hatte keinen Sinn, ihrer aller Leben an solch einem gefährlichen Ort aufs Spiel zu setzen.

Erneut hielt Mendark die Blutstein-Lichtkugel empor. Wieder stellte sich Yggur mit gespreizten Beinen über den Spalt, und als Malien Kraft aus dem Spalt bezog, verstärkte er diese in seinem Körper und führte sie dem Rubinstab zu. Erneut brach jener karmesinrote Strahl durch den Spiegel und blähte den Blutstein zu einer Kugel aus geballtem Licht. Weißglühende Funken wirbelten schmauchend durch die Luft; geschmolzenes Metall tropfte vom vorderen Ende des Rubins.

Mendark fluchte, ein schriller Schmerzensschrei. Eine große rote Blase erblühte seitlich an seiner Hand, hervorgerufen von einem fehlgeleiteten Strahl. Er schwankte, fiel beinahe, stand dann durch schiere Willensanstrengung wieder aufrecht. Ohne zu zittern, hielten seine Hände die Kugel empor.

»Tut mir leid«, sagte Yggur ohne Mitgefühl.

»Macht schon, macht schon!«, kreischte Mendark.

Tallia fühlte sich träge, als sie sich bewegte. Sie griff nach dem dreizahnigen Kamm und spürte, wie Mendarks Senden in ihren Geist prallte.

»Jetzt *konzentrier* dich, stärker, als du es je zuvor getan hast!«, rief er.

Sie begann die gelben Linien um die blutfarben gesprenkelte Kugel zu beschreiben; zunächst zögernd, dann mit wachsendem Selbstvertrauen und dem Gefühl, zum ersten Mal in ihrem Leben mit Mendark zusammenzuarbeiten, als seien sie eins. Schließlich zog sie die letzte Dreierlinie – die Kugel war nun vollständig umwoben. Tallia seufzte und machte Anstalten, ihren Arm sinken zu lassen, der fast ebenso stark schmerzte wie ihr Kopf.

»Noch nicht!«, schrien Mendark und Yggur wie aus einem Mund. »Noch mal, über Kreuz!«

Tallia hätte beinahe aufgegeben. Die Arbeit war erst halb getan! Das Fleisch hing schlaff von Yggurs starrem Körper herab, als würde es in Richtung des Spalts gezogen. Als er ihren Blick wahrnahm, straffte er sich.

»Ich gebe mich jetzt nicht geschlagen«, sagte er matt.

Tallia begann von Neuem, diesmal um eine Vierteldrehung versetzt, wobei sie die bereits gezogenen Linien im rechten Winkel kreuzte. Sobald sie damit fertig war, erglühte die Kugel unverkennbar in blutroten Tropfen, aber auch das war noch nicht das Ende des Ganzen. »Mein Arm!«, keuchte sie.

Asper rannte herüber, um die Krämpfe wegzumassieren. Sie musste den Vorgang wiederholen, diesmal um eine Achteldrehung versetzt, und dann noch mal über Kreuz dazu. Als Mendark endlich zufrieden war, brach sie zusammen.

Mendark blickte auf Yggur, und dann auf Malien. Sie waren allesamt halbtot vor Anstrengung. »Noch liegt ein weiter Weg vor uns«, sagte Malien.

»Es ist eine überaus armselige Nachbildung des Nachtlandes, so wie ich das Nachtland jetzt fühle«, erwiderte Mendark. »Nun, Meister-Kartenmacher, zeig uns, wie's funktioniert.«

Shand trat aus den Schatten hervor und nahm den Kamm auf. Mit den drei Zähnen erfasste er hie und da eine gelbe Linie, oder manchmal auch mehrere auf einmal, und kämmte sie langsam um, bis die Kugelform sich der Form einer knotigen Kartoffel angenähert hatte, asymmetrisch und bedeckt mit Aus- und Einstülpungen.

»Das ähnelt schon eher dem Nachtland, so wie ich es kenne«, seufzte Yggur.

»Und wie ich es fühle«, ergänzte Mendark.

»Es gibt noch mehr Dimensionen als diese drei«, sagte Shand, »doch benötigen wir eine bessere Nachbildung als diese, um sie zu kartieren. Dennoch glaube ich, dass sie ihren Zweck erfüllt. Nun wollen wir die Lücke finden; den Weg hinein.«

Kapitel sechs

Nachtland

Llian stürzte haltlos durch leeren Raum. *»Karan!«,* schrie er, geblendet vom Licht.

Mit einem Klatschen traf seine Nase auf etwas Hartes. Als er danach griff, fühlte Llian glatte warme Haut und erkannte, dass er Karan am Schienbein festhielt. Er verlagerte seinen Griff, sah nach unten und erblickte ihr schönes Gesicht kopfüber neben seinen Füßen, umhüllt von einer Aureole aus weißem und blauem Licht.

Karan versuchte zu lächeln, aber es kostete sie Mühe. Llian festzuhalten war, als versuchte man, zwei gleiche Magnetpole gegeneinanderzupressen; eine unsichtbare Kraft versuchte, sie voneinander wegzuschleudern.

»Was machst du da unten?«, rief sie über das Tosen des Windes hinweg. Sie hielt seinen Gürtel gepackt, während er sich umdrehte und sich an ihrem Körper emportastete. Sie klammerten sich aneinander, Lippe an Lippe, Brust an Brust, Hüfte an Hüfte, während einer Reise, die endlos war; an einem Ort, wo Zeit keine Bedeutung hatte. Und im Verlauf dieser ewig währenden Durchquerung verzerrten und verkrümmten und verzogen sich die Farben sogar durch geschlossene Augenlider hindurch.

»Wohin geht die Reise?«, flüsterte Llian.

»Ich weiß es nicht. Ich glaubte, das Tor würde uns nach Thurkad zurückbringen. Von dorther kamen Yggur und Faelamor.«

»Wir müssten längst dort sein. Als Tensor mich durch *sein* Tor schickte, kam ich sofort am anderen Ende wieder heraus.«

Karan kam ein furchtbarer Gedanke. »Vielleicht ist dies hier gar nicht jenes Tor«, sagte sie. »Was ist, wenn Rulke durch ein anderes Tor kam?«

Genau in diesem Moment erschauerte etwas zwischen ihnen. Llians Lider flogen alarmiert auf. Karan starrte ihm direkt in die Augen, und ihre Pupillen waren so stark geweitet, dass das prachtvolle Grün der Iris verschwand. Ihre roten Locken waren ein Wust wogenden Gekringels.

»Etwas ist schiefgelaufen, oder?«

»Ja«, flüsterte sie. »Llian, halt mich ganz fest. Ich fürchte, das ist das Ende.«

Er drückte sie so fest an sich, dass sie kaum noch Luft bekam. »Nun, wenigstens sind wir zusammen«, flüsterte er in ihr Ohr.

Sogar während er sprach, drängelte sich ein sichtbares Ätherband zwischen sie. Es besaß Farbe und Form, war jedoch nicht körperlich. Dann bildete sich in seiner Mitte eine kleine Blase, eine harte kleine Bohne, die gegen Llians Brust drückte. Sie begann rasch zu wachsen, wie ein Ballon, der voll Luft gepumpt wird, und stemmte sie auseinander. Llian versuchte, das Ärgernis wegzuschieben, doch seine Finger glitten, fast ohne Widerstand zu finden, hindurch. Er und Karan waren bereits eine Armlänge voneinander entfernt.

»Llian!«, schrie Karan. »Lass nicht los!«

Sie klammerte sich an seine Arme, doch ihre Hände wurden langsam zu seinen Handgelenken hinabgezogen. Sie schlangen ihre Finger ineinander, kämpften gegen den Druck an. Ihre Anstrengungen waren vergebens. Der Ballon platzte ohne einen Laut und schleuderte sie auseinander.

Llian hielt gehetzt nach Karan Ausschau, doch alles, was er sah, war ihr davontrudelnder schwarzer Schatten, der vor der pulsierenden Helligkeit immer kleiner wurde. Ein wahnwitziges Trommelfeuer aus Licht und Klang kappte seine Sinne Stück für Stück, und obwohl er laut nach Karan schrie, besaß er keine hörbare Stimme. Jetzt verlor er seinen Sehsinn, seinen Hörsinn, seinen Tastsinn. Eine ungewisse Zeit lang war er verloren in einem dimensionslosen Ort, dann krachte er durch ein Kristallglasfenster und schlitterte über einen Boden, der so kalt und glatt war wie Eis.

Eine Weile lang lag Llian da, gänzlich blind und betäubt. Schmerz war die erste Empfindung, die zurückkehrte. Er erwachte, und sofort fühlte er sich an einem Dutzend Körperstellen von Schmerz gepeinigt. Seine Zunge, übel zugerichtet, nachdem Tensor ihn als Schutzschild gegen Rulke benutzt hatte, fühlte sich an, als hätte er über ein Sägeblatt geleckt. Sein Knie pochte schmerzhaft infolge irgendeines weiteren, vergessenen Unfalls.

Kälte – Eis – Boden?, dachte er schwerfällig. Dann bin ich, ob tot oder lebendig, nicht mehr im Tor, sondern an irgendeinem *realen* Ort!

Er schlug die Augen auf. Der Irrsinn seiner Reise hatte ein Nachbild auf Llians Netzhaut hinterlassen, sodass er nichts als Farben sehen konnte. Kälte legte sich auf sein Gesicht.

Farben verblichen zu Schwärze. Zu tiefer Schwärze und dem Eindruck eines gewaltigen kalten Raumes. Ganz bestimmt nicht Thurkad! Llian blinzelte. Der Boden war so hart wie Metall und hätte sehr wohl Metall sein können. Er setzte sich auf. Die Farben kehrten kurz zurück. Die Luft auf seinem nassen Gesicht war eisig kalt. Nass? Llian legte eine unsichtbare Hand auf seine Wange, ertastete die klebrige Nässe und zuckte zurück – eine klaffende Wunde durchzog seine Stirn. Indem er die gezackten Ränder der Wunde mit den Fingern zusammendrückte, erhob Llian sich. Schmerz strahlte von seinem Fußknöchel aus. Llian erhob sich immer höher, seine Füße lösten sich vom Boden, dann sanken sie langsam wieder zurück. Er fühlte weniger Schmerzen, als er auftraf, also war sein Knöchel nicht unbedingt gebrochen.

Die Schwärze war jetzt nicht mehr ganz so undurchdringlich, und er fühlte – denn noch immer konnte er nicht deutlich sehen –, dass er in einer riesengroßen Halle stand. Vor ihm erstreckte sich schwarzer Fußboden. Vielleicht wölbte sich weit oben eine schwarze Kuppel, ganz knapp – wie um ihn zu foppen – außerhalb seiner Sichtweite. Nebel schwebte über dem Boden. Er besaß einen ganz schwachen Glanz, doch als Llian sich hindurchbewegte, zog der Nebel in zähen, wirbelnden Schwaden davon, die eine leichte Phosphoreszenz ausstrahlten. Llian hatte von den blutwarmen Seen gelesen, die glühten, wenn eine Hand sie aufrührte, aber dies hier war anders: eine kalte, leblose Leuchtkraft, die jeden Strudel und Wirbel in der trägen Luft sichtbar machte.

Wo war er? Noch nie war er an einem Ort wie diesem gewesen; nie hatte er von einem solchen Ort gelesen, obwohl ein Palast, herausgeschlagen aus den Eisbergen des Südpols, vielleicht so ausgesehen hätte.

Die Kälte kroch durch die durchgetretenen Sohlen seiner Stiefel. Er musste in Bewegung bleiben. Sein Knöchel schwoll an, drückte gegen das Stiefelleder und bereitete ihm mit jedem Schritt stärkere Schmerzen. Llians Kopf tat weh, und sein Magen rebellierte; eine Auswirkung der Tordurchquerung, vermutete er.

»Karan«, sagte er leise, gehemmt von der Fremdartigkeit und den Ausmaßen seiner Umgebung. *»Karan«*, lauter jetzt, in einer Wolke kondensierten Atems. Noch nicht einmal ein Echo folgte, um ihn durch das Erwecken flüchtiger Hoffnung zu verhöhnen. Er rief ihren Namen, doch in dieser gewaltigen Halle klang seine Stimme einsam und verloren, ein klägliches Blöken – ein verirrtes Schaf. Dieses Bild rief ihm das Schicksal derartiger Kreaturen in den Sinn: Opfer von Wildkatzen oder Wölfen. Was für Dinge hausten an diesem unheimlichen Ort, um bedauernswerte Wesen wie ihn zu verschlingen?

Wo mochte Karan wohl sein? Sie waren lange Zeit vor seiner hiesigen Ankunft getrennt worden. War sie ebenfalls hier gelandet? Oder hatte es sie irgendwo *dazwischen* an einen Ort verschlagen, von dem es keine Rückkehr gab? Tore waren verräterische Vorrichtungen.

Unglücklich ging er weiter, mit federnden Schritten, die so

lang waren, als würde er ausgreifend dahinschreiten. Das war seltsam, wie auch alles andere hier. Nichts passte mit den Gegebenheiten der Welt zusammen, an die er gewöhnt war. Und die Kälte hatte sich in seinen Knochen festgefressen. Er konnte nicht schnell genug laufen, um warm zu werden.

Schließlich konnte Llian nicht einmal mehr humpeln, selbst wenn er erfror. Er setzte sich auf den Boden, durchforschte seine Taschen und stieß auf einen Kanten dunklen Brotes, übrig geblieben von vorangegangenen Tagen. Er kaute das Stück langsam, mit trockenem Mund, doch es war schnell verzehrt und der Hunger nicht gemildert.

Es war zu kalt, um sitzen zu bleiben. Er hinkte weiter und erkannte, wie sehr er von Karan abhängig geworden war. Er erinnerte sich mit angeekelter Erheiterung an seine romantischen Träume auf der Straße nach Tullin, bevor er sie getroffen hatte. Dieser närrische Jüngling, den Kopf voller Grillen nach jahrelanger Beschäftigung mit den Historien und nichts anderem, begierig nach Ruhm und großen Taten. Welch ein unreifer Jungspund er doch gewesen war – was für ein unbeholfener, eitler Narr. Er war nicht zum Helden geschaffen. Er war ein Chronist und würde niemals mehr sein als das.

Das erinnerte ihn an seine ursprüngliche Suche, vergessen dank der Aufregungen der zurückliegenden Woche – was war zurzeit der Düsternis wirklich geschehen, und wer hatte das verkrüppelte Mädchen ermordet? Llian spürte, dass er einem Teil der Antwort nahe gewesen war; dass es einen entscheidenden Hinweis gab, den er übersehen, oder ein entscheidendes Beweisstück, das er noch nicht gefunden hatte. Befand es sich hier oder zurückliegend in Katazza? Vielleicht kannte Rulke die Antwort. Womöglich wusste er, wo Kandors Aufzeichnungen zu finden waren.

Derartigen Phantasien nachhängend, ging Llian voran, uneingedenk des Eides, den er vor erst einer Stunde geleistet hatte. Sein Weg in der Welt war nun ein anderer, und sein wichtigstes

Vorhaben bestand darin, die *Geschichte vom Spiegel* aufzuzeichnen – nun ganz ohne Frage eine Große Geschichte, und eine, die erzählt werden musste, egal was daraus erwuchs.

Verloren in solche erbaulichen Träume, hatte Llian humpelnd eine beträchtliche Strecke zurückgelegt. Als er sich seiner Umgebung wieder bewusst wurde, bemerkte er, dass er im Eingang zu einem anderen großen Gelass stand. Einem Gelass obendrein – denn hier war es heller –, dessen Anmutung eine vertraute Saite in ihm anschlug. Vertraut, fürwahr – das gespenstische Licht enthüllte Obsidiansäulen vom Umfang alter Baumstämme, und dahinter einen geschnitzten Ebenholzthron …

War er in einem Nachtmahr gefangen? Dies war der Ort, den er in seinen Albträumen gesehen hatte und in jenen, die er vor langer Zeit mit Karan geteilt hatte. Die Erinnerungen brachten den Schrecken zurück. Gewiss musste dies das Nachtland sein, eine Blase der Leere, umgeben von einer undurchdringlichen Hülle – der Ort, der zu Rulkes Kerker gemacht worden war. *Rulkes Gefangensetzung* war eine Große Geschichte, eine, die Llian in ihren sämtlichen Versionen und Varianten studiert hatte. Das Nachtland war ein dunkler, kalter, seelenloser Ort, ein Ort, um Rulkes Willen zu untergraben, ihn zu schwächen.

Nun, aus dieser Leere hatte Rulke einen eisigen Palast geformt. Fraglos musste sich darin all das befinden, was er zum Überleben brauchte. Auch Rulke bestand aus Fleisch und Blut … er musste essen, musste trinken, musste schlafen. Irgendwo musste Nahrung zu finden sein. Dies brachte Llian dazu, über das Nachtland nachzudenken, während er voranschritt. Woraus war es gemacht, und wie hatte Rulke es seither gestaltet? Für die *Geschichte vom Spiegel* musste er auch dies alles lernen. Niemand hatte jemals irgendetwas über diesen Ort geschrieben. Niemand war jemals hier gewesen. Falls er der Erste war … Doch welchen Sinn hatten diese närrischen Träume? Falls er das Tor nicht wiederfinden konnte, würde er hier bleiben müssen, bis er starb.

Kein Entkommen! Llian versank in bitterer Verzweiflung, eine Hoffnungslosigkeit, die schwärzer war als die Schwärze des Nachtlandes selbst, vielleicht der Widerhall dessen, was Rulke zu Beginn seiner Gefangenschaft empfunden haben musste. Dennoch hatte *er* nie aufgegeben. Diese ganze Zeit über hatte er geträumt und Pläne geschmiedet.

Wenn doch nur Karan ebenfalls hier wäre! Doch wie sollte Karan eine Fluchtmöglichkeit von hier finden, da selbst Rulkes Stärke und Genie dies tausend Jahre lang nicht vermocht hatten? Der Ruf dieses Ortes wirkt sich bereits auf meinen Geist aus, dachte er und begann zu begreifen, wie sehr Rulkes Gefangenschaft ihn aufgerieben haben musste. Kein Wunder, dass er uns gegenüber solche Bitterkeit und solchen Groll empfindet. Und was tat Rulke jetzt? Vielleicht hatte er bereits in Katazza alle bezwungen und schickte sich an, gegen den Rest von Santhenar vorzugehen.

Plötzlich fühlte sich Llian sehr klein, einsam und verängstigt. Als ihm bewusst wurde, dass er noch immer vor dem gewaltigen Thron stand, hastete er davon und rief mit lauter Stimme Karans Namen. Die Echos folgten ihm durch den Saal.

Am anderen Ende der Halle erblickte er den Umriss einer weiteren Tür. Zwar war sie verschlossen, doch als er dagegendrückte, schwang sie ohne Widerstand auf. Er betrat ein kleineres Gelass, das schwach erhellt war. In der Mitte des Raumes stand so etwas wie eine große und komplizierte Maschine, doch da das Licht von der gegenüberliegenden Seite kam, konnte er sie nur umrisshaft erkennen. In dem trüben Licht schienen die vertrackten Formen sich vor seinen Augen zu bewegen. Ihn überlief eine Gänsehaut. Was auch immer das war, er wollte nichts damit zu tun haben.

»Karan!«, schrie er mit laut tönender Stimme und näherte sich wieder der Tür.

»Karannn … araaann«, wehklagten die Echos. Es kam keine Antwort.

Kapitel sieben

Der schwarze Pfuhl

Im Tor wurden Llians Arme von Karan weggerissen, und er wirbelte davon, dann war er verschwunden. Auch Karan wurde blind und taub, dennoch wusste sie genau, wohin sie sich bewegte, denn wie Mendark war sie eine Empfindsame und konnte ihre Flugbahn vor ihrem geistigen Auge genauso deutlich sehen, als handelte es sich um eine gepflasterte Straße, die sich über den Himmel dahinzog. Aber sie hatte keine Ahnung, wo Llian war. Er hatte sich schlicht aus dem Dasein verabschiedet.

Die Straße tauchte in eine schwarze Höhle ein, die wie ein Korkenzieher geformt war. Karans Flug folgte der Spiralbahn, bis die Höhle sie am anderen Ende in einen tintenschwarzen Pfuhl ausspuckte. Karan schnellte an die Oberfläche und versuchte, an den Rand des Pfuhls zu schwimmen. Der erste Schwimmzug hob sie förmlich aus dem Wasser, wobei sie eine Spur aus schwarzen Tropfen nach sich zog, die hinter ihr wie Seifenblasen durch die Luft davonschwebten. Sie platschte in die Flüssigkeit zurück, berührte den Grund des Pfuhls und erhob sich auf die Beine. Selbst diese Bewegung ließ sie in die Luft emporschnellen. Die Flüssigkeit reichte ihr hier bis zur Hüfte, und als sie auf den Beinen stand, versuchte das Zeug, sie umzuwerfen. Sie watete hinaus ans Ufer, und ihr Kopf begann schmerzhaft zu pochen, eine Auswirkung der Tordurchquerung.

Das Zeug im Pfuhl war kalt, machte sie jedoch nicht nass; es rann von ihren Kleidern herab und löste sich in Kugeln auf, die langsam auf den Boden sanken, wo sie dunkle, glänzende Pfützen und Tröpfchen bildeten. Es war wie Quecksilber, doch leicht. Karan schüttelte sich, zitterte, leerte Flüssigkeit aus ihren Taschen und ihren Schuhen und blickte sich nach irgendetwas um, das das Tor sein könnte, ihr Ausweg von hier. Es gab nichts dergleichen, außer es befand sich unterhalb des Pfuhls, doch Llian zu finden war dringlicher, als wieder dort hineinzuwaten. Karan wrang schwarze Blasen aus ihrem Haar und machte sich auf den Weg, wobei sie einfach ihrer momentanen Blickrichtung folgte, denn jede Richtung sah gleich aus. War Llian ebenfalls an diesem Ort gelandet? Man konnte es nicht wissen. Besser, sie setzte sich in Bewegung.

Karan lief oder vielmehr federte auf etwas zu, was nach Tag oder auch Nacht aussah, denn da das düstere Licht sich kaum änderte, konnte sie über das Verstreichen der Zeit höchstens Vermutungen anstellen. Sie kam durch zahllose unterschiedliche Räume, wie sie Palästen eigen sind, doch sie waren leer, lautlos und kalt. Keiner erregte im Geringsten ihr Interesse; weit lieber wäre sie zu Hause auf ihrem engen und baufälligen Landhaus auf Gothryme gewesen. Vorausgesetzt, dass es nach dem Krieg überhaupt noch existierte. Bei diesem Gedanken spürte sie einen Kloß im Hals.

Mühsam stapfte sie durch einen Thronsaal und einen gewaltigen Korridor hinab, blickte dabei in jedes Zimmer und rief unablässig nach Llian. Am Ende des Korridors fand sie sich in einem Schlafzimmer wieder, das eines Kaisers würdig war, aber auch düster und bedrückend wirkte. Der Boden bestand aus rotem Marmor, die Wände waren mit Samt und Seide drapiert, und das Bett war eine kopfhohe Plattform, die erhaben auf sieben Pfosten aus Ebenholz ruhte und einen Betthimmel besaß, der so hoch war, dass er im Zwielicht der Zimmerdecke verschwand. Flammen tosten in einem offenen Kamin an der gegenüberliegenden Wand, doch das Gelass war so kalt wie alles andere an diesem grauenvollen Ort.

Karan stand vor dem Feuer und hielt ihre Hände den Flammen entgegen, merkte jedoch, dass diese weniger Wärme abgaben als eine Kerze. Das Kaminfeuer war nur eine Dekoration, ein launiger Einfall. Vielleicht hatte Rulke keinen Bedarf an Wärme. Vielleicht besaß das Nachtland auch nicht genügend Stofflichkeit, um das Feuer heißer zu machen.

Karan war derart durchkühlt und müde, dass sogar der Gedanke an Rulke nicht mehr in der Lage war, sie in Schrecken zu versetzen. Sie zog einen Teppich zum Feuer herüber, legte ihn mehrfach zusammen und setzte sich so dicht vor die Flammen, wie es ging. Nachdem sie ihre Stiefel und Strümpfe ausgezogen hatte, legte sie ihre eiskalten Füße direkt auf den Kaminrost.

Stundenlang saß sie so da – eine kleine, einsame Gestalt, das blasse runde Gesicht in die Handflächen gestützt. Ihre Locken, rot wie ein Sonnenuntergang, waren ein wirres Knäuel, das weder Kamm noch Bürste zu bändigen vermochten. Ein, zwei Mal, als sie sich mit den Fingern durch den Haarwust fuhr, löste sich eine kleine, schwarz glänzende Kugel und trieb davon wie eine Seifenblase.

Schließlich wurde es Karan etwas wärmer. Auf einmal fühlte sie sich schläfrig, so als hätte sie ein Schlafmittel genommen. Sogar als sie aufstand, konnte sie kaum noch die Augen offen halten. Sie hatte seit einer Ewigkeit nicht mehr geschlafen. Sie erklomm die Bettkante, zerrte sich die schmutzigen Kleider vom Leib, dieselben, in denen sie vor ein paar Tagen den Turm erklettert hatte, ließ sie am Bettende zu einem unordentlichen Haufen fallen und glitt inmitten kalter Seidenlaken in den Schlaf, aber nicht in Träume hinüber. Das Nachtland *war* ein Traum, doch ihr Schlaf war zu fest.

»Karannnn!«

Der traurige Ruf rief sie schlagartig wach, erfrischt, so als hätte sie viele Stunden lang geschlafen. Die Worte erklangen in der tonlosen Wiederholung, die zeigt, dass der Rufer die Hoffnung auf eine Antwort seit Langem aufgegeben hat.

»Hier!«, rief sie.

Es blieb lange still, und dann, als ihr Blick sich geklärt hatte, sah sie, über die Bettkante hinweg, Llians vertraute Gestalt an der Tür. Er hinkte ins Zimmer und sah aus, als wüsste er einfach nicht mehr weiter – sein langes braunes Haar glich einem Rattennest, Wange und Stirn waren blutverkrustet, ein Hosenbein war zerrissen, der Stoff hing in Fetzen herab. Er ließ den Blick durchs Zimmer schweifen, dann wandte er sich ab, um sich wieder hinauszuschleppen.

»Llian«, sagte sie leise.

Er tappte um das Bett herum, doch er sah sie noch immer nicht.

»Hier oben, du Dummer!«, rief sie, lehnte sich über die Bettkante und schwenkte ihm ihre lieblichen Brüste entgegen.

Llian blickte hoch, sah sie dort mit ausgestreckten Armen, und sein Gesicht zeigte eine derartige Mischung aus Erleichterung und Hoffnungslosigkeit und Wollust, dass sie in Lachen ausbrach. Er ergriff Karans Hand und kletterte hinauf in ihre wartenden Arme.

»Rulkes höchsteigenes Bett!«, sagte er und ließ sich flach auf den Rücken fallen. »Wie mutig du bist.«

»Und du etwa nicht?«, schrie sie voller Entrüstung, die nur halb gespielt war. »Welch ein Kompliment!«

»Ich bin so kaputt, mir ist alles egal. Ich will nur noch schlafen.«

»Noch nicht«, sagte sie und öffnete hastig ihr Hemd, um zu verhindern, dass er augenblicklich entschlummerte. »Ich habe einen noch kühneren Plan und kann ihn nicht allein ausführen.«

Und als Rulkes Bett völlig zerwühlt war, brachen sie jeder in den Armen des anderen zusammen.

»Niemand hat das jemals hier getan«, sagte sie und streichelte Llians Wange, »außer *er* beschwört Dämonen, um seiner Sinneslust zu frönen.«

Llian antwortete nicht. Er schlief schon fast. Bald schlief auch Karan und träumte von zu Hause.

Als Llian erwachte, war Karan nicht da. War alles eine Halluzination gewesen, ein Nachtland-Trug? Nachdem er sich angekleidet hatte, griff er automatisch nach seiner Tasche, die sein Tagebuch und die wertvollen Notizen für die Geschichte enthielt. Sie war nicht da. Mit einem plötzlichen Krampf, der fast sein Herz zum Stillstand brachte, wurde er sich bewusst, dass er die Tasche seit Katazza nicht mehr gesehen hatte. Hatte er sie im Tor verloren?

»Karan!«, rief er panisch, sprang von der Bettkante hinab und wurde wie ein Gummiball wieder emporgeworfen. Schmerz jagte durch seinen Knöchel. Keine Antwort. »Karan!«

»Ich hab dich schon beim ersten Mal gehört!« Ihre leise Stimme erklang von der Tür her. Sie rannte barfuß quer durchs Zimmer, hüpfte an ihm hoch und umschlang seinen Hals. Sein Knöchel gab nach, und sie fielen gemeinsam auf den kalten Boden.

»Aua!«, jaulte er auf.

»Was ist los?« Sie streichelte sein blutverkrustetes Gesicht. Seine braunen Augen waren noch immer blutunterlaufen.

»Ich hab mir gestern den Knöchel verstaucht. Wo warst du?«

»Ich hab nach etwas Trinkbarem gesucht; ich bin am Verdursten.« Probehalber versetze Karan seinem Knöchel einen Knuff. Sein Aufstöhnen war nicht gespielt.

»Oh, ich bin so froh, dass wir zusammen sind, sogar *hier*«, und sie umarmte ihn abermals und küsste ihn auf die Stirn.

Der Gedanke an Rulke war eine Sturmwolke, die Llians Sonne verdunkelte. Er lag, wohin er gefallen war, und hielt ihre Hand. »Dies ist das Nachtland«, sagte er.

»Was sonst?«

»Was wird er mit uns machen, wenn er zurückkehrt?«

»Ich weiß es nicht.« Sie tastete seinen Knöchel rundherum ab, diesmal sanfter. »Er ist nicht gebrochen. Obwohl man manchmal mit einem leichten Bruch laufen kann. Nur verstaucht, glaube ich. Zieh den Stiefel wieder an; er wird den Knöchel stützen, bis die Schwellung abklingt.«

»Hm«, sagte er, in Gedanken noch immer bei seinem Verlust.

»Was ist bloß heute mit dir los?«

»Ich hab meine Tasche verloren. Das Tagebuch, die Aufzeichnungen, alles. Was soll ich nur machen?«

»Deine Tasche ist noch in Katazza, Dummerjan, und hängt oben im Turm an der Mauer.«

Die Erleichterung war überwältigend. »Ich bin wirklich durstig«, sagte er kurz darauf. »Hast du Wasser gefunden?«

»Noch nicht. Ich bin zurückgekommen, um meine Stiefel zu holen.« Sie zog sie an.

»Nun«, sagte Llian, »du hast uns hierhergebracht. Wie kommen wir wieder zurück?«

»Ich weiß es nicht. Ich dachte, das Tor würde uns nach Thurkad zurückbringen, hinter Faelamor her.«

»Aber wir wissen ja noch nicht einmal, dass sie dorthin gegangen ist. Womöglich hat Rulke uns hierher *geschickt.*«

»Bist du an diesem Ende durch irgendetwas hindurchgekommen, das wie ein Tor aussah?«

»Ich konnte überhaupt nichts sehen. Ich landete einfach in der Mitte eines großen Saals«, sagte Llian.

»Ich landete in einem Pfuhl. Ich habe keine Ahnung, ob er das Tor war oder nicht. Wie könnte das sein? Wie könnten zwei Ausgänge existieren?«

»Weiß ich auch nicht. Ich kann nicht mehr klar denken. Aber du hast gehört, was Rulke gesagt hat. Er benötigt uns. Er wird zurückkehren.«

»Falls er das kann«, sagte Karan.

»Dann sollten wir das Tor besser vor ihm finden.«

»Kannst du zu dem Ort zurückfinden, wo du gelandet bist?« Aber sie erwartete nicht zu viel. Llians Orientierungssinn war selbst unter günstigsten Umständen eine Katastrophe.

»Vermutlich nicht.«

»Dann lass uns dorthin gehen, wo ich gelandet bin.«

Sie marschierten durch die Düsternis, und Llian staunte, wie Karan ihren Weg an diesem Ort fand, der so völlig jedweder Orientierungspunkte entbehrte. Doch es gelang ihr, und eine ganze Weile später erreichten sie die Stelle, nach der sie gesucht hatte. Karan watete in den Pfuhl hinein, in die glitzernde Flüssigkeit, die schwarzem Wasser glich, sie aber nicht nass machte.

»Kannst du irgendetwas fühlen?«, rief Llian, glücklich, dass *sie* im Pfuhl stand und nicht er.

»Nein«, sagte sie, den Pfuhl durchmessend. In der Mitte reichte er ihr deutlich bis über den Kopf. Sie watete wieder hinaus, wobei die Flüssigkeit in Form von Kügelchen herabtroff, die lange Zeit benötigten, um den Boden zu erreichen.

»Dann sitzen wir in der Falle. Wenn er zurückkehrt, müssen wir Furcht vor ihm vortäuschen und uns hilfsbereit zeigen.«

»Ersteres wird uns nicht schwerfallen«, sagte Karan trocken, als sie den Rückmarsch antraten.

»Was ist, wenn er in Katazza alle besiegt hat?«

»Lass uns einfach unsere fünf Sinne beisammenhalten und auf eine günstige Gelegenheit warten.«

»Ich glaube nicht ...«

»Er ist nicht auf der Höhe, Llian. Hast du nicht gemerkt, wie zögerlich er gegen mich vorging? Wie langsam seine Reflexe waren?«

Llian hatte nichts dergleichen bemerkt. Sicherlich übertrieb sie, um ihn aufzumuntern, doch es bewirkte nur, dass er sich noch schlechter fühlte. Wie konnte sie es wagen, ihre geistigen

Kräfte mit denen Rulkes zu messen? Es verwirrte und ängstigte ihn.

»Er ist dumm«, fuhr sie fort, »aber vielleicht hat er es noch nicht bemerkt. Es muss einfach eine Gelegenheit kommen, und wenn sie da ist, werde ich ihn ablenken, während du durchs Tor gehst. Anschließend folge ich dir.«

»Und er wird uns beiden folgen. Wir werden wieder dort sein, wo wir hergekommen sind, oder an einem noch übleren Ort, und ihn im Nacken haben. Au!« Er ließ sich auf dem Boden nieder und zog an seinem Stiefel. Sein Knöchel war viel stärker geschwollen als zuvor.

»Es ist nicht mehr weit«, sagte Karan. »Lehn dich auf meine Schulter.«

Während sie vorangingen, erläuterte sie ihre Sichtweise. »Das Tor zu durchqueren nimmt einen ziemlich mit – du hast das doch auch gespürt?«

»Ja, mein Kopf schmerzt noch immer ein wenig.«

»Das Tor tatsächlich zu kontrollieren, muss noch viel zermürbender sein – du hast gesehen, wie angeschlagen Tensor war, als er es benutzte. Nachdem er es die ganze Zeit über offen gehalten hat, wird sicherlich auch Rulke schwitzen. Mit so vielen starken Feinden zu ringen, muss ihm obendrein Verletzungen beigebracht haben. *Falls* er kommt, wird er erschöpft sein; warum sollte er uns folgen wollen, wenn er weiß, dass er kommen und gehen kann, ganz wie es ihm beliebt?«

»Gut, falls wir die Gelegenheit erhalten, wollen wir das Tor dazu bringen, uns an einen anderen Ort zu versetzen – meinetwegen sogar nach Gothryme.«

»Ich weiß nicht, wie man solch ein Tor benutzt. Wie kann ich seinen Zielort bestimmen? Weißt du es?«

»Nein«, erwiderte Llian in der Erkenntnis, wie töricht seine Worte waren. Was wusste er überhaupt über Tore? Es war schwer genug, sie überhaupt in Gang zu setzen, und nur wenige Orte eigneten sich dafür. Dies wusste er aus den Historien und von Tensor. Ein Tor konnte zu den meisten übrigen Toren gelenkt werden, und zu sonst ein paar besonderen Orten, obwohl dies viel schwieriger und gefährlicher war. Manchmal versagten die Tore oder kamen vom Weg ab, was den Tod derer zur Folge hatte, die sie benutzen. Doch alle Tore hatten seit der Düsternis versagt; Tensors Tor war das erste seit jener Zeit, das funktioniert hatte. Möglicherweise besaßen die alten Regeln keine Gültigkeit mehr.

»Da sind wir.« Karan drückte die Tür von Rulkes Schlafzimmer auf. »Alles, was mit Toren zu tun hat, bedeutet ein Risiko, besonders sie zu durchschreiten. Ich bin am Verhungern. Ich suche jetzt nach Wasser und etwas zu essen. Kommst du mit?«

»Mein Knöchel tut wirklich weh; ich glaube, ich bleibe hier.«

»Also gut.« Sie ging los.

Nach einer Weile fühlte Llian sich besser, daher hinkte er durch die angrenzenden Zimmer und hielt im Geiste alles für seine Geschichte fest. Als er in das nächste Zimmer trat, blieb er urplötzlich stehen. Vor ihm stand die beunruhigende Maschine, die er zuvor bereits gesehen hatte. Heute war das Licht heller; jetzt erschien die Maschine unangenehm vertraut. Eine vertrackte Apparatur: fremdartige Rundungen aus dunklem Metall; unheilvolle Ausbuchtungen; sonderbare Hebel und vorspringende Teile – ein *Konstrukt!* Es war das Ding, das er in Karans Traum in jener so lange zurückliegenden Nacht gesehen hatte, als sie in Penders Boot aus Sith geflohen waren. Llian hatte keinerlei Vorstellung, wozu es diente, doch seine äußere Form besaß eine widerwärtige Funktionstüchtigkeit, die bedrohlich war.

Llian streckte seine Hand aus, um das Konstrukt zu berühren, die harte, blau-schwarze, unbegreifliche Oberfläche der Maschine, doch seine Hand ging direkt durch sie hindurch. Er riss seine Hand wieder zurück. *Es war nicht da!* Rulke hatte das Konstrukt geschaffen, im Geiste fertiggestellt, doch noch fehlte ihm die materielle Gestalt. Vielleicht konnte ein solches Ding im Nachtland nicht gebaut werden. Er ging um das Konstrukt herum, staunend, aber es überstieg sein Begriffsvermögen.

Er berührte es abermals. Wiederum schlüpfte seine Hand in es hinein, ohne Widerstand zu finden. Neugier siegte über seine Furcht, und er steckte Kopf und Schultern hinein. Einen Augenblick lang waren seine Sinne abgeschnitten, dann schoss das Innere des Konstruktes auf ihn zu, erhellt von einem dunkelroten Leuchten, das an den Nerven zerrte. Alles war verschwommen, leicht unscharf, so dass er, als er den Kopf bewegte, davon benommen wurde. Er sah zwei absonderlich geschwungene Sitze, verschiedene Hebel, Knäufe und glasartige Instrumententafeln, auf denen farbige Linien tanzten – und erblickte überall noch vertracktere Formen und unwahrscheinlichere Vorrichtungen als auf der Außenseite.

Etwas seufzte am anderen Ende des Zimmers – Llian spürte eine Präsenz hinter sich. Karan war schneller gewesen, als er erwartet hatte. Es sagte über die Schulter hinweg: »Bist du in Shazmak jemals etwas Derartigem begegnet?« Seine Stimme hallte in tausend Echos wider.

Das Lachen war voll und tief, so tief, dass das Zimmer im Einklang zu vibrieren und das Konstrukt an den Kanten zu erbeben schien. Auch Llians gesamten Körper hatte ein Zittern erfasst, und seine Nackenhaare sträubten sich. Llian riss seinen Kopf aus dem Ding zurück, geriet ins Schwanken, versuchte instinktiv, sich am Konstrukt festzuhalten, und fiel geradewegs hindurch.

Kapitel acht

Das Konstrukt

»Meister-Chronist!«, sagte Rulke mit tiefer, amüsierter Stimme. »Willst du mir weismachen, dass du bisher noch nie einem Konstrukt begegnet bist? Was haben sie dir in deinem kleinen Kolleg überhaupt beigebracht?«

»Dass Ihr ein Monster seid!«, kreischte Llian und versuchte, sich möglicht unsichtbar zu machen. Rulkes physische Präsenz war überwältigend. Was Männer anging, so war er der größte, den Llian je gesehen hatte; mit breiten Schultern, einem mächtigen Brustkorb und langen, muskulösen Gliedmaßen. Aber er war mehr als ein Mann – er war ein Charon, zählte zu einer anderen menschlichen Art, und Llian hatte eine solche Angst, dass sein Mund ausgetrocknet war.

Rulke schoss auf ihn zu. »Vielleicht bin ich eins.«

Die Tagträume verblassten innerhalb einer Sekunde. Llian stolperte rückwärts, den Mund aufgerissen und die Hände in der Luft. Obwohl er sich dessen nicht bewusst war, war dies die einzige Körperhaltung, die Rulke davon überzeugte, dass er keine Bedrohung darstellte. Diese Mischung aus Angst und barer Dummheit war eine Reaktion, mit der *er* äußerst vertraut war.

»Du staunst über mein Konstrukt«, sagte Rulke und lächelte ihn an. »Es ist nicht länger ein Geheimnis; ich will, dass du alles darüber weißt. Wahrlich, wer könnte die Geschichte meiner schrecklichen Macht besser nach Santhenar tragen als ein großer Chronist? Ich weiß, wie sehr es dich nach Wissen dürstet – meine Ghâshâd haben mir einiges über dich berichtet. Was immer du wissen willst, frag nur. Wir können große Partner sein, du und ich.«

Das plötzliche Auftauchen Rulkes war schon schockierend gewesen, wenngleich bereits halb erwartet, doch dies ... Llian war vollkommen entgeistert. Derartige Dinge passierten nicht im wirklichen Leben. Es ist ein Trick, sagte er sich. Verschließe deine Ohren, lächle, und willige in alles ein, was er verlangt, doch wisse, was immer er sagt, ist eine Lüge. Rulke der Große Täuscher, der Schmeichler, der Verführer.

Aber ich *bin* ein großer Chronist, dachte Llian unbescheiden. Zumindest war ich einer, früher, als ich mein Handwerk noch ausübte. Das ist keine Schmeichelei. Möglich, dass ihm nicht zu trauen ist, doch was muss er für Geheimnisse kennen! Das Wissen der alten Welt, den Schlüssel zu nie erzählten Geschichten angeboten zu bekommen, war eine Versuchung, der er kaum zu widerstehen vermochte.

Während sie einander gegenüberstanden, ging ein Beben durch den Fußboden. Die Wände schwankten, der Nebel bildete aufquellende Blasen aus Licht, die langsam zerstoben. Nur das Konstrukt blieb unverändert.

Rulke hob den Kopf, spähend und horchend. Sein Blick traf Llians, und in seinen Augen lag ein wachsamer Glanz. »Das ist bisher nicht passiert«, sagte er leise. »Ich frage mich, ob deine Freunde meine Verteidigungsvorrichtungen auf die Probe stellen. Sie erwartet eine unschöne Überraschung, falls sie es tun.« Doch Llian konnte Unbehagen in Rulkes Körperhaltung erkennen. Rulke konnte es nicht völlig verbergen.

Llian nahm ihn mit seinem Chronistenblick in Augenschein, damit er ihn in seiner Großen Geschichte besser beschreiben konnte. Er erkannte, dass Karan recht gehabt hatte – Rulkes Mund war zusammengepresst und sein Kiefer angespannt, und seine Bewegungen verrieten eine Erschöpfung, die er nicht verhehlen konnte. Vielleicht hielt er Llian für zu unbedeutend, als dass ihn das kümmerte.

»Komm«, sagte Rulke, »lass mich dir das Konstrukt zeigen. Es ist eine Maschine von derselben Art wie die goldene Flöte, die Shuthdar für mich gefertigt hatte, ehe er sie stahl und uns alle ins Verderben stürzte.« Er streckte eine verschorfte, geschwollene Hand aus und zog Llian, der sich nicht widersetzte, zu sich heran.

Llian zitterte. Er kannte jene Geschichte allzu gut, denn seine neue Version, die er im vergangenen Sommer mit so großem Erfolg beim Abschlusserzählen vorgetragen hatte, war der Auslöser für die ganze Kette von Ereignissen gewesen, die unerbittlich bis hierher geführt hatte.

Sie hatte seinen Ausschluss aus dem Kollegium bewirkt, zu seinem Zusammentreffen mit Karan geführt, die den Spiegel von Aachan gestohlen hatte, hatte den Fall Shazmaks, der sagenhaften Stadt der Aachim nach sich gezogen, ebenso Yggurs Feldzug gegen Mendark, und abseits all dessen hatte Faelamor ihre Fäden gezogen, um sich selbst in den Besitz des Spiegels zu bringen.

Und auf irgendeine Weise, die mit Karan zusammenhing, oder mit etwas, das sie getan hatte, obwohl Llian keine Ahnung hatte, worum es sich dabei handelte, war es Rulke möglich geworden, aus seinem Nachtland-Kerker hinabzublicken und Karans sonderbare Gaben der Empfindsamen zu benutzen, um die Ghâshâd zu erwecken, damit sie den Weg für seine Rückkehr bereiteten.

»Das Funktionsprinzip der Flöte stammte von mir«, sagte Rulke, »und ebenso der Bauplan, nach welchem Shuthdar sie für mich fertigte. Das hier ist eine bei Weitem größere Errungenschaft. Was kann ich damit *nicht* tun?«

Llian schwieg. Seine Adern brodelten; sein Herz pumpte Feuer in sein Inneres, doch seine Knie waren weich wie Butter.

Indem er seinen Arm bei Llian einhakte, als wären sie Brüder, führte Rulke ihn um das Konstrukt herum und hob dabei all dessen bemerkenswerte Eigenheiten hervor. Llian begriff, dass es sich um eine Apparatur handelte, die dazu diente, Tore zu erschaffen, die von einem Ort zum anderen führten, wie auch ungenannten größeren Zwecken. Es war eine phantastische Maschine und eine raffinierte obendrein, doch war das Konstrukt zu vertrackt, seine Funktionsprinzipien zu undurchsichtig und Rulkes Gegenwart zu übermächtig, als dass Llian ein tieferes Verständnis von ihr hätte gewinnen können.

Und die ganze Zeit über beobachtete Rulke ihn, wortlos, schätze Llian mit den Augen ab. Er ist zu stark für mich, entschied Llian. Er weiß, dass ich von Angst vor ihm überwältigt bin, aber auch in Versuchung geführt von seinem Angebot. Und das bin ich. Ich wäre es besser *nicht.* Alles, das ich je gelernt habe, sowie die gesamte Geschichte der Zain schreien es laut hinaus – *Nimm dich in Acht! Habe nicht daran teil! Es kann nur auf eine Weise enden!* Doch wie verlockend es ist. Was, wenn er es ehrlich meint? Llian begann in Rulkes Bann zu geraten.

Llians Blick fiel auf etwas im gegenüberliegenden Zimmerwinkel, eine kleine sechseckige Steinplatte, die einem großen Pflasterstein ähnelte. Sie leuchtete schwach, und der Nebel, der über ihr dahintrieb, hatte ebenfalls zu leuchten begonnen. Konnte es sich um das Tor handeln, durch das Rulke zurückgekehrt war? Tensors Tor war groß und schwer gewesen, und während es offen gestanden hatte, war unablässig die Luft hindurchgebraust. Doch dieses kleine Ding hatte kaum einen Laut von sich gegeben, als es sich öffnete, lediglich ein sanftes Seufzen. Vielleicht war es allen verschlossen außer Rulke; falls das zutraf, war ihr Widerstand bereits gescheitert. In sich hineinblickend, erkannte Llian, dass er ein kleines bisschen erleichtert war. Er musste von hier weg, aber jetzt noch nicht. Was könnte er in einer weiteren Stunde nicht alles lernen?

Genau in diesem Augenblick erschien Karan in der Tür, auf der Suche nach ihm. Sie hatte die Kammer zur Hälfte durchmessen, als Rulke hinter dem Konstrukt hervortrat.

»Willkommen in meinem Gefängnis, Kleine«, sagte er mit

einem dünnen Lächeln. »Ich bin froh, dass du gekommen bist – ich habe Großes mit dir vor.« Er streckte eine Hand aus, die nur fast unmerklich zitterte.

Karan erstarrte, tat einen einzigen keuchenden Atemzug, dann begann sie zurückzuweichen. »Llian!«, rief sie.

Plötzlich schoss die Luft über dem leuchtenden Stein empor wie Dampf aus einem kochenden Kessel. Rulke wirbelte herum. »Nein!«, brüllte er. Auf einen Wink seiner Hand hin bildete sich eine Eisscheibe zwischen ihnen und ihm und teilte das Gelass in zwei Abteilungen. Sie war klar wie Glas, aber zu dick, um durchbrochen zu werden, zu hoch, um darüber hinwegzuspringen, zu glatt, um sie zu erklettern. Rulke rannte zu der Steinplatte hinüber, stellte sich mit ausgestreckten Armen über sie und stimmte einen Singsang an, dessen Worte sie nicht verstehen konnten. Kurz darauf verblasste der sechseckige Torstein wieder, nahm das Aussehen des übrigen Fußbodens an und der Nebel seine ziellosen Kräuselbewegungen wieder auf.

Rulke stieß einen erleichterten Seufzer aus und kam schwerfällig zurück, und mit einer weiteren Handbewegung erschien eine Türöffnung in der Eisscheibe.

»Was war das?«, fragte Llian.

Rulke stützte sich mit dem Fuß auf der Schwelle der Türöffnung ab, seine mächtige Brust wogte auf und ab. Er musterte seine Gefangenen. »Eure Freunde versuchen mich einzuschließen.«

Llian griff nach Karans Hand. »Ihr meint, sie versuchen, das Nachtland wieder zu versiegeln?«, sagte er mit bebender Stimme. »Uns mit *Euch* zusammen einzuschließen?« Von allen vorstellbaren Verhängnissen war ihm dieses nicht in den Sinn gekommen. Wie können sie uns das antun?, dachte er betäubt.

Rulke entblößte seine Zähne. »Achte auf deine Worte, Llian. Falls ich wirklich das Monster bin, als das deine Geschichten mich darstellen, könnte ich beleidigt reagieren.«

Llian zog sich zurück, wobei er Karan mit sich zu ziehen versuchte. Sie sträubte sich. »Hatten sie Erfolg?«, fragte sie und stellte sich vor, wie ihre ganzen Träume von Gothryme sich in nichts auflösten.

»*Diesmal nicht!* Aber sie könnten es schaffen, wenn sie in der Lage sind, die Kraft des Spaltes anzuzapfen. Dies muss euch ziemlich in die Klemme bringen, meine Freunde. Wen unterstützt ihr, sie oder mich?«

Karan drückte Llians Hand. »Wir wollen weder sterben noch unsere Freunde verraten.«

»Obwohl sie euch aufgegeben haben? Möglichweise werdet ihr eine gewisse Zeit mit mir verbringen, sofern Zeit hier messbar ist. Sie vergeht auf sonderbare Weise an diesem Ort ...«

Im Zimmerwinkel begann der Nebel abermals in Wallung zu geraten. Rulke reagierte augenblicklich. Die Türöffnung wurde wieder von Eis verschlossen, während er mit Riesensätzen, jeder fünf oder sechs Spannen weit, zu dem Stein zurückjagte.

Der Nebel brodelte überall empor, weit heftiger als zuvor, erhellt von Blitzen und Strahlen aus Licht. Alles, was sie von Rulke mitbekamen, war sein gelegentlicher flüchtiger Anblick durch den Nebel hindurch – die Arme erhoben im verzweifelten Versuch, abzuwehren, was immer das Tor von der anderen Seite aus angriff.

Llian legte seine Arme um Karan. Beide starrten sie in den Zimmerwinkel. »Ich hoffe ...«, flüsterte Karan.

»Was?«, fragte Llian in ihr Ohr.

»Ich fühl mich so schuldig, aber ... ich hoffe, dass Rulke gewinnt.«

»Ich auch. Ich will nicht, dass wir den Rest unseres Lebens hier verbringen müssen.«

Nach einer beträchtlichen Zeitspanne erleuchtete ein heller Blitz die gegenüberliegende Zimmerdecke. Ein dumpfes Dröhnen ließ die Eisscheibe wackeln wie ein Schaukelbrett. Rulke schrie gellend auf und taumelte aus dem Nebel hervor, stolperte blind auf sie zu, bis er mit der Wange gegen die gefrorene

Trennscheibe stieß. Seine starrenden Augen blickten direkt in Karans.

Er verliert!, dachte Karan, und er hat Angst; schreckliche Angst, dass er niemals hier herauskommt. Sie konnte das nachfühlen.

Rulke sank in sich zusammen, die Nägel seiner verkrümmten Finger kratzten quietschend über die Eisscheibe abwärts. Im Zimmerwinkel gegenüber glühte der Boden orangerot und begann sich aufzuwölben wie ein Tropfen flüssigen Glases am Rohr eines Glasbläsers. Orangefarbene Strahlen traten waagerecht daraus hervor. Einer berührte Rulkes Wange und ließ seinen Bart rauchen. Ein weiterer schmolz ein fingerdickes Loch in die Eisscheibe. Matt fluchend, kämpfte er sich wieder auf die Beine und wandte sich wieder dem Stein zu. Der Kampf ging eine ganze Zeit lang weiter, und Karan und Llian verfolgten ihn mit entsetzter Faszination. Einmal schien die Zeit selbst zu gefrieren. Gegen Ende sank die Zimmerdecke sichtbar tiefer, und die Wände wurden dünner, bis Karan durch sie hindurch in den angrenzenden Raum sehen konnte. Schließlich erlosch das Leuchten abermals. Diesmal konnte Rulke nur noch zur Eiswand zurückkriechen. Er war von einer matschigen Schicht eisigen Schweißes bedeckt.

»Sie schlagen mich«, sagte er, als er die Türöffnung wieder freimachte.

»Was ist los?«

Rulke legte den Kopf in die Arme, sein Atem ging schwer. »Ich bin so durstig. Habt ihr ein wenig Wasser? Nein, natürlich nicht.«

»Sagt mir, wo ich es finden kann«, erbot sich Karan, die ihn trotz ihrer Angst bemitleidete.

»Schon gut. Was los ist, fragst du? Ich habe vom Nachtland selbst gezehrt, um seine Begrenzungen aufrechtzuerhalten, doch welche Kraft auch immer ich aufwende, ich muss sie irgendwo anders herbekommen.«

»Das verstehe ich nicht«, sagte Karan.

»Das Nachtland ist keine Welt, Karan. Es ist ein winziger Ort: wenig Materie, noch weniger Energie, und selbst vor dem eben Geschehenen wurde es immer weniger und ließ seine Energie in die Leere entweichen. Bald schon, noch zu deinen Lebzeiten, wäre es festgefroren, und ich mit ihm. Meine Feinde müssten lediglich warten – eine Ironie, die sie, dessen bin ich sicher, eines Tages zu würdigen wissen.«

»Was geschieht nun?«, fragte Llian.

»Zu guter Letzt muss als dies vergehen.« Rulke deutete auf die Wände um sie herum. »Ich habe diesen Ort erschaffen. Wenn ich die Energie, die ihn erhält, wieder abziehe, muss mein Palast schlussendlich zur Größe eines Klohäuschens schrumpfen. Wenn ich selbst dieses nicht mehr zusammenhalten kann, sterben wir alle hier an Luftmangel. Sie sind zu stark für mich *hier an diesem Ort.*«

»Was meint Ihr mit *hier an diesem Ort?*«, fragte Llian.

»Sie haben eine machtvolle Kraftquelle angezapft – den Spalt selbst, wie ich vermute. Obwohl sie ihn kaum zu gebrauchen verstehen, kann ich es damit nicht aufnehmen. Das Nachtland ist ein Schneckenhaus und hat gerade mal genug Energie, um sich selbst zu erhalten, mit mir darin.«

»Deshalb ist es hier so kalt«, vermutete Karan.

»Klug erkannt!«, sagte Rulke. »Ich kann hier Feuer machen, aber es brennt kalt; es gibt nicht genügend Energie, um ihm Kraft einzuhauchen. Nein, falls ich sie nicht irgendwie täuschen oder überlisten kann, werden wir bald tot sein.«

Die Nachtland-Nachbildung drehte sich noch immer um sich selbst, sehr langsam, während Yggur und Mendark sie mit äußerster Sorgfalt überprüften und jeden ihrer Abschnitte nach Anzeichen der Lücke im Nachtland untersuchten. Nach vielen Stunden schüttelte Yggur den Kopf.

»Ich kann keinerlei Anzeichen dafür entdecken.«

»Vielleicht ist das Gitter nicht fein genug«, sagte Mendark. Er sah aus, als hätte er eine volle Woche lang nicht geschlafen – seine Augen waren trüb und eingesunken, seine Bewegungen träge, seine Stimme tonlos. »Wir müssen noch mal von vorn anfangen.«

»Wir haben bereits mehr als einen Tag lang damit zugebracht«, sagte Yggur. »Mit jeder Stunde werden wir schwächer, und Rulke wird stärker. *Ich kann nicht weitermachen!*«

»Wir müssen«, sagte Mendark, obwohl es für Tallia offensichtlich war, dass er kurz vor dem Zusammenbruch stand.

Sie umkreiste die Lichtform, schritt immer wieder um sie herum, während sie versuchte, in ihrem Geist ein Bild zu erschaffen. Es veränderte sich ständig – sich wellend und kräuselnd, sich dehnend und schrumpfend, ganz so wie auch das Nachtland, erkannte sie, selbst in ständigem Wandel begriffen sein musste. Dann, als ihr Blick auf einem winzigen Knoten einander überschneidender Linien verharrte, verschoben sie sich, bewegten sich unmerklich auseinander, bis nichts mehr da war.

Tallia rieb sich die Augen, überzeugt, einer Einbildung erlegen zu sein. Wo der Linienwust gewesen war, befand sich nun ein blutfarbener Klumpen, der an Helligkeit zu- und abnahm, während die Nachbildung ihre Umdrehung fortsetzte. In ihrem Rücken konnte sie Mendark und Yggur miteinander streiten hören.

»Wir müssen es aufgeben«, forderte Yggur, »bevor es zu spät ist.«

»Wir sind schon zu weit gegangen, um aufzugeben«, hielt Mendark dagegen.

Es fiel schwer, sich während dieser Auseinandersetzung zu konzentrieren. Unter ihren Füßen bebte der Fels, stärker als zuvor.

»Seid still!«, rief sie, während sie noch immer um das Modell schritt. »Hier stimmt was nicht.«

»Was ist los?«, sagte Mendark und fuhr herum.

»Genau hier war ein kleiner Knoten aus Linien.« Sie legte die Fingerspitze auf die Stelle. »Doch als ich darauf aufmerksam wurde, trennten die Linien sich. Könnte Rulke diese Nachbildung aus dem Nachtland heraus verändern?«

»Nur, indem er die entscheidenden Teile des Nachtlandes selbst verändert. Vielleicht wusste er die ganze Zeit über von uns.«

»Was hab ich dir gesagt?«, rief Yggur, sichtlich erschüttert. »Er weiß alles. Er spielt mit uns!«

»Er kann *uns* vom Nachtland aus nicht sehen«, sagte Malien. »Beileibe nicht! Doch diese Nachbildung ist nun mal ein Zwilling der Außenhülle des Nachtlandes in verkleinertem Maßstab, und falls dies so weit geht, dass das eine mit dem anderen in Verbindung steht, könnte er imstande sein, herauszufinden, was wir tun.«

»Es muss eine andere Methode geben, die Lücke sichtbar zu machen«, sagte Tallia.

»Besitzen wir irgendetwas, das Rulke berührt hat, nachdem er durch das Tor kam?«, fragte Mendark. »Falls ja, dann könnte eines der Prinzipien der Geheimen Kunst – das Prinzip der Übertragung – Spuren seiner Tordurchquerung offenbaren.«

»Er hat den Spiegel von Aachan berührt«, sagte Shand, »obwohl wir nicht wagen, *den* zu benutzen.«

»Was ist mit dem Smaragd?«, warf Asper ein. »Yggur hatte ihn hier am Spalt aufgeladen und dann auf Rulke geschleudert, um ihn zu vernichten. Doch Rulke brach den Bann und zerschmetterte den Edelstein zu Smaragdgrieß.«

»Und er hat Blut auf dem Boden hinterlassen«, ergänzte Shand.

»Perfekt!«, sagte Mendark.

»Kehrt den Smaragdgrieß zusammen, und kratzt das Blut auf«, sagte Malien zu Asper. »Sichert alle Reste von beidem.«

Asper und Xarah eilten die Leiter hinauf. Wieder bebte der Boden. Tallia sah zur nackten Decke empor und fühlte das Gewicht des Gesteins und des Turmes über sich, der so schwach zusammengehalten wurde. Das Atmen kam ihr hier unten beschwerlich vor.

Die Nachbildung des Nachtlandes drehte sich noch immer in der Luft um sich selbst, obwohl Yggur Schwierigkeiten hatte, sie zu halten. Immer wieder flackerte sie und verblasste. Nach einer endlosen Warterei in der Hitze erschienen die beiden Aachim wieder auf der Leiter. Asper trug den Smaragdgrieß in einem Lederbeutel, während Xarah eine Schale dabeihatte, auf deren Boden abgeschabte Reste getrockneten Blutes lagen.

»Zermahlt den Grieß zu Staub«, sagte Mendark, und dies geschah – ein langwieriger Vorgang, denn der Smaragdgrieß war äußerst hart. Schließlich stand der glitzernde Staub bereit. Ein wenig davon wurde mit dem pulverisierten Blut gemischt, die Lichtkugel wurde abermals mittels eines Strahls aus dem Rubinstab mit Energie aufgeladen, dann murmelte Yggur einen Befehl, und Xarah blies das Gemisch durch ein dünnes Rohr, das auf die oberste Stelle der Lichtkugel gerichtet war.

Die Kugel leuchtete hell auf, dann verblassten die blutroten Tröpfchen ebenso wie die grüne Hintergrundfarbe. Einen Augenblick lang trat das Geflecht aus gelben Linien hell hervor, außer an einer Stelle am Südpol, wo sich das Gitter zu einem Trichter mit einem Knoten am Boden verformte, einer grünen Haube über der Trichteröffnung – der Ein- und Ausgang des Nachtlandes. Dann, als der Staub seine Haftung verlor und zu Boden rieselte, begann der Knoten zu verblassen.

»Fixieren!«, schrie Mendark, und Yggur zog Kraft aus dem Spalt und ließ die Nachbildung in diesem Stadium erstarren.

Jeder stieß einen großen Seufzer der Erleichterung aus. »Ist es also vollbracht?«, erklang Xarahs jugendliche Stimme. Sie saß auf einer der salpeterverkrusteten Bänke auf der gegenüberliegenden Seite der Kammer.

»Nicht annähernd«, sagte Yggur und spannte die Kiefermuskeln an. »Alles, was wir bislang vollbracht haben, ist, den Standort des Tors zu ermitteln.«

»Die schwerste Arbeit steht uns erst noch bevor«, sagte Mendark. »Und die gefährlichste. Nämlich das Tor fest zu versiegeln.«

Während er sprach, erklang ein Rumpeln wie von Donner, und der Riss im Boden weitete sich spürbar. Gesteinssplitter fielen von der Decke herab, dann vernahmen – oder vielmehr fühlten – sie die Fundamente über sich ächzen, während sie sich gegeneinanderschoben. Sie starrten einander an. Tallia wusste, dass der Schrecken, den sie auf Maliens und Aspers Gesichtern sah, sich auf ihrem eigenen widerspiegelte.

»Wie kannst du es versiegeln?«, fragte sie mit rauer Stimme.

»Auf die gleiche Weise, wie wir das Nachtland ursprünglich versiegelt haben«, sagte Mendark. »Doch es ist ein mächtiger Zauber. Ich bin nicht sicher, ob ich noch die Kraft dafür besitze. Mein Körper schreit mit jeder Faser vor Schmerzen.«

Maliens bleiches Gesicht war mit Schweißtropfen gesprenkelt. »Und meiner«, sagte sie schwer atmend, »schmerzt weit mehr als meine Schulter.« Sie wälzte sich auf ihre unverletzte Seite und erbrach sich in den Staub des Bodens. Tallia half ihr wieder hoch und wischte ihr das Gesicht ab.

»Wir können noch immer aufhören«, sagte Yggur heiser.

»Jetzt nicht mehr«, sagte Mendark. »Haben wir erst einmal begonnen, müssen wir den Weg bis zum Ende gehen.«

Rauchfäden begannen an verschiedenen Stellen entlang des Risses auszutreten. Abermals bewegte sich der Boden. Yggur war jetzt auf einer Seite teilweise gelähmt, und das Grauen vor seinem großen Feind überwältigte ihn fast.

»Mendark!«, rief Shand eindringlich. »Du beanspruchst Yggur über seine Grenzen hinaus!«

»Nicht anders als mich selbst«, sagte Mendark verächtlich.

Bei diesen Worten ruckte Yggurs Kopf nach oben. »Ich muss ... es tun!«, quetschte er hervor, kaum verständliche Silben bildend, weil nur eine Seite seines Mundes sich bewegte. Seine Stimme brummte, so als würde er die Worte durch eine lange Röhre blasen. »Ich mache ... mich bereit.«

Mit äußerster Anstrengung gewann er abermals die Gewalt über sich zurück. »Ich kenne die Geächteten Experimente besser als jeder von euch. Macht den grünen Staub bereit. Wenn ich es sage, blast ihn von allen Seiten zugleich über das Tor und die gesamte Nachtland-Nachbildung. Mendark – du, Tallia und Malien müsst ihn lange genug dort halten, dass ich meine Arbeit tun kann. Ich werde ein allerletztes Mal Kraft aus dem Spalt ziehen, den Rubinstab mit Energie aufladen und den Smaragd mit der Nachbildung verschmelzen – eine undurchdringliche Ummantelung, die das Nachtland mit etwas Glück fest versiegeln wird.«

»Mit gefällt das nicht«, sagte Malien. »Schon …« Sie wurde von Dampfschwaden unterbrochen, die unter Überdruck aus dem Riss hervorschossen, dann erfolgte hinter ihr ein weiterer Ausbruch. »Der Spalt wird instabil. Du hast ihm bereits zu viel Kraft entzogen.«

Der Boden bebte unter ihren Füßen. Dampf schoss an drei oder vier Stellen hervor und füllte die Kammer mit Nebel. »Ich glaube, gerade hat sich unter uns etwas verschoben«, flüsterte Tallia.

»Wir haben keine Wahl«, sagte Mendark. »Tut es einfach!« Während sie ihre Vorbereitungen trafen, beriet er sich mit Yggur über Details des Nachtlandes und die Erfordernisse der Geheimen Kunst.

Tallia hockte sich neben Malien auf den Boden. »Schaff lieber jeden hier raus, der nicht gebraucht wird«, sagte sie, »denn falls es zum Schlimmsten kommt, werden so wenigstens ein paar von uns gerettet.«

»Gerettet wozu?«, presste Yggur hervor.

Kapitel neun

Versiegelt das Tor!

»Ich kann fühlen, wie er über uns lacht«, schluchzte Yggur und wischte sich über die Stirn. Obwohl Tallia genauso viel Furcht empfand, musste sie dem Drang widerstehen, ihm ins Gesicht zu schlagen.

»Blödsinn!«, sagte Mendark. »Reiß dich zusammen!«

Yggur stand breitbeinig über dem Spalt, der nun ein fingerbreiter Riss war, der sich durch den Boden, die Wände und die Decke zog. Aus der Tiefe erklang ein brodelndes, zischendes Geräusch. Yggur gab sein Äußerstes, um die Ausmaße des Nachtlandes mit seinem Geist zu umfassen und anschließend zum letzten Mal Kraft aus dem Spalt zu ziehen.

»Bereit?«, fragte Mendark leise.

»Ja!«, sagte Tallia, die eine Röhre voller Smaragdstaub an die Lippen hielt. Asper, Xarah und Basitor standen rund um die Nachbildung mit ihren einsatzbereiten Röhren.

Malien stand neben Mendark, um ihm beim Kanalisieren der von Yggur beschworenen Kraft zu unterstützen. Ihr stand Shand zur Seite. Die anderen waren bereits die Leiter emporgestiegen.

»Ich werde bis drei zählen«, sagte Mendark und blickte Yggur über den Lauf des Ampliskops in die Augen. »Und sowie du dann fertig bist, senk den Kopf nach unten, und schütz deine Augen.«

Yggur nickte. Seine Wange verkrampfte, dann hatte er sich wieder im Griff.

»Eins!«, sagte Mendark und blickte prüfend in die Runde. Alle waren so bereit, wie sie nur jemals sein würden.

»Zwei!« Er schloss die Augen, um das Bild des Nachtlandes deutlich und klar im Geiste erstehen zu lassen.

Die Blutsteinkugel glühte im Nebel. Tallia fühlte, wie ein kalter Knoten der Furcht in ihrer Magengrube heranwuchs.

»Er ist zu stark«, flüsterte Yggur. »Er ist *dermaßen* stark! Ich kann ihn fühlen, wie er unsere Anstrengungen hemmt und seine eigene Kraft aufspart, bis wir einen Fehler machen. Und wie sollten wir keinen machen? Niemand von uns weiß im Grunde, was wir tun.«

»Er ist schwach!«, sagte Mendark voller Zorn. »Er blufft, weil er es muss. Denk dran, dies ist ein heikler Vorgang. Nicht zu viel Kraft. Yggur?«

Schweiß strömte Yggurs Wangen hinab, seine Augen stierten.

»Yggur!«, rief Mendark. »Wir schweben über dem Abgrund. Reiß dich zusammen. Kannst du es vollbringen? Falls nicht, dann geh verdammt noch mal aus dem Weg, damit es ein anderer macht.« Es fiel ihm schwer, die Verachtung aus seiner Stimme herauszuhalten, und jeder im Raum wusste es.

Eine längere Pause trat ein. »Ich schaffe es«, sagte Yggur erschauernd. Er schüttelte sich den Schweiß aus den Augen.

Tallia seufzte erleichtert.

Mendark zählte mit auf- und niederfahrendem Arm: »Eins, zwei, drei!« Das Wort erklang wie ein Peitschenknall.

Wie ein Mann bliesen sie den Staub direkt auf die Nachtland-Nachbildung, dann warfen sie sich flach auf den Boden, die Hände vor die Augen gepresst.

Einen Moment lang glitzerte der Staub grünlich über der gesamten Kugel, dann bot Yggur mit einem Mal sämtlichen Widerstand auf, atmete tief ein, und ein Lichtstrahl schoss aus dem vorderen Ende des Rubinstabs hervor.

»Zu viel!«, hörte Tallia Mendark schreien, dann wurde sie von einer verheerenden Lichtexplosion aus der Nachtland-Nachbildung geblendet. Das Licht strömte durch ihre Hände, ihre geschlossenen Lider; einen Augenblick lang überwältigte es ihre sämtlichen Sinne. Dann war es von der Dunkelheit verschluckt.

Es dauerte eine Weile, bis es von Neuem losging. Rulke war ziemlich geschwächt. Er saß mit dem Rücken gegen die Eisscheibe gelehnt da und döste vor sich hin, schreckte jedoch alle paar Minuten auf und blickte zum Tor hinüber. Karan holte eine Steppdecke aus dem Schlafzimmer und wickelte sich und Llian hinein, zuschauend und abwartend. Es war ein befremdliches Gefühl, in allem von ihrem Feind abhängig zu sein und seine Hoffnungen und Ängste derart stark zu teilen. Zugleich wusste sie aber auch um seinen Ruf als Verräter und Täuscher und wagte es nicht, ihm zu vertrauen. Karan spürte große Angst.

Der Palast erbebte, und die Wände wurden noch dünner. Karan konnte durch ein Zimmer nach dem anderen sehen, so, als bestünden die Wände und die Einrichtung jedes Zimmers aus Glas. Die Energie hatte noch weiter nachgelassen, erkannte sie. Nur das Konstrukt behielt jetzt seine stabile Struktur bei.

»Ah!«, schrie Llian, der plötzlich begann, im Boden zu versinken. Sogar der löste sich auf. Karan half Llian heraus.

»Ich hab Hunger«, sagte Llian heiser.

Rulke blickte aus glanzlosen Augen zu ihm auf. »In meinem Schlafzimmer, das ihr bereits *benutzt* habt, findet ihr einen Flachmann und ein paar Nahrungstabletten. Bringt beides her.«

Karan eilte davon und kehrte mit dem Flachmann und einer Hand voll kleiner Kuben zurück, die großen Spielwürfeln aus gebackenem Teig glichen, und reichte beides durch die Türöffnung. Rulke teilte die Esswürfel in gleich großen Portionen aus, und jeder spülte sie mit zwei Schlucken aus dem Flachmann hinunter. Es machte nicht satt, war aber besser als nichts.

»Ich habe über das nachgedacht, was Ihr vorhin gesagt habt«, sagte Llian.

»Oh!«, sagte Rulke desinteressiert.

»Über die Möglichkeit, sie zu überlisten. Ich habe die Art beobachtet, auf die Ihr sie bekämpft. Vielleicht nehme ich mir zu viel heraus, wenn ich ...«

»In der Tat, doch fahr fort! Verdammte Chronisten, ihr begnügt euch nie mit einem Wort, wenn es auch mit hundert geht.«

»Ihr setzt Eure gesamte Kraft auf einmal gegen sie ein«, sagte Llian. »An diesem Ort eine schlechte Strategie, würde ich meinen.«

»In der Vergangenheit hat mir das recht gut geholfen«, entgegnete Rulke teilnahmslos.

»Ihr greift Eure Feinde so an, als wärt Ihr stärker als sie. Früher wart Ihr das, das weiß ich, aber hier seid Ihr es nicht.« Llian hielt inne, nach den richtigen Worten suchend.

»Hast du noch mehr gute Ratschläge für mich parat, du Knirps?«

»Ich war in körperlichen Dingen nie sehr gut«, sagte Llian, »außer in einer Sache.«

»Zweien«, sagte Karan und ließ ihre Hand über die Innenseite seines Schenkels aufwärts wandern.

Rulke warf ihr einen angewiderten Blick zu. »Ihr beiden seid wie die Karnickel.«

»Am Kollegium war ich Meister im Armdrücken«, sagte Llian. »Oft habe ich Männer besiegt, die stärker waren als ich. Man meint, es sei ein Messen der Körperkräfte, aber in Wirklichkeit ist es eher wie jemanden niederzustarren. Es ist Ein Duell der Willenskräfte.«

»Fahr fort«, sagte Rulke. »Vielleicht willst du eines Tages *mich* herausfordern.« Er spannte einen Bizeps zum Umfang von Llians Oberschenkel an. »Was ist deine Taktik?«

»Es braucht viel mehr Kraft, niederzuzwingen, als gegenzuhalten. Ich – halte den Arm meines Gegners einfach nur an Ort und Stelle, während er versucht, meinen Arm nach unten zu drücken. Nach ein paar Minuten, wenn unsere Muskeln bereits schreien, gebe ich ein wenig nach. Er drückt mit aller Kraft, glaubt mich besiegt, aber ich halte wieder einfach nur dagegen. Und wieder! Schließlich setze ich eine besiegte Miene auf, und wenn er zum letzten Mal drückt, nehme ich in dem Moment, in dem er aufhört, alle Kraft zusammen und schmettere seinen Arm in die andere Richtung. Er ist geschlagen!«

»In dir steckt mehr, als man dir ansieht, Chronist«, sagte Rulke. »Obzwar ...«

Kleine Wellen flossen über die Eisscheibe. Rulke taumelte zum Stein zurück.

Der Kampf entbrannte von Neuem, aber es wurde schon bald deutlich, dass Rulke unterlag. Das Leuchten des Torsteins war so hell wie der lichte Mittag, die Speere und Splitter hervorschießenden Lichtes sprühten in alle Richtungen und zerschrammten die Eisscheibe wie eine Käseraspel. Der Nebel brodelte wie Rauch aus einem Vulkan.

Keuchend, mit wildem Blick, sackte Rulke auf die Knie, die geballten Fäuste nach vorn gereckt, während sein ganzer Körper von Krämpfen geschüttelt wurde. Das Licht versiegte. Er neigte seinen Kopf bis zum Boden und verharrte so, auf seine Knie und die Stirn gestützt. Es herrschte völlige Stille.

»Was macht er da?«, flüsterte Karan.

»Keine Ahnung«, flüsterte Llian zurück. »Aber ich kann spüren, wie sich Druck aufbaut.«

Die Wände und die Eisscheibe schwangen und gaben einen tiefen Gonglaut von sich, der ihre Schädelknochen summen ließ. Dann explodierte der Torstein in einem derart grellen Licht, dass sie ihre Augen abschirmen mussten. Die Eisscheibe verpuffte von einem Augenblick zum nächsten. Rulke schrie, ein gequältes Heulen, das endlos widerhallte und einem Glockenton gleich durch die Weite des riesigen Gelasses scholl. Er kippte aufs Gesicht und blieb reglos liegen.

»Das war's dann«, sagte Llian mit trockener Stimme.

»Oh, du Narr. Du verdammter, verfluchter Narr!«, rief Mendark.

Tallia schlug die Augen auf, und zunächst hatte es den Anschein, als wäre Yggur erfolgreich gewesen. Die Nachtland-Nachbildung hing einen Moment lang in der Luft, die Linien verwischten zu einem blauen Fleck. An einer Stelle der Kugel war eine leichte Grünfärbung erkennbar – die Stelle, an der das Tor gewesen war.

»Ja, du hast es geschafft!«, rief sie.

»Nein«, sagte Mendark so niedergeschmettert, als hätte sich das Gewicht des gesamten Turms auf seine Schultern gelegt.

Um die restliche Kugel lag keine grüne Ummantelung mehr. Yggurs Energiestoß hatte den Smaragdstaub in Dampf aufgelöst.

Yggur schwankte auf seinen Beinen, mit stieren Augen und offenem Mund.

Vor ihrer aller Augen verblasste die Lichtform allmählich, doch ehe sie erlosch, fiel ein kegelförmiger Pfropfen aus grünem Glas heraus und zerbrach, als er auf dem Boden auftraf, in zwei Teile. Der Boden schwankte unter ihren Füßen, Dampf strömte aus einem Dutzend Rissen.

»Du – *Kretin!*«, presste Mendark zwischen den Zähnen hervor, in einer derart hemmungslosen Wut, dass er sich fast selbst vergaß.

»Du hast ihm viel zu viel zugemutet«, sagte Shand. »Ich hatte dich gewarnt, Mendark.«

»Ich kann nichts sehen«, schluchzte Yggur, und eine wässrige Flüssigkeit strömte aus seinen starrenden Augen. »Ich kann nicht mehr das Geringste sehen.« In einer Hand hielt er immer noch das Ampliskop umklammert, auch wenn es jetzt nutzlos war und der Rubinstab an einem Ende herabhing, als bestünde er aus Gummi. »Ich hab solche Angst.«

»Ist das das Ende?«, fragte Tallia. »Können wir nichts mehr tun?«

»Wir sind erledigt«, sagte Mendark. »Es gibt keine Möglichkeit mehr, es zu versiegeln.«

»Ich hab Angst«, wiederholte Yggur mit klagender Stimme.

»Du hast deine einzige Chance weggeschmissen. Ich wusste, dass man sich nicht auf dich verlassen kann.«

»Warum hast du ihm dann so viel zugemutet?«, schnappte Tallia.

»Weil ich keine Wahl hatte!«

»Es hat keinen Zweck, sich gegenseitig anzuklagen«, sagte Malien. »Lasst uns die Leiter hochsteigen, solange wir noch können.«

Tallia bückte sich, um den Pfropfen geschmolzenen Smaragds aufzuheben. Als ihre Finger sich um die Einzelteile schlossen, lief eine Schockwelle durch den Boden, und sie vernahm von unten ein tiefes rumpelndes, schleifendes Geräusch. Dampf begann aus der gesamten Länge des Spalts hervorzuquellen. Yggur, der noch immer mit gespreizten Beinen quer über dem Spalt stand, wurde von den Füßen gerissen.

»Licht!«, rief Mendark. Jeder brachte seine Lichtkugel zum Vorschein. Eine Seite des Spalts hatte sich angehoben; er klaffte jetzt so weit auf, dass man ein Bein hätte hineinstecken können. Ein glutheißer Luftschwall stob empor.

»Wir werden niemals hier rauskommen!«, schrie Xarah und rannte kreisend durch den Nebel.

Über ihnen kreischten und ächzten die Fundamente. Tallia verspürte ein wachsendes Grauen – sie würden hier verschüttet werden und langsam den Verbrennungstod sterben.

»Tallia!«, rief Shand. »Hilf mir!«

Sie bugsierten die Verletzten – Yggur und Malien – zur Leiter und halfen ihnen, die Sprossen zu erklimmen. Die anderen kletterten bereits nach oben. Tallia war sehr schwach; derart schlimme Nachwehen hatte sie noch nie zuvor verspürt. Die anderen sahen nicht besser aus.

Sie hing mit Shand am unteren Ende der Leiter und sah die

anderen flüchten. Mendark war bereits verschwunden, und Yggur, auch wenn er nicht sehen konnte, kletterte überaus schnell.

»Geh schon«, sagte Malien und hielt sich die Schulter. »Ich kann nur langsam klettern. Ich gehe als Letzte.«

»Nein«, sagte Tallia. »Vielleicht brauchst du meine Hilfe. Geh du, Shand.«

Er kreuzte die Arme vor der Brust und lächelte. »Ich habe ein längeres Leben gelebt, als ich mir jemals wünschte, Tallia. Nach dir.«

Sie nickte zum Dank und wandte sich der Leiter zu. Malien kletterte langsam, mit nur einer Hand. Tallia folgte dichtauf, ohne nach oben zu schauen, denn von dort regneten ständig Staub und Stücke kristalliner Salpeterkruste herab. Die Leiter schwankte jetzt ununterbrochen und einmal sogar derartig stark, dass Malien den Halt verlor und hinabgestürzt wäre, hätte nicht Tallia dicht hinter ihr gestanden. Malien stieß ein schmerzerfülltes Stöhnen aus, was bei ihr ein deutliches Zeichen war, dass sie Höllenqualen ausstand. Tallia klemmte sie zwischen den Sprossen und ihrem eigenen Körper ein, bis sie wieder Halt gefunden hatte.

»Was macht deine Schulter, Malien?«

»In meinem ganzen Leben habe ich mich noch nie so schlecht gefühlt«, erwiderte Malien und sackte gegen sie. »Und ich glaube, dies wird unser Ende sein.«

»Das glaube ich auch.«

Abermals bebte die Erde. Über ihnen wimmerten die Fundamente wie gepeinigte Dämonen. Tallia sah nach unten. Shand war dicht unterhalb ihrer Füße und erklomm stetig Sprosse für Sprosse. »Wie geht's dir, Shand?«

Er sah nicht auf. »Alles in Ordnung, obwohl es heiß wird und ich die Giftdämpfe wieder riechen kann.«

Brennender Salpeter. Tallias Nase juckte, und ihre Augen tränten. »Geht's etwas schneller, Malien?«

Malien erhöhte das Tempo ein wenig, konnte es aber nicht

durchhalten. Eine Wolke weißer Giftdämpfe stob an ihnen vorüber und bescherte ihnen allen einen Hustenanfall, dann löste sie ich im darüberliegenden Zimmer auf. Sie kletterten weiter. Das Rumpeln und Ächzen wurde immer lauter.

»Wie soll er bloß standhalten?«, sagte Tallia zu sich selbst.

»Der Turm? Er kann nicht standhalten, wenn das so weitergeht«, knurrte Shand. »Obwohl er meisterlich gebaut war.«

»Die Fundamentkammer ist genau über uns!«, rief Malien. »Die Hälfte haben wir geschafft. Ich muss 'ne Minute lang ausruhen.«

Sie stiegen von der Leiter hinab auf festen Boden, obwohl dieser inzwischen auf und ab wogte wie Wellen auf hoher See. Auch der Rest der Gruppe hatte hier eine Ruhepause eingelegt, der Gefahr zum Trotz. Zwei Aachim überwachten die sich verschiebenden Fundamente, fasziniert von ihrer Bauweise.

»Warum ist er noch nicht eingestürzt?«, keuchte Basitor. »Er ist längst an seinen Grenzen angelangt.«

»Der Spalt hat sich dorthin bewegt«, sagte Asper und wies in die besagte Richtung. »Falls er sich noch ein wenig weiter in diese Richtung verschiebt, oder nach oben, wird das Ding kippen.«

»Sieh dir dieses Stahltau an. Die äußere Spiralfeder ist zerbrochen. Das Tau muss bald nachgeben.«

In diesem Moment hörten sie einen hohl klingenden Schrei, »Xarah, Xarah!«, und ihre Zwillingsschwester sauste mit fliegendem braunem Haar die Leiter hinab. Tallia konnte sich ein Lächeln nicht verkneifen. Die beiden waren wirklich unzertrennlich.

»Shalah, hier bin ich!«, rief Xarah. »Ich bin in Sicherheit!« Sie lief Shalah mit ausgebreiteten Armen entgegen.

Als Shalah von der letzten Sprosse sprang, erfasste ein gewaltiges Beben den Fels, und eines der kleineren Verankerungstaue zerbrach. Das lose Ende peitschte quer durch die Kammer, verfehlte Shands Gesicht nur knapp und traf Shalahs Brust mit der Gewalt eines Baumstamms, der einen Berghang hinabrumpelt. Sie wurde gegen die Wand geschmettert, rutschte daran hinunter und sackte auf dem Boden zusammen, den Kopf gegen das Mauerwerk gelehnt.

»Shalah!«, kreischte Xarah und stürzte zu ihr hin. »Shalah, bist du okay?«

Auch Tallia rannte herbei. Shalahs Augen standen offen. Sie schenkte ihrer Zwillingsschwester ein trauriges kleines Lächeln, dann wurden ihre Augen glasig.

»Shalah!«, wimmerte Xarah. »Sprich mit mir!«

Asper schubste Tallia aus dem Weg und untersuchte Shalah eingehend, obwohl klar war, dass sie nicht mehr lebte. Ihr Brustkorb war zerschmettert und ihr Hals gebrochen. Er legte sie ausgestreckt auf den Boden und schloss mit den Fingerspitzen ihre Augen. Tallia neigte ihren Kopf.

»Los, weiter!«, rief Mendark. »Dieses Stahltau wird bald nachgeben!«

Sie stürzten auf die Leiter zu. Xarah musste getragen werden. Sie trat um sich und kreischte. Selbst jetzt konnte sie nicht von ihrer Zwillingsschwester lassen. Sie erreichten das Erdgeschoss, und die Aachim rannten überall herum, um einen Ausgang zu finden. Hier musste es Geheimtüren gegeben haben, aber obwohl sie alles abklopften, konnten sie sie nicht ausfindig machen.

In diesem Augenblick regte sich die Erde erneut, diesmal in die andere Richtung, und von oben erklang ein kreischendes Ächzen, das kundtat, dass die Blöcke des Fundaments ihre Grenzen überschritten hatten. Der gesamte Boden kippte unter den Füßen der Fliehenden, stieg empor und hob sich kurz darauf abermals in die Höhe.

»Rauf, ihr verdammten Idioten!«, schrie Mendark, und alle stürzten zur Leiter zurück.

»Vier Stockwerke noch«, sagte Tallia. »Dann wieder zwei nach unten, raus aus dem Turm und über die Brücke. Wenn wir das schaffen, haben wir eine Chance.«

»Außer der Turm kippt in unsere Richtung.«

Ein tieftönendes, schwirrendes Geräusch schoss an einer Turmseite nach oben.

»Das Stahltau ist gerissen«, sagte Shand. »Das war's dann.«

»Geh weiter«, presste Malien hervor.

Der Turm bäumte sich auf einer Seite deutlich stärker auf, was den Boden und die Leiter in eine Schräglage versetzte. Kurz nach dem zweiten Stockwerk erschienen Risse in der Wand, dort wo das Stahltau verlaufen war. Die Risse wurden schnell breiter und ließen Mörtel auf die Köpfe der Fliehenden niederregnen. Während sie mit butterweichen Knien durch das vierte Stockwerk nach oben kletterten, rutschte ein Steinblock aus einer der Bogennischen und zerbarst vor ihren Füßen. Plötzlich tat sich inmitten eines Schwalls aus Steinen und Staub ein Loch in der Mauer auf, und sie erblickten die Minarette und Kuppeln der darunter liegenden Festung.

»Hier durch!«, keuchte Tallia und deutete auf die Maueröffnung. »Zum Loch hinaus!«

»Nein!«, schrie Shand. »In diese Richtung kippt der Turm!«

Ein Schwall sengend heißer Luft brauste von unten an ihnen vorbei und zog erstickende Giftschwaden nach sich. Als sie abwärts blickte, sah Tallia tief unten eine rote Linie, die aus dem Spalt emporstieg.

Sie befanden sich nun direkt unterhalb des fünften Stockwerks, Tensors Torgemach. »Ich kann … nicht mehr weiter«, sagte Malien.

»Es ist nur noch ein kurzes Stück«, sagte Tallia und sah, wie die Risse in der Mauer breiter wurden.

»Geh weiter! Ich hab einen Krampf im Arm und den Beinen. *Ich kann mich nicht bewegen!*«

Kapitel zehn

Der Fall der Türme

»Ist er tot?«, flüsterte Karan, als sie wieder sehen konnte.

Sie rannten über einen Boden, der stellenweise nass und glitschig war, andernorts ein eisiger Matsch. Blasen bildeten sich auf jener Seite von Rulkes Gesicht, die dem Lichtausbruch zugewandt gewesen war.

»Nein«, sagte Llian, nachdem er sorgsam den Puls an Rulkes Hals gefühlt hatte. »Doch falls er stirbt, sterben auch wir. Sieh nach, ob du ein wenig Wasser finden kannst, *schnell!*«

Karan rannte davon. Llian kauerte sich neben den gefallenen Riesen auf den Boden – den großen Feind, der ihn sicherlich benutzen würde, sollte er wieder auf die Beine kommen. Doch falls er sich nicht erholte, dann waren sie bis zum Ende ihrer Tage im Nachtland gefangen.

Nach wenigen Minuten stöhne Rulke und schlug die Augen auf. Ein Augenlid war ebenfalls blasenbedeckt, und er schien Schwierigkeiten damit zu haben, scharf zu sehen. »Bist du das, Chronist?«, flüsterte er und hob eine schwache Hand. Llian reichte dem Charon seine Hand. Rulke ließ eine Minute lang keuchend den Kopf hängen, dann sahen seine Augen wieder klar. Er ließ ein Lächeln aufblitzen, das Llian trotz der von Rulke drohenden Gefahr sonderbar erwärmend fand.

»Wir haben gewonnen«, sagte Rulke. »Wir haben sie geschlagen! Das war eine gute Strategie von dir, Chronist.«

»Demnach haben sie das Tor nicht versiegelt?«

»Nein, es ist noch nicht einmal geschlossen.«

»Dann können sie immer noch ... hier einfallen?«

»Das ist möglich. Ich wage nicht, es zu schließen, Chronist, aus Sorge, dass ich nicht in der Lage sein könnte, es wieder zu öffnen.«

»Oh!«, sagte Llian und versuchte, seine Reaktionen zu kontrollieren. Rulkes Worte bedeuteten, dass es noch eine Möglichkeit zur Flucht gab. Er starrte in das verwüstete Gesicht des Charon und frage sich, was nun mit ihnen geschehen würde.

»Seid Ihr ... in Ordnung?«

Rulke half sich selbst auf die Beine, musste sich aber an Llians Schulter festhalten. »So schlecht habe mich seit einem ganzen Zeitalter nicht mehr gefühlt«, sagte er und nahm seine Verletzungen in Augenschein, die sich auf dem Konstrukt spiegelten: das blasenübersäte Gesicht und die blutunterlaufenen Augen. Seine Hände und Finger waren versengt von seiner Begegnung mit dem Smaragdstab, ganz zu schweigen von der Wunde, die Karans Messer seiner Handfläche zugefügt hatte. »Ah, wie sehr es schmerzt!«

Er schüttelte sich und murmelte einige Worte, die eine Art Zauberspruch zu sein schienen, um die Erschöpfung hinauszuzögern. Er spannte seine Muskeln und stand aus eigener Kraft. »Aber ich kann jetzt nicht ruhen. Es gibt so viel zu tun und zu lernen. *Und du kannst mir dabei helfen!*«, sagte er heftig.

Bestürzt wich Llian einen Schritt zurück. Der Boden war wieder fest geworden. Rulke setzte ihm nach. Wie konnte er sich so schnell erholt haben?

»Und, wirst du mir behilflich sein?«, fragte Rulke leise. Er packte Llian am Arm. »Ich werde dich großzügig belohnen, falls du es tust. Tust du es jedoch nicht ...«

»Bleib stehen«, sagte Tallia. Sie kletterte auf der Leiter um Malien herum, wobei sie deren Schulter möglichst schonte, und ergriff Maliens unverletzten Arm. »Shand, kannst du sie hochstemmen?«

Shand schob seinen Kopf zwischen Maliens Beinen hindurch und nahm sie auf die Schultern, stieg eine, zwei, drei Sprossen empor, dann purzelten sie alle auf den Boden des Torgemachs.

Die Wände begannen zu bersten, und die Form des neunblättrigen Kleeblatts brach an den Fugen auf. Der Boden neigte sich noch stärker, ein Teil der Decke stürzte ein, dann brach eine der Ausbuchtungen des Gemachs mit einem lauten Krachen komplett weg. Tallia wuchtete sich Malien über die Schulter, die ihr im Verhältnis zu ihrer Größe ziemlich schwer vorkam, dann stolperten sie und Shand über den Schutt hinweg, wobei ihre Schritte laut auf den verformten Überresten der Metalltür hallten.

Knapp hinter der Tür zum Treppenschacht stießen sie auf den Leichnam einer Frau. Es war die kräftig gebaute Technikerin, Thel, zerschmettert von einem herabgefallenen Steinblock. Die Luft war so voller Staub und Rauch, dass Tallia nicht das Geringste sehen konnte. Die Stufen waren mit Schutt übersät, und ständig fielen weitere Trümmer herab. Shand ergriff Tallias Hand und geleitete sie abwärts, wobei er sich an der Mauer entlangtastete. Im vierten Stockwerk konnten sie zu einer Seite hinein- und zu anderen hinaussehen. Die spiralförmig gewundenen Stränge aus Stein begannen sich aufzudröseln. Noch während sie dem zusahen, schwang der Turm zurück, und die Risse schlossen sich wieder.

»Weiter«, krächzte Shand. »Nur noch ein kurzes Stück!«

Trümmerteile rollten und rumpelten die Stufen hinab. Ein aufprallendes Bruchstück von der Größe eines Fußballs traf Shand am Hintern und warf ihn um. Zu Tallias Erleichterung kam er wieder hoch, eine blutige Nase vorweisend. Er schnitt eine Grimasse und hielt sich die Pobacken.

Genau vor ihnen erstreckte sich die westliche Brücke, die aus dem Großen Turm in die Festung führte. Als der Turm sich abermals neigte, legten sie einen letzten humpelnden Spurt ein. Eine Lücke tat sich zwischen der Brückenkante und dem

Turm auf. Polternd und krachend brach überall um sie herum Mauerwerk auseinander.

Tallia rannte, ihre Knie schlotterten. Mit einer Kraftanstrengung, so dass sie glaubte, ihr Herz müsste zerspringen, stieß sie sich ab und flog, Malien auf den Schultern, über die Lücke hinweg. Sie landete auf der Brücke; augenblicklich knickten ihre Knie ein, und sie schlitterten beide über das Brückenpflaster.

Malien schrie vor Schmerzen. Tallia erhob sich taumelnd auf die Knie; sie wusste, dass sie Malien nicht weitertragen konnte. Blut troff von ihren aufgeschürften Knien. Shand war in einem ähnlichen Zustand. Sie begannen, die gewölbte Brücke emporzukriechen, wissend, dass sie zum Untergang verurteilt waren, denn über ihnen brach die ganze Welt wankend in Stücke.

Ein Mauerblock krachte auf die Brücke und ließ sie erbeben. Der nächste schlug eine Lücke in die Balustrade. Weitere krachten dumpf auf die Pflasterung unterhalb der Brücke. Unter ihnen riss das Brückenpflaster auf. Tallia war kurz davor, sich einfach zum Sterben niederzulegen, als vor ihnen Osseion und die Aachim auftauchten, die am Tag zuvor aufgebrochen waren. Die drei Fliehenden wurden an Händen und Füßen aufgehoben und im Eiltempo über die Brücke getragen, indes das bebende Gemäuer sich aus den Stahlsicherungen löste, die es zusammenhielten.

Die gesamte Brücke begann sich in Steinplatten aufzulösen, die herumschlitterten und -rutschten und breite Risse hinterließen, die die Retter mit ihrer Last überspringen mussten, worauf sich die Risse ebenso plötzlich wieder schlossen. Die einwärts gleitenden Platten bildeten ein Trümmerchaos und zwangen die Aachim, darüber hinwegzuklettern wie die Ziegen. Tallia fühlte, wie der Boden unter ihr wegbrach, ehe Osseion sie beide mit einem weiten Satz auf die Felskante jenseits der Brücke rettete. Tallia sah auf, und ihr bot sich ein Anblick, den sie ihr Lebtag nicht mehr vergessen würde.

Der Große Turm neigte sich noch mehr. Staubwolken traten

von der Mitte bis zur Spitze aus, dann lösten sich die Steinstränge voneinander, und der gesamte Turm begann sich zu entflechten. Einen Augenblick lang hatte es den Anschein, als würden die neun Stränge einzeln fallen, direkt auf die Zuschauenden; doch dann, als die Schräglage des Turms zunahm, begann er von der Spitze abwärts Steinblock für Steinblock zu zerbröckeln. Die obere Hälfte ergoss sich mit ohrenbetäubendem Donnern nach rechts, hinab auf die Minarette und Kuppeln der Festung von Katazza, und brachte viele davon ebenfalls zum Einsturz. Lapislazuli-Splitter prasselten in alle Richtungen, einer von ihnen zerschlitzte Shands Wange. Eines der mächtigen Sprungfeder-Stahltaue kreiselte pfeifend durch die Luft, um dann krachend in die größte der Kuppeln einzuschlagen.

Ganz zum Schluss fiel die große Platinkuppel, segelte durch die Luft und schlug teils innerhalb, teils außerhalb der Festung mit einem gigantischen Scheppern auf. Dort hing sie dann, halb schwebend, als ein einziges zerbeultes Stück Metall. Die unteren Abschnitte des Turms begannen sich ebenfalls aufzulösen, dann verhüllte wirbelnder Staub die Szenerie.

Als alles ruhig war und der Staub sich gelegt hatte, überblickten die Geretteten das, was übrig geblieben war. Fünf der neun Steinstränge waren bis zur Höhe der Brücken eingestürzt, während die übrigen vier als gezackter, schiefer Wust in die Höhe ragten, umkränzt von einem zerklüfteten Ring aus Gold und Lapislazuli. Spiralfeder-Enden baumelten aus zweien der Stränge hervor, noch immer zitternd. Hinter den Überlebenden sowie links von ihnen war die Festung unbeschädigt, die Türme und Kuppeln standen noch, doch die andere Seite war eine Ruine.

»Nun denn«, sagte Mendark, »wir sind erledigt. Jetzt gibt es keine Möglichkeit mehr, ein Tor zu erschaffen, das uns nach Hause bringt. Wir müssen durch das Meer der Trockenheit wandern, und zwar *im Sommer!* Das hat noch nie jemand getan. Besten Dank, Yggur! Du hast, was ein Sieg hätte sein sollen, in eine klare Niederlage verwandelt.«

»Du hättest nicht den Smaragd gegen ihn einsetzen sollen«, flüsterte Tensor. »Nachdem Rulke damit einen solchen Sieg über Yggur errungen hat, wie konntest du hoffen, ihn zu bezwingen?«

»Du hast uns das eingebrockt, Tensor, und dich geweigert, zu helfen!«, fauchte Mendark. »Bemüh dich jetzt nicht, uns Ratschläge zu erteilen.«

Yggur starrte mit blinden Augen über die Ruine hinweg, die einst Katazza gewesen war. »Ich hatte zu viel Angst«, sagte er immer wieder. *»Zu viel Angst.«*

Sie hielten eine Musterung ab. Jene, die zum Schluss unten am Spalt gewesen waren – Yggur, Shand, Mendark, Asper, Malien, Basitor und Xarah –, hatten durch die abschließende Smaragdlicht-Entladung verbrannte und blasenübersäte Gesichter und Hände davongetragen. Maliens Schulterverletzung war beim Sturz auf der Brücke wieder aufgebrochen und musste dringend versorgt werden. Tensor war verkrüppelt, Yggur blind, und Xarah saß abgesondert da, den Blick nach innen gekehrt, und konnte noch nicht einmal um ihre tote Zwillingsschwester weinen.

»Gibt es denn nicht mehr die geringste Hoffnung, dass wir das Tor reparieren können?«, fragte Tallia. Das Meer der Trockenheit im Sommer zu durchqueren war ein Albtraum, dem sich in ihrem Zustand niemand zu stellen wagte.

Während sie sprach, ging ein gewaltiges Beben durch die Erde, und eine Fontäne aus geschmolzenem Felsgestein und Asche schoss aus dem Spalt auf der gegenüberliegenden Seite der Festung empor, zwanzig Spannen weit in den Himmel hinein.

»So sieht jetzt das Schicksal von Katazza aus«, sagte Mendark. »Möchtest du wieder dort hineingehen?«

Darauf erübrigte sich eine Antwort.

Bereits früher hatten die Aachim ihr gesamtes Gepäck und allen Proviant nach draußen geschafft. Die Überlebenden prüften die Ausrüstung, schulterten Packlasten und traten mit einem letzten Blick auf das Wunder und die Tragödie, die Katazza war, den Weg zu den Klippen an, die zum Meer der Trockenheit hinabführten.

»Shalah!«, weinte Xarah und schlug mit Armen und Beinen um sich; dann trugen sie sie fort.

Sie marschierten die gewundene westliche Straße hinab, wobei Shand den hochgewachsenen Yggur führte. Dann folgten Mendark und Osseion, dessen mächtiger Körper unter der Last auf seinen Schultern winzig wirkte. Tallia lief allein, voller Angst beim Gedanken an das Meer der Trockenheit, obwohl sie besser befähigt war, ihm zu trotzen, als die meisten. Ihr folgten die sechzehn verbliebenen Aachim, neun davon im Gänsemarsch, dann kamen zwei, die Malien trugen. Den Abschluss bildeten zwei weitere, die Tensor auf einer Trage beförderten, einer Totenbahre für den Lebenden. Die Historien hatten Tensor nichts gelehrt.

Wo einstmals die langgezogene Insel Katazza gewesen war, erstreckte sich nun eine Bergkette, umgürtet von einer Reihe Klippen und Steilwände, die fast zweitausend Spannen tief bis zum Grund des Meeres der Trockenheit abfielen. Mit ihren Verletzten und ihrer ganzen Gepäcklast benötigten sie fünf Tage, um das alte Ufer der Insel zu erreichen und die Klippen bis zum Meeresbett hinabzuklettern. Je tiefer sie kamen, desto heißer, trockener und salziger wurde es.

Am Fuße der letzten Klippe kletterten sie aus einem schattigen Höhlenspalt auf einen von einer Salzkruste bedeckten Geröllhang hinaus. Die Luft war so dick, dass sie Klumpen in ihren Kehlen bildete; sie lastete schwer auf ihnen und dörrte sie aus; und wenn der Wind blies, was die meiste Zeit über der Fall war, trug er Salzstaub mit sich, der Augen, Ohren und Mund peinigte. Die Hitze war grauenvoll, wie das Innere eines Ofens, und die Sonne ein Schmiedehammer, der versuchte, sie zu Haut- und Knochenpulver zu zerstampfen.

»Das ist nicht zu ertragen«, sagte Shand und hielt sich den Umhang über den Kopf, als er in den Schatten zurückdrängte. Die anderen taten es ihm nach. Minuten vergingen; keiner rührte sich, niemand sprach auch nur ein Wort. Tallia konnte es in ihren Augen lesen – das Meer der Trockenheit hatte sie bereits besiegt.

Einige kamen mit der Hitze besser zurecht als andere. Mendark, der sich im hintersten Winkel der Höhle zusammengekauert hatte, trocknete vor ihren Augen aus. Seine Gesichtshaut schrumpfte so sehr, dass jede Faser seines dünnen Bartes hervorstand wie ein Haar auf dem Pickel einer Gänsehaut.

Yggur hechelte wie ein Hund, der Schweiß floss in Strömen über seine Stirn. Er schmierte die Nässe über sein Gesicht im vergeblichen Versuch, sich Kühlung zu verschaffen, doch die Luft saugte die Feuchtigkeit von ihm ab wie ein Schwamm.

»Niemand ist jemals im Sommer durch das Meer der Trockenheit gegangen«, sagte Yggur. Als einziger von ihnen allen hatte er es nicht durchquert, um hierherzugelangen. »Es ist Wahnsinn. Ich kann das nicht.« Er versank wieder in Apathie.

»Es sind noch sieben Tage bis zum Sommer«, sagte Shand. »Es wird noch sehr viel heißer werden.«

Sie verbrachten den ganzen Tag schutzsuchend in der Höhle, und als die Nacht anbrach, besaßen sie nicht genug Kraft, um ihren gefahrvollen Marsch zu beginnen. Am folgenden Morgen tobte eine stundenlange Debatte darüber, ob sie auch nur den Versuch unternehmen sollten, das Meer der Trockenheit zu bewältigen. Sogar die Aachim stimmten dafür, nach Katazza zurückzukehren und bis zum Herbst zu warten, so hoffnungslos und gefährlich das auch erschien. Tallia fächelte sich mit ihrem Hut Luft zu, trug aber zur Auseinandersetzung nichts bei. Sie wusste, dass sie keine Wahl hatten.

In ihrer Haut sprangen Risse auf und verschorften mit Salz

und Blut, das die winzigen Mücken ständig aussaugten. Shand war so rot im Gesicht, als stünde er kurz vor der Explosion, während Selial unfähig schien, überhaupt zu schwitzen: Ihre bleiche Haut pellte sich von ihrem Gesicht wie Schuppen.

»Wie weit war es von hier bis zu den Seen?«, wollte Malien von Osseion wissen.

»Zehn Nächte. Aber damals waren die Nächte länger.«

»Und kühler«, sagte Tallia, sich selbst träge Luft zufächelnd. »Und wir waren in Form und wohlauf. Diesmal könnte es doppelt so lange dauern.«

Malien brachte ihren Arm in seiner Schlinge in eine bequemere Lage. Die Schulter, obzwar sie verheilte, bereitete ihr noch immer starke Schmerzen. »Falls wir zurückgehen, werden wir dort sterben«, sagte sie.

»Oder so gut, wie«, pflichtete ihr Mendark bei. »Gebt Rulke ein halbes Jahr, um sich vorzubereiten, und wir werden ihn niemals aufhalten. Ich bin dafür, weiterzugehen; falls nötig, tu ich's allein.« In seiner Stimme lag ein Unterton edler Selbstaufopferung.

Osseion lachte respektlos. »Allein, Meister? Du befiehlst mir nicht?«

Mendark errötete. »Nur du und ich und Tallia!«

»Alle oder keiner«, sagte Malien.

Sie schleppten sich durch die Nacht, die längste, die sie je durchlitten hatten. Nur eine Sache hob während der ganzen Zeit ihre Moral.

»Ich kann sehen!«, brüllte Yggur der aufgehenden Sonne entgegen. *»Ich kann sehen!«*

Wie sich herausstellte, konnte er nicht allzu viel erkennen; gerade mal den Unterschied zwischen Licht und Dunkelheit. Dennoch schenkte es ihm Hoffnung darauf, dass seine Sehkraft zurückkehren würde. Seine Verbitterung ließ ein wenig nach.

In den kurzen Nächten marschierten sie, so weit die Schwächsten von ihnen, Yggur und Selial, gehen konnten, also nur wenige

Stunden lang. Aber in der zerklüfteten Lavalandschaft kamen sie nur unerträglich langsam voran, etwa halb so schnell wie Mendark auf seiner gemächlichen Hinreise. Sogar die Aachim empfanden Tensors Trage als Last, wenn auch keine, über die sie jemals ein Wort verloren. Während der ganzen langen Tage kauerten sie dichtgedrängt in ihren Zelten.

Jeden Tag traten Windstürme auf, die Salzstaub oder Kristalle mit sich führten und mit Geschwindigkeiten über die Ebenen des Meeres der Trockenheit brausten, gegen die sich unmöglich anlaufen ließ. Dann mussten sie sofort ihr Lager aufschlagen, sämtliche Zelteingänge verschließen und zugleich beten, dass die Zelte nicht davongeweht wurden, Nase und Mund schützen und durch ein gefaltetes Stofftuch atmen. Das Wasser war so streng rationiert, dass sie beständig danach lechzten. Ihre Münder schmeckten immerzu nach Salz, ebenso ihr Essen, und der Salzstaub drang überall ein außer in die Wasserschläuche.

Am zehnten Morgen seit ihrem Aufbruch von Katazza erwachte Shand und merkte, dass die Luft ruhig war, das Zelt noch nicht einmal flappte. Er verließ es, um die relative Kühle der Vordämmerung zu genießen. Auch Yggur war dort und wartete darauf, alles zu sehen, was er sehen konnte – die aufgehende Sonne. Zu seiner Überraschung sah Shand in der Schwärze ein Leuchtfeuer lodern.

»Das ist eigenartig«, sagte er zu Yggur. »Dort auf dem Berg ist ein Licht.«

Yggur ließ sich von Shand in die besagte Richtung drehen. Er blinzelte, bis Tränen aus seinen Augen rannen. »Rulke!«, sagte er, von hilflosem Grauen übermannt.

Kapitel elf

Klaustrophobie

Karan kam zurückgehastet, in den Armen ein schweres, sanduhrförmiges Gefäß, über dessen Rand Wasser schwappte. Sie war erstaunt, als sie sah, dass Rulke schon wieder gänzlich erholt auf den Beinen war. Karan verspürte ein angstvolles Prickeln. Ein geschlagener, sterbender Rulke war eine Sache; ein Rulke, der auf wundersame Weise wieder im Vollbesitz seiner Kräfte war, eine völlig andere. Sie fühlte einen übermächtigen Drang, wegzurennen.

Doch was taten die beiden da? Er und Llian standen nebeneinander, mit dem Rücken zu ihr, dem Konstrukt zugewandt. Llian sah zu Rulke auf; es schien ein verschwörerischer Blick zu sein. Das Konstrukt zitterte in der Luft wie eine Fata Morgana. Selbst von hinten konnte sie Llians Eifer erkennen, seine Faszination für das, was Rulke ihm erzählt hatte. Oh Llian, dachte sie, ich wusste, dass du nicht gegen Rulke ankommst, aber könntest du nicht wenigstens *versuchen*, ihm zu widerstehen? Dann erblickte Llian sie, und seine Augen verrieten ihre Anwesenheit.

»Karan«, sagte Rulke mit einer Stimme wie flüssige Schokolade. »Komm, gesell dich zu uns.«

Das Wort »uns« traf sie ins Herz. Hatte Llian sich in so kurzer Zeit herumkriegen lassen? Sie entsann sich Shands häufig bekundeter Zweifel an ihm. *Den Zain kann man niemals vertrauen. Das haben sie immer und immer wieder bewiesen. Sie sind verhängnisvoll wissbegierig.*

»Karan!«, rief Llian. »Wir haben's geschafft. Das Tor steht noch offen!«

»Und wenn du *ebenfalls* kooperierst«, sagte Rulke zu ihr, »dann schicke ich vielleicht sogar *dich* zurück.«

Ebenfalls? Was meinte er damit? Karan geriet in Panik. In ihrer Brust erblühte ein Schmerz. Sie keuchte, als wäre sie eine weite Strecke gerannt.

Um Selbstbeherrschung ringend, spähte sie in Richtung der Steinplatte. Diese schimmerte noch, ein Wunder, an das sie schon nicht mehr geglaubt hatte. Sie musste Llian irgendwie zum Tor kriegen. Wenn es nur eine Möglichkeit gäbe, mit ihm Verbindung aufzunehmen, ohne dass Rulke es mitbekam. An diesem Ort ihre Gabe zu gebrauchen, wäre doppelt gefährlich.

»Ich hab ein wenig Wasser gebracht«, sagte sie ausdruckslos. Rulke sollte glauben, dass sie noch immer zu helfen versuchte. »Möchtet Ihr, dass ich Eure Verbrennungen versorge?«

Rulke starrte sie an, verschlang sie mit seinen Augen und seinem Lächeln. Sein durchdringender Blick schmerzte. Sie sah weg und war überzeugt, zu wissen, was er dachte. Er beurteilte sie anhand ihrer zerlumpten Kleidung und wirren Haare, ihrer geringen Körpergröße, ihrer Jugend, dem Fehlen von Arglist in ihren grünen Augen. Sicherlich würde er sie als etwas betrachten, das der Beachtung nicht wert war; und die Verwundung, die sie ihm damals in Katazza beigebracht hatte, nur als zufälliges Missgeschick ansehen.

Seine Worte zerstörten diese Hoffnung völlig. »Ich erkenne, dass ich *dich* niemals rumkriegen werde, meine kleine Feindin. Ich werde *dich* nicht noch einmal unterschätzen. Nicht jemanden, der so sehr meiner Nemesis, Elienor, gleicht. Nicht jemanden, der mehr Mut besitzt als all die Mächtigen in Katazza. Du bist tödlich, aber ich will dich trotzdem haben. Ich habe Verwendung für deine andere Gabe; jene, von der du kaum weißt, dass du sie besitzt. Tatsächlich habe ich deinen Geist so oft berührt, während du schliefst, dass ich dich besser kenne als du dich selbst.«

Rulke setzte ein raubtierhaftes Grinsen auf und trat auf sie zu. Karan spürte, dass seine Gegenwart an ihrem Geist nagte. Es erinnerte sie an die Albträume auf der Straße während der Flucht aus Fiz Gorgo. Jene furchtbare Nacht über Narne, auch da war er es gewesen. Und es war ihre Verbindung gewesen, zumindest ihre Schwäche bei ihrem Gebrauch, die ihn in die Lage versetzt hatte, die Ghâshâd zu erwecken. Ohne sie würde Shazmak noch immer stehen!

Karan wich so heftig zurück, dass das Gefäß klirrend zu Boden fiel und sein Inhalt weit umherspritzte. Sie bückte sich, um es aufzuheben, aber das Wasser überzog den Boden bereits mit einer Eisschicht. Ihre Panik verselbständigte sich. Wenn sie jetzt nicht handelte, waren sowohl sie als auch Llian verloren. Sie rang die Panik nieder, doch diese stieg sofort wieder hoch, stärker denn je. Dann begann sich in ihrem Geiste ein Plan abzuzeichnen.

»Berührt mögt Ihr mich haben«, sagte sie. »Vielleicht auch schwach beeinflusst. Aber meine Gabe gebrauchen? *Niemals!*« Sie spuckte auf seinen schwarzen Stiefel.

Rulke ballte seine Faust. Sein Arm zitterte, und als er einen weiteren Schritt auf sie zu machte, gab eines seiner Knie nach. Er konnte jetzt kaum noch aufrecht stehen. Er schüttelte seine Faust, bis die Finger sich wieder öffneten; dabei beobachtete er sie scharf. »Ich kann in dein Herz blicken. Ergib dich freiwillig, und ich werde Llian freilassen. Weigere dich ...«

»Der Große Täuscher!«, sagte sie. »Schenkt es Euch Trost, dass alle Euch hassen und verachten?«

»Das liegt nur an den Lügen der Chronisten.« Er lächelte bedrohlich.

»Das sind genau die Worte, die ich aus dem Mund des Großen Täuschers erwarte«, höhnte sie.

»Sprich mir nicht von Verrat!«, presste Rulke hervor. »Einst hatte ich eine Gefährtin. Frag deine *Freunde* Mendark und Yggur und Tensor, was sie ihr angetan haben!«

Karan war bestürzt. Rulke schien ehrlich aufgebracht zu sein.

Und doch war er für seine Finten berüchtigt. Sie fuhr fort, ihn zu verhöhnen, versuchte, ihn zu einem Fehler zu verleiten.

»Ich kann Euch lesen wie ein Schaubild an der Wand, Rulke. Und was Llian angeht, den Ihr mit Euren Schmeicheleien und Euren Angeboten zu verführen sucht, er ist nichts weiter als eine gewöhnliche Hure – er würde sich an jeden verkaufen, für ein paar Schnipsel aus den Historien.«

Vergib mir, Llian, dachte sie, als sie sah, wie sehr ihn das traf. Ich verurteile dich nicht. *Ich werde es nicht tun!* Aber wenn wir nicht von hier wegkommen, wird er mich wieder in den Wahnsinn treiben. Ich kann es bereits fühlen. Was immer es kosten mag, ich werde es tun und später bei dir gutmachen.

Sie wich zurück, und Rulke folgte ihr langsam, geradeso wie bei ihrem Tanz in Katazza. Er hob seine Hand. »Versuch nicht, mich in Zorn zu versetzen. Ich habe tausend Schmähungen erduldet, tausend Schimpfnamen.«

»Tausend Jahre sind verstrichen, und nur noch eines bleibt«, höhnte sie und versuchte, ihn von Llian weg- und auf die Stelle zuzulocken, wo das verschüttete Wasser eine Eisschicht auf dem Boden gebildet hatte. »Großer Täuscher! Nichts anderes ist den Menschen von Euch in Erinnerung geblieben, Verräter. Es *gibt* nichts anderes.«

»Jede Geschichte hat zwei Seiten!«, sagte er zornig. »Vielleicht brauche ich einen Erzähler, um meine zu erzählen.« Er warf Llian einen vielsagenden Blick zu. »Womöglich habe ich bereits einen.«

»Eure Lügen werden auch dann noch Lügen sein, wenn der größte Erzähler von Santhenar sie erzählt!«, gab sie zurück.

Rulkes Gesicht verfinsterte sich. Sein ausgestreckter Arm zitterte. Karan zählte nicht, ihre Worte bedeuteten weniger als nichts, aber er war ausgelaugt bis ins Mark, und die Worte schmerzten.

»Du ärgerst mich, Kleine«, sagte er heiser. Er begann, seine geistige Macht gegen sie auszuspielen.

Wieder begann der Druck sich aufzubauen und ihren Widerstand zu zersetzen. Weit hinten in ihrem Bewusstsein spürte sie den Wahnsinn lauern, in den sie auf der Straße nach Thurkad getrieben worden war. Er stieg auf und nieder wie ein Stück Kork, das auf Meereswellen dümpelt, noch immer weit entfernt, doch Rulke war ein Sturm, der sie mühelos versenken konnte. Sie wollte das nicht noch einmal durchmachen. Blindes Grauen übermannte sie. Niemals wieder!

»Llian!«, rief sie. Wie konnte sie ihm mitteilen, dass er zum Tor gehen sollte, ohne dass Rulke es mitbekam? »Erinnere dich an unseren Plan! Geh weg von ihm!«

»Denk an mein Angebot, Llian«, sagte Rulke und packte ihn am Hemd. »Es verheißt dir großen Lohn. Und auch dir, Karan. Ich kann euch euren tiefsten Herzenswunsch erfüllen, und alles, was ihr dafür tun müsst, ist, mir einen einzigen kleinen Gefallen zu erweisen.«

Karan holte mit ihrem Bottich gegen ihn aus. Rulke sprang rückwärts außer Reichweite, geriet aus dem Gleichgewicht, und einer seiner Füße glitt auf dem Eis aus. Er taumelte, spreizte die Arme, um sich zu fangen, doch Karan schleuderte ihm den schweren Behälter entgegen. Der Metallboden schrammte über Rulkes Nase und Augen, seine Füße rutschten unter ihm weg, und er traf mit einem dumpfen Schlag, der schillernde Schockwellen durch den Nebel jagte, auf dem Boden auf.

»Renn!«, gellte Karan und schoss auf das Tor zu. »Schnell, Llian!«

Sie hatte seinen verstauchten Knöchel und sein zerschundenes Knie vergessen.

Alles, was Llian zustande brachte, war ein schmerzerfülltes Hinken, und ehe er drei Schritte getan hatte, kam Rulke wankend wieder auf die Beine. Ein langer, blutender Riss zog sich sichelförmig über seine Augenbrauen, und aus seiner Nase tropfte Blut aufs Eis. Rulke stellte seine großen Füße weit auseinander und versuchte mit einer Hand, sich das Blut aus den Augen zu wischen, während die andere, zur Faust geballt, leuchtende Lichtspeere verschoss, die Scharten in die Wände und die Decke frästen. Llian, der schreckliche Angst hatte, Rulke könnte Karan in seiner Wut durch die Wand schmettern, warf sich auf den Charon. Sie schlugen abermals auf dem Eis auf.

Karan wandte sich um, um zu sehen, wo Llian war. Er war nur ein Schemen im brodelnden Nebel, zu Füßen Rulkes. Es sah aus, als würde er Rulke Treue schwören. »Gibt's etwas, was du für deine kostbaren Historien nicht tun würdest?«, schrie sie, jegliche Geistesgegenwart einbüßend.

Halb geblendet vom Blut, das in seine Augen rann, ließ Rulke seine Faust in Richtung Torstein schießen. Wo die Wand neben Karan gewesen war, klaffte ein gezacktes Loch, dann verblasste der gesamte Palast bis zur Durchsichtigkeit. Er löste sich weiter auf!

Der Druck von Rulkes Geist fühlte sich an, als bräche ein Damm über ihr, und machte es unmöglich, einen klaren Gedanken zu fassen. Wahnsinn wälzte sich auf sie zu wie eine Woge, die über den Ozean rollte und anwuchs, bis sie über ihr aufragte und sich hoch oben, weiße Gischt versprühend, überschlug. Jetzt donnerte die Woge herab, schlug über ihr zusammen und versuchte, sie auf Klippen des Wahnsinns zu schleudern. Karan mühte sich, die Panik zu bekämpfen, doch sie wurde von ihr überwältigt. Als Karan rücklings zum Torstein wankte, bildete dieser einen flammenden, gewellten Tunnel, der hinter ihr zu Nebel verblasste.

Der Tunnel begann sie einzusaugen. Rulke wischte sich das Blut aus den Augen und stieß Llian aus dem Weg. Erst als Llian über den Boden schlitterte, begriff Karan, dass er versucht hatte, sie zu beschützen. In der Sicherheit des Tors ließ ihre Panik nach, und sie erkannte, dass sie einen furchtbaren Fehler begangen hatte. Rulke hatte sie geschlagen – er hatte sie sehr schnell durchschaut.

»Lliannnnnn!«, schrie sie und versuchte, zurückzukriechen, wieder hinaus aus dem Tor. Es war zu spät – das Tor zog sie

bereits fort. Sie schnellte empor, die Arme ausgebreitet wie ein Taucher, doch war dies, als versuchte sie, einen geölten Kamin hinaufzuspringen. Sie verblasste, schrumpfte, wurde durch den Schlauch des Tors hinab- und davongesogen.

Llian rannte auf sie zu, trat auf eine weiche Bodenstelle und sank bis zu den Knien darin ein. Seine Finger schabten an der Torkante. Karan versuchte verzweifelt, zu ihm zurückzugelangen, doch es war zu spät. Rulke verschoss abermals Licht auf den Torstein. Ein Feuerstreifen zog sich durch die Decke, zerschürfte die Wand und züngelte anschließend über die Kante des Steins. Luft begann durch die Decke zischend nach draußen zu entweichen.

»Kommst du wohl zurück!«, brüllte Rulke.

Das Letzte, was sie sah, war Llian, der auf Händen und Knien über den Boden kroch. Das Tor war zu weit entfernt. Rulke wuchs über ihm empor wie ein Vampir, dann verschwand die Szenerie.

Karan wurde heftig durchgeschüttelt, wurde herumgewirbelt und -geschleudert, während hinter ihren Lidern Blitze flammten. Mit einer Drehung begann sich der Tunnel zu verengen. Die Luft brauste zischend an ihr vorbei und zerrte ihre Haare zurück in Richtung Nachtland. Karan mühte sich, sich im Geiste ihr Ziel vorzustellen, Tensors Torgemach im Großen Turm. Ihre Augen begannen zu brennen; Ohren und Nase schmerzten; tief im Mund schmeckte sie Blut.

Sie war blind, erstickte! Karan öffnete den Mund, um zu schreien, und die Luft quoll aus ihrer Lunge. Um sie herum zog sich der Tunnel immer mehr zusammen, bis er so eng war wie ein Strumpf: erdrückend, erstickend. Ihre Brust war derart stark zusammengepresst, dass sie auch sonst kaum einen Atemzug hätte tun können. Karan spürte, dass sie das Bewusstsein verlor. Sie versuchte unter vollem Einsatz ihrer Gabe, sich auf Katazza zu konzentrieren. *Das Tor, das Torgemach,* malte sie sich aus und benutzte dazu das lebendigste und schrecklichste Bild, das sie im Kopf hatte. *Erinnere dich, wie Tensor Llian in die Höhe hielt, als er Rulke brüllend trotzte!*

Doch das Bild wollte nicht in ihrem Kopf verweilen, so sehr sie sich auch anstrengte. Es war, als würde das Torgemach nicht mehr existieren. Sie ließ hundert Bilder jenes Ortes an ihrem inneren Auge vorbeiziehen, doch alles, was sie erblickte, war Rulke, umrahmt von den Säulen des Pavillons, dann dessen Metallkuppel, die über den Boden kreiselte. Kreiselte ... kreiselte ... Es entglitt ihr. Sie war tot.

Jenes Bild musste ausgereicht haben, um das Tor an seinen Ausgangsort zurückzubringen, denn der Tunnel sonderte eine Blase ab, spie Karan mit einem Knall, den sie nicht hörte, gegen etwas Hartes, und verflüchtigte sich.

Der Aufschlag entriss ihr ein Keuchen. Als sie versuchte, sich aufzusetzen, schlug ihr Kopf gegen etwas Hartes. Sie sog bebend Luft in ihre Lunge, blinzelte zähe Flüssigkeit aus den Augen und gewann langsam ihre Sehkraft zurück, obschon diese ihr nichts Wiedererkennbares enthüllte. Ein Blutfaden rann aus ihrer Nase. Als sie versuchte, ihn wegzuwischen, merkte Karan, dass sie ihren Arm nicht bewegen konnte. Sie hob den anderen Arm und verschmierte Blut über ihr Gesicht. Als sie den Kopf wandte, erblickte Karan in dem matten Licht eine harte Oberfläche, die sie umwölbte. Es war die Metallkuppel des Pavillons – sie erkannte sie an der Form wieder. Das Tor hatte sie unterhalb seiner selbst ausgespien.

Ich möchte wissen, wie schwer die Kuppel ist, dachte sie. Ich hoffe, ich kann sie wegdrücken. Indem sie mit ihrem freien Arm herumtastete, gelang es Karan, den anderen zu befreien. Sie lag auf Schutt in einem engen Freiraum unter etwa einem Viertel der Kuppel. Der Rest war plattgedrückt. Irgendetwas musste während Karans und Llians Abwesenheit auf die Kuppel gestürzt sein. Sie versuchte, die Kuppel zu verschieben, doch diese rührte sich nicht von der Stelle. Der Zwischenraum reichte auch nicht, um unter ihr hervorzukriechen. Karan saß in der Falle! Sie würde hier umkommen. Sie würde Llian niemals wiedersehen.

Konnte er das Tor trotz allem erreicht haben? Unmöglich, so schnell, wie es sich hinter ihr geschlossen hatte. Und das war nur gut so, denn hätte er es geschafft, wäre er jetzt sicher tot oder an einen Ort verschlagen, den sie niemals finden konnte. Sie fühlte sich unsagbar unglücklich, als hätte der Tod ihr Llian entrissen. Dies war das Schlimmste, was sie je zu verantworten hatte. Eine gewaltige Dummheit, ein unverzeihlicher Verrat.

Wie um ihre Lage noch zu verschlimmern, setzten die Nachwehen heftiger ein denn je zuvor. Sie folterten ihren geschundenen Leib mit tausend Schmerzensdornen, zu furchtbar, um dagegen anzukämpfen. Sie war eindeutig nicht dafür geschaffen, Torc zu durchqueren. Ihr Hirn hämmerte, eine Migräne machte sie blind. Karan rollte sich auf dem Schutt zusammen, gab sich ihm hin, und nach endlos langer Zeit schlief sie.

Erstarrt lag Llian da und erwartete, dass Rulkes furchtbarer Zorn ihn erschlug. Einen Augenblick lang schien es auch so zu kommen, denn als das Zischen der Luft, die durch die aufgerissene Decke hinausfegte, zu einem Kreischen anschwoll, taumelte Rulke davon, riss die Tür ab und begann sie mit seinen Fingern zu kneten. Rasch besaß er einen metallisch aussehenden Pfannkuchen aus weichem Material, der ungefähr die Grundfläche des Konstrukts aufwies. Mühsam stemmte er das Gebilde über seinen Kopf, ließ es auf einer Fingerspitze kreisen, bis es Scheibenform gewonnen hatte, und schleuderte es in die Luft. Die Scheibe klatschte gegen die Decke, verflachte, und der Luftstrom riss ab.

Rulke ließ den Kopf hängen, rutschte aus und begann am ganzen Leib zu zittern, wobei seine Bewegungen immer ungestümer wurden. Er fiel auf ein Knie nieder, kam wieder auf die Beine, der Anfall kehrte zurück, dann stolperte er davon, während Blut von seinem Gesicht herabströmte. Sein Ausflug in die Realität nach Santhenar und alles, was seither geschehen war, hatten ihn restlos erschöpft. Die Tür schlug zu. Llians Blicke folgten Rulke durch die durchsichtigen Wände hindurch, bis er im dichter werdenden Nebel verschwand. Und wieder war Llian allein.

Allein und verängstigt. Alles war so schnell passiert. Karan war fort gewesen, bevor er überhaupt begriffen hatte, was vorging. Warum war sie so wütend gewesen? Er ließ die Szene im Geiste noch einmal ablaufen und versuchte zu sehen, was Karan gesehen hatte. Er sah, wie sie ihn entsetzt anschrie und ihn der Verbrüderung mit Rulke bezichtigte. Das schmerzte, denn obwohl er stark in Versuchung geführt worden war, hatte er das nicht getan. Wie konnte sie nur fähig sein, ihm so sehr zu misstrauen? Es sah ihr überhaupt nicht ähnlich.

Nun, da Rulke fort war, war selbst die Verführung nur noch schwer zu verstehen. Einst hatten die Zain sich Rulke unterworfen, und was hatte es ihnen eingebracht? Sie waren wieder und wieder dezimiert, aller Besitztümer beraubt, aus ihrem geliebten Zile verbannt und zweimal tausend Jahre lang verfolgt worden. Und noch immer waren sie von Rulkes Fluch gezeichnet, beschämende Stigmata, die sie bis zum heutigen Tage brandmarkten. Niemand auf Santhenar wusste das besser als Llian. Würde er sich selbst derart bereitwillig für einen solch zweifelhaften Lohn verschachern? Llian redete sich selbst ein, dass er das nicht täte, und hoffte, dass er niemals ernsthaft in Versuchung geführt würde.

Was sollte er jetzt tun? Fliehen und sich verstecken? Was hatte das für einen Sinn, in Rulkes eigenem Reich? Er probierte den Torstein aus, doch war dieser jetzt so tot wie der übrige Fußboden; das Tor war ihm verschlossen. Er probierte die Tür aus, die sich leicht öffnen ließ. Schlösser waren hier überflüssig. Tatsächlich waren die Wände mittlerweile so dünn, dass er womöglich direkt hätte hindurchschreiten können. Er versuchte es bei der nächstgelegenen und entdeckte, dass sie nicht mehr

Festigkeit besaß als eine Seifenblase. Er kehrte zum Konstrukt zurück. Abermals versuchte er es anzufassen, aber seine Finger verschwanden darin.

Llian ging um die Maschine herum und untersuchte sie eingehend. Sie glich keiner Apparatur, die er je gesehen hatte, und sie besaß keinen einzigen Bestandteil, dessen Funktion er zu durchschauen vermochte. Es berührte noch nicht einmal den Boden, dieses schneidige, tödlich wirkende Ding. Welchem Zweck diente es? Oder war es nur ein launiger Einfall, eine Skulptur, geschaffen, um sich die endlosen Stunden zu vertreiben? Nichts als Rulkes nichtiges Prahlobjekt?

Der Tag verging. Er war so durstig, dass er kaum einen klaren Gedanken fassen konnte. Er unternahm einen halbherzigen Ausflug, um nach Wasser zu suchen – Karan war schießlich nicht lange weggeblieben –, fand sich jedoch in einem Abschnitt des Nachtlandes wieder, wo jedweder Raum grässlich verzerrt war. Selbst wenn er durch die Wände blickte, um sich den Weg zu suchen, entdeckte er keine Möglichkeit, die Stelle zu finden, wo Karan das Wasser gefunden hatte. Er kehrte in die relative Sicherheit zurück, die ihm die Konstrukt-Kammer nunmehr bot.

Hier verbrachte er weitere Stunden, Stunden, die von höllischem Hunger und Durst geprägt waren. Er hätte das Eis auf dem Boden gegessen, doch war es von Blut überzogen. Schließlich entdeckte er einen kleinen, sauberen Eisflecken, trat ihn mit dem Stiefelabsatz in Stücke und steckte sich die Splitter in den Mund, bis sie schmolzen. Das Wasser schmeckte nach Metall.

Llian wurde schläfrig, doch wagte er nicht, sich Rulkes Schlafzimmer zu nähern. In einem anderen Gelass entdeckte er einen Schrank, der groß genug war, um sich daraufzulegen, und nicht so kalt wie der Boden war. Dort brachte er viele unbehagliche Stunden zu, halb dösend, bis ihm klar wurde, dass Angst und Hunger jede Aussicht auf Schlaf zunichtemachten.

Er durchstreifte die Hallen des Nachtlands, spähte in jede Türöffnung und in jeden Schrank, hielt alles für seine Geschichte fest, fand jedoch nichts zu Essen oder zu Trinken.

Schließlich kehrte Rulke zurück, der ein zugedecktes Tablett trug. Man konnte nicht behaupten, dass Llian froh war, ihn zu sehen, aber wenigstens verlieh er seinem Dasein ein wenig Gewissheit. Der Charon hatte seine Kleider gegen Gewänder aus schwarzer Seide getauscht und sah erholt aus, obwohl der lange, gebogene Schnitt, der durch beide Augenbrauen verlief, blau angelaufen und geschwollen war. Er setzte das Tablett auf einem Marmorsockel ab. Llians Augen folgten dem Tablett gierig, fast schon geifernd.

Rulke lächelte. »Bist du hungrig? Nun, gib mir, was ich verlange, und du sollst essen. Ah, hab ich doch deine kleine Freundin *schon wieder* unterschätzt. Mein Aufenthalt hier muss mich schlimmer geschwächt haben, als ich vermutete. Es ist tausend Jahre her, dass jemand mir eine Verletzung zugefügt hat, und keiner hat es *jemals* zweimal getan.

Llian schluckte und riss den Blick vom Tablett.

»Wie es auch kommen mag, du bist mir hier nicht von Nutzen.« Rulke entfernte sich ein paar Schritte, laut nachdenkend, vermutlich in der Absicht, dass Llian seine Worte hörte. »Doch wieder mit deinen Freunden vereint, könntest du mir eine große Hilfe sein. Sie vertrauen dir.«

»Was ist mit Karan geschehen?«, fragte Llian.

»Das könnte sich als mein größter Fehlschlag von allen erweisen«, sagte Rulke in nüchternem Tonfall. »Ich benötige sie dringend.«

»Was soll das heißen?«, rief Llian, beunruhigt von dem Klang in Rulkes Stimme.

»Ich weiß nicht, wo sie ist. Ich hätte sie vor dem Tor gewarnt, doch sie hat mich überrumpelt.«

»Was meint Ihr mit *gewarnt?*« Llian packte ihn am Ärmel. »Was ist ihr zugestoßen?«

»Das Nachtland löst sich auf, und dies macht das Tor ein wenig … verquer. Und deine Freunde in Katazza waren keine Hilfe. Sieh selbst.« Rulke vollführte eine Handbewegung, und Llian erblickte auf dem Nebel die Projektion eines Trümmerfeldes, über dem die zerbrochenen Stümpfe des Großen Turms aufragten.

»Das Tor hat sie *dorthin* geschickt?« Llians Stimme schwoll zu einem Schrei an. Er machte ein paar haltlose Schritte. Hätte Rulke ihn nicht aufgefangen, wäre er gestürzt. Llian wehrte sich, um freizukommen. »Ich muss zurückkehren!«

Rulke hielt ihn mühelos. »Sie *könnte* dorthin gegangen sein. Bei Toren kann man sich nie sicher sein.«

»Schick mich zurück!«, schrie Llian und bearbeitete Rulke mit den Fäusten.

Rulke schnappte sich Llians Hände. »Das könnte ich, wenn du mir erst gegeben hast, was ich haben will. Zurzeit bin ich nicht stark genug.«

»Was … ist geschehen?«, fragte Llian matt und gab den ungleichen Kampf auf.

»In Katazza? Ich würde sagen, deine Freunde haben zu viel Kraft aus dem Spalt gezogen und damit den ganzen Turm zum Einsturz gebracht.«

»Dann sind sie alle tot!«

»Da wäre ich mir nicht so sicher, Chronist. Meine Feinde sind zäh, gerissen. Wie dem auch sei, dies ist alles, was ich gesehen habe, und solange ich nicht das Tor öffne und hindurchgehe, kann ich dir nicht mehr sagen.«

Er vollführte eine weitere Handbewegung. »Dieser Zauberbann zwingt dich, mir wahrheitsgetreu zu antworten. Erzähl mir deine Geschichte, Llian.«

Wenngleich er sich fragte, ob er womöglich seine Freunde hinterging, konnte Llian nicht anders, als zu antworten. Er erzählte Rulke seine ganze Lebensgeschichte, beginnend mit seiner Kindheit im unfruchtbaren Jepperand, wo er so anders gewesen war als die übrigen Kinder.

»Jepperand!«, entfuhr es Rulke. »Du bist ein Zain!«

»Ja, das bin ich«, sagte Llian und fragte sich, welchen Nutzen Rulke aus dieser Information ziehen würde.

»Warum haben meine Ghâshâd mir das nicht berichtet? Und du bist auch kein gewöhnlicher Zain. Nun beginnt es, sich zusammenzufügen. Fahr fort!«

Llian erzählte von seinem Elend, als er im Alter von gerade mal zwölf Jahren über die halbe Welt hinweg zum Kollegium der Historien geschickt worden war, wie er sich langsam aus der Ächtung befreit hatte, der ein Fremdling und Zain unterlag, und plötzlich diesen schöpferischen Ausbruch erlebt hatte, der zu seinem ersten großen Erzählen vor vier Jahren geführt hatte und anschließend zu der noch größeren Sensation, seinem Triumph beim Abschlusserzählen im vergangenen Sommer, als er seine neue Version der *Geschichte von der Düsternis* vorgetragen hatte und mit dem Titel des Meisterchronisten ausgezeichnet worden war.

Und die ganze Zeit über beobachtete Rulke ihn mit diesen außergewöhnlichen Augen, starrte ihn an, als versuchte er, in seinen Kopf hineinzusehen. Dass Llian ein gebürtiger Zain war, hatte ihn stark erschüttert.

Llian erzählte auch die *Geschichte von der Düsternis* und alles über den geheimnisvollen Mord an dem verkrüppelten Mädchen, der zu Llians eigenem Niedergang geführt hatte, und von dem Verdacht, der aufgekommen war: dass jemand ungesehen in Shuthdars Ruinen gekrochen war und einen scheußlichen Mord begangen hatte. Warum, wenn nicht in der Absicht, irgendetwas zu vertuschen?

»Ah!«, sagte Rulke, und seine Charon-Augen blickten durch Llian hindurch in jene Zeit zurück. »Gut erzählt, Chronist! Ich erinnere mich, den Leichnam des armen Mädchens gesehen zu haben, obwohl ich keine Ahnung hatte, dass es sich um Mord handelte. Erzähl mir weiter von dir selbst.«

Llian umriss knapp, was sich zugetragen hatte, seit er das Kollegium verlassen hatte, einschließlich seiner schändlichen Kollaboration mit Tensor. Wie schwach ich bin, dachte er. Emmant besaß Macht über mich, Tensor eine noch größere Macht. Jetzt macht Rulke mit mir, was ihm passt. Doch zugleich wusste Llian auch, dass er Rulke antworten und ihm Fragen stellen wollte. Es gab so viel zu lernen. »Rulke ...«, setzte er an.

»Es reicht!«, sagte Rulke abrupt. »Ich muss in Erfahrung bringen, was du bist.«

Rulke packte mit einer stahlharten Hand Llians Schulter und hob mit der anderen sein Kinn an. Ihre Blicke trafen sich, Auge starrte in Auge. Llians Kopf schwirrte, sein Geist trieb davon, und er verlor sich. Er fühlte sich körperlos, war nicht mehr als ein Geist, der hoch über dem Nebel schwebte.

Als er auf sein knochenloses Fleisch hinabblickte, sah er, wie Rulkes Hände über sein Gesicht glitten. Rulkes dicke Finger schienen sich in seinen Schädel zu graben, so wie Llians Hände durch das Konstrukt gedrungen waren. Das war unmöglich: Es musste eine Halluzination sein. Die Finger holten sein Hirn hervor, schnippten seine Gehirnhälften von Hand zu Hand, es fühlte sich an wie eine Mischung aus Jucken und Niesen. Rulkes Stimme redete auf ihn ein – Befehle, vielleicht in einer fremden Sprache, denn Llian verstand keine einzige Silbe. Schließlich zogen sich die Finger so langsam aus seinem Kopf zurück, wie sie eingedrungen waren, wobei sie an seinem Gehirn zupften, als hinge es an Fäden.

Die Halluzination hörte auf, und Llian befand sich wieder in seinem Körper; in seinem Gehirn kribbelte es wie in einem Ameisenhaufen, allerdings waren es Ameisen, deren zahllose Beine in Säure gebadet hatten. Er sah, wie Rulke zurücktaumelte, doch danach verlor Llian das Bewusstsein.

Kapitel zwölf

Unter den Ruinen

Karan erwachte im Dunkeln. Sie rief, bis sie heiser war, und danach klopfte sie stundenlang gegen die Kuppel in der Hoffnung, dass die Gefährten noch immer anwesend waren. Selbst in der Hoffnung – welch bittere Ironie! –, dass Tensor das Tor noch einmal für sie öffnen könnte. Doch Stunde um Stunde ging dahin wie die Schläge einer Totenglocke, und schließlich, als ihre Knöchel wund und abgeschürft waren, musste sie aufhören.

Aus der Ferne vernahm sie ein donnerndes Geräusch, dann das Geräusch kleiner Steine, die auf den Schutt über ihr prasselten. Sie bekam eine Wolke beißenden Dampfes ab. Es war so heiß! Karan merkte, dass sie schwitzte und ihr Hemd dort, wo sie am Metall lehnte, ganz durchweicht war. Das war seltsam, denn Katazza war ein kühler Ort, hoch in den Bergen gelegen. Dann folgte eine weitere Erderschütterung, und Trümmer schrammten über ihr an der Kuppel entlang. Unter ihr verschob sich etwas und drückte die Steine ein wenig auseinander. Plötzlich verspürte sie eine Anwandlung von Panik und Klaustrophobie und fing an, ihren Kopf gegen die Kuppel zu schlagen, immer härter und härter, bis ein Hieb derart schmerzte, dass sie wieder zur Vernunft kam.

Schwefelgestank zog durch die Risse nach oben. Um sie her begann es heller zu werden – ein neuer Tag. Sie musste wieder geschlafen haben. Karan machte sich an dem Schutt unter ihr zu schaffen. Vielleicht konnte sie einen Teil davon umschichten.

Sie hob die kleineren Steinbrocken auf, Stück für Stück, und stapelte sie in dem freien Raum ihres Gefängnisses, bis dieser fast voll war. Ihre Grabung brachte ein größeres Stück Stein zum Vorschein, das über einer Lücke zwischen weiteren Blöcken lag. Falls sie es anheben konnte, mochte sich hier ein Fluchtweg auftun. Als sie ihre Finger seitlich unter den Stein schob, bebte der Turm erneut, und der Schutt verschob sich. Karan riss ihre Hände zurück.

Das Rumpeln erstarb. Sie versuchte es noch einmal. Diesmal bewegte sich der Stein, aber es reichte nicht. In dem trüben Licht nahm sie die Anordnung des Gesteins in Augenschein. Wenn sie dieses Stück entfernen konnte, wäre die Öffnung groß genug, um ihren Kopf und ihre Schultern hineinzuquetschen. Traute sie sich das? Was, wenn der Schutt sich bewegte? Es wäre eine elendige Art zu sterben, mit eingekeiltem Kopf. Aber wenn sie hierblieb, würde sie ebenfalls sterben, so oder so.

Wieder stieg Panik in ihr auf. Sie grub ihre Finger in den Schutt, bis sie bluteten, packte den Stein und hob ihn an. Er bewegte sich leicht, dann saß er fest. Sie rüttelte an ihm und spürte dabei, wie ihre Fingernägel abbrachen. Abermals erzitterte der Turm, doch diesmal machte sie sich das Beben des Schutts zunutze, um den Stein von den anderen zu lösen. Mit einer gewaltigen Kraftanstrengung hob sie ihn an und erblickte darunter einen größeren Freiraum.

Karan holte tief Luft und blickte hinab. Es war hell genug, um dort unten ein Netzwerk freier Räume zu erkennen, doch ließ sich nicht sagen, ob sie irgendwohin führten. Nachdem sie ihren Kopf hindurchgesteckt hatte, schlängelte sie ihre Schultern in die Lücke und spähte um die Kante herum. Weit entfernt bebte die Erde. Sand rieselte ihr von oben in die Augen. Karan blinzelte ihn fort und versuchte, nicht in Panik zu geraten. Die Richtung, in die sie blickte, war verschüttet.

Als sie sich in die andere Richtung drehte, erblickte sie vor sich einen Freiraum zwischen zwei flachen Steinplatten, der sich ein paar Spannen weit erstreckte, und dahinter etwas, das wie die Stufen einer Treppe aussah. Falls sie es bis dahin schaffte, war sie vielleicht in der Lage, hinauszuklettern. Sie zog sich in ihr enges Gefängnis zurück, lutschte an ihren blutigen Fingern, holte tief Atem, um die Klaustrophobie in Schach zu halten, die wieder in ihr hochkam. Dort unten würde es noch weit schlimmer sein. Besaß sie den nötigen Mut?

Schon der erste Teil hätte sie fast erledigt, denn obzwar der Freiraum zwischen den Platten groß genug war, bemerkte Karan, dass sie ihren Körper nicht um die Kante herum dort hineinzwängen konnte. Sie passte fast hindurch, aber nicht ganz, und ihre Kleidung verhakte sich laufend an den rauen Vorsprüngen. Sie hätte am liebsten geschrien.

Karan quetschte sich wieder zurück und lag abermals in dem engen Raum unter der Kuppel. Das fühlte sich jetzt fast genauso schlimm an. Es war so heiß – sie hätte töten können, um etwas zu Trinken zu bekommen. Ihr blieb nichts anderes übrig, als einen erneuten Versuch zu wagen oder wegen fehlenden Mutes hier zu sterben. Ihr *fehlte* der Mut; es schien keinen guten Grund zu geben, die Befreiungsversuche fortzusetzen. Also sollte ich mir schleunigst einen Grund überlegen, dachte sie sich. Sie stellte sich vor, dass Llian durch das Tor gekommen war und nun hilflos irgendwo in der Nähe lag und mit seinen letzten Atemzügen nach ihr rief. Das Bild war so lebendig, dass sie ihn vor sich sah, das Gesicht zum Schrei verzerrt. Es sah aus, als hätte Rulke seine Hände in Llians Kopf.

»Llian!«, rief sie, und wie zur Antwort ächzte der Schutt. Es reichte. Sie zog ihre Kleider aus, schlang ihren Gürtel um das Kleiderbündel und machte sich erneut an den Abstieg, wobei sie ihre Kleidung vor sich herschob.

Der Unterschied reichte gerade so aus. Sie riss sich Brüste und Schultern auf, schürfte sich Haut von Hüfte und Hinterbacken, aber es gelang ihr, sich um die Kante herum in den Freiraum zwischen den Platten zu zwängen. Dort musste sie trotz ihrer Klaustrophobie erst einmal verschnaufen. Jetzt, wo ihre nackte Haut direkt mit dem Gestein in Berührung kam, war ihr noch heißer. Sie kroch weiter, ließ den Freiraum zwischen den Platten, der teilweise mit Schutt gefüllt war, links liegen und gelangte binnen Kurzem in einen größeren Durchlass auf der Treppe, der groß genug war, um darin zu stehen. Im Vergleich zu ihrem Gefängnis unter der Kuppel war es der reinste Palast, doch Karan erkannte bald, dass auch von hier kein Weg nach draußen führte.

Auf der einen Seite war die gerundete Mauer, über der sich riesige Steinblöcke bedenklich aufeinandertürmten, und auf der anderen lediglich der enge Durchlass, durch den sie gerade gekrochen war. Unverkennbar war ein Teil des Turms eingestürzt. Auch die Mauer wies Risse auf; durch diese konnte Karan über die Dächer der Festung hinausblicken, allesamt zerschlagen und eingestürzt, obschon viele der Kuppeln und Dome noch unversehrt waren.

Die Zerstörung war schockierend. Karan fragte sich, was mit ihren Freunden geschehen war, doch fehlte ihr die Energie, sich Sorgen um sie zu machen. Rasch schlüpfte sie wieder in ihre Kleider, setzte sich hin, um ihre Stiefel zu schnüren, und bemerkte neben ihrem Fuß ein Loch in der Mauer, halb von Trümmern verstopft. Es sah nicht eben vielversprechend aus.

Mit Hilfe eines Stücks Metall, das auf der Treppe lag, stemmte sie mehrere der größeren Brocken heraus. Hinter der Öffnung befand sich ein Hohlraum – der Ort, falls sie es denn gewusst hätte, wo eines der Spiralfeder-Taue innerhalb des gewundenen Steinstranges aufwärts verlief und beim Einsturz des Turmes aufgrund der Spannung nach oben herausgerissen worden war.

Nachdem sie den restlichen Schutt herausgeholt hatte, stieß Karan auf eine glatte Höhlung, kaum breiter als ihre Schultern. Nach unten hin war sie verstopft, doch der Weg nach oben schien, so weit ihr Blick reichte, frei zu sein. Sie begann zu klettern.

Es war eine beschwerliche Kletterpartie, da die Innenwand glatt war, doch gestattete ihr der gekrümmte Verlauf des Tunnels, diesen zu erklimmen, indem sie sich mit Händen und Knien fest gegen die Wand stemmte. Zweimal blieb sie stecken und hätte aufgrund ihrer Klaustrophobie beinahe geschrien, doch schließlich erblickte sie über sich einen Schimmer Tageslicht. Unvermittelt schob ihr Kopf sich am oberen Tunnelausgang ins Freie. Karan spähte über die Kante der Tunnelöffnung hinweg. Sie befand sich in großer Höhe: Bis zum Fuß des Turmes ging es mindestens siebzig oder achtzig Spannen abwärts. Sie war auf einem Wust von Stümpfen zum Vorschein gekommen, den Überbleibseln der verflochtenen Steinstränge, die noch immer standen, wenn auch in deutlicher Schräglage. Tief unten ragten weitere Mauerbruchstücke empor, zwischen denen ein Stück Wendeltreppe auf schier unmögliche Weise in der Luft hing.

Was einstmals das Turminnere gewesen war, war nun eine von Trümmern gefüllte Ruine. Jenseits davon, an der Westkante des Plateaus, quoll eine heiße rote Masse verflüssigten Gesteins aus dem Spalt.

Der Abstieg sah fast so schwierig aus wie der Aufstieg, selbst für einen so geübten Kletterer wie Karan, denn er bot ihr keinerlei Hilfen. Dann jedoch erwies er sich als nicht ganz so schwer, wie es den Anschein gehabt hatte, denn das Zerstörungswerk hatte fast alle Schindeln von der Außenwand abgerissen und eine unebene und zerfurchte Oberfläche hinterlassen, die recht guten Halt bot.

Es war fast dunkel, als sie den Fuß des Turms erreichte und über das schuttbedeckte Pflaster in die halb zerstörte Festung kroch. Sie bahnte sich ihren Weg durch die Hallen bis zu jenem Teil, in dem die Aachim gewohnt hatten. Dort fand sie Wasser und einen kleinen Stapel von Proviantpaketen, wo einst ein großer Vorrat davon gewesen war. Jemand musste den Einsturz des Turmes überlebt haben und aufgebrochen sein, um das Meer der Trockenheit zu durchqueren. Lass es Shand und Malien sein, dachte sie. Sie fiel über die Esswaren her wie ein Wolf.

Danach begutachtete Karan sich selbst in einem Spiegel im Badezimmer. Er offenbarte ein blutiges Chaos, bedeckt von Staub, den der Schweiß zu Matsch verbacken hatte. Ihre Augäpfel waren rot gesprenkelt, da im Tor Äderchen geplatzt waren. Die Hose war an den Knien durchgescheuert.

Was würde Llian wohl denken, wenn er mich jetzt sehen könnte, dachte sie bitter. Dann jedoch: Zum Teufel mit ihm, er schert sich ja nicht im Geringsten um sein eigenes Aussehen. Der Gedanke an Llian, zerzaust, aber liebenswert, ließ Tränen in ihre Augen treten. Das Bild Llians, über dem drohend Rulke aufragte, ließ die Tränen in Strömen fließen.

Später fand sie zu ihrer großen Freude ihr Reisebündel an derselben Stelle, wo sie es zurückgelassen hatte, bevor sie den Turm erstiegen hatte. Sie entnahm ihm saubere Anziehsachen, ging zu den Zisternen, badete, wusch ihre Haare und Kleider und machte sich selbst so vorzeigbar, wie ihre beschränkten Mittel es erlaubten. Anschließend durchkämmte sie Katazza und kletterte sogar über die Trümmer des Turmes zurück für den Fall, dass Llian irgendwie durch das Tor gelangt war.

Karan fand ihn nicht. Sie hatte es auch nicht ernsthaft erwartet. Sie hatte ihn, ihre einzige Liebe, im Nachtland im Stich gelassen. Hatte in wimmernder Furcht die Flucht ergriffen. Und das Nachtland löste sich auf. Vielleicht war Llian bereits tot.

Sie verbrachte den ganzen folgenden Tag mit der Suche nach ihm; in den Ruinen des Großen Turmes ebenso wie in den zahllosen Gemächern von Katazza. Sie durchsuchte auch das übrige Plateau, für den Fall, dass das Tor den Standort gewechselt hatte und Llian ganz in der Nähe zum Vorschein gekommen oder sein Körper mitten in der Luft freigegeben worden war. Sie fand nichts, nicht die geringste Spur. Dann verzweifelte Karan vollends.

Er ist tot, und ich muss diese schwere Bürde tragen. Ich hätte ihn besser beschützen sollen. Entweder ist Llian tot oder er ist noch im Nachtland, wo Rulke ihn früher oder später verführen und für seine eigenen Zwecke einspannen wird. Wie sollte Llian ihm widerstehen können? Ich weiß, dass er es nicht könnte.

Sie hatte zu viel Angst um sich selbst gehabt, davor, dass Rulke die Herrschaft über ihren Geist gewann, davor, wieder in den Wahnsinn getrieben zu werden. Rulke hatte Erinnerungen in ihr geweckt, die sie ein halbes Jahr lang zu vergessen versucht hatte; an Emmant; an ihren Wahnsinn; an das Konklave.

Sie war zu sehr darauf erpicht gewesen, Llian Schlechtes zuzutrauen; hatte ihn ohne den geringsten Beweis verurteilt. Wie leicht Rulke sie getäuscht hatte. Er hatte es getan, um einen Keil zwischen sie und Llian zu treiben; sie zu entzweien, so wie er seine Feinde stets entzweit hatte.

Sie setzte sich auf die Stufen vor dem eingestürzten Turm. Es gab keine Möglichkeit, herauszufinden, vor wie langer Zeit die Gefährten aufgebrochen waren. Vielleicht herrschte im Nachtland ein anderer Zeitbegriff. Ihrer Einschätzung nach hatte sie nur ein paar Tage im Nachtland zugebracht, und dennoch gab es hier keine Fußspuren, selbst auf weichem Untergrund nicht. Vielleicht waren sie schon seit Wochen fort. Wenn auch nicht seit Monaten, denn der Höchststand der Mittagssonne hatte sich seit jener Zeit, da Karan den Turm erstiegen hatte, nur wenig verändert.

Ein leichter Wind kam auf und wehte Papiere über die Pflastersteine. Beiläufig hob Karan einige davon auf und erkannte die Handschrift wieder – sie stammten von einer Schriftrolle, die Tensor angefertigt, Llian jedoch überschrieben hatte. Im Bewusstsein, wie wichtig sie Llian waren, jagte Karan den restlichen Blättern hinterher. Nach einiger Sucharbeit verfolgte sie die Blätter zu ihrem Ursprung zurück und fand Llians Tasche, deren Riemen unter der Kante der Metallkuppel eingeklemmt waren. Sie musste sie abschneiden, um die Tasche freizubekommen. In ihr befand sich Llians kostbares Tagebuch, worin er mit der Niederschrift der ersten Fassung der *Geschichte vom Spiegel* begonnen hatte. Das Durchblättern der Seiten weckte derart heftige Erinnerungen an ihre gemeinsame Zeit, dass es nicht zu ertragen war. Doch das Tagebuch war vielleicht das Einzige, das ihr von ihm bleiben würde.

Der nächste Tag verging ebenso langweilig wie der erste und der nachfolgende. In ihrem ganzen Erwachsenenleben hatte Karan sich nicht so einsam gefühlt. Sollte sie gehen oder bleiben? Beides barg Gefahren. Inzwischen würde das Meer der Trockenheit einem Backofen gleichen. Selbst wenn sie Mendarks kurze Route einschlug, würde sie es allein niemals schaffen. Sofern sie nicht zu ihnen aufschließen konnte, musste sie bis zum Winter hierbleiben. Weitere zweihundert Tage, und Rulke konnte jederzeit ihre Verfolgung aufnehmen.

Falls sie ihre Freunde einholen wollte, musste sie unverzüglich aufbrechen. Die Platinkuppel lag halb auf der Festungsmauer, halb vor ihr. Einsam verweilte Karan in ihrem Schatten. Unter ihrem Schutz waren sie und Llian Geliebte geworden, ein Ereignis, das fast schon eine mystische Bedeutung für sie besaß. Die Erinnerungen erfüllten sie mit tiefer Traurigkeit. Die Nacht senkte sich so sanft auf sie herab wie die Liebkosung ihres Geliebten. Sie konnte ihn nicht aufgeben. Sie wickelte sich in ihren Umhang und sank schließlich, das Tagebuch an ihre Brust gedrückt, in Schlaf.

Kapitel dreizehn

Mit Speck fängt man ...

Rulke kam vor Llian wieder auf die Beine. Er stand da und starrte auf den Chronisten hinab, der jung und wehrlos aussah – aber das hatte auch für Karan gegolten. Würde das *Lesen,* das er gerade getan hatte, wirklich die Wahrheit über Llian offenbaren, einen Zain mit all der ererbten Widerstandsfähigkeit jener Rasse? Rulke ging kein Risiko ein, ließ sich auf die Knie nieder und erforschte Llian noch gewissenhafter. Etwas an den Zain gab ihm Rätsel auf, etwas Seltsames und Seltenes.

Er wünschte, mehr über diesen Zain hier zu wissen, doch Wissen war jetzt seine Schwäche, so wie es vor dem Nachtland seine Stärke gewesen war. Alles, was er hatte, war das kurze Treffen mit den Ghâshâd in Thurkad, und zu jener Zeit war Llian nicht mehr gewesen als ein Name, nicht im Geringsten von Interesse.

Rulke benötigte dringendst Spione, doch diese Kanäle waren ihm seit Langem verschlossen. Nachdem er ins Nachtland verbannt worden war, hatten nur die Ghâshâd ihm die Treue gehalten, doch hatte die Zeit ihren Dienst in ein Ritual verwandelt, gänzlich nutzlos, und am Ende hatten sogar sie ihn vergessen. Er hatte sie erweckt, doch waren sie nur noch ein Schatten ihres einstigen Selbst. Wie lange würde es dauern, alles neu aufzubauen? Weitaus mehr Zeit, als ihm zur Verfügung stand. Die Welt hatte sich innerhalb von tausend Jahren immens gewandelt, doch der größte Teil dieser Zeit war ein unbeschriebenes Blatt für ihn. Seine Feinde, so wie sie heute waren, waren für ihn ein Rätsel.

Llian konnte dazu beitragen, dem ein wenig abzuhelfen. Er kannte viele von ihnen, und als Chronist hatte er das Recht, mit jedem zu sprechen. Kein perfekter Spion, aber ein sehr guter. Und er kannte die Historien. Das war das Erste, was Rulke von ihm wollte.

Und dennoch störte ihn dieses unerklärlich Merkwürdige an Llian. Es war nur ein nebensächlicher Störfaktor, und es gab viele andere Dinge, die er zu bedenken hatte. Llian bedeutete schwerlich eine Gefahr. Aber nein, besser, er ging auf Nummer sicher! Indem er seine Finger auf Llians Stirn legte, nahm Rulke seine Ausforschung ein zweites Mal vor. Ja! Llian besaß eine seltene Form der Gabe, eine Widerstandskraft gegen die Zaubersprüche der Aachim, die Rulke den Zain vor zweitausend Jahren gegeben hatte! Aus irgendeinem Grund zeigten sich die Stigmata im Nachtland nicht. Dies ließ die Dinge in einem anderen Licht erscheinen. Was konnte Rulke mit diesem Zain anfangen? Noch immer beherbergte Llian unbekannte Gefilde, aber niemand konnte restlos erforscht werden. Er war damit zufrieden, dass der Zwingbann, den er Llian auferlegt hatte, wirken würde.

Ein derart wichtiger Spion benötigte jedweden Schutz, den er ihm gewähren konnte, denn die Straße von Katazza zurück nach Thurkad war voller Gefahren. Was stand ihm zur Verfügung? Das Nachtland bestand aus unkörperlicher Materie, die nicht durch das Tor befördert werden konnte. Ah! Rulke witterte den Rückstand eines Zauberbanns. Llian trug eine Kette um den Hals, an der ein kleines Jadeamulett hing, ein Glückszauber, den ihm seine Mutter mitgegeben hatte, als er nach Chanthed fortgeschickt worden war. Es war dasselbe Amulett, das Faelamor für Emmant mit einem Bann belegt hatte, damit Emmant Herrschaft über Karan gewinnen konnte, obschon Malien diesen Bann vor langer Zeit aufgehoben hatte.

Rulke löste das Zauberamulett von der Kette und warf es beiseite. Dann spuckte er in die Hand und fertigte aus diesem Stoff ein zweites Amulett, das dem ersten in jeder Hinsicht glich. Er befestigte es an der Kette und ließ es unter Llians Hemd gleiten.

»Nun, Llian, mein Junge, das ist das Beste, was ich für dich tun kann. Falls jemand dir einen Dolch in den Rücken stößt, wird es dich nicht retten, aber es erhöht deinen Glücksfaktor. Obwohl ich dir nicht raten würde, ihn an den Spieltischen zu sehr auf die Probe zu stellen. Nun«, sagte er leise, »wenn ich rufe, wirst du dann kommen?«

Llian regte sich nicht, obwohl seine Augen unter den geschlossenen Lidern zuckten. Seiner Kehle entstieg ein gurgelnder Laut; Schaum sickerte aus seinem Mundwinkel und lief an seiner Wange hinab. Er schüttelte den Kopf.

»Wenn du mir beistehst, werde ich dir geben, was immer du begehrst«, sagte Rulke so leise wie zuvor. »Reichtum jenseits aller Träume, die Liebe schöner Frauen ...«

»Solche Dinge bedeuten mir nichts«, sagte Llian heiser und auch nicht ganz ehrlich. Sein Kopf hing schlaff auf den Schultern, doch nach einigen krampfhaften Zuckungen gelang es ihm, ihn zu heben, und er starrte Rulke mitten ins Antlitz.

Ein breites Lächeln teilte Rulkes Gesicht. Dieser Mut und diese Kühnheit ergötzten ihn; an diesem Burschen *war* etwas, wie auch an der Frau. Welch ein Paar sie abgaben. »Wach auf, Llian«, und Llian war wieder er selbst. »Was begehrst du *dann?* Sag es mir, und du sollst es bekommen.«

»Ich will Karan«, sagte Llian.

»Ich ebenso, Chronist!«

Llian fühlte einen Stich ohnmächtiger Eifersucht. Niemand konnte es mit Rulke aufnehmen. »Sie gehört mir!«, sagte er heftig. »Mir, nicht Euch.«

»Sie ist nicht dein Eigentum«, sagte Rulke. »Sie kann sich schenken, wem immer sie will. Davon abgesehen hat sie dich betrogen; dich im Stich gelassen.«

»Das war alles ein schreckliches Missgeschick«, sagte Llian. »Das Tor hat sie in sich hineingezogen.«

»Sie beschuldigte dich, sie zu hintergehen, Llian. Dann ließ sie dich zurück. Absichtlich!«

Llians Vertrauen in Karan war erschüttert. »Vielleicht hat sie das getan. Aber ich will noch immer, dass sie in Sicherheit ist.«

»Ganz so wie ich, Chronist. Glaube mir, Karan ist sehr wichtig für mich. Wäre ich in der Lage, sie zurückzubekommen, hätte ich es längst getan.«

»Warum folgt Ihr ihr nicht?«

»In meinem Zustand würde die Durchquerung des Tors, selbst wenn ich es kontrollieren könnte, mich wahrscheinlich töten.«

Llian presste die Hände auf seine Brust: »Dann schickt *mich* zurück!«

Rulke grinste freudlos. »Guter Versuch, Chronist! Tu, was ich verlange, und ich ziehe es vielleicht in Erwägung.« Er warf einen Blick zur Decke empor, und Llian tat es ihm nach. Sie war jetzt fast so durchsichtig wie Glas und eröffnete den Blick auf fremdartige Sternbilder in einem blau-schwarzen Firmament. »Tust du es nicht, wirst du hierbleiben, bis du zu Eis gefrierst. Also sag mir besser, was ich dir geben kann.«

Llian fühlte sich unwiderstehlich in Versuchung geführt. Lass dich nicht auf diese Straße locken, dachte er. Nicht einen einzigen Schritt weit.

»Du sehnst dich nach Wissen, stimmt's?«

Danach sehnte Llian sich, mehr als nach sonst irgendetwas auf der Welt. Im Stich gelassen, verraten, auf ewig im Nachtland gefangen, fühlte er nun das Verlangen nach Rulkes Wissensschätzen in sich brennen. Dafür würde er alles tun.

»Sag einfach, was du begehrst«, flüsterte Rulke, und sogar sein Flüstern war eine Verführung. »Was soll daran schlimm sein?«

»Ich will drei Dinge«, sagte Llian und leckte sich über die Lippen. »Aber ich werde nicht mit Euch darüber verhandeln. Ich bin ein Zain! Warnungen vor Euch sind in jede Zelle und in jedes Atom meines Wesens eingebrannt.«

»Nenn sie mir«, wiederholte Rulke. »Vielleicht gewähre ich sie dir freimütig.«

Llian zögerte. Selbst seine Wünsche gegenüber dem großen Feind auch nur zu äußern, konnte bereits eine Form des Verrats sein. Aber alles in allem hatte er noch keine Versprechungen gemacht, noch würde er es tun. Etwas bekommen, nichts geben, falls Rulke ehrlich antwortete.

Hinter Rulke verschwand eine Wand so plötzlich wie eine platzende Seifenblase. »Du solltest dich beeilen«, sagte Rulke.

»Ich möchte die Wahrheit über das erfahren, was nach der Zerstörung der Flöte in Hulings Turm geschah«, sprudelte Llian heraus. »Wer hat dort das Mädchen ermordet, und warum?«

»Das kann ich dir nicht sagen – ich habe es nie herausgefunden.«

»Dann möchte ich ...« Llian hielt inne, bereits Schuldgefühle verspürend. »Ich möchte wissen, was Kandor Euch mitgeteilt hat. Er hat Euch nicht lange vor seinem Tode einen Brief in dieser Angelegenheit geschrieben.«

»Du warst in der Tat gründlich!«, sagte Rulke. »Aber dieses Treffen zwischen Kandor und mir kam nie zustande, denn auf dem Weg dorthin kam er ums Leben. Ich hege den Verdacht, dass er ermordet wurde, um unsere Zusammenkunft zu verhindern. Seine Papiere müssen sich aber in Katazza befinden.«

»Ermordet!«, rief Llian. »Wer hat ihn getötet?«

»Ich wurde hier eingesperrt, bevor ich es herausfinden konnte. Ich glaubte, Mendark hätte es getan, oder Yggur, oder einer von den Aachim. Das soll heißen, einer *meiner* Feinde, nicht einer von *seinen.* Doch andererseits war Kandor paranoid – er beschuldigt in einigen seiner Schriften sogar mich. Und nachdem ich Tar Gaarn eingenommen hatte, hatte jeder der Aachim einen Grund, mich zu vernichten, hätten sie nicht schon davor Grund genug dazu gehabt. Auch darüber besaß ich Aufzeichnungen.«

»Sie werden in Thurkad sein«, sagte Llian, »in den Archiven der Zitadelle. Dort habe ich erstmals von Kandor erfahren.«

»Nun, dieses Rätsel überlasse ich dir. Kandor ist seit Langem tot, und ich habe mein Konstrukt, das der Flöte und jeder Apparatur, die je geschaffen wurde, weit überlegen ist. Wen kümmert es schon, welch albernes Geheimnis er entdeckt hat? Kandor hat sich immer mit Nichtigkeiten abgegeben. Er besaß keine Vision, und sogar wenn er die Flöte selbst ausfindig gemacht hätte, wer wäre so närrisch, nach all der Zeit Gebrauch von ihr zu machen? Inzwischen wäre sie tödlich – so wie der Spiegel, den deine Freunde für einen so kostbaren Schatz halten. Wie gefährlich er ist, werden sie herausfinden, falls sie jemals versuchen sollten, ihn zu benutzen!«

»Kandors Papiere – wo in Katazza sind sie?«, schrie Llian. »Ich habe dort bereits gesucht. Das könnte ein Leben lang dauern.«

Rulke grinste. »Du willst, dass man dir alles in den Schoß legt, stimmt's? Als ich jung war, wusste ich, dass ich alles, was ich bekäme, durch eigene Anstrengung erlangen würde. Dennoch ist der Mord an irgendeinem von uns auch für mich von überragendem Interesse; ich bin froh, dass du das zur Sprache gebracht hast. Nun denn, wo verwahrte Kandor jene Dinge, die ihm am Wertvollsten waren? Hier ist ein Anhaltspunkt: An einem Ort, *der von untergeordneter und doch grundlegender Bedeutung ist.* Ich überlasse es dir, etwas daraus zu machen, denn ich glaube, dass dieser Teil von Katazza noch steht. Wie lautet deine nächste Frage?«

»Was ist der Schlüssel, um die Blockade des Spiegels von Aachan zu lösen?«

»Ich weiß nicht, was du meinst.«

»Faelamor sagte, dass der Spiegel von Yalkara blockiert worden sei, doch dass sie, Faelamor, in Thurkad einen Schlüssel dazu besessen hätte.«

»Auch darüber weiß ich nichts. Ich habe keine Ahnung, was Yalkara damit gemacht hat. Sag mir, was hat sie in letzter Zeit so getrieben?«

»In letzter Zeit?«, sagte Llian verblüfft. »Yalkara ist schon lange fort.«

»Fort!« Rulke packte Llian am Hemd. »Fort – wohin?«

Hinterging er seine Freunde? Sicher nicht. Yalkaras Fortgang war Allgemeinwissen. »Die Historien berichten, dass sie den Spiegel benutzte, um einen Riss in der Düsternis ausfindig zu machen. Sie erschuf ein Tor und ging vor mehr als dreihundert Jahren durch dieses Tor nach Aachan zurück. Das wusstet Ihr nicht?«

Rulke wankte, stieß gegen einen Stuhl und ließ sich darauffallen, dann starrte er durch die Decke die Sterne an. Der leuchtende Nebel wirbelte um ihn empor und ließ das Konstrukt zu einem konturlosen Schemen verschwimmen.

»Du bist mehr wert, als ich dachte, Chronist. Ich war hier ... ziemlich abgeschnitten von der Welt. Das wichtigste Ereignis der vergangenen tausend Jahre, und ich hatte keinen blassen Schimmer davon. Mein Nachholbedarf an Wissen ist in der Tat immens. Es gibt also einen Weg durch die Düsternis. Alles verfällt mit der Zeit. Das ist *sehr* interessant. Vielleicht war mein Horizont zu beschränkt. Und deine letzte Frage? Was ist es, das du von allem am meisten begehrst?«

Llian verspürte jetzt fast gar keine Schuldgefühle mehr. »Ihr habt es bereits angeschnitten – das geheime Manuskript der Charon. Ich will die Tafel des Berechners haben – jenen Stein, der den Schlüssel zu dem Manuskript birgt.«

Rulkes Gesicht verfinsterte sich. »Du verlangst zu viel. Die Tafel ist zerstört. Ich habe sie selbst zerbrochen, die Bruchstücke zu Kalk verbrannt und das Pulver übers Meer verstreut. Jene Sprache ist alles, was wir aus der Leere mitbrachten. Niemand außer den Charon soll sie je kennen. Du wirst das Manuskript nicht kriegen.« Aber dann besann er sich eines Besseren. Warum soll ich ihm das nicht versprechen?, dachte er. Selbst wenn er es bekäme, es wäre dann nicht mehr von Belang.

»Aber warum eigentlich nicht?«, lenkte er ein. »Wenn ich mein Werk vollendet habe, wird das Manuskript überflüssig sein; nur die Chronisten werden Interesse daran haben. Und warum sollten die *Geschichten von den Charon* nicht vom größten Chronisten unserer Zeit erzählt werden?«

Er blickte kurz zu Llian hin, um zu sehen, wie dieser auf die Schmeichelei reagierte. Es ließ sich schwer sagen. »Nun gut, Meisterchronist, ich werde darüber nachdenken. Bis dahin erzähl mir *meine* Geschichte. Zumindest jenen kleinen Ausschnitt, als ich hintergangen und ins Nachtland geschleudert wurde.«

Diese Geschichte zu erzählen, dachte Llian, konnte sicherlich niemandem schaden. Rulke lehnte sich mit einem Lächeln zurück, wie in eifriger Erwartung, was er über sich selbst in Erfahrung bringen würde. Diese Eitelkeit amüsierte Llian.

»Die Geschichte, so wie wir sie erzählen, beginnt nach dem Fall von Tar Gaarn und dem Tode Pitlis', dem Architekt dieser großen Stadt wie auch Eurer eigenen, des prächtigen Alcifer.«

»Ah, Alcifer«, seufzte Rulke. »Wie ich diesen Ort geliebt habe.«

»Alcifer war großartig: eine Stadt, eitel und stolz, grausam und räuberisch; königlich; vollkommen ...«

»Grausam und räuberisch?«, spottete Rulke. »Wie adjektivverliebt ihr Chronisten doch seid.«

»Der wahre Inbegriff der Charon, und als solchen hatte Pitlis sie entworfen. Doch die Stadt war zugleich ein Konstrukt, und all ihre Alchimisten und Techniker, Gelehrten und Arbeitssklaven sowie Rulke selbst erschufen eine lebende Maschine, die nur einem einzigen Zweck diente, dem Durchbrechen der Düsternis!«

»Das ist nicht die Geschichte, die der Rat verbreitet«, sagte Rulke.

»Ich erzähle die Historien«, entgegnete Llian scharf, »ich bin nicht das Sprachrohr irgendeines Rats oder Magisters!«

»Abwarten!«

»Und auch nicht das Eure! Die Geschichte Alcifers ist eine tragische«, sagte Llian, »denn sie erwuchs aus einer der abgefeimtesten Verrätereien überhaupt – dem Fall Tar Gaarns. Seither kennt man Euch als den Großen Täuscher.« Er blickte zu Rulke hin, dessen Miene ausdruckslos war.

»Fahr fort, Chronist. So weit liegst du recht nah an der Wahrheit, abgesehen von den Beinamen, mit denen du mich unentwegt schmückst. Wie fängt deine Geschichte an?«

»Stellt euch eine Welt vor, die in Verzweiflung versunken ist, verwüstet vom Kataklysmus, der Jahrhunderte währte und Santhenar in einem Meer aus Blut zurückließ. Die Straßen waren voller Bettler, doch was gab es zu erbetteln? Der Wohlstand einer Welt war im Rauch des Krieges aufgegangen. Ein reicher Mann war, wer etwas zu Essen hatte und einen Tisch, an dem er es verzehren konnte.

Eine schreckliche Seuche kam. Die Städte spien ihre panischen Bürger aus, doch wohin auch immer sie gingen, sie nahmen die Seuche mit sich. Hundert Jahre lang rollten Pestwellen über das Land. Dann fiel Tar Gaarn, die letzte Bastion der freien Welt, verraten von Rulke. Was von der Welt übrig geblieben war, wurde für eine sogar noch größere Extravaganz vergeudet: Alcifer.

Rulke war allbeherrschend. Santhenar verzweifelt. Krieg, Pest und Hunger hatten die Hälfte seiner Bewohner dahingerafft. Nachdem der Letzte tot war, konnten die Überlebenden sich kaum noch ernähren. Doch war noch viel mehr verloren als dies. Von den großen Bibliotheken war nur Zile übrig geblieben. Kunst und Architektur, Musik und Literatur, ja sogar die Historien von Santhenar waren verloren gegangen, und jene, die am Leben geblieben waren, hatten Wichtigeres zu tun, als das Verbliebene zu hüten.

Den überlebenden Ratsmitgliedern fehlte der Sinn hierfür. Rulke kam mit einem Ultimatum zu ihnen.

›Ihr werdet mir eure sämtlichen Apparaturen und Werkzeuge, eure Werkstätten, Archive und sonstigen Geheimnisse übergeben. Tut ihr das, mögt ihr eure Rangabzeichen behalten und sämtliche Rats-Privilegien weiterhin genießen. Weigert ihr euch ...‹

Er musste die Drohung nicht aussprechen.

Die große Magisterin Rula lag im Sterben, der Rat war ein unfähiger Verein mit einem kleinen begabten Kern: Yggur, Mendark und Tensor ...«

»Du hast recht mit dem unfähigen Verein«, fiel Rulke ihm ins Wort, »einschließlich dieser drei! Sieh sie dir an: Mendark – eher *gerissen* als begabt, und dennoch misstrauisch und ängstlich. Yggur – brillant, aber labil. Er sah auf jedermann herab und ließ sich doch so leicht manipulieren; und Tensor war die Reinkarnation von Pitlis – ein stolzer Narr, der sich Torheiten verschrieb, irregeleitet von Hass.«

»Und das sind sie nach wie vor«, sagte Llian, »und doch haben sie Euch hierherverbannt.«

»Auf ehrlose Weise! Aber fahr fort, Chronist.«

»Mit ihrem letzten Atemzug wies Rula Mendark an ...«

»Ich erinnere mich an Rula«, fiel Rulke ein. »Eine große Magisterin und würdige Gegnerin. *Sie* habe ich bewundert!«

Allmählich begannen die ständigen Unterbrechungen Llian zu verärgern. »Wollt Ihr die Geschichte nun hören oder nicht?«

»Deine Reaktionen, wenn ich dich provoziere, verraten mir genauso viel!«, sagte Rulke amüsiert.

»Darf ich weitermachen, *oder seid Ihr noch nicht fertig?*«

Rulke lehnte sich zurück, ein Grinsen im Gesicht.

»›Ihr müsst den Rat übernehmen‹, sagte Rula. ›Nur Ihr seid dazu fähig, Mendark. Alcifer ist in Wahrheit ein gewaltiges Konstrukt, geschaffen, um Rulke Macht über die ganze Welt zu verleihen. Wir sind wehrlos dagegen. Es auch nur erforscht zu haben, hat uns vernichtet.‹

›Was können wir tun?‹, rief Mendark, der neben ihr auf den Knien lag.

›Findet einen anderen Weg. Findet einen Schwachpunkt in Alcifer. Es muss einen geben.‹

›Tensor arbeitet bereits daran.‹

›Es gibt noch eine andere Möglichkeit. Nutzt die Rivalität zwischen Kandor und Rulke aus. Kandor ist ebenjetzt auf dem Wag nach Alcifer. Benutzt ihn …‹ Dann starb Rula ohne ein weiteres Wort.«

Das Grinsen war aus Rulkes Gesicht gewichen. »Ich kann nicht glauben, dass *Kandor* etwas damit zu tun hatte.«

»Darüber weiß ich nichts«, sagte Llian. Er fuhr fort.

»›Ich weiß nicht, welche Entscheidung wir treffen sollen‹, sagte Mendark. Er befand sich in dem apathischen Zustand, der auf die Verzweiflung folgt.

Yggur schwieg. ›Sollen wir uns also ergeben?‹, fragte Mendark. ›Ist das Elend, das Joch eines Tyrannen zu ertragen, schlimmer als Verhungern und die völlige Zerstörung Santhenars?‹

Yggur sagte noch immer nichts.

›Für uns ist es das vielleicht‹, antwortete Mendark sich selbst. ›Doch für die Bevölkerung Santhenars wäre es vielleicht besser …‹

›Schweig, du aufgeblasener Narr!‹, brüllte Yggur. ›Es gibt keine einfachen Entscheidungen!‹

›Ich bin des Kriegs aus tiefstem Herzen überdrüssig‹, erklärte Mendark. ›Ich würde um Frieden bitten.‹

›Willst du als der Mann in die Historien eingehen, der die Welt in die Sklaverei verkauft hat?‹

Diese Worte schmerzten, und Yggur, der wusste, wie besorgt Mendark um seinen Ruf war, musste das beabsichtigt haben.

Mendark sagte: ›Ich werde alles versuchen ...‹

Yggur schnitt ihm das Wort ab. ›Sogar die Geächteten Experimente? Würdest du auch das versuchen?‹

›Das hieße den Leichtsinn bis zur Torheit treiben.‹

›Also fehlt dir dazu der Mut!‹, höhnte Yggur. ›Du bist nicht bereit, alles für dein Land und deine Welt zu geben.‹

›Ich weiß nicht, wie.‹

›Ich weiß es‹, entgegnete Yggur.

In diesem Augenblick kam Tensor hereingestürmt. Als einziger Überlebender des vorangegangenen Rates, hatte er sich monatelang durch Pitlis' Baupläne und Entwürfe für Alcifer gearbeitet, auf der Suche nach irgendeinem Schwachpunkt.

›Es *gibt* einen Fehler in Alcifer!‹, rief Tensor. ›Pitlis hat ein paar winzige Änderungen in Rulkes Entwürfen vorgenommen, und sie wurden nie entdeckt.‹

›Was wird es für eine Auswirkung haben, wenn er sein Konstrukt benutzt?‹, fragte Yggur.

›Das lässt sich nicht sagen‹, erwiderte Tensor. ›Vielleicht keine, es sei denn ...‹

›Was?‹, schrie Mendark.

›Es sei denn, wir helfen auf irgendeine Weise etwas nach.‹«

Rulke war jetzt an die äußerste Kante seines Stuhls vorgerückt. Llian fragte sich, was er zu erfahren hoffte.

»›Aber wie?‹, fragte Mendark. ›Wir müssten direkt dort vor Ort sein und ...‹ Er starrte die beiden anderen an.

›Ja‹, sagte Tensor. ›Wir müssten auf die Geächteten Experimente zurückgreifen!‹

›Nein!‹, schrie Mendark. ›Rula war die größte Magisterin aller Zeiten, und es hat sie umgebracht. Ich kann das nicht.‹

›Ich ebenso wenig‹, sagte Tensor. ›Auch sonst niemand aus unserem Rat außer ...‹

Beide wandten sich Yggur zu.

›Ich würde einwilligen‹, sagte Yggur und blickte sie über seine lange Nase hinweg an, ›wäre die Lage verzweifelt genug.

Aber es würde ein furchtbares Risiko für mich bedeuten. Ohne Hilfe würde ich es nicht versuchen.‹

›Die hättest du‹, sagte Mendark.

›Uneingeschränkten Beistand‹, sagte Yggur herrisch, als hielte er die beiden für nicht verlässlich.

Endlich war der Plan ausgearbeitet, der Köder vorbereitet, unter Ausnutzung der einzigen Schwäche Rulkes, die sich ihnen darbot – er war stolz, was seinen Ausdruck im prachtvollen Alcifer fand. Es bedeutete ihm mehr als alles andere. Die Ratsmitglieder verkleideten sich und ritten wie ein Wirbelwind nach Alcifer. Unterwegs konnten sie spüren, wie sich das Gefüge der Welt verzerrte, als Rulke sein Stadt-Konstrukt zu erproben begann.

Er griff nach den Hebeln und zwang ganz Alcifer und jeden, der sich darin befand, im lebenden Konstrukt, unter seinen Willen. Er lenkte die gesamte Kraft des Konstruktes gegen die leuchtende Mauer der Düsternis. Auf einmal wölbte sie sich nach außen, ein großer Tumor, der in die Leere drückte. Und wären jene winzigen Änderungen nicht gewesen, die Pitlis vor langer Zeit vorgenommen hatte, wäre Rulke der Durchbruch geglückt. Doch im letzten Moment krempelte sich der Tumor von innen nach außen und zwackte ein kleines Stück der Leere ab.«

Rulkes Lächeln war jetzt vollends erloschen. Sein Blick brannte auf Llian. »Weiter!«, schnappte er.

»Yggur fing mit den Geächteten Experimenten an, mit dem ersten, weniger gefährlichen Teil des Anlockens. Rulke nahm den Köder an, noch immer arglos. Der Druck war immens, auf jedem von ihnen. Rulke kam dem Köder näher. Ein leichtes Missbehagen kribbelte in ihm, und er suchte nach der Ursache dafür. Der Druck verstärkte sich. Rulke war fast da, und Yggur begann mit dem zweiten, äußerst gefährlichen Teil der Gefangennahme.

Plötzlich brach ein Ratsmitglied zusammen, dann ein weiteres. Das sorgfältig errichtete Gebilde begann zu wanken. Yggur spürte, wie das Grauen an der Außenschale seines Geistes scharrte. Die Experimente waren fehlgeschlagen. ›Zurück!‹, schrie er, von Panik gepackt angesichts der Schrecknisse des Besessenwerdens. Der Rat brach auseinander und zerstreute sich; jedes Mitglied versuchte nur sich selbst zu retten.

Dann stach der Skorpion zu – Rulke war in Yggurs Kopf, krallend und reißend. Yggurs Geist lehnte sich gegen das unsagbare Grauen der Besessenheit auf. Er verfiel in schäumenden, tobenden, um sich schlagenden Wahnsinn.

Nur Mendark schwankte nicht. Es gab nur einen Ausweg aus der Katastrophe, einen schrecklich riskanten Ausweg, doch er nahm ihn. Er griff in Yggurs Geist hinein und setzte Rulke dort gefangen. Über Stunden rangen sie miteinander, doch Yggurs Wahnsinn verwirrte Rulke, und er brach als Erster zusammen.

Mendark hatte gerade noch so viel Kraft, um Rulke mit einem letzten verzweifelten Zauberbann in jenen Tumor zu zwingen und seine Kontrolle über Alcifer zu kappen. Der Tumor schrumpfte zu einer Blase zusammen, dem ausbruchssicheren Gefängnis des Nachtlandes, das mit allem und nichts zugleich in Berührung steht. So kam Pitlis letztendlich doch noch zu seiner Rache.

Und daraus entstand Yggurs großer Hass auf Mendark. Doch diese Geschichte wurde noch nie erzählt. Zumindest nicht die ganze.«

Über Rulkes Gesicht lagen Gewitterwolken. »Das ist eine Lüge!«, brüllte er und traf den Tisch so hart mit der Faust, dass er umkippte. »Eine schändliche Täuschung!«

Llian sprang aus dem Weg. »Ich habe die Geschichte nicht aufgeschrieben«, quiekte er. »Ich erzähle sie nur so, wie sie seit tausend Jahren erzählt wird.«

»Pest und Cholera über deine Historien!«, schäumte Rulke, während karmesinrote Funken aus seinen Augen sprühten. »Wie kann man auf irgendwas von dem, was du sagst, vertrauen, wenn hier derartig gelogen wird? Mein Name wurde mir gestohlen.«

»Worin liegt die Lüge? Sagt mir das wenigstens.«

»Lieber will ich verdammt sein!«, donnerte Rulke. »Das eine nur! Ich habe nicht versagt, und die Frau, die meine Gattin werden sollte, eine Unschuldige, wurde vernichtet. Ein so tückischer Akt, wie er nur je in dieser Welt begangen wurde. Nur weil ich sie beschützte, wurde ich gefangen.«

Llian war sich Rulkes eigenen Rufs als Verräter und Täuscher nur allzu bewusst, doch schien er diesmal aufrichtig zu sein. Und falls er das war, dann enthielten die Historien *tatsächlich* eine große Lüge. Wer konnte so etwas getan haben?

Einen Augenblick lang waren sie Verbündete in ihrer Wut. Andere Aspekte der Historien kamen Llian in den Sinn, Dinge, die ihm immer schon falsch oder unerklärlich erschienen waren.

»Falls das stimmt, werde ich es zu meiner Lebensaufgabe machen, es zu klären«, sagte Llian leise in die Stille hinein. »Aber nicht für Euch, Großer Täuscher, der Ihr, wie ich sehr wohl weiß, seid.«

»Du tust mir unrecht, Chronist«, entgegnete Rulke mit ruhiger Würde. »Alles, was ich getan habe, geschah nur, um das Überleben meiner Rasse sicherzustellen. Welch edleres Ziel kann ein Mann verfolgen?«

Llian schwieg. Jede Handlung Rulkes seit ihrer Begegnung hatte der Selbstverteidigung gedient. Rulke war edel, das konnte er nun erkennen. Beinahe glaubte er ihm. Ein weiteres Fragezeichen, das über den Historien schwebte. »Ich werde es für mich selbst herausfinden, und um der Schönheit der Historien willen, die ich immer in ihnen erkannt habe – um der reinen, ungeschminkten Wahrheit willen.«

»Vielleicht ist mehr an dir dran, als ich dachte«, sagte Rulke und dämpfte seinen Zorn. »Habe ich den einzigen ehrlichen Chronisten in ganz Santhenar gefunden?« Er musterte Llian nachdenklich. Vielleicht musste er ihn gar nicht bestechen. Besser, Llian tat das, was Rulke wollte, aus eigenem Antrieb. Er würde wahrheitsgetreu antworten, wenn Mendark und Yggur ihn verhörten. Was für ein köstlicher Witz!

»Auch zu diesem Thema besitze ich Unterlagen«, sagte Rulke, dem ein faszinierender neuer Gedanke gekommen war. »Ich glaube, dass ich sie dir aushändigen könnte, damit du die wahre Geschichte aufschreiben kannst. Und wenn du das gut machst, könnte ich dir anschließend die vollständige Geschichte der Charon erzählen, seit unserer Ankunft aus der Leere. Was sagst du dazu, Chronist?«

Im ersten Moment verschlug es Llian fast den Atem. Er fühlte sich, als hätte man ihn der Folterbank entrissen und ihm ein Königreich angeboten. Er öffnete den Mund, brachte jedoch kein Wort heraus. Erinnere dich daran, dass er der Große Täuscher genannt wird. *Großer Täuscher!* Ich frage mich, welchen Preis er dafür fordert?

»*Hier* kann ich dir deinen Lohn nicht auszahlen. Das muss bis zu meiner Rückkehr nach Santhenar warten. Doch soll ich dir einen Vorschuss gewähren?«, flüsterte Rulke. »Um meine gute Absicht zu beweisen?«

Für Llian war es unmöglich, seine Gier zu verhehlen. Sein Mund war so wässrig geworden, dass er die Hand vor die Lippen legte. Er nickte ruckartig.

»Hier ist etwas, das du nicht wissen kannst«, sagte Rulke und legte den Mund an Llians Ohr. Er redete eine Minute lang, und sein Atem bescherte Llian eine Welle erregender Schauder.

Llians Augen wurden groß. Solch ein Wissen hatte Rulke anzubieten!

»Das ist noch gar nichts«, sagte Rulke. »Nun, was meinst du dazu?«

Die Versuchung war nicht zu ertragen. Vielleicht könnte er den Lohn kassieren, ohne den Preis dafür zu zahlen. Karan, die Gefährten, seine Verpflichtung gegenüber Mendark, all das war vergessen in seiner Gier nach *Wissen.* »Ich glaube – wir könnten ins Geschäft kommen«, sagte Llian. Er fühlte eine heftige, beinahe sexuelle Erregung. Jetzt hatte er es getan. Es gab kein Zurück!

Rulke lächelte. »Schön. Behalte gut, was du gerade gelernt hast. Nur weil irgendetwas gesagt wurde oder jemandem ein Beiname verpasst wurde, heißt das noch lange nicht, dass es auch der Wahrheit entspricht. Du musst dir dein eigenes Urteil bilden.«

»Seid gewiss, das werde ich. Für mich verkörpern die Historien die Wahrheit.«

»Das ist genauso gut – ich habe keine Verwendung für Lügner! Nun magst du essen und trinken.« Er enthüllte das Tablett und reichte es an Llian weiter.

Das Tablett enthielt Nahrung, wie sie Llian noch nie untergekommen war, denn obwohl sie aussah wie Fleischstückchen oder Fischwürfel oder Hühnergeschnetzeltes, wog sie leicht auf seiner Gabel und zerfiel in seinem Mund, als bestünde sie aus Spinnfäden. Dann aß er etwas, es mochte Gemüse sein, Raspelstreifen, die so dünn waren, dass man durch sie hindurchsehen konnte und die in verschiedenen Formen angeordnet waren: etwa einem Fächer, einem geöffneten Buch, oder einer geriffelten Muschelschale. Die Aromen waren so raffiniert, dass es ihm vorkam, als äße er parfümierte Luft, nach dem scharf gewürzten Essen der Aachim, an das er sich gewöhnt hatte. Zwischen den einzelnen Gängen nippte er an einem Kelch mit einer glänzenden schwarzen Flüssigkeit – sie war kalt, doch samtig und schwer zu schlucken, und ihre Dünste stiegen ihm zu Kopf wie Weingeist.

Zum Schluss gab es häppchengroße Leckerbissen mit dem Aussehen von Kristallformationen, die auf schwarzem Marmor wuchsen: einer glich strahlenförmig angeordneten Scheiben aus rosafarbenem Gips, Wüstenrosen ähnlich; ein zweiter kurzen, flachen Prismen aus Borax, so weiß wie Puderzucker. Es gab federleichte Kugeln aus Haarkristallen, ähnlich flauschigen Hasenschwänzen; Fächer aus grünen Malachitnadeln, durchwoben mit blauem Azurit; braunen Siderit, der traubenförmigen Anordnungen aus Mädchenbrüsten glich; roten Korund; glänzende Würfel aus schwarzem Galenit und noch viele mehr, für die ihm keine Namen einfielen. Jeder besaß das Aroma und das Bouquet eines Blütenextraktes, wenngleich er nichts davon erkannte. Sie waren grandios, obschon ein jeder trotz ihrer Festigkeit im Munde zerschmolz wie Zuckerwatte.

»Der einzige stoffliche Teil unserer Kultur, den wir aus der Leere mitbrachten«, sagte Rulke, während er Llian beim Essen zusah, »obwohl es *hier* nicht mehr als ein Schatten sein kann.«

Als Llian sein Mahl beendet hatte, fuhr Rulke fort: »Ich werde dich in Trance versetzen. Du wirst in diesem Zustand bleiben, bis du mir die Historien jenes Zeitraums erzählt hast, den ich im Nachtland verbrachte. Durchforsche deinen Geist, und berichte mir *alles* von Bedeutung, das sich währenddessen ereignet hat. Und auch deine *Geschichte vom Spiegel.*« Er bewegte seine Hände durch die Luft.

Llians Blick wurde leer. Rulke stieß einen Seufzer aus, in dem die ganze Last von tausend Jahren der Gefangenschaft lag. *Mit Speck fängt man Mäuse.* Auch du wirst dich meinem Druck fügen, wenn es so weit ist. Hättest du dich nicht selbst kompromittiert, ich hätte es nie vermocht. Doch dein Unterbewusstsein weiß, dass du es aus freien Stücken tust.

Llian tat, wie geheißen, und redete, bis er nichts mehr zu erzählen wusste; doch sobald er ein Thema erschöpft hatte, kam Rulke mit der nächsten Frage – und der nächsten. Immer wieder brachte der Charon mehr Essen oder hielt einen Becher mit der schwarzen Flüssigkeit an Llians Lippen, dann erzählte Llian weiter. Am Ende des Tages konnte Llian nur noch krächzen. Rulke bettete ihn auf ein Sofa, tippte seine Stirn an, und Llian schlief ein. Er begann im Sofa zu versinken. Mit einem deftigen Fluch zog Rulke ihn heraus und festigte das Sofa auf Kosten der angrenzenden Wand, die sich in Nebel auflöste, während die durchsichtige Zimmerdecke über ihr absackte wie Kreppgummi.

Es bleibt weniger Zeit, als ich dachte, sagte Rulke zu sich selbst. Bleibt zu hoffen, dass sie reicht!

Nur Minuten später, so schien es, war es für Llian an der Zeit, von Neuem zu beginnen. Mehrere Tage vergingen. Doch gab es für Rulke noch ein Letztes zu tun, bevor er Llian aus der Trance befreite. Er beugte sich hinab, um in sein Ohr zu sprechen.

»Komm zu mir, wenn ich nach Santhenar zurückkehre, und du wirst deinen Lohn erhalten. Ich fordere nur wenig dafür. Eines Tages werde ich rufen, und du musst kommen und mir berichten, was du weißt. Falls Karan überlebt hat, wirst du sie mitbringen, denn ich benötige sie mehr als dich. Und nur für den Fall, dass du deine Schuld nicht einlösen willst: Ich habe einen Zwingbann über dich verhängt, Chronist. Falls du nicht kommst, wenn ich rufe, wirst du dies hier fühlen. Wisse, dass ich kein Vergnügen aus deiner Qual ziehe. Ich tue dies, weil ich muss.«

Er tippte Llian leicht auf die Stirn, und augenblicklich fiel Llian in Krämpfe, schlang abwechselnd seine Arme um den Körper und schleuderte sie von sich. Seine Lider hoben sich, doch sein Blick war leer. Dann berührte Rulke ihn abermals an der Stirn, und Llian fiel in seine frühere Haltung zurück.

»So wenig Widerstandskraft gegen Schmerzen«, sagte Rulke zu sich selbst. »Sie sind wahrlich eine degenerierte und wertlose Rasse.« Dann fragte er laut: »Wirst du kommen?«

Llian schlug die Augen auf. »Ich werde kommen«, sagte er, und seine Stimme war überraschend klar. Er schloss die Augen wieder.

»Jetzt erwache!«

Llian rührte und erhob sich, einen benommenen Ausdruck im Gesicht. »Was habt Ihr mit mir gemacht?«

»Nichts, was dir Sorge bereiten müsste. Ich habe dich in Trance versetzt, und du hast mir die Historien erzählt – genug für mich, um weiterzumachen. Falls ich mehr benötige und es sonst nirgendwo herkriege, werde ich wieder auf dich zurückkommen.«

»Was?«, krächzte Llian und schwankte vor und zurück.

Rulke stützte ihn. »Hier bedeutet Zeit nicht viel, aber in der Außenwelt sind drei oder vier Tage vergangen, seit du begonnen hast. Ich habe keine weitere Verwendung mehr für dich.«

»Ich kann gehen?« Mit pochendem Schädel spürte Llian, dass eine lange Zeitspanne verstrichen war, wenn sie auch nicht real erschien.

»Ja. Erzähl deinen Freunden, du seiest entkommen. Mit welchem Vorwand du deine Flucht erklärst ... nun, du bist ein Geschichtenerzähler. Das überlasse ich dir. Doch stell sicher, dass du sie überzeugst, oder du hast keinen Nutzen mehr für mich, und keiner von uns wird das bekommen, was er will. Oder nein, lass es mich einfacher für dich machen. Es bringt nichts, wenn du plötzlich bei einer Lüge ertappt wirst. Schlaf noch eine Minute länger.«

Llian fiel in seine Trance zurück. »Vergiss, was ich gesagt habe«, sagte Rulke leise. »Vergiss auch deinen Verrat. Geh zum Tor hinüber. Sobald ich dich wecke, spring hinein, und glaube, du seiest entkommen.«

»Ich habe Angst vor dem Tor«, sagte Llian, dessen Augen noch immer geschlossen waren.

»Das solltest du auch. Es ist das unbeständigste Tor, mit dem ich es *jemals* tun hatte. Aber es ist der einzige Ausweg von hier, für dich wie für mich. Stell dir vor, *ich* fiele dem Tor zum Opfer, wenn ich mich von hier verabschiede. Welch bittere Ironie wäre das. Und jetzt geh. Ich werde dich an einen Ort außerhalb der Festung von Katazza schicken, um deiner Sicherheit willen.«

Llian erhob sich unsicher und humpelte durch das Gelass zur Zimmerecke hinüber. Dort verharrte er einen Augenblick lang, sichtlich verwirrt. Rulke folgte ihm und vollführte irgendetwas mit seinen Händen. Allmählich begann der Torstein erneut zu glühen, die leuchtende Luft über ihm bewegte sich, ihre Schwaden stiegen auf wie Dampf aus einem Kochtopf. Llian starrte auf den Stein, als verstünde er nicht, was er da sah und was er damit anfangen sollte.

»Erwache!«, sagte Rulke. Llian wachte auf, und im selben Moment machte Rulke eine schnelle Bewegung auf ihn zu. Llian sprang auf den Stein und beugte sich zurück, um Rulkes Hand auszuweichen. Der Tunnel blähte sich auf; Llian stürzte rücklings hinein. Der Tunnel schloss sich langsam um ihn, verblasste und verschwand.

Das Nachtland gab ein scheußliches Kreischen von sich, so als würde Luft aus der Öffnung eines Ballons entweichen, dann zog es sich zusammen. Rulke, der hinüber zum Konstrukt getaumelt war, warf sich hinein. Keine Sekunde zu früh. Das Nachtland schrumpfte zur Größe des Gemachs und wurde immer kleiner; dann kollabierte es, bis es das Konstrukt umschloss wie ein Gummituch.

Keuchend lag Rulke innerhalb des Konstruktes. Ein Zittern lief seinen Arm empor, der erste Krampf der Nachwehen, die er durch schiere Willenskraft die ganze Zeit über hinausgezögert hatte. Was er in letzter Zeit vollbracht hatte, würde ihn eine ganze wertvolle Woche lang außer Gefecht setzen. Würde das Nachtland überhaupt noch so lange halten?

Rulke legte sich auf dem Boden nieder. Er hatte wahrlich einen weiten Weg vor sich, bevor er es mit den Mächtigen von Santhenar aufnehmen konnte. Ein Glück, dass sie das nicht wussten.

Kapitel vierzehn

Das Rätsel

Nicht sehr tief unterhalb der Südkante des Plateaus lag inmitten einer der kleinen Baumgruppen, die die Steilhänge bedeckten, ein kleiner Pavillon aus gelb-grünem Serpentin verborgen. Es war ein Ort, in dem Malien viel Zeit verbracht hatte. Auch Karan war dazu übergegangen, hier zu sitzen, in ihrem einsamen Exil, und über das Meer oder eine Reihe von Gezeitentümpeln und Quellmooren zwischen den Bäumen und geformten Felsen zu schauen. Es war ein machtvoller Ort, das spürte sie, doch besaß er nicht jene Art von Macht, die der Spalt bereithielt, ganz und gar nicht. Vielleicht war es das, weswegen Malien ihn so geschätzt hatte.

Karan hasste die Festung – sie vermittelte die Empfindung eines fremdartigen, zerstörten Ortes, daher schlief Karan in ihrem Zelt nahe dem Pavillon, badete in einem der Weiher und ernährte sich von Feigen und anderen Früchten, die jetzt an den Bäumen reiften.

Sie hatte fünf Tage allein in Katazza verbracht. Nachmittags spazierte sie an der Plateaukante entlang und suchte nach essbaren Pflanzen, um ihren Speiseplan zu ergänzen. Sie hatte eine Stelle mit wild wachsenden Zwiebeln entdeckt, eine Ansammlung hunderter kleiner aneinandergedrängter Knollen, und sich gerade gebückt, um ein Büschel auszurupfen, als alles um sie herum verschwamm, ein Gefühl, als würde man in ein Tor hineingezogen. Ein Luftwirbel wanderte tornadogleich über das freie Gelände hinter der Festung, riss ein Stück aus der moosüberwucherten Mauer, wobei er Steine verstreute wie Brotkrumen, und verschwand unterhalb der Plateaukante in Richtung des Pavillons. Im Wind wehte ein beißender Geruch. Dann erscholl ein feuchter, spritzender Laut, als ob – wie Karan voller Grauen dachte – ein Menschenleib von innen nach außen zerbarst. Bäume stürzten um, knirschend und ächzend, und ließen beim Aufprall die Erde erbeben.

Sie rannte mit fliegenden Schritten den Pfad hinab, wobei sie kaum zu hoffen wagte. Konnte es sich um das Tor handeln? Sie hetzte durch den Wald; dornige Zweige zerrten an ihr. Karan sprang über flechtenbewachsene Felsbuckel hinweg, schlitterte über feuchtes Laub und raste durch Maliens Pavillon hindurch und zur anderen Seite wieder hinaus.

Dort blieb sie stehen und blickte hinab. Bäume waren in einem Chaos aus Ästen und Zweigen auf den Pfad gestürzt. Von ihrem Badeweiher konnte sie nicht das Geringste sehen. »Llian?«, rief sie unsicher.

Karan kämpfte sich durch die Äste hindurch. Ein Baum lag genau längs auf dem Pfad. Um ihn zu umgehen, musste sie dicht an der Steilkante der Terrasse von Fels zu Fels springen. Von einem Tor war nichts zu sehen.

Die Farne zerteilend, blickte sie auf ihren Weiher hinab. Er war restlos ausgelöscht, zerquirlt zu halb verfaulten Baumstämmen, die aus dem Torfboden ragten. Schwarze Brühe war über die Felsen verspritzt. Verrottende Pflanzenstränge hingen von den Ästen herab und ließen Schlamm auf den Boden tropfen.

»Llian!«, rief sie. Wo einst hohe Bäume gestanden hatten, machte sich nun ein kahler Flecken breit, bedeckt von Mulch aus zerfetzten Blättern, Rinde und Holz. Sie stapfte durch die schlammigen Überreste, in alle Richtungen Holzbrei verspritzend.

»Llian?« Vielleicht war ein Baum auf ihn gefallen. Sie eilte seitlich an einem umgestürzten Stamm entlang und erwartete schon, Llian zermalmt darunter vorzufinden. Karan kletterte mühsam zwischen den Ästen hindurch auf die andere Seite des

Stammes und schritt diese ab. Nichts! Die Hoffnung und das Fieber der Erwartung erlahmten. Sie setzte sich auf den Stumpf und blickte ins Nichts. Llian musste irgendwo *dazwischen* sein, das arglistige Tor hatte ihn verloren. Und ihre Dummheit war schuld daran.

Von hinten hörte Karan jetzt einen schwachen glucksenden Platschlaut. Sie wirbelte herum, doch da war niemand. »Llian?«, flüsterte sie, durch das schattige Chaos der Zerstörung spähend.

Etwas ließ ihre Nackenhaare knistern – eine kurz aufflackernde Furcht vor den Whelm, die sie so gnadenlos gejagt hatten. Aber hier war sie unbedingt sicher vor ihnen – niemals hätten die Whelm der Sonne über dem Meer der Trockenheit standgehalten.

Abermals vernahm Karan das glucksende Geräusch. Sie rannte zu dem leeren Weiher hin. Es war nichts zu sehen außer stinkendem schwarzem Schlamm und verrotteten Baumstämmen. Dann hob einer der Stämme einen Arm und ließ ihn kraftlos zurückfallen.

»Llian!«, schrie sie, stürzte sich in den Matsch und schlitterte auf Llian zu.

Er war restlos von Schlamm bedeckt, nicht das kleinste Stückchen Haut oder Kleidung war mehr sichtbar. Als sie ihn erreichte, versuchte er mühsam, erneut den Arm hochzuheben, doch der Sog des Schlamms war zu stark. Um seinen Mund blubberte es, als schnaubte ein Nilpferd.

Sie hob seinen Kopf an. Er tat einen erstickten Atemzug. »Oh, Llian!«, weinte sie und räumte Schlamm aus seinem Mund. Er gab einen zitternden Atemstoß von sich, dann ließ er sich in ihre Arme sinken, zu schwach, um die Augen aufzuschlagen. Karan pulte mit Hilfe eines Zweiges Dreck aus seinen Nasenlöchern. Sie wischte seine Augenlider sauber, wusch sein Gesicht mit Schlammwasser aus einem Tümpel, der sich auf dem Grund der Mulde zu sammeln begonnen hatte, und dann saß sie einfach nur da, benommen von dem Wunder, das geschehen war. Sie konnte sonst nichts mehr tun – Llian war zu schwer, um ihn aus dem Sumpf hinaus- und den glitschigen Abhang hinaufzutragen.

Wie war er freigekommen? Wie konnte er Rulke entwischt sein? Während Karan im kalten Schlamm hockte, brach ihr plötzlich Schweiß aus.

Endlich begann Llian sich in ihren Armen zu rühren. »Ich war sicher, du wärest tot«, flüsterte er heiser, und seine schöne Stimme brachte nur noch ein Kieksen und Schnarren zustande. »Ich habe Katazza vollkommen zerstört gesehen.«

»Llian«, weinte sie und wiegte ihn noch zärtlicher mit ihrem Körper. »Wie bist du entkommen?«

»Du hast recht gehabt«, krächzte er. »Er ist sehr müde, sehr langsam.«

Sein Blick traf den ihren, dann rollten seine Augen zur Seite, sodass sie ein stechender Schmerz, ein plötzlicher eisiger Schauer durchfuhr. Seine Augenlider sanken herab.

»Das Tor schmerzt jedes Mal mehr«, murmelte er und fiel in einen benommenen Schlaf.

Erneut schöpfte Karan einen bösen Verdacht. Was hatte Llian während der vergangenen fünf Tage getan? Nein, es war meine Schuld. Ich werde zu ihm halten. Ich werde ihm nicht misstrauen.

Wenige Minuten später wachte Llian abrupt auf. »Unter dem Bett!«, rief er.

»Wovon redest du?«

Llian schlug die Augen auf. Er sah sie verblüfft an. »Karan«, flüsterte er und schenkte ihr ein wunderbar warmes Lächeln. Dann blickte er verwirrt drein. »Habe ich das gesagt? Ich weiß nicht, was es bedeutet.« Wie ein Traum, war es ihm erneut entglitten. Er versuchte abermals, sich zu erheben, doch seine

Füße gaben unter ihm nach, und er rutschte in den Tümpel zurück. »Oh, mein Kopf!«

Karan packte ihn am Arm. Sie krochen aus dem Sumpf hinaus in einen anderen Pfuhl, um sich zu waschen.

»Was ist geschehen?«, fragte sie, nachdem sie oberflächlich gereinigt waren. »Ich glaubte, er würde dich umbringen.«

Daran erinnerte Llian sich. »Du hast mich Rulke überlassen«, sagte er wütend. »Wie konntest du das nur tun?«

Ich habe es nicht getan!, schrie eine schwache Stimme in ihr. Wir hatten einen Plan, erinnerst du dich? Aber du hast ihn nicht befolgt, und dann zog das Tor mich hinfort. Doch Karan wusste, dass sie ihn ins Unglück gestürzt hatte, und konnte sich keine Entschuldigungen abringen. »Ich hätte es besser machen sollen. Es tut mir leid.« Sie ergriff seine Hand. »Ich wollte doch nur ...«

Llian entwand ihr seine Hand. »Ich dachte, er würde mich umbringen. Dann hatte er eine Art Anfall und stolperte davon. Ewig lange sah ich ihn nicht wieder. Während dieser Zeit hätte ich meinen eigenen Arm abnagen können.«

»Was hat er dir angetan? Llian, sag es mir!« Sie drückte seine Hand.

Er stieß sie erneut von sich. »Er stellte eine Menge Fragen. Er wusste noch nicht einmal, dass Yalkara nach Aachan zurückgegangen war. Er hat mich in Trance versetzt. Es war wie ein grässlicher Albtraum, sonderbar, aber unwirklich. Ich weiß nicht, was er danach getan hat; aber es könnte alles Mögliche sein. Er behauptete, ich hätte ihm die Historien der zurückliegenden tausend Jahre erzählt. Ich könnte es tatsächlich getan haben, obwohl ich nichts davon in Erinnerung behalten habe.«

»Nun, deine Stimme ist recht heiser.«

»Mein Hals schmerzt. Rulke versuchte, mich auf seine Seite zu ziehen. Ich war auch in Versuchung. Dann weckte er mich und ...« Llian zögerte, denn er fühlte, dass mit seiner Flucht etwas nicht stimmte. Noch ehe er ein Wort sagte, wusste er, dass es verdächtig klingen würde. Und doch hatte *sie ihn* zurückgelassen; weswegen sollte er Schuldgefühle verspüren? Er blickte ihr direkt in die Augen und benutzte seine *Stimme*, jene beinahe magische Fähigkeit großer Erzähler, die Gefühle anderer durch die bloße Macht ihrer Worte zu beeinflussen.

»Ich bin auf die gleiche Weise entkommen wie du, als du *mich im Stich gelassen hast*«, sagte er.

Sie lief so rot an wie eine Rose, und er empfand ein klein wenig Freude darüber, doch gleichzeitig schämte er sich dafür. »Aber was auch immer Rulke getan hat, es muss ihn furchtbar mitgenommen haben. Er sah schrecklich aus, krank, und irgendwie bin ich ins Tor gelangt. Er versuchte, mich aufzuhalten, aber es hatte mich bereits fortgerissen.«

Karan kämpfte gegen ihre eigenen Ängste an. Llian hatte die *Stimme* nicht mehr gegen sie eingesetzt, seit sie sich zum ersten Mal getroffen hatten. Was verbarg er? Auf solch verschlungenem Pfad verliefen ihre Gedanken, ohne zu einem Ziel zu gelangen.

Es dauerte ewig, den mit Trümmern übersäten Pfad zum Plateau hinaufzuklettern, denn Llian war sehr schwach. Oben blieb er stehen, wie betäubt vom Ausmaß der Zerstörung, den eingestürzten Türmen, der zermalmten Festung. Wo der Spalt durch den gepflasterten Bereich verlief, war eine Seite jetzt bis auf Kopfhöhe aufgeworfen, eine Mauer, die den Weg der beiden kreuzte, qualmte und rauchte. Von dem Vulkangipfel bis in den Norden, von Llian und Karan aus gesehen, stoben Aschewolken hervor. Unter ihren Füßen bebte die Erde und ließ direkt vor ihnen einen Rauchschwall aus dem Boden quellen. Die Trümmer des Großen Turms verrutschten.

»Wie bist du *da* bloß rausgekommen?«, schrie Llian dermaßen schockiert, dass er seinen Ärger vergaß.

Sie erzählte es ihm. »Dieser Ort scheint nicht sehr sicher zu sein«, fuhr Karan fort. »Lass uns unsere Sachen packen und uns davonmachen.«

Sie trotteten weiter. Llian bückte sich, um etwas vom Boden aufzuheben – ein rautenförmiges Stück Lapislazuli von der Länge seiner Hand. »Es ist wunderschön; ich frage mich, wie es hierhergekommen ist.«

»Es brach aus einer riesigen Menge heraus, die den Turm ummantelte«, sagte sie, den Fund befühlend. »Nimm es mit, wenn du magst.«

»Das werde ich.« Er steckte es in seinen Beutel. »Eine Erinnerung an Katazza.«

»He!«, rief er wenig später aus.

»Was denn?«, fragte sie müde.

»Jetzt erinnere ich mich. Rulke gab mir ein Rätsel zu lösen. Er sagte, dass Kandor seine wertvollsten Aufzeichnungen an einem Ort versteckt haben würde, *der von untergeordneter und doch grundlegender Bedeutung* sei. Untergeordnet, *drunter*, und grundlegend, *Unterlage ... Bett!* Die Antwort lautet: *Unter dem Bett*. Das ist so sonnenklar, dass ich nie drauf gekommen wäre.«

»Ich habe keine Ahnung, wo sein Schlafzimmer ist«, sagte Karan zweifelnd.

»Ich schon. Ich bin durch jedes Zimmer in Katazza gekommen.«

Es erforderte eine waghalsige Kletterei über Schutt und Trümmer, um dorthin zu gelangen, denn eines der Minarette war durch das Dach der Festung gestürzt und hatte die Halle von außen zum Teil versperrt. Kandors Schlafzimmer erwies sich als noch extravaganter denn Rulkes. Die Bettpfosten bestanden aus duftendem Zedernholz und waren prachtvoll beschnitzt, Kopf- und Fußende waren mit Einlegearbeiten aus einem Dutzend verschiedener Arten kostbarer Edelhölzer verziert, die Kanten mit Motiven aus Silber beschlagen – dekadente Darstellungen, die Paare zeigten, die sich in Ekstasen der Wollust krümmten.

Llian kroch unter das Bett. Karan starrte die Bilder mit offenem Munde staunend an, schnaubte dann und folgte Llian.

»Es lag nicht in meiner Absicht, dich zurückzulassen«, sagte sie. »Ich schäme mich so dafür, Llian. Kannst du mir jemals verzeihen?«

»Jetzt nicht!«, schnappte er, während er die Bodenfliesen abklopfte und die Bettpfosten abtastete.

»Ich hab eine gute Idee«, sagte sie knapp und rieb ihre Nase an seinem Nacken. Er ließ sich nicht ablenken.

»Hier ist nichts«, sagte er verdrossen. »Nein, so einfach war es dann wohl doch nicht.«

»Was suchst du?«, fragte Karan, neugierig geworden, als er an der Bettunterseite stocherte und zerrte.

»Ein Versteck für geheime Dokumente.«

»Das wirkt ziemlich massiv auf mich«, sagte sie, während sie oben auf dem seitlichen Rahmen herumtastete. »Nanu, was ist denn das?«

Als sie auf einen vertieft gelegenen Knopf drückte, klickte etwas über ihrem Kopf. Sie pochte gegen den Balken, der jetzt hohl klang. Karan schob eine Abdeckung beiseite, schob die Finger in die Öffnung darüber und zog eine lange Metallkiste heraus. Sie klappte den Deckel auf. Das Behältnis war voller Papiere, und zwischen ihnen lag ein dünnes Buch.

Llians Miene hellte sich auf. Er nahm die Kiste mit hinaus ans Licht. »Das ist es, Karan!«

Weitere Geheimfächer gab es nicht, weder im Bett noch im Fußboden darunter, zumindest keine, die sie aufspüren konnten. Sie saßen auf Kandors Bett und aßen Skagg, einen ziegelsteingroßen Kuchen, der aus Wurzelmehl, gemischt mit Trockenfrüchten, Nüssen und Obstkernen, gebacken wurde.

Llian sah die Unterlagen durch. Ein zusammengeschnürtes Bündel enthielt eine Reihe von Berichten über Untersuchungen bezüglich Shuthdars Tod und der Zerstörung der Flöte. Die meisten waren unmittelbar nach der Düsternis verfasst worden.

Die Papiere unterhalb des Bündels waren weitaus jünger und nicht lange vor Kandors Tod entstanden.

Unter dem Buch, auf dem Boden der Kiste, lag eine stark angelaufene Silberkette, die aus geflochtenen Drähten gefertigt war.

»Sie fühlt sich wunderbar an«, sagte Karan, die mit dem geschwärzten Metall über ihre Wange strich. »Richtig warm und beruhigend und beschützend.«

Llian rümpfte die Nase. »Es ist nur ein Stück Silberschmiedekunst.«

»Verlass du dich auf deine Gaben und ich mich auf meine!«, sagte sie verärgert. »Wie auch immer, sie ist wunderschön gearbeitet, und ihr Flechtwerk entspricht dem des Großen Turms. Ich vermute, Kandor hat sie gefertigt, damit sie ihn an den Turm gemahnt. Sie fühlt sich sehr alt an.«

Llian nahm ihr die Kette aus der Hand. »So ist es. Und da ich sie gefunden habe, gehört sie mir.«

Sie schaute verletzt drein, doch Llian kniete nieder und streifte ihr die Kette über den Kopf. »Lass uns noch mal von vorn beginnen, okay?« Er küsste sie auf die Nasenspitze.

»Oh, Llian«, sagte sie und erwiderte seinen Kuss.

Llian brauchte Stunden, bis er alles gelesen hatte, doch die Papiere schilderten nur Sackgassen, die Ergebnisse fruchtloser Nachforschungen. Müde legte er das letzte Blatt beiseite.

»Hier steht es nicht drin. Kandor muss den Beweis mit sich in den Tod genommen haben.«

Es waren nur noch zwei Dokumente übrig; das erste davon war ein dünnes Buch mit einem Ledereinband so weich und glatt wie Haut, doch in der unleserlichen Schrift der Charon verfasst.

Er legte es weg und nahm sich das andere Dokument vor. »He! Das ist ein Brief an Rulke.« Dann stieß er einen Fluch aus.

»Was ist los?«, fragte Karan und sah von dem Buch auf. »Kannst du auch den nicht lesen?«

»Ich habe ihn bereits gelesen. Es handelt sich um eine Kopie des Briefes, den ich aus den Archiven des Magisters in Thurkad habe mitgehen lassen, an dem Tag, an dem ich versuchte, dich vor Thyllan zu retten.«

Er warf ihr den Brief zu, und sie ließ das Buch los. Es fiel aufgeschlagen hin, geöffnet auf einer Seite am Schluss des Bandes. Ein gefaltetes Stück Papier rutschte heraus.

»Wie konnte ich das nur übersehen?«, rief Llian. »Dieser Brief trägt ein späteres Datum. Monate später!«

Er las ihn laut vor.

»›Meine liebe Yalkara,

ich schreibe, um den Zeitpunkt und den Ort unserer Zusammenkunft zu ändern. Ich werde früher nach Havissard kommen, als ich in meinem vorangegangenen Schreiben ankündigte, und im Geheimen. Ich werde gejagt. Es könnte der Rat sein, doch fürchte ich, dass es Rulke ist. Er begehrt mein Geheimnis für sich selbst. Auch Du könntest in Gefahr sein, da ich ihn wissen ließ, dass ich meine Befürchtungen mit Dir geteilt habe.

Für Rulke bedeutet nichts etwas außer seinem eigenen Ruhm. Er hat mir gegenüber immer Neid empfunden. Ich werde Dir alles mitbringen, was ich in der Hand habe, und dann zeitig nach Alcifer reisen, zu meinem Treffen mit Rulke.

Grüße,
Kandor‹

Rulke hat mir erzählt, dass Kandor ermordet wurde!«, sagte Llian. »Wahrscheinlich, um dasselbe Geheimnis zu wahren, um dessentwillen das verkrüppelte Mädchen vor so langer Zeit umgebracht wurde. War Rulke der Mörder? Er selbst sagte, dass Kandor paranoid gewesen sei. Es bewegt sich alles im Kreis.«

»Nun, jetzt besitzt du Beweismaterial und Verdächtige.«

»Wo wurde Kandor umgebracht? Das ist die andere Sache, die ich herausfinden muss.«

Karan zuckte mit den Schultern. Dann kam ihr ein Gedanke. »Llian! Was, wenn es Mendark oder Yggur waren? Oder Faelamor? Falls du rumgehst und Fragen stellst, wirst du schnell das gleiche Schicksal erleiden.«

»Keiner von ihnen war auch nur geboren, als die Flöte zerstört wurde.«

»Faelamor und Rulke waren es, und Tensor!« Furcht begann Karan zu erfüllen. »Schau mal, *begreifst du es denn nicht!* Egal wer es getan hat. Wenn diejenigen noch immer am Leben sind, werden sie jeden töten, der mit unliebsamen Fragen daherkommt. Also dich. Und auch mich!«

Llian setzte sich hin, den Kopf in die Hände gestützt. »Ich muss der Geschichte folgen. Diese Briefe sind entscheidend.«

»Ich werde sie verborgen bei mir tragen«, sagte Karan. »Lass nichts über sie verlauten, oder über deine Mutmaßungen, falls wir die anderen je einholen. Du kannst das Buch vorzeigen, da ohnehin niemand es lesen kann. Aber erzähl niemandem, dass du den Fundort von Rulke erfahren hast. Wir sollten uns nun bereitmachen. Wir brechen früh am Morgen auf.«

Sie nahmen ihr Abendessen in unbehaglichem Schweigen ein. Schließlich brach Llian es: »Warum hast du dich ohne mich davongemacht?«

»Ich glaubte, du würdest zum Tor rennen.«

»Ich versuchte, dich zu *beschützen.* Ich dachte, Rulke würde dich umbringen.«

»Oh!«, sagte sie und starrte ihn an, die Hand auf den Mund gelegt. »Es tut mir so leid! Du hast auf dem Boden gekniet. Ich – es sah aus, als würdest du Rulke Treue schwören.«

»Wie konntest du nur so etwas glauben?«, fuhr er auf. Dann

wurde er still und brütete über den Ereignissen, die ihn hierher verschlagen hatten. Hätte er nicht mit Tensor gemeinsame Sache gemacht, wäre dann jemals irgendetwas von alldem eingetreten?

Er, Llian, war ebenso für diese Katastrophe verantwortlich wie irgendjemand sonst. Welch ein Narr war er gewesen, sich in Dinge einzumischen, von denen er nichts verstand, und Tensor zu helfen, nur weil er unbedingt wissen wollte, was als Nächstes geschehen würde, um zur Großen Geschichte beizutragen, zu der er alles zu verarbeiten hoffte. Nun, inzwischen lagen die Dinge anders.

Er seufzte tief. »Ich bin töricht gewesen, Karan. Die Versuchung, in Erfahrung zu bringen, was als Nächstes geschehen würde, war übermächtig.«

»Aber auch ich habe keine Entschuldigung«, sagte Karan. »Rulke hat mich so problemlos gegen dich ausgespielt. Ich konnte fühlen, wie der Wahnsinn zurückkehrte, und diese Empfindung war so stark, dass ich in Panik geriet – ich konnte mich nicht bremsen. Sowie ich auf den Stein trat, zog mich das Tor in sich hinein. Seither habe ich nie aufgehört, das zu bereuen.«

Plötzlich setzte sie sich auf. »Llian, schwöre, dass du ... dich nicht an Rulke verkauft hast.«

»Ich war ernsthaft versucht, aber ich habe nichts getan, wofür ich mich schämen müsste.« Er blickte unbehaglich drein. »Es sei denn, ich tat es, während ich mich in Trance befand«, sagte er mit einem Unterton, der ihr nicht entging.

Llian lag lange wach und brütete über seine Zeit mit Rulke, die allmählich nebelhaft erschien, wie ein Traum. Auch er konnte jetzt nicht mehr an seine Flucht glauben; es passte einfach allzu gut. Er hatte sich auf ein Spiel mit dem Teufel eingelassen. Wann würde Rulke ihm die Rechnung vorlegen? Konnte er irgendetwas tun, um da wieder rauszukommen? Nun, während all der Jahrhunderte der Verfolgung hatten die Zain gelernt, sich zu schützen, und als Meister-Chronist verfügte er über seine eigenen Geistesgaben. Wie konnte er sie am Geschicktesten einsetzen? Und *was* hatte Rulke im Nachtland mit ihm angestellt? Konnte er in seiner Trance einen Pakt mit Rulke geschlossen haben, ohne es auch nur zu wissen?

Aus Angst, dass die Erinnerungen an das Nachtland verblassen könnten, schrieb er alles, dessen er sich entsann, in sein Tagebuch, wenngleich natürlich nichts Verfängliches. Anschließend sah Llian sich in Kandors Schlafzimmer um, fasziniert von der Kultur der Charon. Das Gemach war reich an schöner, sinnlicher Kunst, Dinge, die andernorts unbezahlbar gewesen wären, aber sie waren hier zurückgeblieben, weil es sich nicht gelohnt hatte, sie durch das Meer der Trockenheit zu befördern. Sogar die Kugeln auf den Bettpfosten bestanden aus graviertem Silber. Im Bewusstsein, dass sein Säckel alles andere als prall gefüllt war, stieg Llian hinauf und schraubte eine davon ab. Sie war schwer, in ihr steckten jede Menge Silber-Tar. Er verstaute sie tief unten in seinem Bündel.

Dieser Gedanke brachte ihn wieder auf Kandor, und dann auf Rulke. An eine Sache erinnerte er sich – an Rulkes Versuchung. Der Lohn, den Rulke ihm angeboten hatte – Geheimnisse, die kein Chronist je gekannt hatte –, hielt ihn die halbe Nacht lang wach vor Verlangen.

Die Reise zum Meer der Trockenheit hinab nahm fast so viel Zeit in Anspruch, wie es gedauert hatte, von dort heraufzukommen. Llian war ungewohnt schweigsam, und wenn man auch gut auf ihn Acht geben musste, damit er nicht ausglitt, ließ er den ganzen Weg über kaum eine Klage vernehmen. In Kenntnis seiner Höhenangst fand Karan das bemerkenswert, führte allerdings seine Schweigsamkeit darauf zurück, dass er ihr böse war. Vielleicht hatte er aber auch seine Fähigkeit, Angst zu empfinden, einfach erschöpft. Als sie in die dicke, salzhaltige Luft und die unerträgliche Hitze hinabstiegen, stellte Karan ihre Vermutungen zurück.

Vier lange Tage später schlugen sie ihr Lager nah am Fuß des Berges auf, nur eine Klippe oberhalb des tiefen, kahlen Hangs, der zum Meer der Trockenheit hinabführte. Sie verzehrten ein karges Mahl, weit weniger reichhaltig, als jedem von ihnen lieb war. Beide waren ermattet, so unerbittlich und schnell waren sie vorangestrebt. Karan stocherte in den Skagg-Krumen in ihrer Schüssel herum, voller Angst bei dem Gedanken an die vielen Wochen, die sie mit ihren erbärmlichen Rationen noch unterwegs sein würden. Sie hockten an einem Flecken voller Gestrüpp, das die salzhaltigen Westwinde ausgedörrt und krumm gebürstet hatten. Am Morgen würde ihre eigentliche Reise beginnen.

»Skagg und Zwiebeln!«, sagte sie. »Ich bin es jetzt schon leid.«

Er gab keine Antwort. Es war schrecklich heiß, obwohl die Hitze von einem gelegentlichen kühleren Hauch gemildert wurde, der sich von der Bergflanke herunter verirrte.

»Morgen geht es wieder los«, fuhr Karan fort. »Wasser wird wertvoller sein als Diamanten.« Ihr blasses Gesicht war schweißgebadet, ihr widerspenstiges Haar jetzt schlaff, gezähmt. »Ich glaube nicht, dass ich das aushalte, Llian.« Sie ging zu einem Rinnsal hinüber, das aus einem Felsspalt floss, um sich zu waschen.

Er sah ihr hinterher. Er ertrug die Hitze besser als sie. Sein Heimatland, Jepperand, das ostseitig ans Meer der Trockenheit grenzte, schmorte im Sommer vor Hitze.

Anschließend saß Karan da und blickte nach Westen. Die Sonne ging unter; der Himmel war so klar, dass die bergige Halbinsel Faranda sichtbar war, etwa zweihundert Meilen entfernt. Sie erinnerte sich an die frühere Reise mit Shand und sah voller Angst der kürzeren, aber heißeren entgegen, die ihnen bevorstand.

Sie sorgte sich auch um Shand. Selbst im Sommer hatte er die Hitze als kraftraubend empfunden. Wie wurde er jetzt damit fertig? Sie stellte sich vor, wie der alte Mann immer schwächer und langsamer wurde und die anderen keine andere Wahl hatten, als ihn zurückzulassen.

Eine Hand rüttelte an ihrer Schulter; sie schrak aus ihrem Tagtraum auf. Es war jetzt dunkel und wurde ein wenig kühler. Llian drückte ihr einen dampfenden Becher mit Tee in die Hand, den er aus einem bitteren Kraut gebraut hatte, das auf der Klippenkuppe spross. Sie nahm einen kleinen Schluck, zog eine Grimasse, nippte abermals davon. »Llian …«, begann sie. Er starrte über das Meer hinaus.

»Ich habe ein Licht gesehen«, sagte er langsam.

Karan stellte sich auf die Zehenspitzen, mit einer Hand auf seine Schulter gestützt, und folgte seiner Blickrichtung. Draußen im Salzland glomm ein winziger Funke.

»Sie sind es!«, rief sie, und ihre Miene hellte sich auf. »Sie sind uns nur ein paar Tage voraus. Rasch, lass uns ein Signalfeuer machen!«

Sie begann, Feuermaterial am Klippenrand aufzuschichten. Trockenes Holz war massenhaft zu haben, und Llian hatte bald so viel aufgehäuft, dass es für ein kleines Feuer reichte. Ehe sie es entfachen konnten, verschwand das Licht.

»Sie sind ohne uns weitergezogen«, sagte Karan.

»Sie müssen manchmal zurückschauen. Wir werden das Feuer die ganze Nacht über in Gang halten.«

Genau das taten sie, obwohl es in den frühen Morgenstunden mühselig war, die Flamme am Brennen zu halten, denn sie hatten sämtliches ihnen erreichbares Holz verbraucht.

»Bald wird die Sonne aufgegangen sein«, sagte Karan und sank vor Erschöpfung und Enttäuschung in sich zusammen. Ihre Augen waren vom Rauch gerötet. »Wir werden sie nie erreichen. Wenn es dunkel ist, werden sie zu weit weg sein.«

Genau in diesem Moment erschien das Licht von Neuem.

Einige Minuten lang leuchtete es gleichmäßig, dann blinkte es einmal, zweimal, dreimal auf.

»Sie geben uns Lichtzeichen!«, sagte Karan.

»Wir sollten auf der Hut sein, bis wir sicher sind«, sagte Llian.

Sie legten ihre Ganzkörper-Wüstenbekleidung an. Karans blasse Haut war empfindlich für Sonnenbrand, daher war sie von Kopf bis Fuß in Stoff gehüllt, und nur ihre Augen waren durch die Schlitze ihrer Sichtblende zu sehen.

Karan war zu erregt, um zu schlafen. Sie wäre den ganzen Tag über weitermarschiert, trotz der Hitze, hätte Llian sie nicht zurückgehalten. Sie liefen in hohem Tempo die ganze Nacht hindurch, obzwar Llian ständig zurückblieb. Er war von kaltem Schweiß bedeckt.

Am frühen Nachmittag brachen sie wieder auf. Bevor es dunkel wurde, schrie Karan, die eine Felskuppe erklommen hatte, laut: »Ich kann sie sehen!«

Sie sprang wieder herunter und eilte davon. Llian folgte ihr in düsterer Stimmung. Es herrschte beinahe Dämmerung. Drei Schatten tauchten auf der gegenüberliegenden Seite eines großen Salzfleckens auf. Alles, was Llian spüren konnte, waren feindselige Bedrohung und Gefahr. »Sei vorsichtig!«, rief er. »Du weißt nicht, wer es ist!«

Karan ging weiter. Plötzlich rannte sie los. »Malien!«, schrie sie und warf sich der kleinsten der drei Gestalten in die Arme.

Malien stolperte unter dem Aufprall nach hinten und zuckte schmerzhaft zusammen.

»Das tut mir leid!«, rief Karan aus und half ihr wieder auf die Beine. »Hab's vergessen.«

»Es ist so gut wie verheilt.« Malien drückte sie an sich. »Wie bist du ...?«

»Wo ist Shand?«, unterbrach Karan sie. »Geht es ihm gut?«

»Ihm geht's gut«, sagte Malien, und Karan sank auf die Knie und weinte vor Erleichterung.

Tallia und Osseion standen schweigend daneben. »Du kannst froh sein, dass wir überhaupt gekommen sind«, sagte Tallia. »Ein paar von uns glaubten, Rulke wäre uns auf den Fersen.«

Sie alle standen stumm beieinander, als Llian auf sie zustapfte. Er wusste, dass sie sich über ihr Entkommen wunderten. Dennoch fiel seine Begrüßung ebenso warm aus wie Karans. Sogar Osseion umarmte ihn.

»Ein Glückstreffer!«, sagte er. »Wir hatten die Hoffnung schon lange aufgegeben.«

Auf dem Weg zum Lager berichtete Karan, was im Nachtland vorgefallen war, doch sobald sie enthüllte, dass Llian von ihr getrennt entkommen war, und obendrein Tage später, blieb Malien abrupt stehen.

»Llian«, sagte sie und bedachte ihn mit jenem Blick, den er während seiner Geschäfte mit Tensor mehr als einmal gesehen hatte, »deine Geschichte sollte besser wahr sein, denn du musst nicht nur mich, sondern auch Mendark und Yggur überzeugen.«

Karan schauderte und hielt Llians Hand noch fester.

»Ihr könntet mich wenigstens vorher anhören.«

»Es wird eine lange Nacht werden, sobald wir das Lager erreicht haben«, murmelte Malien.

Llian begann sich zu fragen, ob er überhaupt gut daran getan hatte, das Nachtland zu verlassen.

Kapitel fünfzehn

Zertritt den Skorpion

Llian sprach kaum ein Wort während der Zeit, die sie benötigten, um das Lager zu erreichen. Maliens Reaktion hatte ihm Angst gemacht, dabei wusste er, dass sie ihn mochte. Wie würden seine Feinde reagieren? Was würde Basitor tun?

Das Lager war nicht weit entfernt, doch es zu erreichen nahm die ganze Nacht und einen Teil des folgenden Tages in Anspruch, denn das Gelände war extrem zerklüftet – schwarze, einander überlagernde Lavaströme, die derart tiefe Risse aufwiesen, dass Llian hätte hineinfallen können, ohne jemals wieder hinauszugelangen, oder die von Scherben gekrönte Grate bildeten, die zu übersteigen tückisch war und auf die zu stürzen den Tod bedeutete, wie ihm seit seiner unfallreichen Reise nach Katazza noch gut in Erinnerung war. Die Lavaströme waren durchsetzt von Tümpeln voll heißer Asche sowie Geysiren, die Dampf, kochendes Wasser oder stinkenden Schlamm ausspien. Die Luft besaß einen beißenden Gestank, der Llians Augen tränen ließ.

Das Lager war auf einem kleinen Feld aus schwarzer Asche errichtet worden, um das eine Formation aus erstarrtem Flüssiggestein von etwa acht Spannen Höhe verlief. Die Zelte und Schlitten standen nah an der südlichen Felswand, möglichst weit in den kostbaren Schatten gerückt. Als Llian und Karan eintrafen, wurde ihnen ein Festmahl vorgesetzt – eine Extraration Wasser, eine Extrascheibe Skagg.

Vierzehn Aachim standen in einem unregelmäßigen Halbkreis vor den Zelten. Einige schienen erfreut, sie zu sehen –

darunter Asper, Selial und Xarah, die allmählich aus einem Abgrund der Trauer über den Tod ihrer Zwillingsschwester herausfand. Die Mehrzahl der Übrigen ließ sich nichts anmerken – entweder warteten sie ab, bis sie sich ein Urteil über die beiden bilden konnten, oder sie verbargen ihre wahren Empfindungen. Nur einer – Basitor, der Llian schon lange vor dem Tod seines Freundes Hintis gehasst hatte – machte keinen Hehl aus seinem Misstrauen. Es sprach aus seinem Blick, den zusammengebissenen Zähnen, der wachsamen Starrheit seiner Haltung.

Tensor war aufrecht mit geschlossenen Augen gegen den Fels gelehnt worden. Er nahm ihre Ankunft nicht wahr. Mendark wirkte kleiner, ausgetrocknet und gealtert, aber auch selbstsicherer als beim letzten Mal, da Llian ihn gesehen hatte. Er lächelte. Kein warmes Lächeln, aber auch kein unfreundliches. Llian wusste, dass Mendark zuhören und sich dann ein eigenes Urteil bilden würde.

Yggur stand auf einer Seite der Gruppe, dunkles Haar überschattete seine eingesunkenen Augen. Seine ganze Körperhaltung troff förmlich vor Argwohn, als Karan und Llian erschienen.

»Was ist mit Yggur geschehen?«, fragte Karan Malien im Flüsterton.

»Rulkes Ankunft war ein furchtbarer Schlag für ihn. Yggur hat in Katazza versagt, und das hat ein Trauma bei ihm hinterlassen. Wir haben versucht, euch zurückzuholen; fast hätten wir dabei Shand, Tallia und Asper verloren. Es gab keine andere Möglichkeit, als das Nachtland zu versiegeln ...« Sie brach ab. »Es tut mir leid, Karan.«

Das Schweigen wurde unbehaglich. »Ich glaube wohl, dass ihr getan habt, was ihr tun musstet«, sagte Karan.

»Wir haben es getan, unten beim Spalt, aber wir haben Yggur über die Grenzen seiner Kraft hinaus beansprucht, mit katastrophalen Folgen. Auch für ihn – er ist jetzt so gut wie blind. Sei vorsichtig.«

Karan, voller Mitgefühl mit Yggur, fuhr herum. Er zuckte bei der plötzlichen Bewegung zusammen, stolperte und wäre fast hingefallen. Sie sprang vor, um ihn zu stützen. »Es tut mir leid, von deinem Unglück zu hören ...«, begann sie.

Seine von einem gelben Film überzogenen Augen bewegten sich, versuchten sie zu erfassen, aber vergeblich. Er stieß sie fort. »Ich brauche kein Mitleid«, sagte er erstickt, »schon gar nicht von *dir!* Du vor allem hast all dies verursacht. Eines Tages werde ich den Preis von dir einfordern, *meine kleine Empfindsame!*«

»Karan!«, erscholl ein vertrauter Ruf, und Shand rannte aus einer Felsöffnung hervor. »Ich hatte dich schon aufgegeben!«

»Ich bin so zäh wie das Leder deiner Stiefel«, sagte sie und umarmte ihn.

»Das erinnert mich an etwas!« Malien blickte mit gerunzelter Stirn auf Karans Füße.

Karan sah reuig auf die Stiefel hinab, die sie von Malien geborgt hatte, um den Großen Turm zu ersteigen. »Tut mir leid!«, sagte sie und ließ sich auf dem Boden nieder. Die Stiefel waren inzwischen äußerst mitgenommen.

»Ich wusste, dass das passieren würde!«, sagte Malien. »Du kannst sie ebenso gut behalten.« Doch sie lächelte dabei.

»Du bist ein wahres Wunder!«, sagte Shand und schenkte Karan eine erdrückende Umarmung. Tränen sprenkelten seinen Bart. »Wie konnte es dir jemals gelingen, freizukommen?«

»In der Tat, *wie?*«, knirschte Yggur.

Llian warf ihm einen nervösen Blick zu und begann seine Geschichte.

»Lasst uns speisen!«, warf Mendark bald dazwischen.

Nach ihrer Schmalkost bedeutete das zusätzliche Essen ein Fest, obwohl es längst aufgezehrt war, ehe sie ihre Geschichten beendet hatten. Sowie Llian Rulkes seltsame Maschine erwähnte, wurde er unterbrochen.

»Ein *Konstrukt!*«, sagte Mendark und beugte sich gespannt nach vorn. »Wie sah es aus?«

»Es war groß. Größer als der größte Wagen, und es bestand dem Anschein nach aus einem Metall von mitternachtsschwarzer Farbe, das zu Kurven und Buckeln geformt war ...« Llian versuchte, die passenden Worte für etwas zu finden, das seinen Erfahrungshorizont so sehr überstieg. Er setzte von Neuem an.

»Es war ungefähr vier Spannen lang, würde ich sagen.« Dabei streckte er seine Arme aus, um eine Spanne abzumessen. »Ja, mindestens acht ausgreifende Schritte. Und mehr als zwei Spannen breit und fast zwei hoch. Obendrauf schien sich eine Art Sitz zu befinden und auch eine Anzahl Hebel. Doch das Seltsame war: Es schien auf keiner Unterlage zu stehen; es hing einfach in Kniehöhe in der Luft. Und innendrin ...«

»Du bist *hineingestiegen?*«, hakte Yggur nach und blinzelte argwöhnisch in Llians Richtung. Menschen waren für ihn nicht mehr als sich bewegende Schatten.

»Meine Hand ging direkt hindurch, daher steckte ich auch meinen Kopf hinein.«

»Was hast du *gesehen?*« Beim letzten Wort wurde Yggurs Stimme rau.

Llian beschrieb das Innere, so gut er es sich ins Gedächtnis rufen konnte – die dunkelrote Beleuchtung, die Sitze, Bedieneinheiten und matt leuchtenden Armaturentafeln. Es tut mir leid«, endete er. »Es war ... nicht scharf im Blickfeld. Ich konnte es nicht deutlich erkennen.«

»Es gefällt mir nicht«, sagte Malien, »vor allem, weil dieses Konstrukt nicht real ist.«

»Was meinst du damit?«, fragte Tallia.

»Ich habe vor langer Zeit davon geträumt«, sagte Karan und zitterte trotz der Hitze. »Und sogar da hat es mir Furcht eingeflößt.«

»Im Nachtland kann nichts erschaffen werden, denn die

Struktur und das Material des Nachtlandes sind ihrerseits nicht real«, erklärte Mendark. »Allenfalls mag das Konstrukt dort real erscheinen, doch außerhalb davon kann es nicht realer sein als ein Spiegelbild. Dieses Konstrukt ist bloß ein Modell, vielleicht für etwas, das er zu bauen hofft, sobald er nach Santhenar zurückkehrt.«

»Aber das Modell ist komplett«, sagte Malien. »Alles, was er tun muss, ist, es mitzubringen und das Konstrukt zusammenzusetzen. Was können wir gegen so ein Ding ausrichten?« Sie ging aus dem Lichtkreis heraus und bohrte die Zeltpflöcke zurück in den bröckeligen Salzboden.

»Wozu dient es?«, flüsterte Karan.

»Wer weiß das schon?«, erwiderte Shand. »Obwohl es seine vorherigen Apparaturen sicherlich übertrifft.«

»Das möchte er uns weismachen«, sagte Mendark, »daher hat er solchen Wert darauf gelegt, es Llian zu zeigen. Aber die Zeit wird erweisen, ob er es zum Funktionieren bringen kann. Eine Form und ein Modell im Nachtland, egal wie komplett, sind etwas völlig anderes als eine Apparatur, die auf Santhenar nach seinem Willen arbeitet. Allein schon, um es zu fertigen, muss jedes Material, aus dem es besteht – Metall, Glas, Keramik, was auch immer –, erst einmal gefunden, aufbereitet und auf exakt die richtige Weise verarbeitet werden. Auch wenn ihm Shazmak und die Ghâshâd zur Verfügung stehen, wird es Monate dauern. Erinnert euch, dass Shuthdar und eine Mannschaft Aachim sich ewig lange abmühten, nur um eine kleine Flöte herzustellen.«

»Ganz egal«, sagte Yggur bitter. »Wir sind nämlich Monate von Thurkad und jedem anderen Ort, an dem wir ihm Widerstand leisten können, entfernt. Fahr mit deiner Geschichte fort, Llian. Erzähl uns, was du über Rulke erfahren hast *und wie dir die Flucht gelungen ist.*«

»Yggur macht mir Angst«, flüsterte Karan.

Malien legte ihren unversehrten Arm um Karans Schultern.

Sie saßen aneinandergelehnt, die beiden Rotschöpfe, obwohl die Hitze den Körperkontakt bald unerträglich machte.

»Wie lange, glaubst du, wird es dauern?«, fragte Karan in das Schweigen hinein.

»Bis Rulke zurückkommt?«, fragte Mendark. »Nicht lange!«

Llian fuhr mit seiner Geschichte fort. Mendark zeigte ganz besonderes Interesse an Rulkes Verteidigung des Tors. »Es war dermaßen knapp«, sagte er. »Hätte Yggur das geeignete Maß an Kraft aufgewendet, und wäre er nicht in Panik geraten, hätten wir sehr wohl Erfolg haben können.«

»Hätte dieser verräterische Chronist ihm nicht eine Strategie geliefert, um uns zu besiegen!«, schrie Yggur. »Die Zain sind geborene Verräter, wie du schon bei Hennia gesehen hast, Mendark.«

»Armdrücken!« Mendark lachte ungeniert. »Also wirklich, Yggur, ich glaube nicht, dass Llian Rulke irgendetwas über Strategie beibringen kann.«

»Er ist ein Verräter«, wiederholte Yggur giftig.

»Llian könnte sehr gut dasselbe von uns behaupten«, sagte Mendark, »da wir alles darangesetzt haben, um ihn zusammen mit Rulke im Nachtland einzukerkern. Dennoch hat er es nicht getan. Du kannst dir einfach dein Versagen nicht eingestehen, Yggur, stimmt's? Fahr fort, Llian.«

Als Llian von Karans Flucht erzählte, trat langes Schweigen ein. Draußen heulte der Wind. Mehr als ein Auge im Lager sah sie scheel an, voller Zweifel an dem Wunder, obwohl der Bericht von Karans Entkommen sie halbwegs zu überzeugen schien. Mendark war höchst interessiert daran, zu erfahren, wie das innere Gefüge des Nachtlandes sich auflöste.

»Das ist etwas, woran ich nie gedacht hatte«, sagte er. »Vielleicht macht das Nachtland ihm doch noch den Garaus. Wenn nur …«

»Darauf würde ich nicht wetten!«, fauchte Yggur. »Erzähl die Geschichte zu Ende, Chronist.«

Llians Bericht seines eigenen Entkommens rief eine unmittelbare Reaktion hervor.

»Ich behaupte, er hat sich an den Feind verkauft!«, schrie Yggur und sprang auf die Füße. »Zertritt den Skorpion, solange er klein ist, oder er wird uns, so wahr ich hier stehe, den Mutterskorpion auf den Hals bringen!«

Llian sprang auf. Alle waren schockiert; niemand sprach. Karans Hand fuhr zum Messer an ihrem Gürtel, doch Tallia umschloss ihr Handgelenk mit eisernem Griff.

»Du bist anmaßend, Yggur«, sagte sie kalt. »Die Herrschaft des Gesetzes gilt hier ebenso wie in Mendarks Reich. Es wird ein ordnungsgemäßes Verhör stattfinden. Dann, falls wir zu dem Urteil gelangen, dass er uns hintergangen *hat,* werden wir uns auf eine Strafe einigen. Ist es nicht so, Mendark?«

Was auch immer er selbst empfand, Mendark war nicht geneigt, sich Vorschriften von Yggur machen zu lassen. »In der Tat! Lasst ihn zuerst seine Geschichte beenden. Llian, sei gewarnt, dass wir jedes deiner Worte sorgsam abwägen werden.«

Llian fuhr stockend fort, wohl wissend, dass es um sein Leben ging. Das Verhör war schlimmer als alle Schmähungen, die er als Zain hatte erleiden müssen, aber sie erfuhren nichts Neues. Ebenso wenig kam Rulkes Zwingbann ans Licht, denn dieser lag tief in ihm begraben, und Llian wusste nichts davon.

»Erzähl mir noch einmal, wie du entkommen bist«, forderte Yggur und starrte mit blinden Augen durch Llian hindurch. Er stellte jeden Aspekt von Llians Erzählung in Frage, wieder und immer wieder. »Ich bin nicht zufriedengestellt«, sagte er am Ende stets.

»Ich habe sie dir schon ein Dutzend Mal erzählt!«, schrie Llian.

»Genug, Yggur!«, sagte Mendark. »Karan, Llian, lasst uns vorerst allein. Llian, händige dein Tagebuch und deine Aufzeichnungen aus.«

Sie lasen beides sorgfältig durch, Wort für Wort, vor allem die Beschreibungen von Tensors Tor.

»Darüber müssen wir uns noch eingehender unterhalten«, sagte Mendark, als sie die Dokumente durchgegangen waren. »Ich weiß, dass Rulke entkräftet war, aber dennoch, wie konnten sie beide entkommen? Dass es allen beiden gelang, getrennt voneinander, ist schwer zu glauben. Trotzdem kann ich keine Lücke in seiner Geschichte entdecken.«

»Ich auch nicht«, sagten Shand und Malien zugleich. Malien ließ dem alten Mann durch eine Geste den Vortritt.

»Ich auch nicht«, wiederholte Shand. »Doch die Zain sind abgefeimte Lügner, wie wir wissen. Wie könnte einer von ihnen standhaft bleiben, und erst recht Llian? Immerhin hat er mit Tensor gemeinsame Sache gemacht.«

»Vielleicht hat Rulke sie entkommen *lassen*«, sagte Malien.

»Natürlich hat er sie entkommen lassen!«, rief Yggur. »Um und auszuspionieren! Tötet sie beide, macht der Sache ein Ende.«

Daraufhin trat eine entsetzte Stille ein. Mendark sprang auf die Füße. »Sie sind nicht verurteilt worden!«

Yggur trat einen Schritt zurück. »Gerechtigkeit ist eine Schwäche, die wir uns angesichts der Tatsache, dass Rulke auf freiem Fuß ist, nicht erlauben können.«

»Schluss jetzt!«, entgegnete Mendark. »Das ist es doch, weswegen dein Krieg gegen Thurkad und mich angeblich geführt wurde – Gerechtigkeit! Ich stimme Malien zu. Selbst wenn Llian sich verkauft haben sollte, was kann er tun, außer zu spionieren? Falls dem so ist, was ich bezweifle, dann kann uns der Spion ebenso viel über seinen Meister erzählen.«

»Ganz genau«, sagte Malien. »Womöglich erfahren wir mehr über Rulke, als er über uns.«

»Das wagt ihr, nach dem, was Rulke mir angetan hat?«, sagte Yggur ungläubig. »Geht auf Nummer sicher, erledigt ihn *jetzt.*«

»Dann sollten wir vielleicht auch hinsichtlich *deiner* auf Nummer sicher gehen«, sagte Mendark kalt. »Ich glaube Llian, und er besitzt viele Fertigkeiten, die ich gern nutzen würde. Wir benötigen seinen Verstand und sein Gedächtnis bei unseren Beratungen.«

Sie befragten Karan ebenso eingehend, wenn auch nicht so lange, und auch ihr wurden anschließend keine Freiheitsbeschränkungen auferlegt. Dass sie über ihre Flucht die Wahrheit gesagt hatte, war so klar, wie es überhaupt sein konnte, mit Hinblick darauf, dass Rulke im Spiel war.

Als die Untersuchung abgeschlossen war, war es allerhöchste Zeit, aufzubrechen, daher traten sie eilig den Nachtmarsch an. Binnen weniger Stunden brach mit einem hellen Leuchten im Osten der Morgen an, und sowie die Sonne aufging, zwang die Hitze sie, abermals ihr Lager aufzuschlagen.

Während sie damit beschäftigt waren, gesellte sich Mendark zu Llian. »Da ist noch eine Sache, die ich gestern nicht zur Sprache gebracht habe«, sagte er. »Du bist mir etwas schuldig für die fünfzehn Jahre, während derer ich deine Ausbildung am Kollegium finanziert habe.«

»Dessen bin ich mir bewusst«, sagte Llian. »Was soll ich für Euch tun?«

»Vergiss auf keinen Fall, wer dein Meister ist«, sagte Mendark bedeutsam.

»Ich habe Angst«, sagte Llian, nachdem er und Karan zu ihrem Zelt gegangen waren.

Karan lag schwitzend auf einem Laken, das über das krümelige Salz gebreitet war. Llian hatte sich den Temperaturen angepasst, aber ihr gelang das nicht. »Mir ist so heiß. Mach bitte die Zeltklappe zu.«

Als Llian das getan hatte, legte sie sämtliche Kleider ab, verteilte sie auf dem Laken, um sich bestmöglich vor der Bodenhitze zu schützen, und legte sich wieder hin. Ihre leuchtend blasse Haut glänzte vor Schweiß.

Llian spähte durch die Eingangsklappe des Zeltes nach draußen. »Fächer mir Luft zu«, bat sie.

Er schwenkte sein Tagebuch lustlos hin und her. Der Lufthauch ließ ihre Locken erzittern. Sie seufzte. »Ich weiß nicht, wie ich diese Reise überleben soll.«

»Ich weiß nicht, *ob* ich sie überlebe«, erwiderte er düster.

Karan setzte sich auf und ergriff seine Hand, mit einem Mal zerknirscht. »Llian, es tut mir leid! Ich bin so selbstsüchtig.«

»Ich habe Angst vor Basitor und Yggur.«

»Mendark scheint auf deiner Seite zu stehen.«

»Nur, weil er etwas von mir will! Ich fürchte mittlerweile jeden, außer dir. Und am meisten von allen Rulke. Karan, die Versuchung war unwiderstehlich. Damals, als ich ... dein Zimmer nach dem Spiegel durchsucht habe, das war nichts dagegen.«

Sie zog ihn zu sich herab. Sie lagen nebeneinander, schweigend, aber stärker schwitzend, als es die Hitze bedingte.

Den ganzen Nachtmarsch über hatte Karan Nervosität verspürt. Als sie bei Tagesanbruch lagerten, verzehrte sie schweigend ihr Skagg und begab sich dann sofort zum Zelt, das Llian im Schatten eines niedrigen Felsgrates aufgeschlagen hatte. Wieder zog sie sich aus und schlief ein, ohne aufzuwachen, als Llian kurz darauf hereinkam.

Der Tag schleppte sich dahin, und sogar nach den Maßstäben des Meeres der Trockenheit war es heiß. Das ganze Lager schlief – hier draußen waren Wachtposten überflüssig.

Karan stieß einen leisen Seufzer aus und wälzte sich im Schlaf herum. Ihre Augen begannen unter den Lidern hin und her zu huschen. Sie begann zu keuchen. »Oh!«, sagte sie, und aus ihrer Kehle stieg ein stöhnender Laut auf, der Lust oder Schmerz bedeuten konnte. »Oh, oh, oh!«

Llian erwachte aus seinem eigenen bruchstückhaften Schlaf und sah, wie sie in eine sitzende Haltung emporschnellte. Ihre Augen standen offen, ihre Arme waren vorgestreckt wie bei einem Schlafwandler. Sie erhob sich auf die Füße, legte die

Arme vor die Brust, tat drei tiefe Atemzüge, stellte sich breitbeinig hin wie ein Gewichtheber, und dann stieß sie einen lauten, stöhnenden Schrei aus und riss ihre Arme nach oben, so als würde sie ein Gewicht über ihren Kopf stemmen.

Eine ihrer Hände stieß die mittlere Zeltstange aus der Halterung, und um sie herum brachen die Zeltbahnen ein. Sie zerrte blindlings an dem Stoff über ihrem Gesicht, fiel zu Boden und brachte das Zelt völlig zum Einsturz.

Llian richtete es wieder auf. Karan war jetzt wach und starrte ihn mit einem Ausdruck hungriger Verzweiflung an. »Ich habe schreckliche Angst, Llian.« Sie ergriff seine Hand, dann stand der Rest der Gruppe draußen vor dem Zelt und verlangte lauthals zu wissen, was geschehen war.

»Karan hatte einen schlimmen Traum«, sagte Llian, während er den Kopf hinaussteckte.

Die anderen verzogen sich wieder, aber Yggur bedachte ihn zuvor mit einem langen, brennenden Starren, als könnte er den Schleier der Blindheit durchdringen und geradewegs in Llians Kopf sehen.

»Wovon hast du geträumt?«, fragte Llian, als alle verschwunden waren und das Zelt wieder sicher stand.

»Ich habe von Rulke geträumt. Er stand oben auf seinem Konstrukt wie ein siegreicher Held, und Lichtstrahlen drangen aus der Vorderseite der Maschine. Das Licht verbrannte alles, was es berührte. *Er kommt,* Llian!«

Sie legte sich wieder hin und starrte auf die Zeltdecke. Sie konnte nicht mehr schlafen. Karan hatte einen Teil ihres Traums unerwähnt gelassen. Llian war ebenfalls da gewesen, hatte neben Rulkes rechter Hand gestanden wie der ergebenste aller Diener.

Am folgenden Tag trotteten Karan und Llian hinterdrein, während sie eine Landschaft aus tausend mannshohen Höckern,

Felsspitzen und gewundenen, irrgartenartigen Bachbetten durchquerten. Die anderen waren ein gutes Stück voraus. Die beiden nahmen eine Biegung, und Yggur stand mitten auf dem Pfad und versperrte ihnen den Weg. Llian blickte über die Schulter und sah den mächtigen Basitor hinter ihnen aus der Deckung treten.

Llian erstarrte. »Was gibt's?«, sagte Karan geistesabwesend, noch immer in ihre eigenen Sorgen versunken.

»Spione!«, spie Basitor aus. »Verräter!«

»Lügner!«, sagte Yggur. »Setzt euch, Karan und Llian. Wir werden ein Wörtchen miteinander reden.«

Sie hatten keine Wahl, als Folge zu leisten – der Rest der Gesellschaft war außer Hörweite. Sie setzten sich auf eine verwitterte Salzbank von der Farbe gelben Ockers. Basitor zückte ein langes Messer mit scharf geschliffener Spitze.

»Nun, Llian«, sagte Yggur, »wirst du mir berichten, was letzte Nacht vorgefallen ist, oder ...« Er nickte in Basitors Richtung.

Der große Aachim ging vor Karan in die Hocke. »Oder ich steche ihr die Augen aus.«

»Es gibt nichts zu berichten«, sagte Karan ruhig. Sie hatte schreckliche Angst, wagte aber nicht, sie zu zeigen. »Ich habe von Rulke geträumt. Er stand auf seinem Konstrukt, aus dessen Vorderseite ein grelles Licht drang.«

Yggur brachte sein Gesicht vor ihres und starrte sie an, Nasenspitze an Nasenspitze. »Und das ist alles?«, fragte er, und sein säuerlicher Atem wehte ihr ins Gesicht. Seine Pupillen waren von einem gelben Film überzogen.

»Ja«, flüsterte sie, aber ihre Augen wichen ihm aus, während sie sprach. Sie konnte es nicht verhindern.

»Sie lügt!«, rief Basitor und näherte die Messerklinge ihrem Gesicht, bis die Spitze ihr unteres Augenlid berührte. »Sag die Wahrheit, Karan, oder ich werde, so wahr ich hier stehe, deine Augäpfel über deinen Wangen baumeln lassen.«

»Karan«, quiekte Llian, »falls es noch mehr gibt, *erzähl es ihnen!*«

Tränen des Entsetzens rannen ihre Wangen hinab. Sie schüttelte den Kopf

»Dann zu *ihm!*«, knirschte Yggur und ließ seinen Kopf auf Llian zuschnellen.

Llian warf seinen Kopf zur Seite und schlug mit dem Ohr auf hartes Salz. Basitor packte ihn am Kinn und drückte fest zu. Seine andere Hand führte die Klinge an Llians Auge. Llian, reglos wie ein Eisenpfahl, starrte, ohne zu blinzeln, auf die Messerspitze.

»Nun, Karan?«, sagte Yggur tückisch. »Was soll es sein? Die Augen deines Geliebten oder ...?« Langsam drückte er Basitors Klinge ein wenig herab.

»Ich habe geträumt, dass Llian ebenfalls da war und neben Rulke stand«, sprudelte Karan heraus. »Aber mehr war es nicht – nur ein Traum!«

»Das beweist seinen Verrat. Gibt es noch etwas, das du uns erzählen willst?«, sagte Basitor und piekte Llian mit der Messerspitze zwischen den Rippen.

»Nein«, sagte sie leise. »Weiter gab es nichts.« Llians Augen liefen über. Sie wischte ihm sanft die Tränen von der Wange.

Die Messerspitze bewegte sich drohend wieder nach oben. »Wir sind noch längst nicht fertig«, sagte Yggur. »Erzähl uns vom Nachtland, Llian. Erzähl uns, was du wirklich dort getan hast, *während jener fünf Tage, die du dort allein warst.*«

Llian begann die Geschichte abermals zu erzählen, doch Yggur unterbrach ihn. »Diese Geschichte haben wir gehört. Erzähl uns die *wahre* Geschichte.«

Llian schüttelte den Kopf. Sie würden ihn verstümmeln, ihm die Augen ausstechen, denn er hatte nichts mehr zu erzählen. Karan erkannte ihre einzige Chance. Yggur war unbeholfen, nahezu blind. Ihm konnten sie leicht entwischen. Aber mit Basitor war es etwas völlig anderes – er war überaus schnell, überaus wendig. Sie würde ihm vielleicht entkommen können, aber Llian nie und nimmer.

Karans Hand ruhte auf dem Boden neben ihrem Sitzplatz. Sie schloss die Faust um den Sandstaub, und als Basitor sein Messer von Llian zu ihr schwenkte, schleuderte sie ihm eine Hand voll ins Gesicht.

Es raubte ihm die Sicht, doch Basitor machte weiter und stach mit dem Messer auf jene Stelle ein, wo er Karan zuletzt gesehen hatte, gleichzeitig ließ er seinen anderen Arm seitwärts schnellen, falls Karan in diese Richtung entwich.

Llian hakte seinen Fuß um Basitors Bein und brachte ihn zu Fall. Das Messer beschrieb einen Bogen auf Karan zu, mit Basitors ganzem Körpergewicht dahinter. Sie warf sich verzweifelt zur Seite; die Klinge fuhr ins Salz neben ihrer Kehle, dann krachte Basitor über ihr zu Boden und schlug hart mit dem Kopf auf.

Einen Augenblick lang war er benommen, Zeit genug für den eigentlich unbeholfenen Llian, sich das Messer zu schnappen.

»Hilfe!«, schrie Llian mit seiner schrillsten Stimme. »Bleib, wo du bist, Yggur! *Hilfe, Hilfe!*« Er verkrallte seine Hand hinten in Basitors Kragen und verdrehte den Stoff, bis er sich um Basitors Hals spannte, zugleich drückte er das Messer gegen die Schädelunterseite des Aachim. »Runter von Karan, ganz langsam. Eine plötzliche Bewegung, und ich bohr dir das Messer durch's Rückgrat.«

Basitors Muskeln spannten sich. Aus Furcht vor seinem Feind drückte Llian die Klinge fest in dessen Fleisch. *»Ich tu's!«*, zischte er und verdrehte Basitors Kragen, bis der Aachim zu würgen begann. Yggur machte eine verdächtige Bewegung. »Bleib, wo du bist«, knirschte Llian, »oder ich töte deinen einzigen Freund, *blinder Mann!*«

Plötzlich entspannte sich der Aachim und rollte zur Seite, sodass Karan genug Freiraum hatte, um unter ihm hervorzukriechen. Auf ihrer Stirn prangte eine mächtige Beule und eine weitere an der Hinterseite ihres Kopfes, wo sie auf das Steinsalz geschleudert worden war. Sie wirkte benommen.

Llian reichte ihr seine Hand. »Komm«, sagte er. »Aus dem Weg, Yggur!« Er ließ das Messer auf Yggurs Gesicht zuschnellen, so nah, dass sogar Yggur es sehen konnte.

Yggur presste sich rücklings gegen die Felswand. »Ich vergesse nie!«, zischte er. »Lebe in Angst bis ans Ende deiner Tage. Ich schwöre, dass ich dich zur Strecke bringen werde, egal wie lange es währt.«

Kapitel sechzehn

Salzsturm

Karan ließ sich auf einem blockförmigen Salzbuckel nieder und wischte sich die Stirn. Sie stank, so wie alle anderen auch, denn sie konnten keinen einzigen Tropfen Wasser zum Waschen erübrigen, und es war sinnlos, eine schweißgetränkte, salzgesättigte Kleidergarnitur gegen eine andere, ebenso übel riechende auszuwechseln. Eine verzweifelte, zermürbende Woche lag hinter ihnen, doch war ihr Raumgewinn nicht der Rede wert. Jeden Nachmittag über hatte ein Salzsturm geherrscht, der bis tief in die Nacht angehalten und wertvolle Reisezeit gekostet hatte, und da es die Zeit des Neumonds war, waren die Nächte sehr dunkel. Sie befanden sich noch immer auf den Lavafeldern, einer tückischen Landschaft und gefährlich bei Nacht, weswegen sie tagtäglich sofort aufbrachen, kaum dass es ausreichend hell war, um genug zu sehen, und marschierten, bis die Hitze unerträglich wurde.

Sieben Tage, nachdem Karan und Llian wieder zum Rest der Gesellschaft aufgeschlossen hatten, gelangten sie von der Basaltebene in eine Gegend, wo das Salz zu turmhohen Blöcken aufgeworfen worden war, oder aufgebrochen zu Rissen und Spalten, wobei der Wind die Blöcke zu phantastischen Formen modelliert hatte. Der Pfad führte nun am Fuß eines windzerklüfteten Canyons von gut acht oder zehn Spannen Höhe entlang, der eine ebene Sohle aus sandigem Salz besaß, das unter den Füßen knirschte. Es war schwer, darauf zu laufen, doch zumindest herrschte hier Schatten, der es ihnen erlaubte, jeden Tag ein paar Stunden länger unterwegs zu sein.

Karan und Llian bildeten das Schlusslicht, nicht die beste

Position, denn sie atmeten den Staub ein, den ihre Vorderleute aufwirbelten. Llian zog es vor, hinten zu laufen, denn so konnte er sehen, wo jeder sich befand. Keiner von beiden vermochte zu sprechen; ihre Münder waren zu trocken. Ohnehin hatten sie ihre Gespräche längst eingestellt – beide waren zu gereizt.

Nachmittags, vor ihnen lag ebenes Gelände, brachen sie wieder auf. In der nebelverhangenen Ferne hing eine düstere gelbe Wolke. Sie trotteten dahin, bestrebt, so weit voranzukommen wie möglich, ehe sie gezwungen waren, ihr Lager aufzuschlagen.

»Die sieht noch übler aus als die früheren«, murmelte Osseion. Die Wolke war viel größer als jeder andere Salzsturm, den die bisher erlebt hatten. Ein Monster – der Staub türmte sich so hoch wie Gewitterwolken –, ein furchteinflößender Anblick über dem eintönigen Flachland.

»He!«, rief er, die Hände vor dem Mund gewölbt.

Die vordersten Aachim schleppten sich weit voraus mit gesenktem Kopf über das Salz dahin, ohne zu reagieren. Osseion zerrte das Handbeil aus seinem Packbündel und schlug damit gegen den Metallboden des Gleitschlittens, um ihre Aufmerksamkeit zu erregen.

Klong! Klong! Klong! Sie wurden sich der Gefahr bewusst und schlurften zurück. Der Salzsturm bedeckte bereits den halben Himmel.

»Zelte werden ihm nicht standhalten!«, rief Asper.

»Etwas weiter zurück waren Höhlen!«, schrie Karan.

Sie eilten einen Spalt hinab, der eine Salzaufwerfung teilte. Im weiteren Verlauf wurde der Spalt zu einer Höhle, die von den Stürmen vergangener Zeiten aus dem Fels gefressen worden war.

»Hat keinen Sinn!«, antwortete Shand. »Der Wind bläst direkt hinein!«

»Die Zeit reicht nicht, um was Besseres zu finden!«, rief Asper über das Brausen des Windes hinweg. Erste Böen, Vorboten des Sturms, wehten ihnen bereits beißenden Sand in die Augen.

»Wenn wir den Zugang mit unseren Zelten und Schlitten verschließen ...«

»Das würde bei dieser Windstärke niemals halten.«

»Falls nicht, sind wir tot!«

Sie zogen sich in die Höhle zurück, die zwanzig oder dreißig Schritte lang war, voller Krümmungen und Abzweigungen. Die Wände und die Decke bestanden aus vom Winde glatt geschliffenen roten, braunen und gelben Salzschichten, der Boden aus Salzkies, der unter ihren Füßen knirschte. Die Aachim arbeiteten fieberhaft; eine Gruppe trennte ihre Zelte auf, während andere die Gleitschlitten auseinandernahmen und sie zu einem Rahmen von der Größe und Form der Eingangsöffnung ummontierten, den sie mit der Zeltleinwand bespannen wollten, um eine Art Tür zu erhalten.

»Beeilt euch!«, schrie Mendark, aber die Arbeit ließ sich nicht weiter beschleunigen.

Eine Sturmbö stob herein und füllte ihren Unterschlupf mit weißem Salzstaub. Karan kauerte sich, den Rücken dem Sturm zugewandt, inmitten knirschender Salzstaubkörner in einem Winkel zusammen. Sie hatte ihr Obergewand über ihr Gesicht gezogen, doch der Salzstaub drang noch immer hindurch. Neben sich hörte sie Llians ersticktes Husten.

Kaum war die behelfsmäßige Tür eingesetzt, entfesselte der Sturm seine ganze Wut. Die Zeltbahn knallte wie eine Peitsche. Osseion und eine Gruppe Aachim, die den Rahmen festhielten, wurden vom Wind mit Wucht rücklings gegen die Höhlenwand geschleudert. Jemand schrie schmerzerfüllt auf, dann wurde ihnen die Tür aus den Händen gerissen und schleuderte durch die Höhle, genau auf Llian zu.

Basitor, der gerade vorbeikam, warf sich nach rechts und fing den Rahmen mit einer Hand ab. Er wurde von den Füßen gerissen, seine Arme und Beine wirbelten durch die Luft, dann grub sich die Kante des Rahmens knirschend in die Höhlenwand neben Llians Kinn. Basitor schlug auf dem Boden auf.

Llian rappelte sich hoch. »Du hast mir das Leben gerettet!«, sagte er ungläubig.

Basitor wälzte sich herum. Er erhob sich auf die Knie und spuckte Blut und einen abgebrochenen Zahn. Dann lächelte er, ein erwärmendes Lächeln, und Llian wurde klar, welch ein tapferer Freund Basitor unter anderen Umständen hätte sein können.

Langsam erlosch sein Lächeln. »Doch wofür habe ich es aufgespart?«, sagte Basitor. Er wandte sich ab, sein Arm hing seltsam verkrümmt herab. »Asper, ich hab mir die Schulter ausgerenkt.«

Asper untersuchte die Verletzung. »Halt still.« Mit einem kurzen Schnappen, das Basitor die Tränen in die Augen trieb, renkte er das Schultergelenk zurück in die Pfanne.

Die Zeltbahn flatterte noch immer, und der verbogene Rahmen war drauf und dran, sich wieder in die Luft zu erheben. Wind heulte durch die Höhlenöffnung und füllte das Gelass mit weißem Salzstaub. Karan hockte sich auf den Rahmen, stülpte ihre Kapuze über den Kopf und wartete.

Der Windstoß stob vorbei. Die Aachim standen um den Rahmen herum und überlegten, wie sie das deformierte Metall wieder zurechtbiegen konnten. Nach etwa einer halben Stunde hatten sie die Tür wieder eingesetzt. Sie vibrierte und dröhnte wie eine mächtige Trommel. Jede Windbö ließ kleine Salzwolken durch die Lücken stieben. Osseion war von Schichten weißen Staubs bedeckt, die wellenförmig an seinen Armen hinaufliefen wie winzige Sanddünen. Mit den anderen verhielt es sich ebenso.

Diese ganze Nacht über heulte der Wind den Canyon herab, wehklagend wie der Wind in Shazmak, wenngleich er stärker an den Nerven zerrte; er ließ das Zelttuch knallen und machte sogar die Aachim nervös.

Der nächste Tag dämmerte herauf. Es gab jetzt mehr leere Wasserschläuche als volle. Der Tag erfüllte die Höhle mit einem blassen gelben Licht, das durch Risse im Salz hereinsickerte. Ihre Nächte wurden von den Kugeln erhellt, die sie aus Katazza mitgenommen hatten. Wieder und wieder berieten sie sich über ihre Lage. Llians Nachricht vom Konstrukt hatte sie ihrer letzten Hoffnung beraubt. Rulke besaß eine machtvolle neue Waffe, während sie selbst sich in Auflösung befanden und einer monatelangen Reise entgegensahen, nur um nach Thurkad zurückzugelangen. Und was würden sie dort vorfinden?

Tensor saß teilnahmslos mit gesenktem Kopf da, ohne irgendetwas wahrzunehmen. Gelegentlich jedoch, wenn Llian sprach, oder auch nur stumm dasaß, merkte er, sobald er aufblickte, dass der Aachim ihn anstarrte, mit einem so unpersönlichen Blick, dass er Llian all seiner kleinen Geheimnisse und Selbsttäuschungen beraubte. Offenbar war Tensors Seele derart entblößt, dass ihr die Geheimnisse anderer nicht vorenthalten werden konnten. In solchen Momenten erinnerte Llian sich an die von Rulke angebotene Belohnung – Wissen, von dem ein Chronist allenfalls träumen konnte. Das Verlangen danach brannte derart heftig in ihm, dass er sicher war, es stünde ihm ins Gesicht geschrieben. Er spürte, dass Tensor in ihm las – einen Verrat in ihm las, den Llian verübt hatte, ohne sich daran erinnern zu können. Hatte er ihn verübt? Und falls ja, warum sollte Tensor sein Geheimnis für sich behalten?

Llian lag schlafend in einem abseits gelegenen Winkel der Höhle, als er einen bohrenden Schmerz hinter seiner Stirn verspürte. Es war eine seltsame, stechende Schmerzempfindung, wie er sie zuvor noch nie erlebt hatte. Er setzte sich keuchend auf und erspähte den Saum eines dunklen Mantels, der emporwehte, als sein Besitzer um die Ecke verschwand. Auf Händen und Knien, denn sein Kopfschmerz wurde beständig schlimmer, starrte Llian ihm nach. Niemand war zu sehen.

»Was hast du?«, fragte Karan schläfrig.

»Kopfweh. Es fühlte sich an, als versuchte jemand, meinen Schädel zu knacken.«

Sie lief um die Ecke herum, kehrte jedoch bald zurück. »Ich konnte nichts Ungewöhnliches feststellen. Es liegt an diesem Ort – auch mir verursacht die Hitze Kopfschmerzen. Versuch ein wenig zu schlafen.«

Sie döste, dann wachte sie wieder auf und unternahm einen kleinen Spaziergang zur Tür. Die Zeltplane dröhnte noch immer im Wind. Jemand hatte die meisten der Lücken um den Türrahmen herum zugestopft, dennoch drang weiterhin Staub herein.

Osseion unterhielt sich bei einem Spiel mit Shand, wobei sie Würfel benutzten, die sie aus Steinsalz geschnitzt hatten. Mendark lag schnarchend in einer Ecke. Yggur und Basitor hatten den größten Teil ihrer Zeit in eine Unterhaltung vertieft im hinteren Höhlenabschnitt verbracht. Eine Gruppe Aachim saß in einer Einbuchtung und rezitierte ein episches Gedicht in einem östlichen Idiom, das Karan unbekannt war. Die Rezitation zog sich den ganzen Tag über ohne eine einzige Unterbrechung hin. Malien begleitete sie auf einem kleinen Instrument mit einer Vielzahl von Saiten. Auf einer Seite bearbeitete Asper Tensors Rücken, wie er es jeden Tag tat, wenn es auch bislang kaum eine Verbesserung bewirkt hatte. Alles war ruhig, bis auf das Heulen des Windes.

Karan schlenderte nach hinten, um einen Blick auf Yggur zu werfen. Das Höhlenende war in eine Anzahl natürlicher, kabinengroßer Vertiefungen unterteilt. Yggur und Basitor befanden sich in der entferntesten davon. Indem Karan sich dicht an der Höhlenwand hielt, konnte sie recht nahe an sie herankommen.

Über einen Felsbuckel spähend, erblickte Karan Basitor, der mit dem Rücken zu ihr saß, direkt gegenüber von Yggur. Das verblassende Glimmen einer der Lichtkugeln aus Katazza erhellte den kiesigen Höhlenboden zwischen den beiden. Darauf stand eine sonderbare Vorrichtung aus Draht und Kristallsplittern in Gestalt eines runden Korbs. Ein größeres Kristallstück in der Mitte blinkte rubinrot, als Karan sich bewegte. Einer der übrig gebliebenen Späne des unglückseligen Ampliskops, vermutete sie.

Karan verspürte ein warnendes Stechen, ein Alarmsignal ihrer Gabe. Als sie sich rührte, gab der Kies unter ihren Füßen nach. Basitor legte eine fleischige Hand über das Licht.

»Hau ab, kleine Schnüfflerin!«, sagte er grob.

Karan ging wieder zum hellen Vorderabschnitt der Höhle zurück, besorgter denn je.

Viel später wurde ihr Schlaf von dem schrecklichsten Schrei zerrissen, den Karan jemals gehört hatte. Sie sprang auf, blickte hektisch um sich, überzeugt, dass es Llian gewesen war. Die Höhle war noch dunkel, aber die Morgendämmerung stand bevor. Ihr Herz raste. Niemand sonst schien wach zu sein oder auch nur gehört zu haben, was sie gehört hatte.

Sie kramte ihre eigene kleine Lichtkugel hervor, jene, die Maigraith ihr in Fiz Gorgo gegeben hatte. Tallia hatte sie seit Thurkad die ganze Zeit über bei sich getragen. In ihrem Schein sah sie Llian in tiefem Schlaf liegen. Es muss ein Traum gewesen sein, dachte sie, und legte sich wieder hin.

Kurz darauf erwachte sie von einem pfeifenden Zischen wie von einem überkochenden Kessel. Sie setzte sich auf. Llian lag auf seiner Seite, anscheinend immer noch schlafend, aber starr wie eine Stange. Das Geräusch war von Luft verursacht worden, die er zwischen seinen zusammengepressten Zähnen hervorstieß. Sein Blick war starr, seine Fäuste krampfhaft geballt.

»Llian, was hast du?«, flüsterte sie. Seine Finger schlossen sich so fest um die ihren, dass es ihr Tränen in die Augen trieb. Dann war ihr auf einmal alles klar.

Karan entwand ihm ihre Hand. »Malien! Shand!«, kreischte sie. »Schnell!«

Karan rannte zum Ende der Höhle. Hinter ihr erstrahlten Lichter, als sich die Schläfer aus ihrem Bettzeug wühlten.

Sie kurvte um die Biegung. Basitor ragte drohend vor ihr auf, doppelt so groß wie sie. Ohne nachzudenken senkte sie ihren Kopf und rammte seinen Bauch. Mit einem keuchenden Atemstoß überschlug er sich.

Sie rannte um ihn herum zu der Stelle, wo Yggur hockte und eben versuchte, auf die Beine zu kommen. Auf seinem Kopf saß der Korb aus Draht und Kristallen, der jetzt leuchtete wie eine Girlande aus bunten Lichtern. Der Rubin in der Mitte strahlte wie der Skorpionnebel am nächtlichen Firmament.

Yggurs Lippen formten noch immer unhörbare Worte. Hinter Karan schrie Llian auf, diesmal vernehmlich. Karan schnappte sich Yggurs Gehstock und ließ ihn kraftvoll auf den Korb niedersausen. Dieser gab leicht nach und sprang dann in seine alte Form zurück.

Yggur ließ seine Faust vorschießen. Salz spritzte aus der Höhlenwand neben Karan. Als ein Meister der Geheimen Kunst konnte er sie, wie Karan wusste, mit einem einzigen Schlag töten, falls er sie im Dunkeln ausfindig machte.

Sie tauchte seitwärts weg, dann bohrte sie ihm die Spitze des Gehstocks in den Bauch. Als Yggur sich überschlug, hieb sie noch einmal nach dem Korb, um ihn von Yggurs Kopf hinabzuschleudern. Sie versetzte dem Ding zwei kräftige Hiebe, die es jedoch nicht aus seiner Halterung lösten. Dann wurde sie von hinten gepackt, zwei lange Arme legten sich um ihre Brust und begannen zuzudrücken.

Karan zappelte und trat um sich, doch Basitor war weitaus stärker. Der Stock entglitt ihrer Hand. Sie begann einen unerträglichen, zermalmenden Druck auf ihren Rippen zu spüren.

Yggur griff nach ihr, und die Apparatur auf seinem Kopf leuchtete heller denn je. Schmerz explodierte hinter ihren

Augen. Sie spürte, dass ihre Rippen gleich brechen würden. Sie versuchte verzweifelt, Atem zu schöpfen, bekam aber keine Luft. Sie versuchte, das Gerät, dass Yggur benutzte, mittels Senden auszuschalten, doch vermochte sie nicht länger klar zu denken.

Hinter ihren Augen flackerten Farben. Einer ihrer strampelnden Füße traf die Höhlenwand. Karan stieß sich mit all ihrer schwindenden Kraft davon ab. Basitor taumelte rückwärts, aus dem Gleichgewicht gebracht, und Yggurs Hieb ließ Splitter aus der Felswand fliegen. Der Druck auf Karans Brust ließ nach.

»Halt sie fest!«, knirschte Yggur. Er tastete nach seinem Stock, erwischte ihn und holte über ihrem Kopf damit aus.

Karan fühlte, wie alle Kraft sie verließ. Sie versuchte, ihren Kopf mit dem Arm zu schützen, war aber zu schwach, um sich zu bewegen.

Plötzlich brach Basitor mit einem »Uff!« zusammen.

Hinter ihm standen Osseion und Shand. Osseion rieb seine Faust. Shand riss die Apparatur von Yggurs Kopf und schleuderte das Ding in den hinteren Teil der Höhle, dann gingen sie alle nach vorn ins Helle zurück.

Kapitel siebzehn

Behebung von Zweifeln

Sie erfuhren nie, was Yggur vorgehabt hatte – die Wahrheit aus Llian herauszupressen, von seinem Geist Besitz zu ergreifen oder diesen zu vernichten. Trotz Mendarks Drohungen weigerte Yggur sich, es zu verraten. Er wurde scharf ermahnt, Llian in Frieden zu lassen, und Malien redete ein ernstes Wörtchen mit Basitor, doch mehr konnten sie nicht tun.

Alles, woran Llian sich erinnerte, war ein greller Schmerz, der von allen Seiten zugleich auf ihn einzudringen schien. Der Angriff hatte ihn so schwer erschüttert, dass er noch nicht einmal mit Karan darüber sprechen wollte. Die Apparatur – ein primitives Empfindungs-Gerät – wurde zerstört und seine Bestandteile in einige der Risse im Salzboden hinabgeworfen.

»Sollte Yggur jemals einen Empfindsamen unter seine Kontrolle bringen, dann seht euch vor!«, sagte Malien zu Karan.

Karan wusste, dass Yggur und Basitor es wieder versuchen würden – nur ihre eigene Wachsamkeit schützte Llian jetzt. Doch untergruben die ständigen Angriffe ihr Vertrauen in ihn. Was *hatte* er während jener gemeinsam mit Rulke verbrachten fünf Tage getan?

Ein weiterer trübseliger Tag verstrich. Draußen heulte der Sturm ohne Unterlass. Sie alle waren demoralisiert, steckten hilflos mitten im Nirgendwo fest, während ihr Feind die Welt unangefochten für sich hatte. Sowohl Nahrung wie Wasser gingen sichtlich zur Neige.

»Wie viele sind noch übrig?«, rief Mendark. Asper zählte wieder einmal die Wasserschläuche.

»Genug für acht Tage, höchstens.«

»Und wie weit ist es noch bis zu den Seen, Tallia?«

»Genauso weit wie beim letzten Mal, als du gefragt hast!«, schnappte sie. »Acht oder neun Tage!«

Malien rief die Gesellschaft zusammen. »Wir haben noch immer genug Wasser, um zu den Seen zu gelangen, falls wir uns jetzt auf den Weg machen.«

»Wir können nicht inmitten eines Salzsturms aufbrechen«, sagte Shand. »Wir würden keinen einzigen Tag lang überleben.«

»Wenn wir noch länger hierbleiben, wird es uns auch nicht besser ergehen«, erwiderte sie.

Lange Zeit sagte niemand etwas.

»Wenn wir bloß nicht so belastet wären ...«, warf Yggur ein.

»Ah ja?«, sagte Mendark. »Was schlägst du vor? Dass wir Tensor oder Selial zurücklassen?«

»Oder Llian!«, sagte Yggur. »Die Schwachen werden vermutlich ohnehin sterben. Da können sie ebenso gut dazu beitragen, dass die Starken überleben.«

»Ich würde Blinde zur entbehrlichen Gruppe zählen«, sagte Mendark warnend.

»Wir lassen niemanden zurück«, betonte Malien. »Nicht Tensor, nicht Selial, nicht Yggur ...« Ihr Blick glitt nacheinander über sämtliche Gesichter, bis er auf ein Gesicht traf, welches sie scharf ins Auge fasste. »Und auch Llian nicht.«

Llian schauderte. Karan ebenso. »Nicht, solange ich lebe!«, flüsterte sie.

»Wir verschwenden Zeit«, sagte Mendark. »Da wir nun mal hier festsitzen, schlage ich vor, dass wir Pläne schmieden, wie wir Rulke bekämpfen können. Vielleicht überleben wir ja trotz allem, und dann müssen wir eine Waffe haben, die wir gegen dieses Konstrukt einsetzen können. Bring den Spiegel her, Shand, wir wollen sehen, was er uns verraten kann.«

Shand wirkte unwillig, doch nahm er den Spiegel von Aachan aus seiner Schatulle und hielt ihn Mendark hin, eine eng gewickelte schwarze Röhre, ähnlich einer metallenen Schriftrolle. Der Spiegel begann sich zu entrollen, blieb dann hängen, und Mendark musste sein unteres Ende mit den Fingern umbiegen. Mit einem vernehmlichen Schnappen wurde der Spiegel zu einer festen Fläche, einem Blatt schwarzen Metalls, dessen Ränder rundum mit silbernen Hieroglyphen beschriftet waren. In einer Ecke befand sich ein Symbol aus drei ineinander verschränkten goldenen Kugeln inmitten eines Kreises, der von einer Dreiergruppe aus karmesinroten Halbmonden umringt war. Der beschriftete Rahmen umschloss eine spiegelnde Oberfläche, die erstarrtem Quecksilber glich. Als sie über Mendarks Schulter spähte, erblickte Karan nur das Spiegelbild seines Gesichtes.

Mendark legte den Spiegel auf den Höhlenboden und erweckte ihn mit einer Berührung seines Fingers zum Leben. Der Spiegel zeigte Szenen, die Karan schon zuvor darin gesehen hatte – düstere Landschaften aus der Welt der Aachan: rußfarbenes Gras, schwarze Hügel, endlose Sümpfe, Berge wie Glasscherben, fremdartige Türme aus Eisensträngen, die sich über bodenlose Abgründe neigten. Sonst nichts. Die Aachim scharten sich um den Spiegel, ein jeder drängelnd, um einen besseren Blick auf ihre Heimatwelt zu erhaschen, die nur wenige von ihnen je gekannt hatten. Tränen glitzerten in den Augen Maliens und des einen oder anderen ihrer Gefährten.

»Versteht irgendjemand hier, ihn zu gebrauchen?«, fragte Mendark leise.

»Leider nicht«, sagte Malien. Auch sonst rührte sich niemand, um den Spiegel aufzuheben.

»Das ist ja sehr hilfreich«, frotzelte Karan. »So wie eure Geheime Kunst, was das betrifft. Warum habt ihr euch so lange um das Ding geschlagen, wenn keiner von euch überhaupt weiß, wozu es dient?«

Yggur warf ihr einen erbitterten Seitenblick zu, streckte einen Arm aus, der so lang wie ein Ruder war, und hob den Spiegel vom Salzboden auf. »Ich habe ihn benutzt, um meine Feinde auszuspionieren«, sagte er. Dies rief bei Mendark einen finsteren Blick hervor. »Wenngleich er nicht immer verlässlich war.«

Yggur starrte kurzsichtig auf den Spiegel, tastete über den Rand und berührte das Symbol. Der Spiegel wurde leer, dann zeigte er die Salzebenen und vom Wind geformten Tafellande außerhalb der Höhle. Die Szenerie verschob sich; doch obwohl Yggur sich mühte, bis eine Seite seines Gesichtes zu verkrampfen begann, konnte er dem Spiegel kein Bild entlocken, außer dem Ausblick auf das Meer der Trockenheit.

Mendark rief Tensor zu, ihnen alles mitzuteilen, was er über den Spiegel wusste; doch Tensor, der noch immer zusammengekauert im rückwärtigen Teil der Höhle saß, beachtete ihn nicht.

»Hier ist deine Chance, dich in ein besseres Licht zu rücken, Chronist«, sagte Mendark. »Was hast du von Tensor erfahren, während du so eifrig mit ihm zusammengearbeitet hast?«

Llian schlurfte nach vorn. Der jungenhafte, extrovertierte Erzähler hatte sich eingeigelt; er wollte nur noch mit den Schatten verschmelzen. »Ich habe erfahren, dass er in den Untiefen der Zeit in Aachan gefertigt wurde, als ein Sehgerät, und Tensor selbst hat ihn unter Lebensgefahr hierher nach Santhenar geschmuggelt.« Er hielt inne und schien zum ersten Mal im Leben vor seinem Publikum Unsicherheit zu empfinden. »Trotz allem, was man immer angenommen hat, ist er kein machtvoller Gegenstand ...«

»Das ließen sie dich glauben!«, spie Yggur aus.

»Aber er enthält viele, viele Geheimnisse«, fuhr Llian fort, »sofern jemand sie zutage fördern kann. Die meisten sind verborgen – selbst Tensor konnte sie nicht entdecken.« Er hielt inne, versuchte, sich an etwas zu erinnern. »Moment mal! Faelamor sagte, sie hätte in Thurkad einen Schlüssel zu dem Spiegel!«

»In *Thurkad*?«, wiederholte Mendark.

»Wie, einen richtigen Schlüssel?«, warf Tallia ein.

»Das ist alles, was sie gesagt hat.«

»Was hast du noch erfahren?«, wollte Mendark wissen.

»Nun«, sagte Llian, Selbstvertrauen gewinnend, »wir wissen, dass Yalkara den Spiegel beim Fall von Tar Gaarn von den Aachim gestohlen hat und ihn schließlich wieder dorthin zurückbrachte, als sie Havissard erbaute. Sie brachte diese Schriftzeichen an den Rändern an.« Er strich mit dem Finger über die Runen. »Aber keiner von den Aachim wusste, was sie bedeuten. Das stimmt doch, oder, Malien?«

»So ist es. Sie muss auch dieses scheußliche Mondsymbol hinzugefügt haben.« Sie erschauderte.

»Faelamor war sicher, dass Yalkara irgendetwas etwas damit angestellt hatte«, sagte Llian. »Darauf baute ihr Plan. Ich vermute, das ist der Grund, warum Faelamor den Spiegel unbedingt haben wollte.«

»Nun, Shand«, sagte Mendark. »Du warst flink genug, um dir den Spiegel zu schnappen, nachdem Rulke fort war, und schnell dabei, unverständliche Prophezeiungen zu verzapfen. Was verheimlichst du uns?«

»Ich weiß, dass ich ihn nicht benutzen kann!«, sagte Shand heftig. Er ging auf und ab, der kiesige Sand knirschte unter seinen Sohlen. »Der Spiegel gleicht einem Geschichtsbuch. Er hat viele Geschichten zu erzählen, darunter große, sofern man sie aus den Bruchstücken, die er einem zu erblicken gestattet, zusammenfügen kann. Aber es ist ein listiges, abgefeimtes Ding, dieser Spiegel von Aachan, und ich bin nicht stark genug, ihm die Wahrheit zu entreißen. Keiner von uns ist das – selbst *du* nicht, Mendark.«

Ein langes Schweigen trat ein. Die Hitze wurde immer drückender. Tensor kauerte in seinem Winkel, den Kopf gesenkt, die Augen geschlossen. Von dort ist keine Hilfe zu erwarten, dachte Karan und betrachtete die übrig gebliebenen Aachim voller Mitleid, in das sich Verachtung mischte.

Shand humpelte zum Eingang hinüber und lupfte die Zeltplane einen Spalt weit. Salzstaub stob herein und Hitze wie aus einem Hochofen.

»Mach die Tür dicht!«, schrien sie alle zugleich.

Shands dünnes Haar, weiß von Salz, hob sich vor der Helligkeit ab; er befestigte die Zeltbahn wieder.

»Also war all das für nichts und wieder nichts!«, platzte Karan wütend heraus. »Alles, was ich durchgestanden habe, und Llian ebenso! Die Zerstörung von Shazmak. Yggurs dämlicher Krieg! Die ganzen Toten. Armer Rael. Wie er Shazmak geliebt hat ...« Ihre Stimme erstarb.

»Für weniger als nichts«, sagte Tallia, und sogar ihre Stimme klang mutlos.

»Hätte ich den Spiegel in Fiz Gorgo gelassen, wäre nichts von all dem geschehen«, sagte Karan traurig.

»Vielleicht«, sagte Mendark. »Oder vielleicht hast du auch nur Rulke gestattet, seine Pläne ein wenig voranzutreiben.«

»Ihr, die ihr Rulke nicht in eurem Geist beherbergt habt, habt niemals Furcht kennengelernt«, sagte Yggur mit einem Schaudern.

»Ich habe Furcht gekannt!«, widersprach Karan.

»Und du wirst es wieder tun! Ich vergesse niemals eine mir zugefügte Verletzung, Karan!«

Karan sah mit stechendem Blick auf. Yggur starrte sie finster an. »Ach wirklich!«, schnappte sie. »Wie viele Menschen hast du umgebracht beim Versuch, den Spiegel zurückzuerlangen? Zehntausend? Zwanzig? Niemand könnte die Menschen zählen, die *du* verletzt hast. Wenn ich dir gleich jetzt den Hals durchschneiden würde, ich täte der Welt einen Gefallen!« Sie hob ihre kleine Faust.

Yggur starrte unverwandt durch sie hindurch. »Das würdest du nicht«, knurrte er. »Du bist zu weich!«

Sie erschauderte und wandte sich ab, Llian zu.

»Doch letztlich«, sagte Yggur ruhig, »war dein Anteil nur ein kleiner Anteil. Die verbrecherische Torheit ist Tensor zuzuschreiben.«

Draußen kreischte der Wind. Die Zeltplane dröhnte. Tensors zusammengesackter Körper wurde von einem Krampf geschüttelt, dass es aussah, als hätte er keine Knochen mehr im Leib. Langsam hob er sein edles Haupt und starrte Karan an. Im vorherrschenden Licht sahen seine großen Augen violett aus, doch waren sie ohne Leben. Dann fiel der Vorhang, sehr zu Karans Erleichterung, und Tensor ließ den Kopf wieder sinken.

Abermals trat eine Pause ein, diesmal eine längere. Karan beendete sie. »Also *was* werdet ihr jetzt tun, ihr, die ihr die Macht besitzt, die Welt zu bewegen?« Ihre Stimme hatte einen scharfen, eisig kalten Unterton, und sie blickte Mendark an, dann Yggur, Tensor, Malien und sogar Shand, obwohl Shand wieder am Eingang stand und ihr den Rücken zukehrte. Keiner sah ihr in die Augen. »Betteln wir untertänigst darum, seine Sklaven zu werden? Oder verkriechen wir uns in irgendeinem dunklen Loch und warten darauf, dass er unserer Welt seinen Willen aufzwingt?«

Shand wandte sich vom Eingang ab, auf seinen blasenbedeckten Lippen lag der Anflug eines Lächelns. »Es gibt eine Sache, die ihr tun könnt, wenn ich mir auch nicht vorstellen kann, dass es Erfolg hat.«

Sämtliche Blicke, außer Tensors, ruhten auf ihm.

»Dann sprich«, sagte Mendark gereizt, als Shand keine Anstalten dazu machte. »Es ist an der Zeit, dass du ein wenig Mitverantwortung für diesen Schlamassel übernimmst.«

»Die Düsternis brach herein, nachdem Shuthdar die goldene Flöte zerstört hatte. Nichts kann mehr zwischen den Drei Welten hin und her reisen.«

»Das ist Geschichte, lange her! Hast du uns nichts mitzuteilen, das wir noch nicht wissen?«

»Rulke wird niemals aufhören, nach einem Weg zu forschen, um die Düsternis zu durchbrechen«, fuhr Shand gleichmütig fort. »Um das zu tun, müsste er die Flöte nachbauen oder etwas erschaffen, das *dieselbe* Funktion hat – vielleicht dieses Konstrukt. Wie können wir ihn aufhalten? Es gibt nur eine Möglichkeit – wir müssen unsere eigene Apparatur bauen, Rulke zurück nach Aachan verbannen und Santhenar für immer von den anderen beiden Welten abschotten.«

»Das ist dein Rat?«, fragte Yggur ungläubig.

»Nur der ergebenst unterbreitete Vorschlag«, grinste Shand, »eines dörflichen Holzhackers an die Mächtigen.«

Yggur wandte sich angewidert ab. »Törichter alter Mann. Wenn das machbar wäre, hätten wir es längst getan.«

Seine Erwiderung schien Mendarks Widerspruch herauszufordern.

»Tatsächlich?«, sagte er leise. »Das ist äußerst interessant, Shand. Fahr bitte fort!«

»Shuthdars Genialität«, begann Shand, »bestand nicht nur darin, dass er die goldene Flöte erschuf, sondern darin, dass er sie zu gebrauchen wusste. Obwohl die Anfertigung der Flöte eine große Aufgabe war, das Erlernen ihrer Anwendung war eine weit größere.« Er wandte sich um und begann, die Lumpen in die Lücken zwischen Türrahmen und Höhlenöffnung zurückzustopfen.

»Wie es scheint, ist dazu eine ganz bestimmte Gabe erforderlich«, fuhr er fort. »Eine seltene Fähigkeit. Eine, die man bei den Starken nicht häufig antrifft. Sie ist anti-technisch, anti-intellektuell. Eine ...«, er suchte nach dem passenden Wort, »... eine Art Einfühlungsvermögen. Die Wege zwischen den Welten sind ätherisch, komplex, ewig in Wandlung, daher muss der Spieler sich selbst auf das Ziel einstimmen und eine Melodie spielen, die mit dem Weg im Einklang steht, der gerade in diesem Moment existiert, und mit keinem anderen.«

Alle starrten ihn an. Karan fragte sich, woher er solche Dinge wusste.

»Rulke entwarf die Flöte und half Shuthdar bei der Anfertigung«, schloss Shand. »So wird es in der *Geschichte von der Flöte* erzählt. Doch Rulke lernte nie, sie zu gebrauchen, denn als sie fertig war, stahl Shuthdar sie. Ich glaube nicht, dass Rulke *fähig* gewesen wäre, sie selbst zu benutzen.«

»Das verstehe ich nicht«, sagte Karan. »Rulke holte Shuthdar vor allem deshalb aus unserer Welt heraus, damit er ihm die Flöte baute. Wenn Rulke das tun konnte, wozu musste er die Flöte dann überhaupt anfertigen lassen?«

»Das war ein *Summoning*«, sagte Mendark. »Die gefährlichste aller Geheimen Künste, denn in der Hälfte der Fälle tötet es denjenigen, der es wirkt, oder denjenigen, gegen den es gerichtet wird.«

»Oder beide!«, bemerkte Yggur schroff.

»Und man kann sich nicht selbst mit einem *Summoning* belegen«, sagte Malien. »Rulke wollte sich frei zwischen den Welten bewegen; deshalb erschuf er die Flöte. Was wir nicht wissen, ist, *warum* er sich von Welt zu Welt bewegen wollte.«

»Er muss verzweifelt gewesen sein, um ein solches Risiko einzugehen«, bemerkte Tallia.

»Was nutzt das uns?«, warf Yggur barsch dazwischen, denn er fragte sich bereits, ob Shand sich einen abgefeimten Scherz auf seine Kosten erlaubte. »Wir wissen nicht, wie man eine solche Apparatur anfertigt.«

»Oder wie man sie benutzt. Dieses Wissen ging mit Shuthdar verloren.« Shand nahm seinen Sitzplatz wieder ein. »Daher hat vielleicht auch Rulke nicht in Erfahrung gebracht, wie er dieses Konstrukt benutzen soll.«

»Er kann es nicht in Erfahrung gebracht haben!«, sagte Mendark. »Das Nachtland ist immateriell. Er kann das Nachtland-Gefüge zu Gebilden wie seinem Palast und seinem Konstrukt verarbeiten und zu flüssiger und fester Nahrung, die ihn dort am Leben hält, aber er kann nichts Reales erschaffen, da es dort nichts gibt, was er dazu verarbeiten könnte. Alles, was er aus dem Nachtland herausbringt, wird wieder zu dem Nichts zerfallen, aus dem es gemacht wurde. Um sein Konstrukt zu bauen, muss er nach Santhenar kommen. Wir müssen es mitbekommen, wenn er es tut.«

»Falls er nicht bereits hier ist«, murmelte Malien. Sie zog die Zeltplane vor dem Eingang zurück. Der Wind hatte vorübergehend nachgelassen. »Vielleicht ist er *dort draußen,* auf der Jagd nach uns.« Sie befestigte die Zeltplane wieder.

»Man kann nur Tore erschaffen, die zu ausgewählten Orten führen, und das Meer der Trockenheit zählt nicht zu ihnen«, sagte Shand. »Auch kann er sein Konstrukt nicht ohne Werkzeuge und Materialien anfertigen, so wenig, wie ihr oder ich es könnten. Er wird einen Ort aufsuchen, wo solche Dinge leicht zu beschaffen sind. Auf ganz Santhenar ist genau dies hier der sicherste Ort *für uns.*«

»Nun, Shand«, sagte Mendark und strich sich über den Bart, »dein Vorschlag interessiert mich trotz allem, obwohl ich mich unwillkürlich fragen muss, warum du ihn gemacht hast. Welche Absicht verfolgst du?«

»Ich verfolge gar keine Absicht«, sagte Shand leise. »Ich will nur heim nach Tullin.«

»Ich glaube dir nicht – dazu hast du die ganze Sache zu bedachtsam gehandhabt. Wir wären froh, dich wieder bei uns zu haben, weißt du, selbst nach so langer Zeit. Du könntest noch immer einer von uns sein.«

»Nein, danke«, sagte Shand. »Ich bin im Ruhestand.«

»Ich wusste, dass du das sagst.« Mendark schien nicht verärgert. »Um wieder zur Sache zu kommen: Können wir herausfinden, wie man die Flöte benutzt?«

»Ich habe mich oft gefragt, warum Yalkara den Spiegel an sich genommen und ihn so lange behalten hat«, sagte Malien nachdenklich.

»Es hieß immer, dass sie ihn benutzte, um andere auszuspionieren und ihre Wahrnehmung zu verzerren, doch hat das nie glaubhaft geklungen«, sagte Shand. »Hätte man es von Rulke oder Kandor behauptet oder manch anderem Menschen, der ihn besessen haben könnte, hätte ich es nie in Frage gestellt. Aber Yalkara! Sie war stolz, herrisch, skrupellos ...« Er sprach voll Bewunderung. »Aber sie hätte nicht auf diese Weise herumspioniert oder geschnüffelt oder Verrat geübt. Nein! Diese Geschichte kam auf, als sie verschwand, und sie sollte etwas verbergen.«

»Komm endlich zur Sache, Ruheständler«, sagte Mendark. »Du quatschst drauflos, als gäbe es kein Morgen.«

»Es wird noch mindestens fünfzigmal Morgen werden, ehe wir dorthin zurückgelangen, wo hoffentlich Penders Boot liegt und auf uns wartet. Ich werde die Geschichte auf meine Art erzählen. Ich habe die Historien lange in dieser Angelegenheit studiert. Ich habe mich in den alten Bibliotheken vergraben; die Wüstenhöhlen von Parnggi nach ihren Lehmtafel-Archiven durchsucht und die weiten Ländereien von Tar Gaarn in Crandor bis nach Kara Agel, dem gefrorenen Meer am Südpol, durchmessen; von den Fjorden und Wäldern von Gaspé im Osten zu den Sumpfgestaden von Larne. Und ich schwöre, dass ich jede Inschrift auf jeder Mauer und jedem aufrecht stehenden Stein gelesen habe, die mir unterwegs begegneten.«

Wie schamlos du übertreibst, dachte Karan voller Zuneigung.

»Und dennoch geschah es mehr aus Zufall, und erst kürzlich, dass ich entdeckte, was ich nun für die Antwort halte. Es war vor sieben oder acht Jahren, falls ich mich recht entsinne, und ich befand mich in einem Gasthaus in Chanthed.«

Llian setzte sich abrupt auf.

»Ich war in einem Gasthaus«, wiederholte er, »und lauschte den jungen Erzählern vom Kollegium, die sich in ihren Geschichten übten. Sie waren jung, in der Mehrzahl noch Gesellen, aber ich war lange unterwegs gewesen und hatte nur meine eigenen Gedanken zur Gesellschaft gehabt, daher kam mir sogar ihre unbeholfene Unterhaltung gelegen. Die meisten Darbietungen waren ziemlich schal, und nach einer Weile schweifte mein Geist ab. Dann wurde ich plötzlich von einem seltsamen Lied in die Gegenwart zurückgerufen; es war Teil einer Geschichte, wurde aber in einer altertümlichen Tonart gesungen; einer Tonart, die ich, und ich schätze, auch meine gegenwärtigen Zuhörer, niemals zuvor vernommen hatte. Es war schlechte Dichtkunst und eine nichtssagende Melodie, aber gut vorgetragen. Es endete mit den folgenden merkwürdigen Zeilen. Meine Übersetzung gibt den Sinn wieder, wenn auch nicht das Reimschema:

An eines Dämonen-Tages Abend sich's begab.
Dass Shuthdars traurig-düst'rer Ruf
Zeit und Raum erzittern ließ in Tara-Laxus.

Durch das Tor entwich er dorten
Wie schon hundertmal zuvor,
Sie höhnend ins Verderben führend.

Doch die Flöte wusste, was bevorstand;
Sie verriet den Meister-Bläser,
Der Welt Gefüge ward zerstört.

Legionen fielen, doch zu spät, die Schädigung war da,
Und der Verdrehte Spiegel an der Wand sah es gescheh'n.

»Was für Knittelverse!«, höhnte Mendark. »Die Erzähler stoßen in ungekannte Niederungen ihrer Kunst vor.«

»Tara-Laxus?«, äußerte Yggur verwundert.

»Der Name traf mich wie ein Donnerschlag, denn Tara-Laxus war der Name einer uralten Stadt in Dovadolo, in der Nähe des Brennenden Berges, *Booreah Ngurle.* Das war der Ort, von dem Shuthdar floh, unmittelbar bevor sein Ende kam.

»Der Verdrehte Spiegel?«, rief Yggur aus.

»Die *Schädigung* bedeutet die Düsternis, stimmt's?«, rief Llian, den diese Einblicke in die Historien vorübergehend aufleben ließen.

»Ich glaube schon. Obwohl es nicht bedeuten kann, dass der Spiegel die Düsternis tatsächlich sah, denn es ereignete sich nicht in Tara-Laxus, sondern Tage später bei Hulings Turm am Langen See«, sagte Shand.

»Falls der Spiegel dort war, als Shuthdar die Flöte zur Flucht benutzte«, sagte Mendark erregt, »birgt er vielleicht ein Bild, das zeigt, *wie* er sie benutzte. Tensor!«

Tensor richtete den Blick langsam auf Mendark.

»Du kannst damit beginnen, deine Verbrechen wiedergutzumachen«, sagte Mendark. »Ergibt das Gedicht irgendeinen Sinn für dich? Wie kann Shuthdar den Spiegel besessen haben?«

»Wiedergutmachen«, sagte Tensor mit einer Stimme, die bloß ein raues Flüstern war. »Ich *werde* Wiedergutmachung leisten. Meine Verbrechen müssen vom Antlitz der Erde getilgt werden.« Er richtete seine stechenden Augen auf Llian, der erneut zurückwich. *»Alle Verbrechen müssen gesühnt werden!«*

»Tensor!« Mendarks Stimme war gebieterisch.

»Tara-Laxus? Wir nannten es Snizzerlees. Ich glaube, dass mein Vorgänger, Kwinlis, dort eine Zeit lang wohnte. Damals unterlag der Spiegel seiner Obhut, und er nahm ihn überall mit hin.«

»Kwinlis könnte durchaus mit Shuthdar zusammengetroffen sein«, sagte Malien.

»Das erklärt zweifellos, warum Yalkara den Spiegel gestohlen hat«, erkannte Yggur. »Und warum Faelamor ihr den Spiegel abjagen wollte. Und vielleicht erklärt es sogar, wie Yalkara den Fehler in der Düsternis entdecken konnte.«

»Als das Lied zu Ende gesungen war, redete ich mit dem Sänger«, fuhr Shand fort, »denn ich war neugierig, zu erfahren, wo er die Zeilen herhatte und ob es noch mehr davon gab. Aber komm her«, sagte er und winkte Llian mit der Hand heran, der sich diesmal ganz bis in die Dunkelheit im hintersten Winkel der Höhle zurückgezogen hatte, »du kannst die Geschichte ebenso gut selbst erzählen.«

»Ja, komm heraus«, rief Mendark aufgeräumt, »geh deinem Broterwerb nach, Chronist!«

Llian rührte sich nicht. Karan war von seinem Widerstreben überrascht, da doch das Erzählen sein Beruf und seine Berufung war. Aber die Beanspruchungen der zurückliegenden Woche hatten Llian schwer mitgenommen; er wollte sich nur noch in eine dunkle Ecke verkriechen und unsichtbar bleiben.

»Ich erinnere mich an die Gelegenheit«, sagte Llian. »Ich wusste damals nicht, was mit dem *Verdrehten Spiegel* gemeint war. Seltsamerweise wird er in den Historien nicht erwähnt. Zumindest nicht in jenen, die mir in Chanthed zugänglich waren. Ich hatte das Lied vergessen, obwohl ich jetzt, da ich daran erinnert werde, das vollständige Lied, zu dem der Auszug gehört, natürlich aufsagen kann.« Er hielt unvermittelt inne und bewegte sich in die Schatten zurück.

»Wie auch immer«, fuhr Shand fort, »ich bin sicher, dass dies der Grund ist, warum Yalkara den Spiegel begehrte. Irgendwo, begraben inmitten seiner Myriaden von Erinnerungen, seinen unvorstellbaren Geheimnissen, könnte sich das Bild finden, das Shuthdar beim Gebrauch der Flöte zeigt. Vielleicht hat Yalkara auf diese Weise den Weg durch die Düsternis gefunden.«

»Aber um die Flöte zu bauen ...«, krächzte Tensor aus dem Hintergrund, »braucht ihr Gold! Nur Gold aus Aachan wird sich dazu eignen.«

Sein Kopf sank auf seine Brust zurück. Karan bemerkte, dass Yggur Tensor anstarrte und seine Hand dabei zitterte. Mendarks Miene war unergründlich. Dachte er an den tiefen Fall seines einstigen Freundes oder an die sich bietende Gelegenheit?

»Aber es ist keines verfügbar«, fuhr Tensor in einem Grollen fort, das aus unterirdischen Tiefen heraufzudringen schien. »Jener elementare Bestandteil, aufgrund dessen man es zu Geräten wie der Flöte verarbeiten konnte, war schädlich für das Tor. Es konnte sich nicht zwischen den Welten bewegen. Einige von uns verloren wir auf diese Weise, ehe wir erkannten ...«

»Behauptest du entschieden, dass kein Gold aus Aachan zu bekommen ist?«, verlangte Mendark zu wissen.

Tensor hatte das Interesse verloren. Abermals sackte sein Kopf auf seine Brust. Seine Lider schlossen sich. Alle starrten ihn an.

»Du kannst jetzt nicht einfach mittendrin aufhören«, sagte Karan.

Seine Stimme klang nuschelig. »Ich wusste nur etwas über die Flöte, und sie ist zerstört. Vielleicht *gibt* es da noch mehr; vielleicht hat jemand danach einen Weg gefunden, Gold zu beschaffen. In Aachan galt es als kostbares Material, und als selten – weit seltener als hier. Ich hatte kein Interesse mehr an Gold, nachdem es die Flöte nicht mehr gab. Wir hätten uns niemals auf das verbotene Wissen einlassen dürfen. Ich hätte mich weigern sollen. Wissbegierde war stets unser Verderben.« Die grummelnde Stimme erstarb zu einem Flüstern, dann schwoll sie zu einer tonlosen Kälte an, die alle schaudern machte.

»*Das* vor allem war es, was uns die Charon auf den Hals rief. Aachan war uns nicht genug. Wir glaubten, wir wären allein im Universum, und wir waren einsam. Wir blickten über Aachan hinaus, begierig, eine weitere empfindungsfähige Spezies zu entdecken, obwohl wir mit den Daseinsgesetzen unserer eigenen Welt allzu vertraut waren. *Friss oder werde gefressen, nur die Stärksten überleben.*

Xesper – *sein Name sei in alle Ewigkeit verflucht!* – entdeckte eine Methode, um in die Räume zwischen den Welten zu blicken. Aber allein schon, in die Leere zu spähen, veränderte diese und hinterließ eine Fährte, die nach Aachan zurückführte. Unsere Welt war nicht länger verborgen. Wir erkannten, dass wir keineswegs allein waren, *und auch nicht die Stärksten!* Die Charon kamen. Ich wünschte, es wäre nie so gekommen.«

Das Schweigen dehnte sich zu Minuten. Llian öffnete den Mund, dann schloss er ihn wieder. Karan wusste, was er dachte. Niemand kannte die Herkunft der Charon, ehe sie den Aachim Aachan raubten. Tensor hatte ein wertvolles Bruchstück offenbart, und Llian war begierig, den Rest der Geschichte zu erfahren.

Nicht so Karan. Die Leere war ein Albtraum der Grausamkeit, so weit von ihrem mittellosen, aber friedlichen Leben in Gothryme entfernt, wie es nur ging. Albträume hatte sie bereits genug.

»Neeeeein!« Tensor stieß ein lautes, wogendes Stöhnen aus, das den Wind übertönte. »Alle Nöte der Welten verdanken sich einer solchen Beschäftigung mit verbotenem Wissen, und zweimal hatte ich meine Hand dabei im Spiel. Ihr könnt euch nicht einmal im Traum vorstellen, wohin das führen wird. Ihr haltet das Verderben in jeder Hand.«

Er hob den Kopf, spannte die Armmuskeln, sein dunkles Gesicht lief durch die Heftigkeit seiner Anstrengung noch dunkler an. Er kämpfte sich auf die Knie, doch Willenskraft allein reichte nicht aus, um ihn ganz auf die Beine zu heben. Zwei der Aachim eilten herbei, aber er scheuchte sie weg, mit einer wütenden Armbewegung, die ihn fast wieder zu Boden geworfen hätte.

»Du, Mädchen! Dies geht uns beide an. Komm mit mir. Es gibt etwas, das ich beichten muss.«

Furchtsam, erstaunt, nahm Karan seinen Arm. Langsam gingen sie in den Sturm hinaus.

Kapitel achtzehn

Goldfieber

Llian stand auf, um ihnen zu folgen, aus Angst, was Tensor Karan in seiner Verzweiflung vielleicht antun mochte. Shand legte ihm die Hand auf die Schulter.

»Bleib hier, Llian! Das ist nicht deine Sache.«

»Ich bin beunruhigt«, sagte Llian und starrte zur Tür hin.

»Sie müssen über vieles miteinander ins Reine kommen. Tensor wird ihr nichts tun. Außerdem brauchen wir dich hier.«

»Warum?«

»Um diesen Vorschlag zu überdenken«, sagte Mendark. »Komm wieder her, Llian.«

»Du willst solche Sachen in Gegenwart eines Spions besprechen?«, fragte Yggur ungläubig. »Ich traue ihm nicht!«

»Und ich traue *dir* nicht«, gab Mendark zurück. »Wir sind auf Llians Wissen angewiesen.«

Zu fünft – Mendark, Yggur, Tallia, Malien und Llian – begaben sie sich zum hinteren Teil der Höhle. Selial blickte auf wie ein weißhaariges Gespenst, als sie vorbeigingen, machte jedoch keine Anstalten, sich ihnen anzuschließen.

»Dieser Plan ist verrückt!«, sagte Yggur. »Wir besitzen weder die Kunstfertigkeit noch das Genie Shuthdars. Wahrscheinlich gibt es Geheimnisse seines Gewerbes, die wir *niemals* in Erfahrung bringen. Und vielleicht kann die Flöte hier gar nicht gebaut werden. Bedenke, sie wurde auf Aachan erschaffen.«

»Und wenn sie erst erschaffen ist, fehlt uns vielleicht das Geschick, sie zu gebrauchen«, sagte Tallia vorausschauend. »Wie es sogar bei Rulke der Fall war.«

»Derartige Dinge sind den Starken und Weisen oftmals verschlossen«, sagte Malien. »Manchmal muss der Benutzer unwissend und ungebildet sein, geleitet von Intuition oder einer angeborenen Gabe; einem Feingefühl. Aber sogar das braucht *ein kleines bisschen* Übung.«

»Aha! Das Vorhaben ist vielleicht nicht durchführbar«, sagte Mendark. »Versuchen wir es, auf die Gefahr hin, all unsere Kräfte zu verschleißen, die vielleicht besser auf herkömmliche Verteidigungsmaßnahmen verwendet wären?«

»Ich sage: Nein!«, erklärte Yggur. »Die Flöte ist Vergangenheit. Sie kann niemals neu erschaffen werden. Das Rad hat sich zu weit gedreht, und nicht zurück zu seinem Ausgangspunkt.«

»Aber wir müssen eine Waffe haben, die wir gegen Rulke einsetzen können«, beharrte Mendark.

»Dann lasst uns eine von anderer Art herstellen!«, schnappte Yggur. »Diese Flöte ist ein Ding, das mit Aachan zu tun hat, nicht mit Santhenar.«

»Sie hat mit Aachan *und* mit Santhenar zu tun«, erwiderte Mendark, »denn sie wurde von Shuthdar erschaffen, und er hat seine Kunst hier erlernt. Bedenke, Shuthdar war ein Mensch! Einer von uns.«

»Nein – immer noch nein!«, beharrte Yggur. »Es hieße, Rulke mit seiner eigenen Waffe bekämpfen.«

»Was hast denn *du* uns anzubieten, Yggur?«, sagte Mendark kalt. »Du suchst immer Sicherheit im Gestern und trittst die alten Pfade aus anstatt neue zu erforschen.«

»Das war der Grund für unseren früheren Hader«, sagte Yggur mit einem Ausbruch von Gehässigkeit. »Einen, für den ich noch Genugtuung erhalten werde.«

»Das bezweifle ich!« Mendarks Hohnlächeln bewies, wie wenig er sich inzwischen wegen Yggur sorgte. »Selbst jetzt bist du unfähig, dich zu beherrschen.«

Yggur ballte die Fäuste. Llian blickte vom einen zum anderen. Mit jedem Tag entfremdete sich Yggur mehr von den anderen, wurde verbitterter, und Mendarks unverhohlene Verachtung machte es nur noch schlimmer. Yggur hatte rasende Angst vor Rulke, und Llian empfand furchtbare Angst vor Yggur. Doch Mendark war noch nicht fertig.

»Die Vergangenheit hat uns enttäuscht! Vom Nachtland erweist sich, dass es von Beginn an mit einem Fehler ausgestattet war, und zwar absichtlich. Wir müssen in die Zukunft blicken und eine neue Flöte nach einem neuen Muster erschaffen.«

Der Zusammenhalt der Gemeinschaft schien unwiderruflich zerstört. Dennoch folgte Tallia einem Bedürfnis, zu vermitteln.

»Hört her, alle beide! Es spielt keine Rolle, wer recht hat. Natürlich müssen wir alle Herangehensweisen in Betracht ziehen und den Weg wählen, der unseren Anforderungen und unseren Stärken am ehesten entspricht. Falls dieser Weg die Flöte ist, egal ob alt oder neu, dann lasst uns ihn einschlagen und die Unstimmigkeiten erst dann austragen, wenn Santhenar gewonnen ist – oder unwiederbringlich verloren.«

Shand nickte.

»Sehr schön, ich werde also meine Vorbehalte vergessen«, sagte Yggur, obwohl deutlich war, dass das nicht stimmte. »Aber wo wollt ihr das Gold herbekommen?« Er verdrehte kurz seine starrenden Augen, als wollte er sagen: *Ihr glaubt wohl im Ernst, dass all dies so ausgeht, wie ihr euch das denkt. Ihr werdet euch noch wundern.*

Malien ließ sich aus ihrer Felsnische vernehmen: »Wir Aachim müssen ebenfalls Verantwortung für unsere Lage übernehmen. Ständig haben wir versucht, die Zukunft hinauszuzögern, indem wir Zuflucht in der Vergangenheit suchten, so wie du es getan hast, Yggur. Und allzu häufig haben wir uns unserer Verantwortung entledigt und sie Tensor übertragen, obwohl wir ihn hätten lenken müssen. Unsere Vergangenheit ist nun verloren; wir haben keine andere Wahl, als unseren Weg in der Welt neu zu gehen. Und falls wir scheitern ... nun, was haben wir schon zu verlieren? Wir werden dich unterstützen, Mendark.«

»Wie könnt ihr uns helfen?«

»Geringe Goldmengen *wurden* nach Santhenar gebracht. Und wir wissen, wie man es verarbeitet.«

»Tatsächlich?«, sagte Mendark mit einem Stoßseufzer. »Wie kommt es, dass Tensor das nicht wusste?«

»Natürlich weiß er es!« Ihre Stimme troff vor Verachtung. »Pitlis besaß ein goldenes Diadem, das er um die Stirn trug. Er trug es die ganze Zeit über, als er Anführer in Tar Gaarn war, und auch noch nach dem Fall der Stadt, allerdings nicht mehr im Exil.«

»Was geschah damit?«

»Pitlis hätte es gehütet. Es gab einen anderen Grund, warum nur wenig Gold hierhergebracht wurde – all das, was von einer Welt in die andere überführt wird, verwandelt sich leicht und wird gefährlich, wenn man es benutzt. Wie mit dem Spiegel, so verhält es sich auch mit diesem Gold. Doch ob das Diadem auf einen anderen von uns überging, wird nicht berichtet. Wir hatten immer das Gefühl, dass Rulke es an sich nahm, als er Pitlis vor den Toren Alcifers niederstreckte.«

»Möglich, aber Rulke hatte es nicht bei sich, als er gefangen gesetzt wurde«, sagte Llian in beherzterem Ton, als er es seit langer Zeit getan hatte. »Ich kenne diese Historien gut und kann sogar die Aufstellung seiner Besitztümer hersagen.«

»Zweifellos hat er es zuvor versteckt«, sagte Mendark. »Gold war eines der wertvollen Dinge, die wir suchten, sogar damals schon. Doch Gold lässt sich leicht umarbeiten und verbergen. Außerdem reichte es mengenmäßig nicht aus, um eine Flöte zu fertigen, nicht annähernd.«

»Aber es reichte für einen vielversprechenden Anfang«, sagte Yggur düster, »und wahrscheinlich besaß Rulke noch mehr davon, da er seinen Wert besser kannte als sonst irgendjemand. Was weißt du noch, Malien?«

Malien zögerte. »Es *gab* noch mehr – einen kleinen goldenen Götzen, den die zweite Welle der Aachim, die nach Santhenar gekommen war, mitgebracht hatte. Die Statuette ist ein überaus altes und wertvolles Objekt, das Herz der Aachim von Nastor – einer Gegend im Norden von Aachan«, erläuterte sie. »Sie wurde in der Bibliothek von Stassor aufbewahrt, im äußersten Osten. Zweifellos ist sie noch immer dort, aber es bedeutet die schlimmste Blasphemie, an ihre Benutzung auch nur zu denken.«

»Gab es noch mehr?«

»Nichts, wovon wir wüssten.«

»Könnten die Charon etwas mitgebracht haben?«

»Rulke und Kandor kamen mit der ersten Welle«, sagte Malien. »Sie hatten nichts dabei.«

»Warum nicht?«, fragte Yggur.

»Weil beim ersten Mal nichts mitgebracht werden konnte«, erklärte Llian. »Außer der Flöte natürlich, doch könnte man von ihr auch sagen, dass sie sich selbst gebracht hat, da sie den Weg öffnete. Verschiedene Male wird berichtet, wie die Charon nackt nach Santhenar kamen.«

»Und die zweite Welle?«

»Nachdem die Charon bereits eine gewisse Zeit hier gewesen waren – vielleicht fünfzig Jahre lang – und erkannten, dass die Jagd nach der Flöte langwierig sein würde, forderten sie Hilfe aus Aachan an«, erwiderte Malien. »So kam die zweite Welle, viele von uns und eine Anzahl von Mischformen aus Aachim und Charon. Doch in der Regel war *ihnen* nicht das lange Leben sowohl der Charon wie der Aachim beschieden. Die meisten sind tot, ohne Nachkommen hinterlassen zu haben, denn derartige Mischlinge waren unweigerlich unfruchtbar – *Maultiere!*

Unabhängig davon kam eine Schar von Aachim auf eigene Faust. Sie fanden einen Weg, bestimmte kleine Gegenstände mitzubringen, an denen sie hingen, Wertsachen oder Schmuck oder kleine Gerätschaften, die ihnen nützlich waren. Auf diese Weise, nehme ich an, brachte Tensor auch den Spiegel hierher, denn er traf zur selben Zeit ein. So wie meine Leute, aber diese brachten ganz bestimmt kein Gold mit. Das ist alles, was ich weiß.«

»Jedoch nicht genug«, sagte Yggur. »Warum muss es Gold aus Aachan sein?«

»Es hat spezielle Eigenschaften.«

»Aber was nützt es, wenn wir keines beschaffen können?«

Auf Llians Stirn hatten sich immer tiefere Falten gebildet, während er versuchte, sich an etwas zu erinnern, und jetzt platzte er plötzlich heraus: »Vielleicht gibt es da noch etwas! Yalkara besaß Goldschmuck – eine schwere Kette, ein Armband und einen Halsreif. Ich habe ein Bild von ihr gesehen, auf dem sie diesen Schmuck trug. Nur, wo war das?«

Shand stieß einen Seufzer aus, ein langes Entweichenlassen des Atems. Llian sah ihn neugierig an, dann fuhr er fort: »Aber handelte es sich um Gold aus Aachan? Und nahm sie die Schmucksachen mit sich, oder ließ sie sie zurück, so wie den Spiegel? Darüber ist nichts bekannt.«

»Warum sollte Yalkara die Schmuckstücke zurücklassen, wo sie ihr doch so viel bedeuteten?«, fragte Yggur.

»Ich weiß es nicht«, sagte Llian. »Warum trennte sie sich von dem Spiegel? Vielleicht fehlte Yalkara die Kraft, ihn mit sich durch das Tor zu befördern, denn es heißt, sie sei bei ihren Kämpfen mit Faelamor schwer verwundet worden. Vielleicht machte die Düsternis es unmöglich. Vielleicht benötigte sie ihn auch nicht mehr.«

»Diese Fragen können nicht geklärt werden«, sagte Malien. »Aber falls ihr entschlossen seid, es mit der Flöte zu versuchen, wovor ich warne, dann müsst ihr nach Havissard gehen, von wo sie aufbrach. Es ist nie geplündert worden.«

»Dann haben wir zwei Hoffnungsschimmer«, überlegte Mendark. »Aber der erste ist nicht vielversprechend. Alcifer wurde gebrandschatzt, nachdem Rulke gefangen gesetzt worden war, und hat seither verlassen dagelegen. Falls dort irgendetwas von Wert übrig geblieben ist, muss es unerhört gut verborgen sein. Außerdem wird Pitlis' Diadem nicht ausreichen. Ich frage mich, ob man es mit gewöhnlichem Gold verschmelzen könnte?«

»Nein«, sagte Malien.

»Das ist zwecklos«, sagte Yggur gereizt. »Es gibt keine Möglichkeit, nach Havissard hineinzugelangen.«

»Es ist *geschützt*«, sagte Shand. »Es kann nicht mit Gewalt eingenommen werden, außer indem man die Fundamente durchbricht, und die sind tief im Fels verankert. Die einzige Hoffnung besteht darin, von unten hineinzugelangen, durch die Minen.«

»Die Historien berichten, dass Yalkara die Silberminen von Tar Gaarn wieder erschloss, nachdem diese Stadt gefallen war«, erläuterte Llian, »und sie wurden zu einer Grundlage ihres Reichtums, so wie sie vor ihr die Grundlage des Reichtums der Aachim waren.«

»Aber die Minen wurden aufgegeben, nachdem Yalkara fort war«, sagte Shand, »und sie werden nie wieder erschlossen werden. Die Pumpen versagten, und keiner konnte sie instand setzen. Die unteren Ebenen stehen bis zu hundert Spannen tief unter Wasser.«

Ein langes Schweigen trat ein.

»Macht, was ihr wollt«, sagte Yggur, jetzt ziemlich aufgebracht. »Ich kehre nach Thurkad zurück. Aufsässiges Volk! Mein Reich wird ohne mich in seine Bestandteile zerfallen, vor allem, da Thyllan direkt jenseits des Meeres auf der Lauer liegt. Ich habe Maigraith dort zurückgelassen – sie im Stich gelassen. Wie sehr sie ohne mich leiden muss. Und die Ghâshâd müssen im Zaum gehalten werden – zumindest muss ich es ihnen erschweren, Rulke den Weg zu bereiten. Doch wie ist dies überhaupt noch machbar, jetzt, da sie über die Ressourcen und die Verteidigungsanlagen von Shazmak verfügen ... Von Thurkad aus werde ich Leute nach Alcifer schicken.« Und sogar nach Stassor, dachte er, um diese kostbare Statuette in meinen Besitz zu bringen, falls keine andere Möglichkeit gefunden wird. Die Aachim werden schwach, und schließlich wird sogar Stassor zugrunde gehen. Besser, die Statuette gelangt in meine Hände.

»Doch Tar Gaarn und Havissard«, fuhr er laut fort, »sind zu viel für mich.«

»Ich habe lange geglaubt, dass Havissard meine Bestimmung sein würde«, sagte Mendark, »und als ich in Zile weilte, habe ich die alten Karten ausfindig gemacht. In Thurkad erwartet mich jetzt nichts.« Er richtete einen finsteren, drohenden Blick auf Yggur, der es nicht sehen konnte. Einen Blick, der besagte: *Warte nur.* »Aber wenn derjenige, der Tar Gaarn besser kennt als irgendjemand sonst, mich begleiten würde ...«

»Warum fragst du, Mendark?«, sagte Shand. »Ich werde mit Karan und Llian nach Meldorin zurückkehren, und von dort aus heim nach Tullin. Der Gellon wird um die Zeit reifen, wenn wir dort ankommen. Du und ich haben einander nichts mitzuteilen. Das habe ich dir vor zwölf Jahren gesagt, falls du dich erinnerst ...«

Mendark wandte sich ab. »Ich hatte dich nicht für einen Feigling gehalten«, sagte er verächtlich.

Shand tat Mendarks Worte mit einem Schulterzucken ab. »Was ich zu sagen im Begriff war, hättest du mich ausreden lassen: Ich werde eine Karte für dich anfertigen. Nein, noch besser, Yggur und ich werden gemeinsam eine Karte zeichnen. Yggur!«, winkte er, und zu jedermanns Überraschung entflocht Yggur seine Gliedmaßen und setzte sich mit Shand zusammen. Shand schien die Fähigkeit zu besitzen, mit jedem auszukommen, bloß nicht mit Mendark. Er zeichnete auf einen alten Fetzen Pergament, während Yggur ihn berichtigte.

Nun erst begannen sie sich zu fragen, was aus Tensor und Karan geworden war. Stunden waren verstrichen, seitdem die beiden nach draußen gegangen waren; das braune Tageslicht war längst aus den Ritzen zwischen Türrahmen und Höhleneingang verschwunden. Der Wind hatte sich gelegt. Alles war ruhig. Und dann zerschnitt ein gellender Schrei der Qual die Stille.

Kapitel neunzehn

Die Beichte

Karan und Tensor fanden sich in einer feindseligen, giftigen Welt wieder. Eine Welt kreischenden Windes, erstickenden Staubes und erdrückender Luft, die Nase, Rachen und Lunge versengte. Tensor stand schwankend vor der Zeltbahn-Tür, während Karan seinen Gesichtsschutz befestigte. Sie bot ihm ihre Schulter, um sich daraufzustützen, dann machten sie sich auf den Weg und gingen sehr langsam den Canyon entlang und erklommen den Hang eines niedrigen Hügels.

Sie kämpften sich zu einer Stelle voller phantastisch geformter Säulen und Höhlen, Pfeiler und in den Sand gegrabener Furchen empor. Das Salz wies braunrote und gelbe Schichten auf, und der Wind hatte die weicheren Schichten abgetragen, sodass sich eine Vielzahl unmöglicher Formen gebildet hatte: hier ein Block, dessen Schichten an die Seiten eines Buchs gemahnten; dort ein Vorsprung, der spitz zulief wie die Schnauze eines Nagetiers, einschließlich Ansätzen von Barthaaren an einer Seite.

Karan hatte genug Zeit, diese Skulpturen eingehend zu betrachten, so quälend war Tensors Vorankommen. Welchen Schaden Rulkes Hieb ihm auch immer zugefügt hatte, und niemand außer den Aachim kannte das volle Ausmaß dieser Schädigung, er hatte seinen Rücken und seine Hüfte verbogen, desgleichen seine ganze linke Seite vom Knie bis zur Schulter; sogar sein linker Arm hing schlaff und nutzlos herab. Nur ein Rest jener einstigen enormen Willenskraft trieb ihn voran, sperrte den Schmerz aus, den sein verdrehter Leib und seine zerrissenen Eingeweide verursachten. Aber er hatte noch nichts gesagt.

Der letzte Abschnitt dieser Kletterpartie, in den Rachen des Windes hinein, war am Schlimmsten. Karans Augen brannten wie Feuer, ehe er bewältigt war. Sie stolperten auf die flache Spitze eines Salzhügels, des höchsten im Umkreis, und der Wind zerrte so stark an ihrem Mantel, dass er sich wie ein Segel blähte und sie von den Füßen hob. Tensors Finger gruben sich in ihre Schulter, und sein Gewicht zog sie wieder nach unten, dann war die Sturmbö vorbei.

»Willst du dich hinsetzen?«, rief sie. Nicht weit entfernt wuchs eine Erhebung aus Steinsalz bis zur Höhe ihrer Schultern empor und bot Zuflucht vor dem Wind.

Seine Stimme erklang trocken und kratzend, ein Geräusch, als rieben zwei Salzblöcke gegeneinander. »Würde ich mich hinsetzen, ich stünde vielleicht nie wieder auf.«

Gelbe Wolken rasten über die weite Ebene, und abermals wurde ihre Welt von Staub verdunkelt. Karan blickte sehnsüchtig auf die nahe Zuflucht, stemmte ihre Beine gegen den Wind und schloss die Augen. Tensor starrte blicklos gen Osten, bis seine Augen wund und verschorft waren.

»Halt durch!«, sagte er. »Halt durch.«

Sie erwiderte nichts, denn es gab nichts zu sagen.

»Du bist jetzt die einzige Hoffnung«, fuhr er fort, anscheinend im Selbstgespräch. »Sie können nicht wissen, wohin es sie führt, und niemand wird es ihnen sagen. Nur du kannst das Schema jetzt erkennen. Halt durch!«

Der Windstoß ging vorüber; Salzkristalle glitzerten in der Luft wie Glimmer, der durch Sonnenlicht regnet. Dann hellte der Himmel sich plötzlich auf, und der Berg von Katazza ragte vor ihnen auf, mit von der Sonne rot angehauchten Zinnen, scheinbar nur einen Tagesmarsch entfernt: mächtig, uneinnehmbar; gefallen. Karan zog einen Kiesel aus ihrer Tasche und steckte ihn sich in den Mund, doch ihr Mund war so trocken wie ihre Hände. Obwohl sie daran lutschte, entstand keine Feuchtigkeit. Sie wischte sich Salzstaub von den Wangen und musste niesen.

»Was hat ...?«, hob sie an.

Tensor wandte sich zu Karan um und richtete jenen starren, vernichtenden Blick auf sie, den sie aus ihrer Kindheit so deutlich in Erinnerung hatte. »Ich sage dir, Karan, du hast all das über uns gebracht ...« Er hob seine Hand, als sie etwas sagen wollte. »Nein, lass mich sprechen! Du hast uns Schaden zugefügt, indem du den Spiegel nach Shazmak gebracht hast, Emmant aufstacheltest, uns anlogst, den Spiegel abermals stahlst. Das waren fraglos bittere Entscheidungen für dich, doch du hast sie getroffen. Du liefertest Rulke eine Brücke, mit deren Hilfe er aus seinem Gefängnis hinausgreifen und die Ghâshâd erwecken konnte. Egal wie wohlmeinend, egal wie unwissend, du warst der Dreh- und Angelpunkt. Nicht der Kopf hinter allem, aber die entscheidende Verbindung. Wären ohne dich die Ghâshâd jemals nach Shazmak hineingelangt? Hätte Emmant uns jemals verraten? Ohne dich wäre all das nicht geschehen. Wegen dir geschah es.

Ich klage dich nicht länger an. Wer bin ich, irgendjemanden anzuklagen? Deine Verbrechen verblassen zu nichts neben den meinen. Dennoch bist du darin verstrickt und musst die Bürde tragen.«

Karan schwieg. Sie hatte nicht vergessen, wie bitter ihre Entscheidungen gewesen waren, und auch nicht, welche Folgen sie gehabt hatten. Du hast recht, dachte sie. Ich kann meinen Anteil an alldem nicht verleugnen.

Plötzlich floss es aus Tensor heraus wie ein Strom, sprudelte immer schneller und schneller, seine Worte überschlugen sich vor lauter Hast, freizukommen. »Wir sind beide verantwortlich, du und ich. Noch zurzeit Aachans, in ferner Vergangenheit, entschied ich mich, Rulke und Shuthdar beim Schmieden der Flöte zu helfen; ich arbeitete mit ihnen zusammen, obwohl ich wusste, dass ihr Tun verboten war. Ich hinterließ die Lücke im Nachtland, um es später erkunden zu können. Ich entschied, dich in Shazmak aufzunehmen, um dich zu prägen. Ich veranlasste Emmant, dich zu bespitzeln, obwohl ich wusste, welch ein schadhaftes Werkzeug er war. Ich schickte Faelamor nach Shazmak, ungeachtet ihrer Warnungen und Drohungen. Ich wandte Gewalt gegen die unselige Nelissa an und verletzte dadurch die Gesetze des Konklave.« Er holte tief Luft, dann setzte er seinen Redeschwall fort: »Ich benutzte den Verdrehten Spiegel, um die Lücke wiederzufinden, obwohl ich wusste, dass der Spiegel sich vielleicht nicht als wahrhaftig erweisen würde. Und er tat es nicht; er betrog mich. Ich erschuf das Tor und versagte dabei, es zu schützen, und öffnete es zu schnell, ungeachtet deiner Warnungen und Bitten und der Warnungen der Syndikatoren. In den gesamten Historien war niemand herausragender, aufrechter und unbeirrbarer in seiner Torheit als ich. Die Hybris von Pitlis mag letztendlich größer gewesen sein, doch meine war das Werk eines ganzen Lebens.

Wäre es das nicht ...« Tensor sackte zusammen, der Wille, der seinen deformierten Körper aufrecht gehalten hatte, versagte unter der Last seiner Verzweiflung. Karan konnte ihn nicht halten. Gemeinsam stürzten sie auf das Salz.

Mühsam kroch sie unter ihm hervor. Tensors Kopf war mit der Seite auf eine Erhebung aus Steinsalz geschlagen. Ein breiter Blutstrom quoll aus seiner Wange, stockte aber in der Hitze bald. Seine dunkle Haut hatte eine grüngelbe, gallige Färbung angenommen. Schwach atmend, schien er dem Tode nah. Der Wind begann wieder zu pfeifen; eine weitere Sturmbö fiel sie an. Es blieb gerade noch Zeit genug, um den Gesichtsschutz über Tensors Nase und Mund zu schließen, ehe der Windstoß Karan von den Füßen hob und versuchte, sie ihn den Canyon hinabzufegen.

Karan zog sich wenige Schritte weit bis zu der Zuflucht zurück, die sie zuvor gesehen hatte. Warum hatte Tensor sie hierhergebracht? Um ihr ihre Schuld einzubläuen oder sich in seiner eigenen zu suhlen? Sie hegte keine Illusionen bezüglich dessen, was sie während jener schrecklichen Zeit tat, als sie den

Spiegel bei sich hatte. Sie hatte ihren Weg in Kenntnis der Tatsache gewählt, dass dies die Aachim verletzen musste. *Sie* würde sich nicht in Schuld suhlen. So viele Leute hatten sie benutzt. Dennoch empfand sie ihre Verantwortung.

Die Bö ließ nach. Karan rannte zurück zu Tensor und schüttelte den Staub von seinem Verband. Er schlug die wunden Augen auf und starrte durch sie hindurch. Mit einem Zipfel der Binde tupfte sie verkrustetes Salz von seinen Augenlidern.

»Du hast gesagt, dass du mir etwas beichten willst. War es *das?* Du hast mir nichts erzählt, was ich nicht schon wusste.«

Tensor mühte sich, bis er aufrecht saß.

»Nein«, sagte er und hustete sich den Staub aus der Kehle. »Ganz und gar nicht. Ich habe dir eine große Gemeinheit angetan.« Er versuchte, aufzustehen, schaffte es aber nur bis auf die Knie. Er konnte ihr immer noch in die Augen blicken.

»Ich erinnere mich, wie du zu mir nach Shazmak gekommen bist«, krächzte Tensor. »Ich werde nie vergessen, wie du auf der Türschwelle standest und sagtest: *Ich bin heimgekommen.* Welch ein Kobold du warst; welch ein winziges, verdrecktes kleines Ding. Und doch, welch eine Stärke! Welche Würde! Du hast mein Herz gerührt. Du warst all das, was ich von der Tochter deines Vaters erwartet hätte, aufsässig und lästig, wie er es gewesen war. Dennoch hätte ich dich fortgeschickt, in den Tod.«

Karan schauderte.

»Ich hätte dich abgewiesen, obwohl du die Art von Tochter warst, die ich mir immer erträumt hatte. Du hattest kein Anrecht auf Shazmak – dein Vater hatte seinen Eid gebrochen und ihn abermals allein dadurch gebrochen, dass er dir von unserer Stadt erzählte. Ich sah eine große Gefahr in dir. Alle Mischlinge stellen eine Bedrohung dar, aber du ganz besonders. Ich erkannte, dass du kommen, aber nicht bleiben würdest; dass du zurück in die Welt hinausgehen und sie über uns bringen würdest. Hätte ich dich bloß fortgeschickt.

Aber die Achim erlaubten es nicht. Nur selten haben sie meinen Rat missachtet, aber diesmal waren sie unerschütterlich. Von dem Augenblick an, als sie deiner ansichtig wurden, waren sie bezaubert. Sie glaubten, dich zu kennen. Ha! *Gar nichts* wussten sie!

Du hast mein Herz gerührt«, krächzte er, »und ich liebte dich. Selbst Raels Liebe zu dir war nicht größer als meine. Ich hatte Angst vor dem, was du uns bringen würdest – *Triune,* tausendmal schlimmer als irgendein Mischling!«

Karan fühlte eine Klinge aus Eis in ihre Brust dringen. »Triune? Was meinst du damit?«

»*Du* bist ein zweifacher Mischling, Karan, eine Triune, denn in deinen Adern fließt das Blut der Drei Welten. Drei unterschiedliche menschliche Arten – Altmenschen, Aachim *und* Faellem!«

»Faellem!«, sagte Karan verwirrt.

»Du wusstest nicht, dass du einen Faellem-Vorfahren hast? Ich habe es nie einer Menschenseele erzählt; mit diesem Wissen wäre niemand mehr vertrauenswürdig gewesen. Unsere Historien erzählen von einer Triune – wie sie aus dem Nirgendwo auftauchen und sogar Zeit und Raum bewegen würde. Wie sehr wünsche ich, ich hätte dich an jener Tür abgewiesen.« Er kam auf die Beine; sein großer Arm legte sich um ihre schmalen Schultern. Tensor drückte sie an sich, sehr sanft.

Sie blickte zu ihm auf, unfähig, das alles zu glauben. Dies veränderte alles. Sie war also nicht diejenige, die sie zu sein geglaubt hatte.

»Aber sie ließen dich herein. Alles, was ich tun konnte, war, dich nach meinen Vorstellungen zu formen. Ich übernahm deine schulische Ausbildung und versuchte, das Aufblühen jener Gaben in dir zu verhindern, in denen ich die größte Gefahr für uns sah. War ich erfolgreich, oder habe ich versagt? Habe ich dir Schaden zugefügt? Sicherlich bist du weniger, als du sein könntest, und jetzt bist du zu alt, zu sehr geprägt, um es aufzuholen. Manchmal hat das *Prägen* Erfolg, doch ein andermal ist die Macht der Vorherbestimmung, das Schicksalsmoment, wie das Volk deiner Mutter sagen würde, unabänderlich. In mancher Hinsicht, in der du eigentlich sehr vielversprechend warst, hast du dich nicht entwickelt. Dafür bist du vielfach in anderer, unerwarteter Hinsicht förmlich explodiert; Gaben gediehen, die uns letztlich vielleicht noch mehr bedrohen. Ich versuchte sogar, alles Wissen über das Haus von Elienor in dir zu unterdrücken, damit du nie etwas über dein großes Erbe erfahren würdest. Aber Malien gestattete es nicht. Sie sabotierte mich bei jedem Schritt.«

Karan war schockiert; schockiert, von ihrer Abstammung zu erfahren. Triune zu sein war ein Fluch, ein grässliches Stigma des Wahnsinns und der Unberechenbarkeit. Sie war schockiert darüber, was er ihr angetan hatte. *Das* war es also, weswegen sie so lange verfolgt worden war. Warum alle etwas von ihr wollten, sobald sie etwas Seltsames und Seltenes in ihr entdeckt hatten. Wie hatte er so an ihr herumpfuschen können; und ohne dass sie es jemals erfuhr? Das konnte sie ihm nicht verzeihen.

»Das ist alles«, sagte Tensor. »Geh jetzt zurück. Dir gehört die Zukunft, falls du irgendetwas aus dem Debakel retten kannst, das meine Torheit verursacht hat.«

Karan wandte sich ab, voller Hass und Verachtung. Fluch über ihn! Warum sollte er nicht hier sein Ende finden, wenn er es so sehr wünschte? Mit Salz durchmischter Sand scheuerte ihre Wangen auf, als sie den Pfad hinabging. Unten angekommen, blickte sie zurück. Tensor stand aufrecht wie eine Salzsäule. Fetzen eines Gedichtes wehten im Wind an ihr Ohr, ein Monolog der Verzweiflung und des Versagens. »Ich bin nichts. Alles, wofür ich jemals stand, ist *nichts!*«

Eine erstickende Salzwolke traf Karan. Sie kauerte sich unter ihrem Mantel zusammen, bis sie vorbei war. Die nächste Windbö heulte ihr entgegen, und dann die übernächste. Stunden waren verstrichen, seit sie hier herausgekommen waren. Der Tag war zu Ende, am Himmel standen bereits ein paar helle

Sterne, und der rötliche Skorpionnebel brütete am Firmament. Sie spähte durch die Düsternis. Die Säule war fort; Tensor war nicht da. Ihr Ärger verflog. Trotz seiner Sünden war Tensor wie ein Vater für sie gewesen: Sie konnte ihn nicht einsam sterben lassen.

Sie eilte wieder hinauf, im Zwielicht strauchelnd und rutschend. Tensor lag reglos da, ein Wrack inmitten der Felsen. Er sah tot aus, aber als sie die salzbedeckten Binden abwickelte und über seine Wange strich, hob er flatternd die Lider. Sie hob seinen Kopf an und wischte das Salz weg.

»Lass mich allein«, bat er. »Dies ist ein passender Ort und ein passendes Ende.«

Er gab auf, stahl sich fort und empfand nichts als Selbstmitleid und Verzweiflung. Etwas an dieser Gebärde versetzte ihr einen Stich. Es war sein Stolz, der aus ihm sprach, so wie es immer gewesen war. Karans Mitgefühl schwand; so weit gesunken war Tensor gegenüber dem, was er einst gewesen war. Wie konnte er es wagen, so an ihr herumzupfuschen? Lass ihn etwas tun, mit dem er seine Torheit wettmacht.

»Ich habe Unrecht getan, das weiß ich«, sagte sie, »aber niemals habe ich um meiner selbst willen gehandelt. Du hast mir und ganz Santhenar Unrecht zugefügt mit deinem unermesslichen Stolz, doch was besitzen die Aachim, um stolz darauf zu sein, außer der Vergangenheit? Und sogar in dieser Hinsicht beruht ihr Stolz eher auf glorreichen Fehlschlägen als großen Taten oder bleibenden Werken. Es ist lange her, dass die Aachim in irgendetwas groß waren außer in ihrer Selbstüberschätzung. Jetzt steh schon auf! Es wird eine Zeit kommen, da sogar *deine* Hilfe vonnöten ist. *Steh auf!* Deine Verzweiflung ist nicht furchtbarer als dein Stolz, und beide wurzeln im selben Mutterboden.«

»Lass mich allein«, krächzte er. »Ich habe nichts mehr zu geben. Es ist angemessen, dass ich an diesem unfruchtbaren und wertlosen Ort sterbe. So gehen wir alle dahin.«

Seine Augen verloren ihren Glanz und verschwanden langsam hinter seinen Lidern, als ihm der Wille über seinen verkrüppelten Körper entglitt.

»Wag es nicht, zu sterben, du *Memme!*«, schrie sie ihm ins Gesicht. Seine Augen öffneten sich flatternd, aber so matt, dass selbst der hellste Stern sich nicht in ihnen spiegelte. »Es war deine verderbte Torheit, die Schrecken und Vernichtung über alle hereinbrechen ließ. Und nun, da der Schaden angerichtet ist, suhlst du dich in Selbstmitleid, wie es der verfluchte Pitlis tat, und lässt dann dein Volk ohne Hoffnung zurück. Aber diesmal nicht – ich lasse es nicht zu.«

Tensors Augen wurden glasig. Der Feigling! In einem Wutanfall sprang sie auf die Füße und trat ihn gezielt und so fest sie konnte in seine verletzte Hüfte – und war sofort entsetzt und angewidert von sich selbst.

Tensor krümmte sich. Seine Augen öffneten sich flatternd, und er stieß einen lauten Schrei der Qual aus. Seine Arme umschlangen die misshandelte Körperpartie, während auf seinem ganzen Gesicht Schweißperlen ausbrachen, auf die die Sterne Lichttupfer sprenkelten. Sonst verursachte er kein Geräusch, obwohl der Schmerz ungehemmt aufwärts und abwärts durch seinen Körper vibrierte wie dröhnende Glockenschläge. Er richtete einen Blick voll nackten Zorns auf sie.

»Warum hast du mich zurückgerufen, abscheuliches Kind? Meine Zeit ist abgelaufen.«

Auf ihren salzigen Wangen glitzerten Tränen. »Wie du mich unterwiesen hast, so unterweise ich jetzt dich«, sagte sie mit eisiger Stimme. »Welch eine Verachtung musst du für mich empfunden haben, um mich zu formen wie ein Tier, mich meiner Bestimmung zu berauben. Nun, dies ist es, was ich jetzt für dich empfinde: Verachtung! Du hast nichts aufgebaut. Du hast verfälscht, du hast verdreht, du hast zerstört, und als all das Gute, mit dem du begonnen hattest, in Trümmern lag, bist du geflohen, weil du nicht den Mut besaßest, wieder zu flicken, was du zerbrochen hattest.«

Ihre Stimme übertönte den Wind. »Es ist dein Stolz, der dir eintrichtert, dass du hier in der Ödnis zu sterben hast. Ich hätte mehr von dir gehalten, wärest du allein hinausgegangen, statt mich hierherzubringen und mir einen Vortrag zu halten und mich zum Zeugen deiner so genannten Würde zu machen. Das ist keine Würde; das ist keine Ehre, das ist *Überheblichkeit!* Tensor ist der Name einer Memme, und deine Taten sind die eines stolzen, eitlen Feiglings, das Verderben aller. Erheb dich von deinem Feiglings-Lager, Tensor, oder ich verfluche dich bis hinab ins Grab und darüber hinaus. Steh auf! *Steh auf!*«

Während dieser Vorgänge war die übrige Gruppe herbeigerannt. Die Aachim machten Anstalten, Tensor zu Hilfe zu kommen, doch Shand streckte seinen Arm aus und hielt sie zurück. Sie alle scharten sich hinter ihn und sahen zu – gleichmütig, schockiert oder wütend.

Karan sah, dass Llians hungrige Augen auf ihr ruhten, aber sie hatte jetzt keine Zeit für ihn. »Steh auf«, sagte Karan, »tilge deine Schuld.«

Tensor kämpfte, gab auf, hob den Blick und sah in Karans kalte Augen, versuchte es erneut und kam auf die Knie hoch. Seine Haut war von einem scheußlichen Gelbgrau, seine Stirn troff vor Schweiß. »Ich kann es nicht«, sagte er. »Die Schmerzen ...«

»Die Schmerzen?«, schrie sie ihm ins Gesicht. »Was bedeuten Schmerzen verglichen mit dem Stolz der Aachim? Was bedeuten Schmerzen verglichen mit Ehre? Zur Hölle mit deinen Schmerzen. Den Tensor, den ich kannte, hätten sie nicht wanken lassen. Stehe, wenn du den Mut dazu besitzt.«

Tensor hockte auf den Knien und stützte sich mit den Händen ab. Er zwang sich hoch, fiel wieder auf die Knie zurück, zwang sich hoch, fiel wieder hin. Hinter Karan wurden die Aachim unruhig, doch noch immer hielt Shand sie zurück. Tensor unternahm eine überragende Anstrengung, trieb sich selbst gegen die Schmerzen und die Erschöpfung an, bis an die

Grenze seiner Kraft und darüber hinaus. Er fiel wieder zurück. Er sah zu Karan auf – alt, hoffnungslos, verzweifelt.

»Ich schaff's nicht«, krächzte er. »Wirst ... wirst du mir helfen?«

Es war vorbei. Während Tränen ihre salzverkrusteten Wangen hinabströmten, legte Karan die Arme um seine Taille und mühte sich, ihn hochzuheben, so behutsam wie nur möglich. Er taumelte auf die Füße, mit den Händen auf ihre Schultern gestützt. Tensor fand sein Gleichgewicht, machte einen schlurfenden Schritt und wäre aufs Gesicht gefallen, doch sie hielt ihn aufrecht. Einen Augenblick lang ruhten sie aus, dann bot Karan ihm ihre Schulter, und sie schritten mühsam hinter der Gesellschaft her, den Hügel hinunter und bis in die Höhle zu der Stelle, wo Tensor zuvor gelegen hatte. In der Höhle folgten die anderen langsam hinterdrein, paarweise nebeneinander schreitend wie die Ehrenwache bei einer Beerdigung.

Tensor stand neben seiner Trage, auf Karans Schulter gelehnt, und blickte auf sie nieder. »Wie, meinst du, soll ich meine Schuld tilgen?«, fragte er mit freundlicher, heiserer Stimme.

»Ich habe keine Ahnung«, antwortete sie, »ich weiß nur, dass eine Zeit kommen und du einen Ruf erhalten wirst.«

»Ich werde ihm folgen«, sagte er, wurde auf seiner Trage niedergelegt und fiel in Schlaf.

Doch die ganze Nacht über, und während ihrer restlichen Reise über das Salz, musste Karan daran denken, was ihr angetan worden war, was sie hätte sein können und was sie, wie sie nun wusste, war. Eine Triune – ein wahnsinniges, schmähliches Etwas. Plötzlich fühlte Karan sich unzufrieden mit sich selbst, wegen des Teils von ihr, der auf ewig verloren war. In ihr war ein Loch, das sie nicht füllen konnte.

Am anderen Ende der Höhle hielten die Debatten noch immer an, als die Sonne aufging. Llian lauschte ihnen, gebannt von dem Drama, und hielt in seinem perfekten Gedächtnis alles für seine *Geschichte vom Spiegel* fest. Das munterte ihn beträchtlich auf. Es würde eine Große Geschichte werden, die dreiundzwanzigste, und sein Name würde mit ihr verbunden sein.

»Aber wie hilft uns das?« Jetzt sprach Tallia. »Wir wissen nicht, wie man die Flöte fertigt oder wie man sie benutzt.«

»Das ist ein Problem für später«, sagte Mendark. »Lasst uns sie erst einmal herstellen, falls wir es können.«

»Es *ist* später und wir können es nicht dauernd hinausschieben.«

Ein langes Schweigen trat ein. Mit einem sandigen Zischen schleuderte der Frühwind Salzkristalle gegen ihre Tür.

Aus der Ecke erklang eine heisere, stockende Stimme.

»Ich weiß genau, wie die Flöte hergestellt wurde«, sagte Tensor. »Ich kann es euch sagen, obwohl es euch letztendlich nichts nützen wird.«

»Du!«, rief Mendark verblüfft, aber ob er verblüfft war, weil Tensor es wusste, oder weil er ihnen zu helfen gewillt war, ließ sich unmöglich sagen.

»In Aachan«, sagte Tensor müde, »wurden wir zu niederen Menschen, zu Arbeitstieren, nachdem die Charon unsere Welt eingenommen hatten. Uns oblagen die anstrengenden Tätigkeiten und die unangenehmen. Bei der Anfertigung der Flöte waren viele beschwerliche Aufgaben zu bewältigen, zu viele für Shuthdar. Er benötige eine dritte Hand, und ich war dieser Gehilfe. Wie sollte ich so etwas je vergessen?«

»Wie kann es sein, dass du nicht eine zweite für dich selbst angefertigt hast, wenn du wusstest, wie es geht?«, fragte Mendark misstrauisch.

»In Aachan bot sich keine Gelegenheit dafür; und sobald wir in Santhenar waren, wozu? Anfangs waren wir hier glücklich. Wir haben nie nach Macht gestrebt, nur nach Freiheit. Dann, nach der Düsternis, was hätte es gebracht? Außerdem war Gold aus Aachan vonnöten. Nichts anderes würde sich eignen.« Seine Augen fielen zu; er schlief wieder.

Darüber debattierten sie ausführlich. »Glaubst du, man kann sich auf ihn verlassen?«, fragte Shand. »Wir sollten gar nicht erst daran denken, auf ihn zurückzugreifen, falls er es nicht kann.«

»Er war immer ehrlich, auf seine Art«, sagte Mendark. »So ehrlich, wie ein großer Anführer sein kann. Aber bestimmt verfolgt er seine eigenen Interessen. Und selbst wenn er sich genau daran erinnert, wie man die Flöte baut, heißt das noch nicht, dass sie sich neu erschaffen lässt.«

»Vier Dinge werden wir finden oder erlernen müssen.« Mendark zählte sie an den Fingern ab. »Erstens – genügend Gold, *die richtige Art von Gold*, für die Flöte. Zweitens – die Methode, wie man sie *baut*. Drittens – die Methode, wie man sie *benutzt*. Viertens – denjenigen, *der* sie benutzt. Wir besitzen Anhaltspunkte für das Erste und das Zweite. Lasst uns sehen, was wir damit anfangen können. Falls wir Gold finden oder die Flöte neu erschaffen können, wird noch Zeit sein, uns darüber Gedanken zu machen, ob wir sie benutzen können. Vielleicht ist das eines der Geheimnisse des Spiegels.«

Vielleicht ist es das, dachte Llian, und vielleicht werde *ich* derjenige sein, der es herausfindet. Mit einem Mal war die ganze Begeisterung des Chronisten neu entfacht. Welch eine Geschichte würde das ergeben, und es war *seine*.

Sie hätten aufgeregt sein sollen angesichts der Aussichten, die die Flöte eröffnete, doch als Llian den Blick über die kleine Gruppe schweifen ließ, stand ihnen allen hauptsächlich Furcht ins Gesicht geschrieben. Oder Verzweiflung angesichts der Möglichkeit, dass sie für dieses Unterfangen vielleicht alles gaben und nichts dabei herauskommen würde. Allen außer Mendark.

»Malien, ich muss mehr über den Spiegel wissen. Was stand über ihn geschrieben?«

»Nichts, von dem ich weiß, außer dass er existierte und dass er gefährlich war.«

Er runzelte die Stirn. »Warum nichts?«

»Es gab keine Veranlassung dafür. Die Wenigen, die den Spiegel gebrauchten, wussten alles über ihn. Dann wurde er zu einer verqueren und gefährlichen Sache, und er wurde weggelegt und vergessen. Nach seinem Diebstahl deformierte Yalkara ihn nach ihrem Willen; veränderte ihn. Was wir über ihn wussten, war nicht mehr maßgeblich.«

»Ich kann nicht glauben, dass nichts darüber aufgezeichnet wurde.«

»Das war lange vor meiner Zeit. Du musst Tensor oder Selial fragen. Aber sogar Tensor kann dir nicht sagen, was Yalkara damit angestellt hat.«

»Gut, ich werde mich jetzt dem dritten Problem widmen«, sagte Mendark. »Der Methode, wie man die Flöte benutzt. Von jetzt an werde ich den Spiegel in Verwahrung nehmen, Shand.«

»Das wirst du nicht!«, sagte Shand verärgert. »Er ist in meine Obhut zurückgelangt, und seine Gabe gehört ganz allein mir. Höre, was vor vielen Jahren geweissagt wurde: *Der Spiegel ist blockiert und kann nicht benutzt werden außer von dem Einen, der die Blockade zu lösen vermag. Der Schlüssel dazu liegt im Spiegel selbst.* Kannst du dieses Paradox auflösen?«

Mendark rang beträchtliche Zeit lang mit diesem Problem. »Nein«, sagte er.

»Dann wirst *du* niemals fähig sein, ihn zu benutzen.«

Llian war in das Paradox vertieft, aber Shand sagte weiter nichts mehr.

Kapitel zwanzig

Schlammschlacht

Im Verlauf des Tages erschöpfte sich der Sturm. Bevor es dunkel wurde, packten sie ihre Sachen zusammen und brachen auf, zogen ihre Schlitten mit den schlaffen Wasserschläuchen über den groben Sand am Grund des Canyons und auf das kristalline Salz hinaus, das sich dahinter erstreckte und unter den Kufen der Schlitten knirschte und krachte. Drei Wochen waren jetzt vergangen, seit die Gesellschaft Katazza verlassen hatte, und zwölf Tage, seit sie ihre Wasservorräte am Fuß des Berges aufgefrischt hatten. Sie besaßen noch Wasser für eine weitere Woche, aber die Seen waren noch acht oder neun Tage entfernt.

Unter den günstigen Bedingungen kamen sie schneller voran, zumal die späteren Abschnitte jeder Nacht vom zunehmenden Neumond erhellt wurden, obwohl seine dunkle Seite sich jetzt langsam und bedrohlich der Vollmondphase näherte.

Die Tage wurden unerträglich heiß und ermüdend – die Gemüter brausten ohne den geringsten Anlass auf. So wie der Mond immer dunkler wurde, was ihre eigenen Schwierigkeiten widerzuspiegeln schien, so wurden ihre Streitigkeiten heftiger. Seit Karans Angriff hatte Yggurs Sehkraft wieder abgenommen, wodurch er sich in eine kalte, grimmige Wut gegen Llian, gegen Karan und gegen die ganze Welt hineinsteigerte.

Karan bemerkte es kaum, so sehr beschäftigte sie sich mit Tensors Enthüllung und dem, was er ihr angetan hatte.

Eines Tages fiel Karan auf, dass Selial erstaunlich stark gealtert schien. Ihr silbernes Haar war schmutzig weiß geworden und die Kleider schlackerten an ihr.

»Was ist mit Selial los?«, wollte Karan von Malien wissen, als sie sich über die absolut gleichförmige Salzebene schleppten.

»Sie wird bald sterben. Sie hat aufgegeben.«

»Gibt es denn nichts, was man für sie tun kann?«

»Würdest du sie noch mehr leiden lassen, als sie es jetzt schon tut?«

Karan blickte zurück. Selial stolperte für sich allein voran, den Kopf gesenkt, die Arme leblos herabhängend. In diesem Moment blickte sie auf, ohne jedoch Karans Starren zu bemerken.

»Sie war in Shazmak sehr freundlich zu mir.«

»Dann erweise ihr dieselbe Freundlichkeit. Schenk ihr tröstende Worte und Dank, und lass sie in Frieden.«

An jenem Abend, ehe sie aufbrachen, rief Selial die Aachim zusammen. Auch Karan war dazu geladen. Sie nahmen ihre Plätze auf dem Boden um sie herum ein. Es herrschte bereits Dreiviertelmond, doch er verbreitete ein unheimliches Licht, da er die meiste Zeit über seine dunkle Seite zeigte.

»Meine Zeit ist gekommen«, sagte Selial mit jener Würde, die so bezeichnend für sie war. »Aber meine Ruhestätte liegt weit von hier entfernt, daher werde ich weiter durchhalten. Ich habe mich entschlossen, neben den Eisernen Toren des Hornrass, auf der Spitze des Foshorn zu ruhen. Die Regenbogenbrücke war unser größtes Meisterstück in ganz Santhenar, und ich möchte mein *Ewiges Träumen* mit meiner Urgroßmutter teilen, die sie erschaffen hat. Mögen wir uns wiedersehen, wenn Faranda und Lauralin noch einmal in Verbindung treten.«

»Ich werde mit dir kommen und dir Lebewohl sagen«, versprach Karan mit Tränen in den Augen.

Die Reise brachte wenig Bemerkenswertes mit sich außer Hitze, Salzstaub, Durst und Erschöpfung. Luftspiegelungen verhießen tagtäglich Wasser, doch stets fanden die Reisenden nur heiß gebackenes Salz vor. Eine gute Sache hatte sich gleichwohl ereignet – seit Karans Auseinandersetzung mit Tensor hatte Basitor aufgehört, Llian nachzustellen.

Am siebenten Abend ging das Wasser aus. »Wie weit noch?«, fragte Yggur, als sie die letzten Tropfen aus den letzten Schläuchen wrangen.

»Mindestens ein Tag«, sagte Osseion.

Sie schleppten sich durch die Nacht voran, und als die Nacht sich neigte, hatten sie sehr unter Austrocknung zu leiden. »Weit kann es nicht mehr sein«, keuchte Mendark, als das erste Frühlicht über den östlichen Horizont kroch. »Es ist jetzt sicherlich nicht mehr allzu weit.«

Hinter ihnen schnellte die Sonne empor und offenbarte eine Salzebene, die sich endlos in alle Richtungen erstreckte. »Nun«, sagte Mendark, »dies ist der Augenblick der Entscheidung. Bleiben wir hier und sterben, oder machen wir weiter bis wir sterben. Egal wie, es wird nicht lange dauern.«

»Wir können immer noch ein kleines Stückchen gehen«, sagte Shand und zupfte sich trockene Hautfetzen von den Lippen.

Karan blieb abrupt stehen und starrte um sich. Die anderen gingen weiter, sogar Llian, bis sie allein war.

»Was ist das?«, murmelte sie und witterte in der Luft. Vielleicht war es ihre Empfindsamen-Gabe, oder womöglich hatten die auf dem Salz verbrachten Monate des vergangenen Frühlings ihre Fähigkeit gesteigert, Wasser zu riechen.

Niemand antwortete; sie schleppten sich einfach weiter. Es hatte bereits zu viele Fehlalarme gegeben.

»Wir gehen in die falsche Richtung!«, rief Karan heiser. »Ich spüre Wasser!« Sie drehte sich um und um. »Ja, es liegt in dieser Richtung, weiter südlich.«

Niemand widersprach oder sagte auch nur etwas. Es war zu anstrengend. Aber sie folgten ihr.

Karan stapfte stundenlang voran. Jeder Schritt war zur Mühsal geworden. Ihre Muskeln fühlten sich an, als wären sie miteinander verleimt; jeder Zentimeter ihrer Haut juckte. Sie erkannte die Symptome – fortschreitende Austrocknung, die ihren Tod herbeiführen würde, ehe der Tag um war.

Als die Sonne höher stieg, flirrten Luftspiegelungen über dem Salz, die verlockendsten, die sie je erblickt hatten.

»Welche Richtung?«, schnarrte Mendark.

»Ich – ich kann es nicht sagen«, erwiderte Karan. Ihre Gabe hatte sie wieder verlassen.

»Hebt mich hoch, egal wer«, sagte Llian.

Basitor und Osseion waren die Größten. Basitor bedachte Llian mit einem vielsagenden Blick, stand aber geduldig neben Osseion, während Llian auf ihre Schultern gehoben wurde. Ganz vorsichtig stellte er sich auf und blickte in alle Richtungen.

»Was siehst du?«, riefen sie.

»Nichts! Ich bin nicht hoch genug!«

Osseion und Basitor packten jeder eines seiner Fußgelenke und stemmten ihn über ihre Köpfe. Basitors Faust war wie eine Eisenfessel.

»Ich sehe Wasser«, krächzte Llian zwischen rissigen Lippen hervor. Er wies mit ausgestrecktem Arm leicht südwärts von ihrem Weg. »Es sind die Seen!«

»Noch eine Fata Morgana!«, keuchte Yggur.

»Diese weist Bäume auf«, sagte Llian, und wenig später sahen es alle, eine kleine Ansammlung von Mangroven mit dunkelgrünen Blättern inmitten des Salzes und eine lange, begrünte Schlammbank, die sich in die Ferne erstreckte.

»Es *ist* Wasser!«, rief Karan, als hätte sie es selbst nicht recht glauben können. »Schnell, rennt hin!«

Sie und Tallia verfielen in einen stolpernden Spurt auf den

See zu. Llian folgte langsam; es war zu heiß für eine solche Narretei. Als Karan die Wasserkante fast erreicht hatte, sprang sie von einem Hügel hinab, um einer Matschpfütze auszuweichen. Als sie aufkam, brachen ihre Füße geradewegs durch eine Salzdecke, und sie tauchte hüfttief in den salzigen Schlick. Sie lachte laut auf. »Juchhee! Das ist heiß!«

Sie versuchte, sich an Land zu ziehen, doch immer wenn sie ihr Gewicht auf die Salzdecke verlagerte, brach sie wieder ein.

»Hilfe!«, rief sie, noch immer lachend. Dann rutschte sie tiefer in den Schlamm hinab und erkannte schlagartig, dass es ernst war. »Tallia! Es zieht mich hinab!«

Tallia war bei Karans erstem Schrei stehen geblieben, doch um ihre Füße begann sich Wasser zu sammeln, und ohne Vorwarnung gab die Salzdecke unter ihr ebenfalls nach.

»Llian!«, rief sie. »Renn zurück! Hol Hilfe!«

Llian kam weiter heran. Er hatte Angst, Hilfe zu holen, falls sie plötzlich in die Tiefe gesogen würden.

»Mach schon!«, kreischte Tallia. »Uns passiert nichts!«

»Das kannst du vielleicht von dir behaupten«, sagte Karan, die noch immer im Morast strampelte, während Llian davoneilte. Plötzlich sackte sie erneut ab, bis der Schlamm ihr bis zur Brust reichte. Sie geriet in Panik und schlug wild um sich.

»Beweg dich nicht«, mahnte Tallia, der es gelungen war, einen Fuß freizubekommen, doch nur, um mit dem anderen so tief einzusinken, dass sie das Gleichgewicht verlor und seitwärts in den Schlamm fiel. Sie spuckte Dreck und sagte: »Halt ganz still. Spreiz die Arme.«

Karan tat es und hielt ihr weiteres Absinken vorübergehend auf. Llian wankte mit Shand, Osseion und einigen der Aachim herbei, die ihre Wasserschlitten zogen.

»Hilfe!«, schrie Karan. Mittlerweile hatte der Schlick sie fast bis über die Schultern verschlungen.

Shand brach in Lachen aus. »Halt still! Du wirst nicht tiefer sinken!«

»Es zieht mich nach unten«, weinte Karan.

»Unfug! Schlamm ist schwerer als Wasser und trägt dich. Wie sollte er dich hinabziehen?«

»Holt mich raus!«, schrie sie. »Wenn ich eine Belehrung brauche, melde ich mich!«

Shand drehte einen der Schlitten um, sodass seine glatte Metallfläche auf der Salzdecke zu liegen kam, dann schob er ihn vor sich her auf Karans Schlammloch zu. Llian folgte mit dem zweiten Schlitten, und nach vielem Geziehe, Gefluche und ekelhaft glucksenden Geräuschen hatten sie Karan befreit. Inzwischen hatte Tallia sich selbst gerettet, denn ihre langen Beine waren auf harten Morast unterhalb des Saugschlamms gestoßen.

Sobald sie wieder auf festem Boden standen, trug ihr Anblick viel zur Erheiterung der übrigen Gesellschaft bei. Karan sah aus wie ein Schlammkobold – überall troff Dreck an ihr herab. Und es stank auch noch, ein Faulgeruch nach verdorbenen Eiern.

»Du riechst wie ein hundert Jahre alter Furz«, lachte Llian schallend.

»Sei nicht so eklig«, sagte Karan, den Tränen nahe.

»Denkst du dasselbe wie ich?«, sagte Tallia zu ihr.

»Höchstwahrscheinlich.« Den Blick auf ihre Quälgeister gerichtet, strich Karan mit der hohlen Hand Matsch von ihrer Taille ab, formte ihn zu einer Kugel und schleuderte diese auf den wiehernden Llian. Das Geschoss zerspritzte äußerst zufriedenstellend mitten auf seiner Brust.

»He!«, sagte er und fiel hintenüber.

Im selben Augenblick traf Tallias Schlammkugel Shand genau am Ohr.

»Wie nett!«, brüllte er. »So beweist ihr also eure Dankbarkeit, nicht wahr?« Er schöpfte Matsch vom Schlitten ab und schmiss ihn auf Karan.

Und schon war die Schlacht in vollem Gange, Wurfgeschosse flogen hin und her, alle lachten und kreischten. Sogar Basitor mischte mit und traf Llian am Scheitel mit einem Schlammball von Melonengröße, worauf er sich vor Lachen schier ausschütten wollte. Auch Llian brach nach dem ersten Schreck in Lachen aus, und das überraschte Basitor fast so sehr wie ihn selbst.

Mendark kam herbeigerannt, um zu sehen, was los war, und fing sich einen Volltreffer neben dem Auge ein, was Karan ein erregendes Gefühl boshafter Befriedigung bescherte, zumal sie wusste, dass Tallia die Schützin war. Mendark war nicht amüsiert, und die Schlacht kam wenig später allmählich zum Erliegen. Es war zu heiß für solch eine anstrengende Beschäftigung, und sie waren zu entkräftet, daher hielten sie nach einem gangbaren Pfad Ausschau, der zum Wasser hinabführte, damit sie baden konnten. Karan und Tallia gingen gemeinsam, immer noch kichernd.

Fische gab es nicht, denn der See war zu seicht und zu heiß, aber das salzige Wasser war ein unübertreffliches Futter für die Sonnenkraft-Destillierapparate der Aachim. Der erste Becher warmen, geschmacklosen Wassers wurde Selial mit dem ganzen Zeremoniell dargereicht, das einem erlesenen Tropfen gebührt, und die apathische Selial lebte ein wenig auf und schmatzte in geziemender Anerkennung mit den Lippen. Sobald die Trazpar-Destillatoren in Betrieb waren, feierten sie ein Fest – so viel Wasser, wie sie trinken konnten.

Am anderen Ende des Sees gab es Fische im Überfluss, in den schrumpfenden Tümpeln drängelten sie sich so dicht, dass man das Netz nur ein einziges Mal auswerfen musste, um alle satt zu machen. Sie trafen auch auf einen beträchtlichen Vogelbestand. Enten und Seetaucher kreisten in der Luft und schossen ins Wasser hinab, um sich zu sättigen, bevor sie ihre lange winterliche Pilgerreise nach Norden antraten. Watvögel stelzten über den Treibschlick, der es in den meisten Fällen so tückisch machte, sich dem See zu nähern. Die ganze Gegend stank nach Vogeldung.

Osseion fertigte ein Netz, indem er einige Kleiderstücke aufdröselte und die Fäden neu verknüpfte, wobei seine dicken Finger über die Knoten tanzten.

»Ich war geschickter darin, als ich noch zehn Finger besaß«, sagte er zu Llian und rieb über den Zwischenraum, wo der zehnte fehlte. Als die Sonne unterging, hatten sie ein grob gewobenes Netz mit einer Länge von einem halben Dutzend Spannen. »Da, halt es hier am Ende fest.«

»Es sieht nicht sehr stark aus«, meinte Llian und betrachtete es zweifelnd.

»Nun, das braucht es auch nicht; wir werden es nur ein oder zwei Mal benutzen.«

Es war eine helle Nacht, der Vollmond zeigte nur eine gelbe Sichel. Sie trugen das Netz zu einem Abschnitt hinab, wo die Salzdecke fest genug schien, um darauf zu gehen, obwohl Llian kein Gefühl dafür besaß, wo er hintreten durfte, und Osseion ihn zweimal aus Stellen hervorziehen musste, die sich unter Llians Gewicht plötzlich verflüssigten.

»Nein, du musst hier anfassen und hier. Hast du denn keine Ahnung vom Fischfang, Llian?«, grummelte Osseion.

Llian lächelte. »Ich habe nie auch nur eine Angelschnur benetzt und es bis heute auch nie gewollt. Aber wenn ich mich erst einen Monat lang mit Skagg gestärkt habe, werde ich der Meisterchronist des Fischfangs werden. Ich habe vor, ein Buch zu schreiben. *Angeln für Könner* werde ich es nennen.«

Osseion brüllte vor Lachen und schlug Llian so fest auf die Schulter, dass dieser auf die Knie fiel und prompt im Treibschlick zu versinken begann. »Dein Buch gibt es längst, wurde mir geflüstert«, sagte Osseion, als er Llian abermals hervorzog. »Aber ich sehe mit Freuden, dass du die erste Lektion bereits gelernt hast – *Lass nie das Netz los*. Nun, halt es *tiefer*, sonst schwimmen sie einfach drunter durch.«

Llian tat, wie ihm geheißen, während Osseion ins Wasser hinauswatete, bis es ihm an die Hüfte reichte. Er schritt einen

Kreis ab, stampfte mit den Füßen auf und ging wieder zum Ufer zurück. Kurz darauf hatten sie nach heftigem Geziehe etwa fünfzig fette Fische gefangen, eine Hand voll der Flusskrebse, die Karan Klacker nannte, und eine rot-goldene Wasserschlange, die zusammengerollt auf der Spitze des Haufens lag, wobei ihre Augen im Mondlicht rötlich schimmerten. Osseion lieh sich Mendarks Stab aus, um sie wieder ins Wasser zurückzubefördern.

Sie taten sich an dem Fisch, den Klackern und einigen unglücklichen Enten gütlich, ebenso an Teichgräsern und dem Mark der Schilfrohre, die auf den Deichhängen hoch über dem Salz wuchsen. Drei Tage lang blieben sie dort und trockneten Fischfilets in der Sonne, dann eilten sie weiter, spürbar neu belebt, und durchquerten die Salzebene binnen weniger Tage bis zu dem Hang, der zum Hochplateau hinaufführte. Oberhalb der ersten Klippe stießen sie auf eine Reihe von Felstümpeln, die mit wunderbar kühlem, frischem Wasser gefüllt waren, und in den größeren davon badeten sie und wuschen die schmutzigen Lumpen, die ihre Kleider mittlerweile waren. Auch an diesem Ort verweilten sie zwei Tage lang und aßen nach Herzenslust, denn Fische und Früchte waren im Überfluss vorhanden.

Llian saß während dieser Zeit meistens allein im Schatten. Er begann jetzt damit, im Geiste die Geschichte vom Spiegel zu konzipieren, und jede Art von Gesellschaft war eine Ablenkung. Karan machte sich nichts daraus; sie hatte sich mit Tallia angefreundet, und man sah sie oft wassertretend am schattigen Ende eines Teichs, wo sie sich ruhig miteinander unterhielten – die eine groß, schwarzhaarig und mit schokoladendunkler Haut, die andere klein, rothaarig und von milchweißer Blässe, welche nach dem monatelangen Marsch unter ihrer zeltartigen Gewandung keine einzige Sommersprosse aufwies.

»Komm, und gesell dich zu uns, Shand«, sagte Karan eines Morgens, als er am Teich vorbeiging. Er hatte den Kopf gebeugt und schien sie nicht zu hören. »Shand!«, schrie sie.

Er sah geistesabwesend auf, hob eine Hand und ging weiter.

»Was ist nur mit ihm los?«, wunderte sich Karan.

»Keine Ahnung«, sagte Tallia. »Er ist in letzter Zeit ganz still geworden. Los, tauchen wir um die Wette!« Sie richtete sich auf, ihre langen Beine schnellten aus dem Wasser empor, dann verschwand sie kopfüber im Nass.

Karan tat es ihr etwas langsamer nach. Sie wusste aus Erfahrung, dass niemand Tallia beim Tauchen schlagen konnte.

»Was hast du vor, wenn das hier alles vorbei ist?«, fragte Karan am letzten Nachmittag.

»Ich weiß es nicht«, seufzte Tallia. »Ich habe das Gefühl, dass mein Leben an einem Scheideweg angelangt ist.«

»Du und Mendark seid nicht ...?«, fragte Karan möglichst taktvoll.

Tallia lachte. »Das währte nur kurz und ist schon seit Jahren vorbei. Mir liegt noch immer an ihm und an den Zielen, die er verfolgt. Er hat viel Gutes für Santhenar getan, wie auch immer du über ihn denkst. Aber mein Vertrag ist abgelaufen, und ich glaube, dass ich meinen eigenen Weg gehen werde, wenn diese Angelegenheit zu Ende gebracht ist. Was ist mit dir?«

»Ich weiß nicht – ich bin völlig durcheinander. Ich will einfach nur heim nach Gothryme. Ich kann mir überhaupt nicht vorstellen, wie es kam, dass ich jetzt hier gelandet bin. Es kommt mir alles wie ein Albtraum vor.«

Karan sah auf und erblickte Shand, der auf der Spitze eines einsamen Felsens saß und auf das Meer hinausstarrte. Sie folgte seinem Blick. Aus dieser weiten Entfernung besaß das Salz eine schaurige Schönheit – es sah kühl und einladend aus.

»Das Meer der Trockenheit ist ein großer Versucher«, sagte Tallia.

Am nächsten Tag kehrten sie wieder in den Gluthauch der Sonne zurück und setzten ihren langen Aufstieg fort. Sie fanden das Hochplateau dürr und kahl vor, das Frühlingsgras war seit Langem verdorrt und alle Flüsse außer den größten eingetrocknet bis auf vereinzelte Wasserlöcher, zwischen denen sich weite Sand- und Kiesflächen erstreckten. Dennoch gab es jede Menge Wild; Früchte und Nüsse reiften an den Hängen, und sie waren nie länger als einen Tagesmarsch von Wasser entfernt. Verglichen mit dem Meer der Trockenheit war es das reinste Ferienparadies.

Am ersten westwärts fließenden Fluss, den sie erreichten, zogen die Aachim als die meisterlichen Bootsbauer, die sie waren, große Rindenstreifen von den Bäumen ab, die am Wasser wuchsen, härteten sie über einem Feuer und formten die Planken zu Rindenkanus um. Anschließend paddelten sie gemütlich den ganzen Tag dahin und ließen sich die halbe Nacht über im Strom sanft vorantreiben. Die Tage waren milde und die Nächte herrlich kühl. Einmal, als sie sich der Westseite des Plateaus näherten, fiel Regen, der erste, den Karan seit einem halben Jahr verspürt hatte. Es hätte eine angenehme Reise sein können, wäre da nicht Yggurs allgegenwärtiger Schatten im hinteren Teil des letzten Kanus gewesen.

Nachdem sie sich mehr oder weniger eine Woche lang durch die östlichen Berge hindurchgeschlängelt hatten, erreichten sie die Südstraße. Sobald sie dort angelangt waren, pirschte Yggur sich an Mendark heran.

»Was willst du?«, fragte Mendark mürrisch. Er und Yggur hatten während des vergangenen Monats kaum ein höfliches Wort miteinander gewechselt.

»Ich mache mir Sorgen darüber, was Rulke im Schilde führt«, sagte Yggur.

»Wie schade, dass du dir keine Gedanken darüber gemacht hast, als wir die Gelegenheit hatten, ihn einzusperren!«

»Das ist schon lange her«, sagte Yggur schneidend. »Aber es ist noch nicht zu spät.«

»Zuerst müssen wir eine Waffe haben«, sagte Mendark. »Die Flöte, falls du dich entsinnst.«

»Du kannst *diesen* Weg gehen. Er ist nur ein einzelner Mann – ich verfüge in Thurkad über ganze Armeen.«

»Er ist ein Charon! Und er hat eine ganze Legion von Ghâshâd.«

»Ich habe hunderttausend kampferprobte Soldaten. Ich werde ihm was Hartes zu beißen geben.«

»Dann brauchst du mich ja nicht«, sagte Mendark mit einem schmalen Lächeln.

Yggur schürzte die Lippen, als wäre das, was er zu sagen im Begriff war, ihm zuwider. »Ich … ich habe kein Geld, Mendark. Ich bitte dich, leih mir Gold für meine Rückreise nach Thurkad, und ich werde es dir zehnfach zurückzahlen.«

Mendark schnaubte. »Damit du deine Reichtümer und dein Reich auf meine Kosten wieder zurückgewinnst und es mir in meiner eigenen Münze heimzahlst?«

»Ich kann nicht leugnen, dass ich dich hasse und alles in meiner Macht Stehende tun werde, um dich zu Fall zu bringen«, sagte Yggur kalt. »Aber damals in Katazza haben wir einen Waffenstillstand vereinbart, falls du dich erinnerst, und daran halte ich mich. Ich weiß, dass dir, so wie mir auch, das Wohlergehen Santhenars mehr bedeutet als deine eigenen Reichtümer.«

»Was ist dein Plan?«

»Auf schnellstmöglichem Weg nach Thurkad zurückzugelangen.«

»Auf dich allein gestellt – ein blinder Mann?«, sagte Mendark abschätzig.

»Eine geringe Sehkraft ist mir geblieben. Genügend! Wirst du mir das Geld geben?«

Mendark langte in Osseions Packbündel und brachte einen kleinen Beutel zum Vorschein, nicht viel größer als ein Ei. »Also schön. Nimm diesen Beutel mit Gold, einhundert Tell. Sieh zu, dass du mir in Thurkad tausend zurückzahlst. Und nachdem unser Feind besiegt ist, endet der Waffenstillstand!«

Yggur nahm das Gold entgegen. »Einverstanden!« Sie tauschten einen Handschlag, wenn auch nur einen Augenblick lang.

Sobald sie erst auf der Straße waren, dauerte es nicht lange, bis sie eine ansehnliche Stadt erreichten, wo Yggur Pferde und Hilfskräfte anheuerte. Der halbblinde Blick, den er Llian zuwarf, bevor er Abschied nahm, war unheilvoll. »Gib gut auf dich Acht, Chronist«, sagte er. »Ich werde dich nicht vergessen.«

Llian antwortete nicht darauf.

»Gib mir Nachricht, wenn du in Thurkad bist!«, rief Yggur und brach in rasendem Tempo nach Flude auf, um dort ein Boot zu besteigen, das ihn nach Hause brachte.

Sie sahen zu, wie der Staub unter den Pferdehufen emporwirbelte und verflog, dann begaben sie sich zu den Tischen vor den Tavernen im Hafenviertel.

»Wir brechen morgen früh nach Flude auf«, sagte Mendark, »und dort werde ich, falls Pender sein Wort hält, ein Schiff nehmen, das mich ostwärts nach Crandor bringt, und dann über Land nach Tar Gaarn und Havissard reisen.«

»Crandor muss ein wunderschönes Land sein«, sagte Karan ein wenig sehnsüchtig. »Ich würde es gar zu gern sehen.«

»Es ist wunderschön«, stimmte Tallia zu, »aber das trifft auch für dein eigenes Land zu. Ich kam letztes Jahr auf dem Rückweg von Tullin durch Bannador. Ich werde dich im Winter besuchen, wenn ich kann. Du musst mir jeden Teil des Landes zeigen.«

»Du wirst herzlich willkommen sein, doch erwarte nicht zu viel. Es ist eine arme, trockene Gegend, nicht wie dein Land, wo es dem Vernehmen nach in jedem Monat des Jahres regnet und der fruchtbare Boden zehn Spannen tief reicht und die Äpfel so groß wie Kürbisse werden.«

»Ich schätze, dass Crandor im Laufe der Erzählungen gewonnen hat«, lachte Tallia. »Ja, ich kehre erstmals in meine Heimat zurück, seit ich sie vor elf Jahren verlassen habe. Auch ich würde dir sehr gern mein Land zeigen.«

»Vielleicht wirst du das ja eines Tages tun.«

»Sieh nur, Karan, da ist *Die Heimatlose!*«, schrie Tallia, als sie, krummbeinig nach Tagen des Reitens, zum Hafen von Flude hinabhinkten.

Endlich!, dachte Karan. Sie war ausgelaugt von den Monaten des Unterwegsseins, aller überdrüssig, selbst Llians und Tallias, und das Wissen, dass sie noch immer sechshundert Meilen von zu Hause entfernt waren, wirkte unsäglich niederdrückend. Sie wollte einfach nur allein sein.

Als letztes von einem halben Dutzend Wasserfahrzeugen lag, so frisch gestrichen und geschrubbt wie an dem Tag, als sie sie zurückgelassen hatten, *Die Heimatlose* vertäut. Nur die Segel waren ausgebleicht und zerschlissen und zeugten davon, wie weit das Boot in den vergangenen Monaten gereist war.

Karan vermochte kaum zu glauben, dass der mürrische und zudringliche Pender, den sie erstmals in Narne getroffen hatte, der Eigentümer dieses großartigen Gefährts war. Dann erschien ein fetter, grobschlächtig wirkender Seemann an Deck. Niemand sonst nannte diese Gestalt oder dieses eigentümliche Watscheln sein Eigen.

»Pender!«, rief sie freudig, rannte zur Anlegestelle hinunter und sprang direkt über die Bordplanke hinweg aufs Deck.

Penders Grinsen teilte sein Gesicht fast in zwei Hälften. Falls er sich überhaupt verändert hatte, war er noch fetter als bisher und noch ungepflegter. Karans Arme konnten ihn nicht annähernd umfangen.

»Karan!«, schrie er und tanzte auf dem Bootsdeck umher. »Ich hätte niemals erwartet, *dich* hier anzutreffen.« Sie hatten einander nicht mehr gesehen, seit sie Thurkad am Ende der Endre, der Mittwinterwoche, verlassen hatten. Inzwischen war Mittsommer vorbei. »Was hast du die ganze Zeit über getrieben? Und schau dir bloß mein Schiff an: Hättest du dir jemals ein solch wunderschönes Geschöpf vorstellen können?«

»Niemals«, sagte sie, seine Freude teilend, »abgesehen davon, dass Tallia mir alles darüber erzählt hat. Und wie sie mir sagt, ist sie Anteilseignerin.«

»Zu einem Fünftel«, murmelte Pender bedrückt, denn obwohl er von Tallia sehr angetan war und eher sie als irgendeinen anderen als Miteigentümer hatte haben wollen, hätte er *Die Heimatlose* am Liebsten mit überhaupt niemandem geteilt.

Tallia kam hinzu und schüttelte Penders Hand. Er sah unbehaglich drein, so als quälte ihn ein bestimmter Gedanke. Als sie einen Schritt zurücktrat, sagte er abrupt: »Ich habe die Rechnungsbücher so weit fertig, falls du mit nach unten kommen und meine Kalkulationen nachprüfen willst. Doch fürchte ich, dass es viele unerwartete Ausgaben gegeben hat ...«

»Wir haben Geld verloren?«, rief Tallia, Entsetzen mimend. »Ich habe nicht ...«

Pender war erzürnt. »Natürlich nicht! Die Beförderungstarife sind so hoch wie unser Mast, wegen des Krieges. Hältst du mich für einen Narren oder einen Schurken, hä? Wir verzeichnen einen Profit, wenn auch kaum dreihundert Prozent. Das ist das Risiko in diesem Geschäft kaum wert, aber ich verspreche, dass die nächste Reise besser ausfällt.«

»Kaum das Risiko wert«, stimmte Tallia gut gelaunt zu. »Nun, wir wollen nach Crandor fahren und wieder zurück, sobald du *Die Heimatlose* klarmachen kannst.«

»Crandor!«, rief Pender aus, und Gier erwachte in seinen Augen. »Ja natürlich, erst letzte Woche fragte mich jemand nach dem Tarif dorthin. Er fiel fast von seinem Kontorstuhl, als ich es ihm sagte. Wir werden unseren Gewinn in Schubkarrenladungen bemessen nach einer solchen Fahrt.«

»Wie lange dauert es, bis du seeklar bist?«

»*Die Heimatlose* ist jetzt bereit, wir brauchen nur noch Wasser und frischen Proviant. Wir können morgen lossegeln, falls ihr wollt. Hier in Flude bedienen die Händler ihre Kunden schnell. Nicht so wie an einigen anderen Orten, die ich nennen könnte«, sagte er mit einen Funkeln in den Augen.

Tallia mochte nicht an ihre Abenteuer in Ganhafen während des vergangenen Winters erinnert werden. »Ich glaube nicht, dass Mendark es gar so eilig hat«, sagte sie und klopfte Pender auf die Schulter. »Nun sag mir aber, hast du nach Lilis' Vater Ausschau gehalten?«

»Ah, Lilis«, seufzte Pender, und zu ihrer Überraschung erblickte Karan eine Träne in seinem Auge. »Wie sehr ich sie vermisse. Ich frage mich, wie sie zurechtkommt. Die Große Bibliothek ist nicht der passende Ort für ein Kind, wo es nur mit Büchern und verschrumpelten alten Bücherwürmern herumhängt.«

»Aber es ist genau der passende Ort für Lilis«, sagte Tallia. »Nadiril ist ein freundlicher alter Mann. Er wird auf sie Acht geben. Wie steht's um ihren Vater?«

Pender seufzte. »Ich habe mir jeden Seemann in jedem Hafen angesehen, in dem ich gewesen bin, und auch in jeder Kneipe gefragt, aber nicht das Geringste gehört. Es ist zu lange her, dass sie ihn mitgenommen haben. Sieben Jahre, ha!«, sagte er und schüttelte den Kopf. »Zum Dienst gepressten Seeleuten ist kein langes Leben beschieden. Ich bin sicher, dass er tot ist.«

Kapitel einundzwanzig

Die Regenbogenbrücke

Sie standen am Tresen des »Taifun«, des besten Gasthofs in Flude, während Mendark über den Preis verhandelte.

»Ich hätte gern ein Zimmer für mich allein«, sagte Karan, ohne nachzudenken. Dann hielt sie die Luft an. Das Verhältnis zwischen ihr und Mendark war im günstigsten Fall nicht mehr als höflich zu nennen, und sie erwartete von ihm, den Hinweis zu hören, dass arme Leute nehmen müssen, was ihnen angeboten wird. Die Schulden, die sie bei anderen hatte, waren inzwischen so groß, dass sie aufgehört hatte, mitzuzählen, doch empfand sie sie jeden Tag als Last. Sie sehnte sich danach, dem und überhaupt allen Menschen zu entkommen; danach, endlich wieder Herrin ihrer eigenen Angelegenheiten zu sein.

Mendark sah sie prüfend an, dann nickte er. Llian wirkte beleidigt, doch fehlte ihr die Kraft, ihm eine Erklärung zu geben. Sie nahm den ihr angebotenen Schlüssel, eilte die Treppe hinauf in ihr Zimmer, schloss die Tür ab, legte sich aufs Bett und starrte an die Decke. Endlich Frieden! Gesegnete Einsamkeit! Es fühlte sich wunderbar an. Das Einzige, was jetzt noch fehlte, war ein heißes Bad. Ihr letztes, in Katazza, lag Monate zurück. Indem sie sich Seife und ein Handtuch schnappte, sauste sie runter ins Badezimmer, ehe jemand anders es in Beschlag nehmen konnte.

Hinterher schloss sie erneut ihre Tür ab und kehrte zu den Gedanken zurück, die ihr während des größten Teils der Reise im Kopf herumgespukt hatten. Welche Gabe besaß sie, derer Rulke so dringend bedurfte, und was hatten Llian und Rulke unten im Nachtland zusammen gemacht? Vielleicht bestand eine Verbindung zwischen den beiden. *Wusste* Rulke, dass sie eine Triune war? Was war an Triunen überhaupt so besonders? Sie wagte nicht, zu fragen, aus Angst, Verdacht zu erwecken.

Nachdem er einen Augenblick lang wegen Karans Einzelzimmer verletzt gewesen war, hatte sich Llian sehr schnell mit dem Gedanken ausgesöhnt. Immerhin blieb ihm dadurch viel mehr Zeit, und er begann, ständig an seiner Geschichte zu arbeiten. Auch das irritierte Karan. Er war so anpassungsfähig! Verflixter Kerl! Viel anpassungsfähiger als sie selbst, denn sie vermisste ihn Tag und Nacht. Nachts vor allem.

Mendark schien es nicht eilig zu haben, nach Osten aufzubrechen. Sie verbrachten mehrere Tage im »Taifun«, einem geräumigen, komfortablen Haus, wuchtig in einem alten Baustil errichtet: dicke Steinmauern, Schieferdach, großzügige Balkone und kleine Fenster, die das Innere düster hielten. Der Gasthof war auf einer kleinen Kuppe errichtet worden, fünf oder sechs Treppenstufen oberhalb der breiten Promenade, die den Hafen in voller Länge säumte. Llians Zimmer besaß ein großes Bett, einen Arbeitstisch und einen Außenbalkon. Das Wetter war gut, und eine Nachmittagsbrise linderte die sommerliche Hitze.

Llian fand Flude sehr nach seinem Geschmack, und nun, da Yggur mit seinen Anschuldigungen und Drohungen fort war, fühlte er sich von einer drückenden Last befreit. Er stand jeden Tag im Morgengrauen auf, was sonst überhaupt nicht seiner Gewohnheit entsprach, und vertiefte sich in seine Aufzeichnungen. In dem Augenblick, da er Chanthed verlassen hatte, hatte Llian damit begonnen, seine Erlebnisse schriftlich festzuhalten, und schon bevor sie im vergangenen Winter Thurkad erreichten, hatte er seine Notizen zu einem Gerüst für seine Geschichte geordnet.

Er war jetzt in seinem Element, schrieb den ganzen Tag lang wie besessen, umgeben von seinen Aufzeichnungen, die allein schon einen weiteren dicken Band ausmachten. Nun jedoch wurden jede Seite seiner Tagebucheinträge und eine Sammlung von Pergamentrollen und -schnipseln zwei- oder sogar dreimal überarbeitet. Hier in Flude hatte er ein weiteres Tagebuch gekauft, um hineinzuschreiben, einen Band mit vielen dünnen Seiten. Der Preis war sehr hoch gewesen, sechs Silbertar, und Llian begann jetzt gewissenhaft die schwindenden Münzen in seinem Beutel zu zählen. In sein Buch trug er alles ein, was sich seit Katazza ereignet hatte, und fing mit der ersten Rohfassung an, der noch viele Überarbeitungen bevorstanden und die das dritte Buch der *Geschichte vom Spiegel* werden würde.

Die Abende verbrachte er trinkend in der Bar oder auf der Terrasse, unterhielt jedermann mit seinen Geschichten, lachte unmäßig und trank noch unmäßigere Mengen des harzigen grünen Weins oder des starken, strengen purpurroten, und torkelte mitten in der Nacht die Treppe hoch (manchmal fiel er sie auch wieder hinab). Zuweilen schloss sich ihm Mendark bei diesen Unternehmungen an, und er schien viel jünger und sorgenfreier zu sein, fast so, wie er es vor vielen Jahren auf der Straße nach Zile gewesen war. Beinahe kam wieder die Kameradschaft zwischen ihnen auf, die sie während jener Reise genossen hatten. Beinahe, aber nicht ganz; Mendark vermochte sich nicht völlig zu entspannen; sein Lachen war ein klein wenig gekünstelt und seine Fröhlichkeit ein bisschen bemüht. Trotz all dessen warf Llian mitunter noch immer einen Blick über die Schulter zurück, ob sich Basitor nicht hinterrücks an ihn heranschlich.

Tallia war eine bessere Gesellschaft. Sie besaß die Gabe, ungezwungen mit allen zu verkehren, mit denen sie zusammen war, und ihnen ihrerseits ein Gefühl der Ungezwungenheit zu vermitteln. Ein- oder zweimal leistete sie Llian bei seinen Lustbarkeiten Gesellschaft, leerte gemeinsam mit ihm Humpen für

Humpen und übertraf jede seiner derben Geschichten mit einer eigenen. Sie war in allerbester Stimmung, denn sie war auf dem Heimweg. Doch hatte sie viele Vorbereitungen für die Reise zu treffen, und nach einer zweiten derartigen Nacht ließ sie sich zu jedermanns Bedauern nicht wieder sehen.

Die Aachim, die in einem anderen Gasthof genau am anderen Ende der Stadt logierten, waren mürrisch, gleichgültig oder geistesabwesend, je nach ihrer Stimmung, und kamen selten zu den Zerstreuungen herüber. Ihre Situation hatte einen tiefen Schatten über sie alle geworfen, und wenn der Blick der Feiernden auf Tensor fiel, der stumm in einer Ecke saß, oder auf Selial, weißhaarig und so dünn wie eine Hand voll Stöcke, fiel alle Unbeschwertheit von ihnen ab.

Shand gesellte sich in der ersten Nacht zu ihnen, doch war er wie Karan in sich gekehrt und zog sich mit jedem folgenden Tag mehr in sich zurück. Es war nicht so, dass er das leichtfertige Amüsement missbilligte, eher wurde es im Laufe der Zeit immer unwichtiger für ihn, während er sich beständig tiefer in längst vergangenen Angelegenheiten verlor, bis er an einem Ort weilte, wo nichts von außerhalb ihn mehr erreichen konnte.

Mehrere Tage nach ihrer Ankunft saß Karan für sich allein, in Gedanken versunken, als sie jemanden bemerkte, der in einen Wandkalender schaute. Müßig fragte sie nach dem Datum.

»Heute ist der siebzehnte Tag des Thisto«, sagte der Mann.

Dies schien irgendwie von Bedeutung zu sein, doch rätselte Karan eine Weile, bis ihr einfiel, warum. Heute war der Jahrestag des Abschlusserzählens. Am heutigen Tag war es ein Jahr her, dass sie Llian erstmals getroffen hatte.

Sie kehrte zu ihrem Stuhl zurück. Oft saß Karan stundenlang hier, lauschte Llian, der seine Geschichten zum Besten gab, oder betrachtete den Sonnenuntergang oder den Mond auf dem Wasser (denn die Feierlichkeiten fanden häufig draußen auf der Veranda statt, die den Kai überblickte), oder die Sterne, oder sie lauschte den Wellen, die gegen die Mole plätscherten.

Seit jener Nacht draußen auf dem Salz mit Tensor war sie zurückhaltender geworden. Wie sie mit ihm umgesprungen war, hatte sie zutiefst schockiert, wie alle ihre seltenen Gewaltausbrüche. Es war, als hätte eine andere es getan.

Karan brachte ihre Tage und Nächte mit Selbstbeobachtung zu, bei wachsender Verärgerung über Llians Leichtfertigkeit und seine lärmende Lebenslust. Verfolgt von dem, was Tensor ihr über sie selbst erzählt hatte, tauchte sie tief in ihre Kindheit ein und versuchte herauszufinden, was ihre Möglichkeiten gewesen sein mochten. Weitere merkwürdige Vorfälle aus ihrem bisherigen Leben kamen ihr in den Sinn. Ihr Vater war ein großer Former gewesen, erkannte sie nun. Selbst Tensor war nicht in der Lage gewesen, vollständig rückgängig zu machen, was Galliad in ihr begonnen hatte. Und dann fingen die Träume wieder an.

In einer Nacht träumte sie von Rulke, in der nächsten von den Ghâshâd, die sie über die himmelhohen, luftigen Wandelstege von Shazmak zu ihrem Herrn führten. Rulke stand breitbeinig auf seinem Konstrukt und erwartete sie. Er hatte immer auf sie gewartet, wie es schien. Sie war der Schlüssel zu seinem ganzen Vorhaben.

Wollte er sie haben, weil sie eine verschmähte Triune war? War das der Grund, warum Tensor sein Möglichstes getan hatte, das Aufblühen ihrer Talente zu verhindern? Und hatte er es getan? Hatte er sie zerstört oder erschaffen? Es gab keine Antworten.

So gingen die Tage dahin, und dann hatte Mendark es auf einmal eilig, weiterzukommen. Am fünften Morgen erschien er auf der Promenade, wo Karan und Llian frühstückten.

»Wir reisen ab! Erwartet unsere Ankunft in Thurkad nicht vor Anbruch des Winters – die ganze Strecke zurückzulegen und wieder nach Thurkad zurückzukehren nimmt bestimmt nicht weniger als vier Monate in Anspruch.«

»Also besteht für uns wenig Grund zur Eile«, sagte Llian und streckte seine Beine behaglich unter dem Tisch aus.

»Und denkt daran, unsere Abenteuer geheim zu halten. Kommt ja nicht daher und plaudert sie in jeder Schänke aus, die ihr betretet.« Er fasste Llian ins Auge und durchbohrte ihn mit einem ausnehmend festen, prüfenden Blick. »Das gilt vor allem für dich, Chronist. Schwöre, dass du Schweigen bewahrst, oder, bei allen Mächten, es wird dir bei meiner Rückkehr übel ergehen.«

»Ich schwöre es«, flüsterte Llian.

Sie verabschiedeten Mendark, Tallia, Osseion und Pender winkend am Landungssteg. Die Aachim blieben zurück und warteten auf ein Schiff, denn die Fahrzeuge, die in der ersten Nacht im Hafen gelegen hatten, waren nicht mehr da, kaum dass sie eines brauchten.

»Bald wird ein Schiff eintreffen – morgen oder übermorgen.«

So versprach es der Hafenmeister ein ums andere Mal. Doch die Tage vergingen, und noch immer war kein Wassergefährt in den Hafen eingelaufen. Karan begann ungeduldig zu werden.

Anfangs hatte sie den Frieden genossen und die Möglichkeit, ein Bad zu nehmen oder schwimmen zu gehen wann immer ihr danach zumute war, doch sobald ihre Freunde Tallia und Pender fort waren, begann die Verzögerung an ihr zu nagen. Ganz besonders vermisste sie Tallia, vermisste die langen Spaziergänge, die sie immer zusammen am frühen Morgen oder in der Kühle der Nacht unternommen hatten, und die gemeinsamen Überzeugungen bezüglich ihrer Jenseitswelten. Tallias Leben war so völlig anders gewesen als ihr eigenes.

»Du bist seit kurzem sehr in dich gekehrt«, beobachtete Shand am nächsten Morgen, als sie am Strand entlangspazierten.

»Es gibt vieles, worüber ich nachdenken muss.«

»Darüber, was Tensor dir da draußen auf dem Salz erzählt hat?«

Karan hatte ganz vergessen, wie scharfsichtig Shand war. Sie hatte ihm nicht das Geringste über jene Nacht erzählt. »Das, und anderes. Vor allem über mein Zuhause.«

Er stellte ihr keine weiteren Fragen, und sie gab von sich aus nichts mehr preis.

Die quälende Sehnsucht nach Gothryme wurde immer stärker. Ein Jahr war ins Land gegangen, seit sie mit Maigraith nach Fiz Gorgo aufgebrochen war. Es fühlte sich an, als läge es ihr halbes Leben zurück. Als sie Gothryme verlassen hatte, war ihr Gut nach vier Jahren der Trockenheit in Schwierigkeiten gewesen. Um wie vieles schlimmer musste es inzwischen stehen, zumal nach dem Krieg! Wie war es ihren Leuten während des Krieges ergangen? Wie kam der arme alte Rachis zurecht? Vielleicht lag er schon im Grab, und sie wusste nichts davon. Tränen traten ihr in die Augen, und Karan weinte bitterlich um all das, was sie zurückgelassen hatte. Die Bedrohung durch Rulke bedeutete ihr viel weniger als das Schicksal ihrer eigenen Leute und ihres Heims in Gothryme. Womöglich würde es nicht mehr allzu lange ihr Heim bleiben, falls sie ihre Schulden nicht bezahlen konnte.

Ein weiteres Bedürfnis machte sich ebenfalls immer stärker bemerkbar – der kleine Keim einer Sehnsucht, der nicht lange nach ihrem Abschied von Gothryme zu sprießen begonnen hatte. Das Bedürfnis, Gothryme einen Erben zu schenken und auch jemanden, dem sie, was nicht minder wichtig war, die Familienchroniken vermachen konnte. Wie sollte sie inmitten all dieser Schwierigkeiten dafür Sorge tragen? Sie hätte gern mit Llian darüber gesprochen, doch hatte sich in letzter Zeit eine Mauer zwischen ihnen aufgebaut, und sie wusste nicht, wie sie sie durchbrechen konnte. Sie hatte Angst, wenn auch ohne guten Grund, dass er über ihre häuslichen Träume lachen würde und sie rundheraus abblitzen ließe. Also sagte sie nichts, verdrängte den Traum und konzentrierte sich auf einen anderen: Sie musste nach Hause gelangen.

Verschiedene Male unternahm sie gemeinsam mit Shand

Spaziergänge, aber diese Ausflüge währten nur noch kurze Zeit. Shand hatte eine persönliche Krise erreicht, aber worum auch immer es sich handelte, er wollte nicht darüber sprechen.

»Was hast du bloß?«, fragte sie auf einem Spaziergang, der der letzte ihrer morgendlichen Ausflüge sein sollte. »Du wirkst so traurig.«

»Ich – ich muss über viele Dinge nachdenken«, sagte er langsam.

»Welche Dinge?«

»Es ist ... etwas, das vor langer Zeit geschah. Es war der Wendepunkt meines Lebens. Ich kann einfach nicht darüber hinwegkommen.«

»Wo war das?«

»Oh, weit weg von hier – nahe *Booreah Ngurle*, dem Brennenden Berg. Am Jahrestag besuche ihn manchmal. Ich möchte wirklich nicht darüber reden«, sagte er abweisend.

»Schon gut«, sagte sie, vertraut mit seinen Stimmungen. Der Sand knirschte unter ihren Schritten. »Shand?«

»Ja?«, sagte er geistesabwesend.

»Ich habe Angst. Ich träume immer noch von Rulke. Träume, in denen ich ihm helfe.«

Er antwortete nichtssagend, was untypisch für ihn war. Seine Gedanken weilten weit entfernt. »Träume bedeuten gar nichts, Karan. Sie spiegeln nur deine Sorgen und Ängste wider.«

Sie ging neben ihm her, von seiner Gleichgültigkeit zum Verstummen gebracht. Meine Träume haben immer eine Bedeutung gehabt. *Er will mich; ich bin eine Triune!,* hätte sie am Liebsten gesagt, aber Shand war in letzter Zeit so weit weg gewesen, dass sie es nicht über sich bringen konnte, ihm dieses beschämende Geheimnis anzuvertrauen. Es war so furchtbar, dass sie es noch nicht einmal Llian offenbart hatte. Sie hoffte, dass Tensor es mit ins Grab nehmen würde.

Am nächsten Morgen fand sie Shands Nachricht unter ihrer Tür vor, und alles, was er geschrieben hatte, war: »Lebe wohl! Ich werde dich im Winter in Gothryme sehen.«

Karan fühlte sich im Stich gelassen. Zum ersten Mal seit Ewigkeiten rannte sie zu Llian, um Trost bei ihm zu suchen. »Llian, Llian, *Shand ist fort!*«

Das riss selbst Llian aus seinem Schreibrausch, und er begleitete Karan, während sie den Hafenmeister, die Fischer, die Stallknechte und überhaupt jeden befragte, der wissen mochte, wohin Shand gegangen war. Als sich der Tag neigte, hatten sie in Erfahrung gebracht, dass Shand bei Nacht ein Fischerboot bestiegen hatte, doch war es unmöglich, sein Fahrtziel herauszufinden. Karan war hoffnungslos zumute.

»Warum ist er allein fortgegangen?«, schrie sie dem verlassenen Meer zu. »Wie haben so viel miteinander geteilt. Warum hat er nicht auch dies mit mir teilen wollen?«

Die Dünung ging hoch, und eine Welle brach sich über dem Ende der steinernen Mole und besprühte sie mit Gischt. Karan sprang zurück; Llian knöpfte seinen Mantel auf und wickelte ihn um sie beide. Er legte sein Kinn auf ihre Schulter und sprach in ihr Ohr.

»Shand hat eine überaus seltsame Vergangenheit. Wer weiß schon, worüber er sich Sorgen macht.«

»Er hat so viel für mich getan. Warum hat er nicht zugelassen, dass ich ihm helfe?«

»Er ist ein seltsamer Mann«, erwiderte Llian. »Ich denke noch immer über das nach, was er mir in Tullin gesagt hat, bevor ich dich traf. *Mehr als einmal habe ich mich wütend gegen das Schicksal aufgelehnt. Ich tobte, ich fluchte, ich schwor, die Zeit selbst aufzuhalten, ja sie sogar zurückzudrehen. Doch es hat mich gebrochen und mir alles genommen, was mir lieb und teuer war.*

Hast du bemerkt, wie sehr er Mendark immer wieder verärgert? Mendark hat Shand in Katazza mehrmals um Hilfe gebeten, aber Shand wollte nicht. Wer *war* er, dass sogar Mendark ihn um Beistand ersucht? Wer *ist* er, dass er immer wieder ablehnt?«

Karan gab keine Antwort, obwohl sie oftmals über dieselben Fragen gegrübelt hatte. Eine bleierne Wolkendecke verschloss die Poren des Himmels. Der Wind nahm zu und der Wellengang; die Gischt schwappte nun mannshoch über das Ende der Mole und klatschte ihnen ins Gesicht. Karan drückte sich noch enger in Llians Arme und starrte auf das Meer hinaus.

»Komm mit nach drinnen«, sagte er ihr ins Ohr, doch sie rührte sich nicht, sondern strich sich nur das nasse Haar aus den Augen.

Sie blieben dort, schweigend, während der Wind an Stärke zunahm. Plötzlich senkte sich Dunkelheit herab, als habe sich ein Eimer voll Pech über das Meer ergossen. Eine einsame Laterne erhellte die Bohlen der Anlegestelle. Dann drang aus weiter Ferne, fast wie im Traum, ein Schrei an Llians Ohr. Er reckte den Hals und starrte in Richtung des Horizontes.

»Hast du das gehört?«, rief er über das Krachen der Wellen hinweg.

»Das ist der Wirt, der uns hereinruft«, sagte sie gleichgültig.

Der Mann rannte einen Arm schwenkend auf sie zu. Llian zog Karan vom Ansturm des Meeres fort, der jetzt gefährlich wurde.

»Komm. Wo auch immer Shand sich aufhält, es gibt nichts, was wir für ihn tun können.«

Als sie den Strand betraten, wies der Wirt eindringlich nach Norden. Die Wolken türmten sich zu einer schwarzen Mauer, die von purpurroten Blitzen zerrissen wurde. Der Wind flaute vorübergehend ab, bis nur noch ein federleichter Hauch die Wellen kräuselte.

Der gesamte Uferbereich war nun menschenleer, bis auf Leute, die schwere Läden vor Fenstern und Türen befestigten. »Ein gewaltiger Sturm ist im Anzug, ein Taifun«, sagte der Wirt, ein großer, leutseliger, sommersprossiger Mann, an dessen rechter Hand zwei Finger fehlten. »Kommt rein.«

»*Taifun!*«, wiederholte Llian, als hätten sich die Elemente gegen ihn verschworen.

»Ich mag Stürme, für gewöhnlich«, sagte Karan.

»Nun, um die Frühstückszeit werdet Ihr eine glückliche Frau sein, falls das Dach nicht wegfliegt. Dies ist die Sturmsaison.«

Sie eilten die Stufen empor. Die Tür krachte hinter ihnen ins Schloss und wurde hastig verriegelt: oben, in der Mitte und unten. »Letztes Jahr hatten wir in einem einzigen Monat drei davon. Der dritte hätte uns fast hinweggespült, obwohl das Haus so fest gebaut ist und so hoch liegt.«

Der Sturm nahm im Laufe des Abends und der Nacht langsam an Gewalt zu. Sie schienen sehr weit vom Zentrum der Welt entfernt und, während Sturmböen und peitschender Regen gegen die Verschläge anrannten, sehr allein zu sein. Die Nacht wurde kühl, gemessen an der sommerlichen Jahreszeit. Der Wirt versprach heiße Suppe und Würzbier.

»Ich hoffe, Shand geht es gut«, sagte Karan, als sie sich an einen Tisch beim leeren Kamin setzte.

»Ich wäre jetzt ungern da draußen, egal auf welcher Art von Schiff«, sagte Llian, »aber besonders ungern in dieser Nussschale von einem Boot, die gestern in den Hafen schipperte.«

Das Bier kam zuerst, zum Schäumen gebracht mit einem eingetauchten glühenden Eisenstab, und in Llians Trinkschale war der kleine Musselinbeutel mit Gewürzen geplatzt. Er fischte ihn mit einer Gabel heraus. Kleine Rindenstücke und Gewürzhülsen schwammen auf seinem Bier. Eine Woge brach mit einem Donnern über die Promenade hinweg und schleuderte Gischt gegen die Verschläge.

Karan schöpfte die Hülsen mit ihrem Messer ab. Llian nippte an dem Bier, und sein Blick begegnete über der Trinkschale dem ihren. In seinen Augen erblickte sie erstmals seit Ewigkeiten den alten Llian, den besten Freund, den sie auf der ganzen Welt hatte.

»Lass uns heimkehren«, flüsterte sie und hatte plötzlich schreckliche Angst, dass er sie zurückweisen könnte.

»Ja, lass uns das tun«, sagte er. »Schon mit dem allernächsten Schiff!«

»Ich muss unterwegs das Foshorn besuchen, um die einstmalige Regenbogenbrücke anzuschauen und Selial Lebewohl zu sagen. Danach werden wir heimkehren. Wohin willst *du* gehen?«

»Nicht nach Thurkad!«, sagte Llian heftig.

Sie schauderte. »Nein, bis dahin wird Yggur dort sein. Wir liegen zwischen Shazmak und Thurkad«, sagte sie und meinte Gothryme. »Bestimmt wird es dort geschehen. Ich muss heimkehren, nach Gothryme. Wirst du mit mir kommen? Du hast einmal versprochen, dass du es tun würdest.« Sie blickte ängstlich drein.

»Wie lange das zurückzuliegen scheint«, sagte Llian und dachte an jene Winternacht, als sie ihr Lager in den Bergen in der Nähe von Narne aufgeschlagen hatten, bevor die Welt in Stücke fiel. »Damals war ich ein völlig anderer Mensch. Ich erzählte dir eine Geschichte.«

»Die Geschichte von Jenulka und Hengist. Wie ich diese Geschichte liebte – und ich habe dich geliebt für die Art, auf die du sie erzählt hast.« Sie ergriff seine starke Hand, umschloss sie mit ihren Fingern. »Du warst so freundlich, so sanft. Das war die Nacht, als ich zum ersten Mal *Bescheid wusste.*«

Die Suppe wurde aufgetragen. Sie war dünn, sehr scharf und enthielt eine reichhaltige Einlage aus Fisch, Tintenfisch und Muscheln, verfeinert mit einem pikanten gelben Kraut.

»Natürlich komme ich mit nach Gothryme«, sagte Llian. »Ich freue mich schon sehr darauf.«

»Es wird nicht deinen Erwartungen entsprechen«, sagte sie, plötzlich bange geworden. »Es ist ein armer Ort, und vielleicht hat der Krieg ... dort wird es außer harter Arbeit nicht viel geben.«

»Glaubst du, ich bin ein reicher Mann?«, sagte Llian und lachte. Er leerte den Inhalt seines Lederbeutels zwischen den Suppentellern auf dem Tisch aus. »Dies ist alles, was ich auf der ganzen Welt mein Eigen nenne.« Er zählte die Silbermünzen mit dem Finger ab. »Siebenundzwanzig Tar und ein paar Kupferlinge. Kaum genug, um uns nach Gothryme zu bringen, fürchte ich. Wie schnell es dahinschwand.«

Karan war ernüchtert. »Ich besitze nichts; nicht einen Grint. Wie viel ich Shand schulde, daran wage ich gar nicht zu denken. Ich werde als Bankrotteurin heimkehren.«

»Es gibt da ein paar Dinge, die ich verkaufen kann«, räumte Llian ein. »Ein paar Kleinigkeiten, die ich in Katazza aufgelesen habe.«

»Ich wünschte, ich hätte dasselbe getan. Das Einzige, was meine Taschen ausbeult, sind Schulden.«

Als sie mit der Suppe fertig waren, wischten sie ihre Schüsseln mit gelbem Brot aus, verweilten ein wenig über ihren Bierschalen und gingen dann nach oben. Der Wind nahm noch immer zu, und es goss in Strömen.

Vor ihrer Zimmertür hielt sie inne, drückte ihn auf einmal kurz an sich, sagte: »Ich muss packen« und schlug ihm die Tür vor der Nase zu.

Llian kratzte sich am Kopf. Karan war niedergeschlagen, zweifellos machte sie sich Sorgen, wie es Shand draußen im Sturm ergehen mochte. Was hatte es für einen Sinn, zu packen, ehe sie ein Schiff gefunden hatten? Aber er war inzwischen an ihre Launen gewöhnt und ging langsam durch den Flur zu seinem eigenen Zimmer. Er packte seine Tasche, was nicht länger als eine Minute in Anspruch nahm, da er einfach alles hineinstopfte, das auf dem Boden herumlag, warf seine Kleider ab, blies das Licht aus und schlüpfte ins Bett. Der Wind pfiff in den Traufen. Der Gasthof war still bis auf den Wind und den Regen.

Daran gewöhnt, erst nach Mitternacht ins Bett zu gehen, konnte Llian nicht schlafen. Er lag im Dunkeln und lauschte auf die Geräusche des Sturms. Der Dachstuhl knarrte im Wind. Der Regen prasselte wütender hernieder, als er es je zuvor erlebt hatte. Er strömte durch den Schornstein herab, bildete eine Lache im leeren Kamin und spülte eine schmutzige Brühe aus Asche und Ruß über die Bodendielen.

Der Wind steigerte sich zu einem ohrenbetäubenden Kreischen. Etwas krachte von außen gegen die Fensterläden. Ein noch lauteres Krachen folgte. Llian nahm seine Laterne und sah nach. Eine Scheibe war an der Stelle zersprungen, wo ein Gegenstand – ein vom Wind abgerissener Zweig, vermutete er – durch den Laden geschlagen war. Er ging wieder ins Bett.

Seine Gedanken kehrten immer wieder zu Rulke und Karan zurück. Warum wollte Rulke sie haben? Dann glitt er in eine Art Wachtraum hinüber, einen, der ihn zurück ins Nachtland entführte, wo Rulke zu ihm sprach, ihn kontrollierte; und er buckelte und lächelte und sagte: »Sehr wohl, unfehlbarer Meister.«

Dieser Traum – auf eine Weise beglückend, auf eine andere bedrohlich – wurde von einem furchtbaren Krach und einem Schlag gegen seine Brust zerrissen. Er erwachte benommen und fand sich auf dem Boden in einer Wasserpfütze liegend wieder. Der Wind war jetzt noch lauter, und sein erster Gedanke war, das Dach sei fortgeweht worden; dann schien die Lampe neben seinem Bett auf, und er erblickte Karans nackte Gestalt im Gegenlicht der Flamme. Die Lampe strahlte hell.

»Was ist passiert?«, fragte er mit einem unsicheren Lächeln. Sein Kopf tat weh.

»Du hast geträumt«, rief sie, »und mir gefiel dein Traum überhaupt nicht!«

Er hatte keinen Schimmer, wovon sie redete, und fragte sich sogar, ob sie mitten in der Nacht wahnsinnig geworden war. Sein Denkvermögen schien irgendwie beeinträchtigt. Warum starrte sie ihn so an: zornig, durchdringend, misstrauisch, furchtsam? Sie hatte den letzten Teil seines Traums mitbekommen, aber

Llian hatte ihn bereits vergessen und konnte das kalte Grauen nicht begreifen, das sie empfand. Er wusste nicht, dass seine Worte dieselben gewesen waren wie jene, die die Ghâshâd gebraucht hatten, nachdem Rulke sie über Karans Verbindung erweckt hatte. Versuchte Rulke, über Llian an sie heranzukommen? Doch es gab keine Antwort; ganz sicher lag sie nicht in seinem verwirrten Blick.

»Bleib hier, bleib wach«, sagte sie abrupt. Indem sie sich ein Laken über die Schultern warf, eilte sie aus dem Zimmer. Llian kroch ins Bett zurück, zog die Decken bis ans Kinn und starrte geistesabwesend an die Zimmerdecke. Es war nicht kalt, aber er fühlte sich kalt, und sein Schädel pochte.

Karan kehrte bald zurück, sie trug ihren Reisepacken über der Schulter und in der andern Hand ihre Stiefel. Sie stellte sie neben die Tür auf den Boden und schloss die Tür sorgfältig ab. Mittlerweile zitterte und schwitzte Llian.

»Ich brauch was zu trinken«, sagte er heiser. Sie goss Wasser in einen gesprungenen Becher und hielt ihn an seine Lippen. Er trank den halben Inhalt auf einmal und fiel mit einem Stöhnen ins Kissen zurück. Karan tauchte den Zipfel des Lakens ins Wasser und wischte über seine Stirn.

»Das tut gut«, sagte er und starrte auf ihre nackte Schulter. Sie war blass und weich und wunderschön gerundet. »Danke, dass du gekommen bist«, sagte er leise, streckte die Hand aus und berührte ihren Hals. »Bitte bleib.«

Seine Berührung ließ einen köstlichen Schauer über ihren Rücken rieseln. Karan schüttelte das Laken von ihren Schultern ab. »Natürlich bleibe ich«, erwiderte sie. »Es war ein Fehler, dich aus den Augen zu lassen. Rutsch rüber.«

Als sie zwischen die Laken glitt, brach die Hölle los. Ein Windstoß, so hart wie eine Mauer, erschütterte den Gasthof bis in die Grundfesten. Die Scherben der Fensterscheibe fielen nach innen, gefolgt von einem Regenschwall, der mit Hochdruck durch die Läden stob.

Karan fluchte. »Ich hasse das Geräusch ...«

»Ich dachte, du magst Stürme!«, schnappte Llian, wälzte sich aus dem Bett und begann hektisch, seine durchweichten Papiere zusammenzuraffen. Wasser tropfte von der Decke. Über ihren Köpfen kreischte das Gebälk. Wieder spritzte Wasser durch das Fenster.

»Llian!«, rief sie.

Er fuhr in seiner Arbeit fort. Im Bewusstsein, wie wertvoll die Dokumente waren, eilte sie ihm zu Hilfe. Das Heulen im Dachstuhl wurde lauter.

»Llian!«, brüllte sie ihm ins Ohr. »Ich glaube, das Dach wird fortgerissen! Schnell, unters Bett!«

Es handelte sich um ein großes, massives Möbel, das viel Platz über dem Boden ließ. Sie krochen darunter. Karan fasste noch einmal nach oben, zerrte die Steppdecke herunter und wickelte sie beide darin ein, denn sie hatten nichts am Leib. Sie befestigte ihren Reisepacken am Bettpfosten. Llian stopfte sein Tagebuch und seine Papiere in seine geräumige Ledertasche, schlug sie oben um und schnürte sie fest zu, dann schlang er sie sich um die Taille.

Daran hatte er gut getan, denn ein wütender Windstoß drückte das Fenster vollends ein, ließ Glasscherben und Holzspäne durchs Zimmer stieben und durchnässte alles, was er nicht davonwehte. Ein Glassplitter bohrte sich in Llians Fuß. Die Laterne flackerte hektisch und warf verzerrte Schatten in jeden Zimmerwinkel.

Llian zog den Splitter heraus, dann schloss er Karan in die Arme. Sie klammerten sich aneinander, während der Sturm zu immer größerer Wut und Lautstärke anschwoll, und dann löste sich mit einem durchdringenden Kreischen ein Teil des Daches. Die Zimmerdecke aus Lattenwerk und Putz explodierte und schoss nach oben außer Sicht. Karan und Llian schrien. Das Bettzeug und die Matratze wurden vom Bettgestell gerissen, nach oben gesaugt, und verschwanden durch das

Loch in der Decke, gefolgt von allen anderen leichten Gegenständen im Zimmer. Llian spürte, wie seine Haare nach oben gezogen wurden, ebenso die Steppdecke. Plötzlich wurden er und Karan gemeinsam hochgehoben und stießen sich die Köpfe am Lattenrost. Das Bett verrutschte, dann wurde die Lampe umgeblasen, zerschellte und verlosch.

Sie kauerten sich unter dem entblößten Bett zusammen, während eine Sintflut sich über sie ergoss, Regenmassen, wie sie sie bisher noch nie erlebt hatten. Es war schrecklich unangenehm, so im Wasser zu hocken, denn der Regen rauschte schneller hernieder, als er unter der Tür hindurch abfließen konnte. Ab und an schlitterten ein paar Dachziegel ins Zimmer hinunter und zerbarsten auf dem Bettrahmen.

Später, als der Sturm abgeflaut war, stemmte Llian die Zimmertür auf und keilte sie fest, woraufhin eine Wasserflut durch den Flur schäumte und die Treppe hinabstürzte. Er nahm seinen Platz unter dem Bett wieder ein, wo er und Karan sich für den Rest der Nacht aneinanderklammerten.

Früh am Morgen war der Taifun zum größten Teil überstanden, obwohl es noch immer in Strömen regnete. Llians Kleider waren aus seinem Packbündel gerissen worden, doch Karans waren noch vorhanden. Die Decke ihres Zimmers war unbeschädigt, hing allerdings stark durch.

In einer ihrer sackartigen Hosen ging Llian zusammen mit Karan nach unten. Der Wirt war bereits mit den Aufräumarbeiten beschäftigt und brachte Esswaren und Möbel in den Teil des Gasthofs, der noch ein Dach besaß.

»Nun, wieder mal haben wir einen überstanden«, sagte er gut gelaunt, stellte einen Stuhl ab und begann mit seiner dreifingrigen Hand zwei Eier gleichzeitig aufzuschlagen. »Was können wir euch zum Frühstück anbieten?«

Llian war erstaunt über seine aufgeräumte Stimmung. »Der Gasthof liegt in Trümmern«, sagte er.

»Ach, so was kommt vor. Das lässt sich nicht ändern. In einer

Woche haben wir ein neues Dach. Der Herd funktioniert, es gibt Schinken und Eier und Zwiebeln – und jede Menge Brot, das noch von gestern übrig ist. Lasst eure Bestellung hören.«

Während er sein Frühstück einnahm, brütete Llian sorgenvoll über den Ereignissen der Nacht. War er gezwungen, ob freiwillig oder nicht, Rulkes Befehle zu befolgen? Nach den Blicken zu urteilen, die sie ihm vom anderen Tischende aus zuwarf, stellte Karan sich dieselbe Frage.

Wenige Tage nach dem Sturm schipperte ein angeschlagenes Boot in den Hafen, ein Trampschiff, das die Handelsroute entlang der Küste von Faranda befuhr. Sein Kapitän war froh, eine Fahrt zum Foshorn und noch darüber hinaus bezahlt zu bekommen, denn der Taifun hatte sein Gefährt schwer mitgenommen. Inzwischen war Selial nur noch eine Ansammlung von Knochen, gekrönt von einem totenähnlichen Schädel und weißem strohigem Haar, und so schwach, dass sie kaum gehen konnte.

Sobald die nötigen Reparaturarbeiten abgeschlossen waren, schifften sie sich ein. Sie hatten gutes Wetter und erreichten Tikkadel innerhalb weniger Tage. Dort baten die Aachim den Kapitän, eine Woche lang zu warten, was er angesichts der Fortzahlung des halben Passagiertarifs und einer Aufwandsentschädigung in Gold schwerlich ablehnen konnte, und brachen dann zu den Sandbergen auf, die nicht weit von dem Gebiet entfernt lagen, das sie und Llian im vergangenen Winter auf dem Wag nach Katazza durchquert hatten.

Es war ein schwüler Tag, heiß und feucht, und Selial musste in ihrer Sänfte von einem befeuchteten Baldachin geschützt werden; dennoch fühlte sie sich elend, und die Sandfliegen bedeuteten eine ständige Qual.

Sie marschierten direkt um die Küste herum und setzten ihren Weg unter einem zunehmenden Mond bis weit in die

Nacht hinein fort, und nach einigen weiteren Tagen standen sie vor der atemberaubenden Schlucht des Hornrass, dessen schwarze Steilwände über fünfhundert Spannen tief abfielen, zweifellos der gewaltigste Abgrund der Welt. Zwei abgestufte schwarze Säulen, fast so hoch wie der Große Turm von Katazza, waren alles, was von der Regenbogenbrücke übrig geblieben war, die die Meerenge einst überspannt und Faranda mit dem Kontinent Lauralin verbunden hatte. Wächtern gleich standen sie im Nebel, der von den Fluten heraufwallte. Tief unten brauste das Wasser zweier Meere durch diese mächtige Klamm hinab, ein unvorstellbarer, reißender Strom, der sich schließlich über das Trihorn ergoss, einen Wasserfall, der von drei Felsspitzen unterbrochen wurde. Endlos stürzten die Fluten hinab, schnitten durch Felsgestein wie durch Käse, viele tausend Spannen tief und noch mehr, bis sie sich mit dem gewaltigen, darunterliegenden Salzsee vermählten.

Die Trihorn-Fälle waren die größten auf Santhenar, oder auf allen Drei Welten, was das angeht, aber das Meer der Trockenheit übertraf sie bei Weitem. Der See war ein mächtiger See, und doch nur ein Tümpel im Vergleich zum Meer der Trockenheit. Dessen Durst ließ sich niemals stillen.

Sie setzten Selials Sänfte neben der links gelegenen Säule ab. Selial hielt Malien eine Klaue hin und ließ sich von ihr auf wackelige Beine heben. Selial ertastete die vom Salz zerfressenen Schnitzereien auf dem Stein mit ihren Fingerspitzen. Ihre Augen waren geschlossen. Sie stand da in ruhiger Konzentration, als sänge die Säule die *Geschichte von der Regenbogenbrücke* für sie. Die Reihen der Aachim, und Karan und Llian, warteten schweigend hinter ihr.

Schließlich war Selials Selbsteinkehr beendet. »Hierin läge eine andere Große Geschichte für dich, Chronist, wenn du nur die Steine zum Sprechen bringen könntest. Ich versprach dir, sie dir zu erzählen, aber ich kann nicht länger verweilen, um das zu tun. Schade, sie wird für immer verloren sein.«

Selial schlurfte langsam zur äußersten Kante des Abgrunds und geriet dort ins Schwanken. Malien packte sie fest am Ellbogen.

»Keine Angst«, kicherte Selial, ein rostiges Geräusch. »Ich werde nicht springen. Dieser Ort ist mir heilig.« Tränen rannen ihre Wangen hinab. »Karan, Kind«, sagte sie über ihre Schulter hinweg, »komm! Du auch, Chronist.«

Sie traten bis zur Kante vor, Hand in Hand. »Reicht mir eure Hände«, keuchte Selial. »Ich werde euch einen Anblick zeigen, den seit zweitausend Jahren niemand geschaut hat.«

Karan ergriff eine von Selials Händen, Llian die andere. »Seht über die Kluft hinaus«, flüsterte Selial, löste ihre Hände und hob sie einen Augenblick lang hoch empor.

Sie schauten, und eine große, wirbelnde Gischtwolke stob aus dem Hornrass empor und verhüllte alles außer den beiden stummen Säulen. Dann entwuchs der Gischt langsam ein herrlicher Bogen, eine Brücke, die in der Luft schwebte wie Gaze. Ein Aachim-Bauwerk, wunderbar unregelmäßig wie ein Spinnennetz, und dazu auch noch so schön wie Tau auf einer Spinnwebe.

Die Sonne trat hervor, und ihr goldener Schein glitt von einem zum anderen Ende an der Brücke entlang und überhauchte sie mit den Farben des Regenbogens wie Sonnenstrahlen auf einer Spinnwebe. Dann fiel die Gischt in den Felsschlund zurück und ließ dort einen Regenbogen entstehen, der sich von einem Ende der Geisterbrücke bis zum anderen wölbte; ein Zeichen der Hoffnung aus der Finsternis. Es war der schönste Anblick, den Llian je gesehen hatte.

»Nimm das in deine Geschichte auf, Chronist«, sagte Selial. Sie sah alterslos aus, einer Seherin gleich, die Furchen der Erschöpfung in ihrem Antlitz waren so gut wie ausgelöscht. »Es wird auf Santhenar niemals mehr gesehen werden.«

Sie schauten, und ihre Finger schlossen sich um Selials Hände. Die Regenbogenbrücke verharrte noch ein paar Minuten in der Luft, dann begann sie langsam zu verblassen. Plötzlich donnerte ein weiterer mächtiger Gischtausbruch aus dem Hornrass empor, und als er zurückfiel, wusch er die Brücke fort wie Wasser, das an einer Tafel hinabrinnt. Bald war alles fort, nur die schwarzen Säulen ragten aus dem Nebel empor.

Die Aachim brachen gewachsenen Fels zwischen den beiden Säulen heraus, betteten Selial in die Mulde und türmten das Gestein in Form eines Bogens wieder über ihr auf. Die ganze Nacht über hielten sie Wacht. Dann, beim ersten Morgenrot, stimmte jeder der Aachim eine Totenklage für sie an und verabschiedete sie zu ihrer langen Reise ins Unbekannte. Selbst Tensor, von beiden Seiten gestützt, erteilte ihr seinen Segen. Malien sprach als letzte von allen. Während die Sonne aufging, schieden sie vom Hornrass und von Selials Grab und kehrten niemals wieder dorthin zurück.

Kapitel zweiundzwanzig

Nemesis

Wochen vergingen, während Maigraith sich unter den besten Ausbildern, die das Reich zu bieten hatte, in der Kunst der Befehlsführung übte. Es war das Mühseligste, was sie je getan hatte, denn es widersprach ihrer gesamten Erziehung und Schulung. Unterordnung unter Faelamors Willen war immer die Schlusslektion gewesen. Aber Maigraith scheute vor harten Mühen nicht zurück; sie stürzte sich mit Leib und Seele hinein. Es tat gut, ein Ziel zu haben, auch wenn ihre Fortschritte zu seiner Erreichung kaum wahrnehmbar waren. Und später, als sie gezwungen war, erstmals ein Kommando zu führen, entdeckte sie, dass es alles in allem eine Fähigkeit war, die sie erlernen und vielleicht sogar Großes darin leisten konnte. Eine, die ihr Leben verändern konnte, wenn sie sich nur lange genug damit auseinandersetzte.

Der Frühling ging in den Sommer über. Sie lernte, mit Vanhe zusammenzuarbeiten, obwohl das Verhältnis zwischen ihnen stets gespannt war. Er fürchtete, dass sie unkontrollierbar würde, und sie, dass er bloß an ihren Marionettenfäden zog. Doch bislang hatte noch keiner von beiden den anderen herausgefordert. Die Ghâshâd, gedemütigt durch ihr früheres Versagen, unternahmen mehrere Versuche, Maigraith zu entführen, aber jeder war von Vanhes stets wachsamen Gardisten vereitelt worden.

Langsam, nach erbittertem Ringen in der Umgegend Thurkads und andernorts, gewannen Vanhes Truppen die Oberhand. Die aufständischen Regimenter wurden bezwungen; vier der fünf Armeen erfüllten wieder ihre Pflicht. Maigraith hatte daran keinen Anteil außer als Galionsfigur. Das war Soldatenhandwerk. Und doch war die Moral der Truppen merkwürdigerweise so hoch wie niemals zuvor. Obwohl mehrheitlich Männer, bezeigten sie ihr gegenüber eine Ergebenheit, wie sie Yggur nie zuteil geworden war. Sie wussten, dass sie ihr etwas bedeuteten.

Eines Tages studierte sie Yggurs Tagebücher und versuchte, etwas über seine Strategien zu erfahren und über seine Pläne, wie er mit den Ghâshâd fertig werden wollte, als ein Kurier auf der Türschwelle erschien. Maigraith blickte auf. Sie hatte gelernt, tagsüber die Boten und nachts die Spione zu fürchten.

Ein Teil des Reichs war außer Kontrolle – Bannador! Oder besser gesagt, die Vormacht der Ghâshâd war andernorts überall gebrochen worden, aber aus irgendeinem Grund hielten sie in diesem armen und unbedeutenden Land die Stellung. Warum war Bannador so wichtig für sie? Etwa deswegen, weil es ihrem Schlupfwinkel, Shazmak, am nächsten lag? Maigraith hatte diese Frage nicht beantworten können. Die Ghâshâd wurden selten gefangen genommen, und wenn es doch einmal gelang, ließ sich nichts Verwertbares aus ihnen herausholen. Was auch immer der Grund war, Yggurs Zweite Armee in Bannador war bis auf den letzten Mann übergelaufen. Sie musste handeln; besser früher als später.

Maigraith fühlte sich schuldiger am Leiden Bannadors als an sonst irgendetwas, für das sie jemals Verantwortung getragen hatte. Von allen Ländern, die Yggur erobert hatte, traf Bannador die geringste Schuld – es kümmerte sich um seine eigenen Angelegenheiten und behelligte nie seine Nachbarn. Bannadors Unglück war die unmittelbare Folge ihres Spiegel-Diebstahls. Aber wenn sie dort Krieg führte, würden Tausende sterben, und das Land würde in Trümmer gelegt, selbst wenn sie siegte. Die Bürde der Führerschaft lastete schwer auf ihr.

Sie winkte den Boten heran. Er war ein großer, gut aussehender Mann mit gelbem Haar und den gelben Stoppeln eines Einwochenbarts und rußverschmiert wie seine Uniform. Ein fähiger junger Mann, war ihr berichtet worden, der Bannador gut kannte. Er hatte einen zum Lächeln bereiten Mund, lächelte jedoch nicht in ihrer Gegenwart. Sie stand im Ruf der Strenge, und er wollte nur ihre Fragen beantworten und ihrem durchdringenden Blick so schnell wie möglich entrinnen.

»Ich bin Dilman, Lar«, sagte er und benutzte den Ehrentitel statt ihres Namens. »Ich überbringe Depeschen von Hauptmann Trounse in Bannador.« Er salutierte und hielt ihr das Bündel mit Eilnachrichten entgegen.

Maigraith öffnete es nicht. »Welche Neuigkeiten gibt es aus Bannador zu melden, Dilman?«

Er straffte seine Schultern und nahm einen steifen Tonfall an. »Es steht schlecht, Lar! Die Zweite Armee griff unsere Brigade vor drei Tagen an. Wir erlitten schwere Verluste. Sie halten jetzt den größten Teil des Tieflands von Bannador und bedrohen uns im Osten und Süden.«

»Es ist also zu offenen Feindseligkeiten gekommen?«

»Ja! Sie führen einen blutigen Krieg gegen uns und machen keine Gefangenen.«

»Und in welchem Zustand ist Bannador?«

»Mein Land leidet grausam, Lar.«

»Inwiefern?«

»Das Tiefland ist von Tuldis bis Varp verwüstet worden.« Er bezeichnete das Gebiet auf einer Karte. »Der größte Teil des ertragreichen Bodens von Bannador wurde vernichtet. Sie verbrannten jeden Kornhalm, jedes Haus und jeden Stall, jeden Heuhaufen und jede Hecke. Alle Tiere wurden geschlachtet oder fortgetrieben. Das Land ist eine Wüstenei. Fünfzigtausend Menschen sind auf der Flucht; die Kinder hungern.«

Maigraith war schockiert. Sie hatte selbst in ihrer Kindheit so viel gelitten, dass sie es nicht ertragen konnte, Kinder misshandelt zu sehen. »Und das Hochland?«

»Nicht so schlimm – dieses Land ist sehr zerklüftet.«

»Warum tun sie das?«

»Ich weiß es nicht, Lar«, sagte er traurig und offenbarte zum ersten Mal den Menschen im Soldaten. »Mein Land unterhält noch nicht einmal eine Armee.«

»Wo liegen die feindlichen Truppen jetzt?«

»Hier, bei Casyme.« Maigraith zeigte auch diesen Ort auf der Karte.

Es war nicht weit von Gothryme entfernt. »Warum dort? Besitzt dieser Ort irgendeine strategische Bedeutung, Vanhe?«

»Nicht die geringste! Der Ort lässt sich besonders gut verteidigen. Dennoch provozieren sie uns ständig. Als ob sie *wollten*, dass wir angreifen.«

Maigraith fühlte ein unbehagliches Kribbeln, aber da sie nicht gewohnt war, ihrer Intuition zu folgen, achtete sie nicht darauf. »Kennst du Karan Fyrn von Gothryme, Dilman?«

»Sie wird in Geschichten über den Spiegel erwähnt, Lar, und ich weiß, dass sie Eure Freundin ist. Ich bin nie in Gothryme gewesen.«

»Ich danke dir, Dilman. Iss, und ruh dich aus; vielleicht brauche ich dich noch.«

Er salutierte und trat weg. Maigraith las die Depeschen.

»Dieser Stachel muss herausgeschnitten werden«, sagte sie zu Vanhe.

»Oder ausgehungert! Ich bin geneigt, bis zum Frühling eine Blockade über sie zu verhängen. Ein Winter in Bannador wird ihr Rebellentum auf die Probe stellen.«

»Und was ist mit den Einwohnern von Bannador?«, fragte Maigraith kühl.

»Viele würden hungern«, sagte er, »doch das ist nun mal der Preis des Krieges.«

»Ihr sagt das so leicht, denn Krieg ist Euer Geschäft. Bannador hat nichts getan, womit es diesen Krieg verdient.«

Vanhe reagierte, als hätte sie eine Gotteslästerung begangen. »Ihr lasst zu, dass Eure persönlichen Empfindungen Euer Urteilsvermögen trüben. Wir könnten eine ganze Armee dort verlieren. Unsere Aufgabe ist es, den Krieg zu gewinnen.«

»Eure Aufgabe!«, schnappte sie.

»Für so wenig eine Armee aufs Spiel zu setzen, ist Torheit. Die Ghâshâd stehen nicht mit dem Rücken zur Wand. Unsere so genannten Siege waren nur strategische Rückzüge ihrerseits, aber sie werden zurückschlagen und Vergeltung üben, wenn wir straucheln.«

»Nun, Ihr habt mich auf diesen Posten berufen«, sagte Maigraith kalt. »Wollt Ihr meine Ernennung jetzt rückgängig machen?«

»Ich habe Euch als eine Leitfigur berufen, die uns eint, nicht als einen Truppenführer, der meine Soldaten befehligt.«

»Eure früheren Behauptungen haben mir einen anderen Eindruck vermittelt«, sagte sie mit eisiger Stimme. »Sicherlich hat meine Leistung mir Bestätigung verschafft.«

»Aber keine Befehlsgewalt! Ihr seid kein General, Maigraith, der eine Armee in den Krieg führt.«

»So wenig wie Ihr, *Marschall* Vanhe.« Sie betonte seinen niedrigeren Rang.

Er lief rot an. »Ich habe nicht um dieses Kommando gebeten«, sagte er.

»So wenig wie ich, falls Ihr Euch erinnert!«

»Fordert Ihr mich heraus?«

»Ihr zwangt mich, die Kunst des Krieges und der Befehlsausübung zu erlernen. Ich habe Thurkad vor der Niederlage bewahrt – Euer Leben gerettet! Eure Strategie ist falsch, also folge ich meiner eigenen. Fordert *Ihr mich* heraus?«

Maigraith konnte aus dem ausdruckslosen Gesicht des alten Soldaten nichts herauslesen, aber das war auch nicht nötig. Schon wie er dastand, mit angespannten Halsmuskeln, offenbarte den inneren Kampf, den er ausfocht. Er hatte ihr eine Art von Machtbefugnis übertragen, und es lag nicht in seinem Wesen, den Gehorsam zu verweigern. Andrerseits war es Torheit, gegen die Zweite Armee in Bannador zu marschieren. Das wusste sie ebenso gut wie er. Als gutem Soldaten, der er war, bedeutete ihm jeder einzelne Truppenangehörige etwas.

»Ihr habt zwei Möglichkeiten«, sagte sie leise. »Werdet mich los, und übernehmt die Führung selbst, oder folgt mir. Ich bin unerbittlich.«

Nun trat sein Ringen mit sich selbst offen zutage. Sein kantiger Kiefer war verkrampft; sie konnte das Knirschen seiner Zähne hören.

Sie erhöhte den Druck. »*Könnt* Ihr führen? *Kennt* Ihr das Ziel, wohin Ihr uns führt?«

»Beide Male nein«, sagte Vanhe mit einem Seufzen. »Euer Plan ... hat etwas für sich, obwohl es schrecklich wäre, ihn in die Tat umzusetzen. Nein, Maigraith, ich fordere Euch nicht heraus, denn ich kann es auch nicht besser machen. Wenn Ihr es befehlt, werde ich sogar einen Ansturm gegen die Tore der Leere anführen. Aber nicht, ohne dass Ihr genau wisst, welche wahrscheinlichen Folgen es haben wird.«

»Sehr gut«, sagte Maigraith. »Ich will heute Nacht über die Optionen für einen Krieg in Bannador unterrichtet werden. Ich wünsche keinen fertig ausgearbeiteten Feldzug. Liefert mir kühne Pläne; Blitzattacken; eine Strategie für einen schnellen Sieg. Und das alles unter absoluter Geheimhaltung.«

»Zu Befehl«, sagte Vanhe und verbeugte sich tiefer als sonst.

In der folgenden Nacht wurden alle aus Thurkad hinausführenden Straßen gesperrt, alle Brücken unter Bewachung und alle Furten unter Beobachtung gestellt, um sicherzugehen, dass kein Wort nach draußen drang. Der größte Teil der Ersten Armee, gut vierzehntausend Mann, rückte vor Tagesanbruch aus und zog in Gewaltmärschen über die Feddil-Straße nach Bannador, wobei sie im Vorbeimarschieren sämtliche Brücken und Furten besetzten.

Dilman hatte die Wahrheit gesagt. Bannador war verbrannte Erde. Der Anblick verursachte Maigraith Übelkeit. Warum?, fragte sie sich immer wieder. Warum taten sie das? Was versprachen sie sich davon? In der sechsten Nacht ritt Maigraith mit Vanhe und dreien seiner Leutnants voraus. Am nächsten Tag würden sie etwa zweieinhalb Meilen von der Zweiten Armee entfernt kampieren, deren Heerlager sich in einem langgestreckten Tal befand, geschützt von einer Hügelkette aus Schiefergestein mit messerscharfen Kanten. Dilman war ihr Führer. Er geleitete sie durch einen niedergebrannten Waldabschnitt den Berghang hinauf zu einem Aussichtspunkt, wo sie auf die Morgendämmerung warteten.

Die Sonne tauchte empor, eine riesige Kugel, blutrot hinter den Rauchfahnen, die den Himmel von Bannador überall verdunkelten. Es versprach ein weiterer heißer Tag zu werden.

»Ist das die gesamte Zweite Armee?«, fragte Maigraith, während sie auf das feindliche Lager hinabblickte, das den unteren Teil des Tals einnahm, nahe dem Fluss. Ihr Gesicht war rußgeschwärzt, ihr Haar voller Asche.

»Nein, aber der größte Teil davon.«

»Wie weit sind wir von Gothryme entfernt?«

»Weniger als einen Tagesmarsch in diese Richtung.« Er wies nach Norden, wo sich ein zerklüfteter Ausläufer der Berge ostwärts erstreckte.

So nah. War das der Grund? »Wir greifen um vier Uhr morgens an, über die Bergkuppe.«

»Nein!«, rief Vanhe neben ihr. »Seht Euch ihre Verteidigungsanlagen an – Gräben, Palisaden, Gruben und Fallen. Im Dunkeln kommen wir da nie durch. Und falls doch, verbringen wir die Nacht damit, uns gegenseitig niederzumetzeln.«

»Bei Tag kommen wir erst recht nicht durch«, hielt Maigraith dem entgegen. »Bis dahin haben sie Lunte gerochen. Unsere einzige Chance besteht darin, uns hier auf dem Bergkamm zu sammeln, uns dann in zwei Angriffseinheiten aufzuteilen und dort und dort hinabzusteigen. Wir werden den Angriff die Straße hinauf von beiden Seiten zugleich führen, noch vor Tagesanbruch.«

»Die Straße hinauf! Sie werden uns dort reihenweise niedermähen.«

»Ich werde eine *Täuschung* bewirken, damit wir unentdeckt bis zu den Toren gelangen«, sagte sie mit mehr Zuversicht, als sie verspürte. Solch ein mächtiger Zauber wäre selbst dann schwierig gewesen, wenn sie nicht gegen die Ghâshâd zu Felde gezogen wären. »Sie werden nicht damit rechnen. Seht nur, wie nachlässig die Torwachen dort sind.« Sie reichte ihm das Fernglas.

»Zu nachlässig für Wachen unter dem Kommando der Ghâshâd! Wie auch immer, unsere Truppen werden das Lager nicht vor dem heutigen Nachmittag erreichen. Ihr könnt keine Gewaltmärsche anordnen, die Männer im Dunkeln über den Berg scheuchen und dann erwarten, dass sie sich am nächsten Tag in die Schlacht stürzen.«

»Wir haben einen Vorteil, aber das wird nicht so bleiben. In der Überraschung liegt unsere einzige Chance. *Lasst es uns tun!*«

»Ich werde Eure Befehle ausführen«, sagte Vanhe mit tonloser Stimme. »Aber *was* unternehmt Ihr nun gegen die Ghâshâd? Dem Vernehmen nach heißt es, sie könnten ihre Feinde *spüren.*«

»Auch dagegen werde ich etwas bewirken«, sagte Maigraith.

Sobald sie sich die Anordnung des Lagers eingeprägt hatten, kehrten Vanhe und seine Leutnants zurück, um die Kriegsvorbereitungen zu treffen. Maigraith, Dilman und Maigraiths Leibgarde blieben, wo sie waren. Der Schweiß zog Spuren über ihr rußverschmiertes Gesicht. Ein einziger Fehler, und die Erste Armee würde vernichtet. Und falls sie Erfolg hatte, welches Schicksal wäre den Rebellen beschieden? Warum hatten die Ghâshâd überhaupt eine solche Verheerung angerichtet? Worin lag der Sinn dieser Rebellion, ausgerechnet an diesem Ort? Es war ihr unverständlich.

Aber ihr wichtigstes Problem bestand darin, die Ghâshâd auszuschalten. Einige von ihnen waren empfindsam, zumindest gemeinsam, wenn schon nicht einzeln. Wenn sie sie spürten, konnte der Schlachtplan nicht aufgehen.

Sie verbrachte den ganzen Morgen damit, auf das Lager hinabzustarren, aber was immer der Feind tat, es blieb ihr verborgen. Wenn ich bloß einen Empfindsamen hätte, überlegte sie unbedacht, denn dies erinnerte sie nur daran, wie schlecht sie Karan behandelt hatte.

Dilman räusperte sich hinter ihr. »Wir sollten jetzt gehen, Lar!«

Ja, die Zeit war abgelaufen, und sie wusste nicht mehr als am vorangegangenen Tag. Sie kehrte zu ihrem eigenen Lager zurück, wo ihre Soldaten gerade einmarschierten, und die zackigen Ehrenbezeigungen ihrer Truppen, das Geflüster hinter ihrem Rücken über ihre seltsamen Kräfte, das Geprahle mit einem schellen Sieg am kommenden Tag, waren Galle in ihrem Mund. Sie war eine Fassade, eine leere Hülse, die die Ghâshâd zum Platzen brächten, und diese bedauernswerten Narren würden dafür sterben.

Maigraith verbrachte den ganzen Nachmittag und Abend mit dem Versuch, einen Zauber zu entwerfen, der die vorderen Reihen ihrer Truppen verbergen würde, sodass sie die Tore unentdeckt erreichen konnten. Sie hatte jede Form der Geheimen Kunst in Betracht gezogen, die irgendwie im Rahmen ihrer Fähigkeiten lag. Ihr erster Gedanke hatte einer Illusion gegolten – buchstäblich Bilder in die Luft zu zeichnen, um die anrückenden Truppen zu verbergen. Es war vermutlich ihre beste Chance, und die Dunkelheit würde das ihre dazu beitragen, auch wenn der Mond hell schien. Aber eine Illusion, die eine ganze Armee verbarg, vor so vielen Feinden, überstieg wahrscheinlich ihre Kräfte.

Mesmerismus und Spielarten der Massenhypnose verwarf sie rasch. Dergleichen konnte nicht aus der Entfernung ausgeführt werden, und ohnehin war Maigraith nicht davon überzeugt, die nötigen Fähigkeiten zu besitzen. Ihr Mangel an Einfühlungsvermögen in andere Menschen war ein entscheidendes Hindernis.

Eine andere Möglichkeit lag in physischer Tarnung, beispielsweise durch das Heraufbeschwören von Nebel oder Dunstwolken. Aber in einer heißen Sommernacht in diesem von Trockenheit geplagten Land Nebel hervorzurufen, wäre schwierig.

»Wo ist das nächstliegende Gewässer?«, fragte sie flüsternd Dilman nach Mitternacht.

»Etwa anderthalb Meilen entfernt, ganz in der Nähe ihres Lagers.«

»Kannst du mich dorthin bringen?«

»Nein, Lar, das geht nicht. Ihre Späher sind am ganzen Fluss verteilt. Ist es denn wichtig?«

»Nein«, sagte sie, »nur eine von ein paar Ideen, die ich verfolge.« Sie wollte ihn nicht beunruhigen, indem sie offenbarte, wie leer ihr Waffenarsenal im Grunde war.

»Ursprünglich gab es Quellen am Fuß des Berghangs«, sagte er. »Aber sie könnten während der Dürre ausgetrocknet sein.«

»Schau, ob du eine ausfindig machen kannst«, flüsterte sie.

Die Zeit verrann, ohne dass Dilman zurückkehrte. Sie würde doch auf eine Illusion zurückgreifen müssen. Maigraith kletterte auf einen Baum, hockte sich in eine Astgabel und starrte hinab auf die Straße und das feindliche Lager. Kurz darauf erschien Vanhe und sah besorgt zu ihr empor. »Seid Ihr so weit?«

»Nur noch ein paar Minuten«, erwiderte sie, eine Zuversicht vortäuschend, die sie nicht verspürte. Bislang waren ihre Vorbereitungen umsonst gewesen. Die beste Illusion, die sie jetzt bewirken konnte, war zugleich die einfachste, lediglich ein Trugbild von Nebel auf der Straße. Doch wenn die Wachtposten sich über das Aufkommen von Nebel in einer heißen Sommernacht wunderten, wenn sie es nicht glaubten, würde er verschwinden.

»Es ist Zeit, aufzubrechen«, sagte Vanhe wenige Minuten später. »Fertig?«

Sie war es nicht, aber sie hatte keine Wahl.

Es war vier Uhr früh. Die Nacht war bewölkt, wenngleich der Mond genug Licht spendete, um die Straße zu erkennen. Die Erste Armee zog sich in zwei unterschiedlichen Abteilungen am Rande des Bergkamms zusammen. Vanhe wandte sich an seine Leutnants.

»Geht lautlos vor«, sagte der Marschall, abgehärmt aussehend, »bis Alarm gegeben wird. Dann stürmt die Tore. Je schneller ihr seid, desto einfacher wird es. Sobald ihr drinnen seid, werde ich Raketen abschießen, damit ihr Licht habt.«

Maigraith wirkte ihre Illusion. Die ersten zehn Soldatenreihen verschwammen zu einem silbrigen Nebel, eine Formation marschierender Geister im Mondschein. Ein erstauntes Flüstern ging durch die Truppenreihen.

»Jetzt fühle ich mich besser«, sagte Vanhe, wischte sich die Stirn und zeigte sich überrascht, obwohl er gewusst hatte, was Maigraith in Angriff nehmen würde. »Das ist so nützlich für ihre Moral wie der Schlaf einer halben Nacht. Schickt sie los!«

Seine Offiziere eilten auf ihre Posten. Die zwei Abteilungen setzten sich in Bewegung.

Lass es vorhalten!, betete Maigraith. Wenn es bloß nicht an den Verteidigungsanlagen der Ghâshâd in sich zusammenfällt. Aber sie hatte eine grässliche Ahnung, dass die Illusion nicht halten würde. Etwas funkte hartnäckig dazwischen, und was auch immer sie versuchte, sie konnte nichts dagegen tun. Ein Schutzschirm schien das Lager zu umgeben. Selbst aus dieser

Entfernung bereitete er ihr Schmerzen. Wie würde es erst vor den Toren sein?

Dilman tauchte aus der Dunkelheit auf. »Ich habe eine Quelle entdeckt«, flüsterte er. »Nicht weit von hier.«

»Bring mich hin!«, schnappte sie und spürte, dass die Illusion bereits nachließ.

Dilman führte sie den Berg hinab zu einem dünnen Rinnsal, das aus dem Fuß einer Felswand rieselte. Eine Vertiefung im Gestein enthielt etwa so viel Wasser wie ein großes Waschbecken. Wie viel Nebel wird das wohl ergeben?, dachte Maigraith bang. Aber besser als nichts, schätze ich! Den Zauber im Geiste aufrechterhaltend, tauchte sie ihre geballten Fäuste in das Becken. In der Mitte bildete sich eine kleine Nebelwolke. *Schnell. Es ist schon fast zu spät!*

Sie konzentrierte sich stärker, bis der Nebel um ihre Handgelenke brodelte und sich über die Kante der Vertiefung ergoss. Maigraith schleuderte ihre Arme nach vorn. Der Nebel begann die Wasserrinne hinabzuziehen.

Sie erkletterte eine Felsspitze, die ihr Aussicht auf die Straße bot, und sah die Soldaten eben aus dem Buschwerk brechen. Zu ihrer Linken leuchtete der Nebel silbrig im Mondschein, teilte sich jetzt und strömte auf zwei unterschiedlichen Pfaden den Hang hinab. Maigraiths Kopf schmerzte von der Anstrengung, ihre beiden dünnen Nebelschwaden auf das Lager zuzuführen. Sie flossen ständig durch die falschen Rinnen abwärts. Einen Wetterzauber zu wirken war eine schwierige Kunst – kein Geist konnte etwas so Komplexes kontrollieren.

Endlich erreichte der Nebel die Straße nahe beim Haupttor des Lagers, aber er war zu zwei kläglichen Schwaden geschrumpft, die im lauen Wind dahintrieben. Sie ließ von ihnen ab und wandte ihre Aufmerksamkeit wieder den zwei Marschkolonnen zu, die sich auf der Straße dem Lager von beiden Seiten näherten. Ihre Illusion verblasste, die Soldaten begannen sichtbar zu werden. Maigraith ließ die Auflösung der Illusion diesseits des Lagers, wo ihr Nebel war, geschehen, und konzentrierte ihre ganze Mühe darauf, sie jenseits davon aufrechtzuerhalten.

Diese Soldaten waren immer noch ein Stück von den Toren entfernt, als aus dem Lager Gebrüll erklang. Sie waren entdeckt worden. Unter ihr verdunstete der Nebel in der warmen Luft. Der Schleier aus Mondlicht auf der Straße zerrann zu einer Kolonne marschierender Soldaten. Sie waren noch immer fünfzig Schritte vom Tor entfernt. Eine Glocke brach in hektisches Gebimmel aus. Ihre Truppen drängten vorwärts und waren bald in einen erbitterten Kampf verwickelt.

Im selben Augenblick wurde Maigraith rücklings von ihrem Ausguck geschleudert. Die Illusion war rabiat unterbrochen worden. Benommen lag sie auf dem Boden.

»Lar? Lar? Maigraith-Lar!« Es war Dilman. Er schüttelte sie. »Lar? Seid Ihr in Ordnung?« Er war geradezu in Tränen aufgelöst.

Maigraith stöhnte. Er hob sie auf die Beine.

»Lar, wir brauchen Euch dringend.« Aus seiner Stimme sprach bereits die Niederlage.

Maigraith spürte, dass sie fröstelte, vor Kälte zitterte, obwohl es eine warme Nacht war. Wie lange hatte sie hier gelegen? »Gib nicht auf, Dilman«, sagte sie mit einem gezwungenen Lächeln. »Ich hab noch gar nicht begonnen, zu kämpfen.«

Sie rannten zum Lager. Dilman musste immer wieder auf sie warten, und schließlich lud er sie sich für den Endspurt auf die Schultern.

Vor den Toren herrschte ein so grässliches Gemetzel, dass sie es nicht ertrug, hinzusehen. Ihr flüchtiger Rundumblick erfasste hunderte von Toten. Sie selbst hatte es befohlen.

»Weiter!«, schrie Dilman und zerrte sie an den zerstückelten Leichen vorbei.

Die Zweite Armee kämpfte wie besessen und war es vermutlich auch, wie Maigraith erkannte. Wie recht Vanhe gehabt hatte; wie rasch hatte ihre Unerfahrenheit sich erwiesen. Sie war so hart marschiert wie nur irgendeiner, und mit weniger Pausen. Mittlerweile konnte sie keinen klaren Gedanken mehr fassen. Ihren Soldaten musste es ebenso ergehen.

Leuchtkugeln und -raketen stiegen in den Himmel und erhellten ihren Weg. Eine oder zwei gingen inmitten des Lagers nieder und setzten ein Zelt in Brand. Es war unklar, ob dies ihnen oder dem Feind einen größeren Vorteil verschaffte, aber ihre Soldaten schienen von dem Licht ermutigt.

Nicht so Maigraith. Sie hatte versagt, und ihre Soldaten starben dutzendweise. Sie hatte die Ghâshâd unterschätzt. Ihr Wille stärkte diese Marionetten-Soldaten und schwächte die ihren. Sie waren der Schlüssel. Falls sie sie nicht überwinden konnte, war die Erste Armee erledigt.

Sie rief sich die Anordnung des Lagers ins Gedächtnis und versuchte zu ermitteln, wo sich die Ghâshâd befanden. Allmählich wurde es hell. Sie stolperte an den Zeltreihen vorbei, durch ein Chaos aus rennenden Menschen, brennenden Zelten und Kämpfen von Mann gegen Mann. Ein versprengter Haufen ihrer Soldaten rannte vorüber, waffenlos, auf der Flucht zum Tor. Ihnen folgte eine weitere Schar, die der Feind vor sich hertrieb. Maigraith versuchte eine Illusion aufzubauen, die die Fliehenden verbarg, doch es ging völlig daneben.

Ein großer Mann mit einem Schwert rannte direkt auf sie zu. Sie fuhr mit der Hand durch die Luft, ein Zauber, der ihm außerhalb des Lagers die Beine unter dem Körper weggerissen hätte, doch er hielt noch nicht einmal inne. Sie taumelte außer Reichweite seiner Waffe und sauste auf das Zentrum des Lagers zu. Der Riese verfolgte einen ihrer fliehenden Soldaten und machte ihn mit einem einzigen Streich nieder.

Maigraith rannte um eine Biegung und geradewegs in ein Schlachtfeld hinein, das von Toten und Sterbenden übersät war, meistenteils ihren Leuten. Einer der Feinde lag genau vor ihr im blutgetränkten Gras.

Keuchend ließ sie sich neben ihm auf die Knie nieder. »Wo ist das Zelt der Ghâshâd?«

Der Bursche weinte vor Schmerzen, tödlich verwundet. Die Vorderseite seines Wamses war blutgetränkt. Sie legte ihm die Hand auf den Kopf und nahm die Schmerzen von ihm; ein fürchterlicher Vorgang des Entreißens, unter dem sie später zu leiden haben würde.

»Wo?«, schrie Maigraith ihm ins Gesicht.

Er hob seine Hand. »Drei Reihen!« Er deutete nach links, »Das graue!«, und sackte tot zusammen.

Maigraith sprintete die Zeltreihen entlang. Die Wunden, die Thyllan ihr vor Monaten beigebracht hatte, an der Schulter und in der Seite, hämmerten bei jedem Schritt. Ein gedrängter Haufen ihrer Soldaten rannte in die entgegengesetzte Richtung. Der Feind schlug Maigraiths Männer zurück, ohne Rücksicht auf eigene Verluste. Sie spürte Grauen in sich aufsteigen angesichts ihrer Torheit; sie hatte die gesamte Armee in den Tod geschickt.

Da, das graue Zelt! Schatten bewegten sich darin. Keine Zeit zum Nachdenken. Maigraith brach durch die Zeltklappe. Acht Ghâshâd saßen im Karree auf Bänken, vier Männer und vier Frauen, während eine fünfte Frau innerhalb des Karrees an einem Tisch stand. Sie glichen einander wie Klone; Maigraith erkannte keinen von ihnen. Sie waren so sehr in ihr Tun vertieft, dass Maigraith einige wenige Augenblicke blieben, ehe sie reagieren konnten.

Ein graues Brett, das in blaue und gelbe Quadrate unterteilt war, bedeckte den größten Teil des Tisches. Es war mit Haufen von spielmarkenartigen Plättchen übersät – die anscheinend Einheiten der Zweiten Armee darstellten, in Grau, und Maigraiths eigene in Grün. Unter Maigraiths Augen streckte die Frau am Tisch unter sichtbarer Anstrengung ihre Hand aus und kickte zwei der grünen Plättchen mit ihrem grauen vom Brett hinunter. Irgendwo außerhalb des Zeltes erhob sich ein gewaltiges Brüllen. Maigraiths Schädel explodierte.

Sie stöhnte unwillkürlich. Alle Blicke schossen zu ihr hin. Sie fühlte sich so benommen, dass sie kaum aufrecht stehen konnte, und Wogen der Übelkeit begannen ihre Sinne zu überfluten. Sie spürte einen Stich in der Brust, wie einen Schwertstoß – der tödliche Schmerz, den sie draußen von dem feindlichen Kämpfer genommen hatte. Sie spürte, wie sie in Ohnmacht sank. Die Schlacht war verloren. Alles war verloren!

Kapitel dreiundzwanzig

Die weise Frau

Yggurs Rückreise von Faranda verlief nicht angenehm. Nachdem er die Gemeinschaft verlassen hatte, ritt er so schnell nach Süden, wie es sein schwaches Sehvermögen erlaubte. Er verspürte eine überwältigende Erleichterung, Mendarks bedrückender Gegenwart entronnen zu sein, und seine Sehnsucht nach Maigraith wurde mit jedem Tag stärker. In Flude heuerte er zwei neue Gehilfen an und schiffte sich unverzüglich ein, doch das Gefährt erwies sich als ein schwerfälliger, verfaulter, rattenverseuchter Kahn, der beim geringsten Seegang ins Schlingern geriet. Yggur, der eigentlich ein guter Seemann war, war die meiste Zeit der Reise seekrank.

Irgendwo in der Nähe von Siftah wurden sie von Piraten verfolgt und nur durch das Wetter gerettet. Dann, als sie über das Meer von Thurkad südwärts segelten, verbreitete sich die Ruhr auf dem Schiff, verknotete ihre Mägen und verflüssigte ihre Eingeweide. Das Schiff trieb tagelang dahin, da kein Seemann gesund genug war, um den Mast zu bemannen. Das Trinkwasser wurde zu einer stinkenden grünen Brühe, und eines der Fässer mit Pökelfleisch enthielt, als sie es öffneten, eine wimmelnde Masse von Maden.

Die Besatzung wusste, wer für ihre Missgeschicke verantwortlich war. Der hochgewachsene, mürrische Fremde, der halb verkrüppelte blinde Mann, den sie in Flude an Bord genommen hatten. Gerüchte besagten, er wäre ein Hexer. Ihr Reiseglück bewies es.

Eines Morgens wurde Yggur von einem lähmenden Hieb in

die Nieren aus dem Schlaf gerissen. Es brachte Unglück, einen Hexer zu töten, aber ihm wurden die Hände gefesselt, und er wurde mitsamt seinen unglücklichen Gehilfen in ein Beiboot geworfen. Das Beiboot wurde ohne Ruder und ohne Proviant, sogar ohne Wasser, dem Meer überantwortet, und das Schiff segelte davon.

Die Gehilfen befreiten sich gegenseitig, ließen jedoch Yggur gefesselt. Er fand keinerlei Kraft, um sich zu verteidigen oder auch nur seine Fesseln zu lockern. Sie trieben einen Tag und eine Nacht lang dahin; am nächsten Morgen wurde Yggur vom Geräusch einer Brandung geweckt. Sie trieben an einem kahlen, felsigen Gestade entlang. Die Gehilfen beraubten ihn seines Goldes und machten sich davon.

Yggur rieb seine Fesseln hektisch an der Ruderbankkante, doch das dicke Seil war eine Stunde später immer noch intakt, als das Beiboot auf die Uferfelsen zutrieb. Es überschlug sich. Yggur wurde auf die aus dem Wasser ragenden, von Entenmuscheln bewachsenen Felsen geschleudert, von den Brandungswellen aufs Meer hinausgetragen und dann wieder auf die Felsen geworfen.

Durch reines Glück fielen die nachfolgenden Wellen niedrig aus, sodass er ans Ufer kriechen konnte. Nachdem er seine Fesseln an einer zersplitterten Austernschale durchgescheuert hatte, wankte er durch die Felsenlandschaft, bis er zu einem Dorf kam. Yggur schleppte sich zu einer Behausung, die die Hütte der Dorfoberin zu sein schien. Unter seinen sonnenverbrannten, salzverkrusteten Augenlidern hindurch nahm er sie lediglich als Umriss wahr.

»Wollt Ihr mir helfen?«, keuchte er. Über seine Gliedmaßen und seinen Körper rann das Blut hunderter Wunden, die er sich an den Entenmuscheln gerissen hatte.

»Womit können wir Euch gefällig sein?«, fragte sie mit einer Stimme, die für eine weise Frau recht jung klang, denn als solche meinte er sie erkannt zu haben.

»Ich brauche ein Schiff, das nach Thurkad geht«, sagte er.

»Das werdet Ihr hier nicht finden.«

»Dann bringt mich dorthin, wo ich eines finde. Bitte.«

»Das würde volle fünf Silbertar kosten«, sagte sie, als forderte sie die Hälfte aller Reichtümer der Welt.

Er ertrug es nicht, zu betteln. »Ich habe keinen einzigen Grint dabei, aber in Thurkad ... Ich bin Yggur!«, schrie er.

Nach einer Pause sagte die Frau: »Ich erkenne, dass Ihr ein Mann seid, der sein Wort hält. Ihr könnt mir das Geld schicken oder ... es mag auch andere Arten geben, mich zu entlohnen.«

Binnen kurzem war er von seinen zerlumpten Kleidern befreit, mit einer Seeigelsuppe verköstigt und mit einer purpurfarbenen brennenden Tinktur behandelt worden, die sie auf seine Wunden auftrug. Er schlief in der Hütte der Dorfoberin, die größte Ehre, die die Dörfler ihm erweisen konnten, wenngleich ihm die Kraft fehlte, seiner Gastgeberin die Ehre zu erweisen, die sie im Gegenzug ungeniert von ihm erbat. Während er schlief, bekam sie dennoch, was sie von ihm wollte.

Am Morgen erhielt er seine Kleider zurück, geflickt und nach Rauch riechend, denn sie waren über dem Feuer getrocknet worden. Die weise Frau, deren Ansehen jetzt maßlos gestiegen war, fütterte ihn eigenhändig mit marinierten Fischinnereien. Sie schmeckten noch übler, als sie aussahen. Als er fertig war, verbeugte sie sich, die lächelnden Dorfbewohner halfen ihm in ein Kanu, und er wurde aufs Meer hinausgepaddelt. Einen Tag später landete er in Ganhafen und bestieg sofort ein Schiff, das nach Thurkad abging. Welch ein Entgegenkommen, dachte er, und sie sind noch nicht einmal meine Untertanen. Sie sollen reich belohnt werden.

Erst als er in Thurkad eintraf, gestattete Yggur sich, an Maigraith zu denken. Er hatte bereits ein Dutzend Mal von ihrer Erniedrigung Thyllans gehört. Er würde Vanhe zum General, wenn nicht gar zum Oberbefehlshaber befördern.

Auf dem Kai hinkte ein zerlumpter Straßenbengel auf ihn zu, wobei er ein halbes Dutzend Konkurrenten aus dem Weg schubste. Seine schmutzigen Füße waren übel zugerichtet, schorfig und bedeckt mit eiternden Wunden. »Darf ich Euch führen, Herr? Bitte, Herr!«

»Bring mich zum Armeehauptquartier, Junge«, sagte Yggur. »Und zwar schnell.« Mittlerweile verlangte es ihn verzweifelt nach Maigraith. Diese Nacht würde er ihr Bett nicht meiden.

Während Yggur dem hinkenden Jungen folgte, rief er sich all das Gute an Maigraith in Erinnerung. Ihr Mitgefühl für seine Schmerzen, die unbeholfene Art, auf die sie sich ihm genähert hatte, hatten ihn aus sich selbst herausgelockt. Es musste sehr hart für sie gewesen sein.

Wenn sie nur ihre Brille aufbehalten hätte. Wenn er nur nicht in ihre Augen gesehen und Rulke in ihnen erblickt hätte.

Das hatte ihn zermürbt. Zu seiner Beschämung wurde ihm bewusst, dass er vor ihr zurückgeschreckt war wie ein Schuljunge vor dem Rohrstock des Rektors. Aber die Widerhaken, die Rulke in seiner Seele zurückgelassen hatte, waren nun verschwunden, und Yggur erkannte seine Torheit. Er hatte sich im Grauen geaalt wie eine Prinzessin, die in Milch badet; hatte sogar eine Art masochistischen Vergnügens daraus gezogen. Nie mehr! Wie anders würden die Dinge nun zwischen ihnen laufen.

Plötzlich fühlte Yggur sich außerordentlich stark. Zurück in seinem eigenen Umfeld, umgeben von seinen Truppen, konnte er sich gar nicht mehr vorstellen, warum er so viel Angst vor Mendark gehabt hatte, oder vor Rulke. Sogar seine Sehkraft schien sich gebessert zu haben. Der erste Mensch, den er traf, als er die Stufen der Zitadelle hinaufhinkte, war das Botenmädchen, Dolodha, obwohl er sie erst erkannte, als sie sprach.

»Mein Gebieter!«, keuchte sie. Dann rief sie laut: »Unser

Gebieter ist wieder da! Lord Yggur ist zurückgekehrt!« Sie fiel vor ihm auf die Knie.

Yggur hob sie auf die Füße. »Dolodha!«, sagte er. »Treue Dienerin. Ich bin fast blind. Zahl diesen Jungen aus, dann bring mir deinen Vertrag. Von diesem Augenblick an bist du frei!«

»Frei«, flüsterte sie. »Aber wovon soll ich leben?«

»Du wirst mir als Adjutantin dienen, für einen Silbertar pro Woche«, sagte er in glänzender Laune.

»Ein Silbertar!«, rief sie, als wäre ihr ein Eimer voll Gold angeboten worden.

»Du verlangst mehr? Dann sollst du es haben. Zwei Silbertar! Und nun geh, und hol deinen Vertrag. Schreiber!«, brüllte er. »Fertige Dolodhas Ernennungsurkunde zur Adjutantin aus. Wo ist Zareth?«

Zareth der Hlune wurde ausfindig gemacht und mit einem Beutel voll Silber zum Dorf zurückgeschickt. Dolodha kam zurück. Ihr Lehnsvertrag wurde mittels einer Reihe offizieller Stempel und Siegel aufgehoben, ihre Ernennungsurkunde ordnungsgemäß aufgesetzt.

»Nun, wo ist Maigraith?«, rief Yggur seiner Adjutantin zu. »Bring mich augenblicklich zu ihr.«

Dolodha schaute unbehaglich drein. »Sie ist in Bannador, Herr.«

»Bannador!«

»Sie führte die Erste Armee nach Casyme, um gegen die Ghâshâd zu kämpfen.«

»Was?«, brüllte er. »Wann?«

»Vor fünf Tagen.«

Als sie ihn aufklärte, war es Yggur, als steckte sein Herz in einem Schraubstock, und der Druck nahm mit jeder Sekunde zu. Eine Armee in die Wildnis von Bannador zu führen, gegen eine Armee, die so stark, fertig verschanzt und unter Kontrolle der Ghâshâd war, war reinster Irrsinn. Selbstmord! Maigraith war verloren.

»Wer hat diesen Wahnsinn zugelassen?«, tobte er. »Ich werd sie alle zermalmen! Ich verkauf sie in die Sklaverei!«

»Es war Marschall Vanhe«, stammelte die Adjutantin. »Eure Generäle sind tot ...«

»Vanhe! Ich werd ihn ans Kreuz nageln. Mach mein Pferd bereit. Wie brechen in einer Stunde nach Bannador auf.«

Sein Zorn war so groß, dass die Eskorte sogar noch schneller aufbruchsbereit war. Sie stürmten in südwestlicher Richtung über die Feddilstraße nach Tuldis.

Der Weg der Ersten Armee ließ sich leicht verfolgen. Bei jedem Halt sprang Dolodha vom Pferd und rannte los, noch immer in ihrer schlecht sitzenden Gewandung und flappenden Sandalen, um in Erfahrung zu bringen, wie lange es her war, seit die Truppen hier entlangmarschiert waren.

Sie machten weder tagsüber noch nachts Halt, wechselten allerdings nachmittags und dann noch einmal mitten in der Nacht die Pferde. Letzteres fand in der Stadt Muncyte statt, einem dampfenden, moskitogeplagten Ort im Überflutungsgebiet des Plendurflusses. Sämtliche Gebäude waren auf Pfählen errichtet, aber die Stadt stand dennoch jedes Jahr unter Wasser. Und weiter ging's wie im Sturmwind, entlang des düsteren Waldes von Faidon, der sich an der Nordgrenze von Bannador erstreckte. Als sie am nächsten Morgen die staubige Stadt Radomin erreichten, bestiegen sie frische Pferde, und wieder stürmten sie weiter. Yggurs Stimmung wurde schlechter und schlechter. Er konnte das Blut fast schon riechen.

Die Sonne ging auf. Dolodha fiel fast aus dem Sattel vor Müdigkeit. Sie sah aus wie ein elternloses Kind. Yggur lenkte sein Pferd näher an sie heran und hielt sie im Sattel, von sich selbst überrascht, dass ihn so was überhaupt kümmerte. Maigraith hatte ihn verändert.

Der Morgen dämmerte blutig rot. Überall waren Rauchwolken, verkohlte Ruinen und verbrannte Tierkadaver. Ihre Pferde waren in einen müden Trott verfallen. »Wie weit noch?«, schrie

Yggur ihrem Führer zu, als sie von der Hauptstraße auf einen von Radfurchen durchpflügten Weg abbogen, der sich um jeden einzelnen Berg in Bannador zu schrauben schien.

»Mindestens vierundzwanzig Meilen! Einen weiteren Tag noch, es sei denn, wir können frische Pferde auftreiben!«

Sie setzten ihren Ritt fort, nun inmitten der Wildnis von Bannador, stießen aber dabei noch nicht einmal auf einen einzigen Ackergaul. Das Land war restlos geplündert. Yggur hatte rasende Angst, dass seine Armee vernichtet worden war; dass Maigraith bereits tot war.

Maigraith kämpfte gegen die Benommenheit an. Das Schicksal der Armee stand auf der Kippe, und sie allein konnte sie retten. Die Ghâshâd rührten sich nicht. Sie spürte, dass sie es nicht konnten und noch immer *das Karree* aufrechterhielten – ihre Kontrolle. Sie starrte in die Augen der Frau in der Mitte des Karrees, übte mit ihrer Willenskraft Druck aus und fühlte, wie der Wille der Frau und die Willenskraft der anderen acht sich ihr entgegenstemmten. Maigraiths Schädel schrillte jetzt förmlich.

Gib nicht auf! Du kannst es. Du musst! Sie hatte sie schon einmal überwunden und konnte es bestimmt abermals tun. Sie ließ den Zorn in sich anschwellen, bis er in einer Explosion der Wut hervorbrach, der die Augen der Frau in der Mitte nach innen verdrehte. Die Ghâshâd keuchten, schwächelten einen Augenblick lang, und schon sprang Maigraith zwischen sie und trat mit beiden Füßen um sich.

Der Tisch kippte um und warf dabei die beiden Ghâshâd auf der anderen Seite zu Boden. Überall schwirrten Plättchen umher. Die Frau, die die Plättchen bewegt hatte, legte die Hände an die Schläfen und schrie. Ein anderer Ghâshâd kam stolpernd auf die Beine und fiel über den umgestürzten Tisch. Er versuchte, sich wieder aufzurappeln, doch Maigraith schlug ihn nieder, schnappte sich das Brett, bahnte sich, es vor sich herschwingend, einen Weg zum Zeltausgang. Draußen zerbrach sie die Scharniere des Bretts und wirbelte die beiden Hälften in eine offene Latrine.

Erneut wurde außerhalb ihres Blickfelds ein Brüllen laut. Zu spät!, dachte sie. Die Armee ist geschlagen; ich ebenfalls. Die Ghâshâd aus dem Zelt waren ihr dicht auf den Fersen. Sie spürte, wie der Pulsschlag ihres Willens gegen sie anstürmte und ihren eigenen untergrub, der jetzt auch durch die explodierenden Nachwehen stark geschwächt war. Sie stolperte über einen gefallenen Soldaten, und schon waren sie über ihr, wobei ihre gummiartigen Finger Ekelschauer über ihr Rückgrat jagten.

»Endlich!«, schrie eine faltengesichtige Ghâshâd-Frau, als wäre der Traum ihres Lebens gerade in Erfüllung gegangen. Mit dem Gesicht nach unten im Staube liegend, erkannte Maigraith, worum es bei dem Sommer-Feldzug in Wahrheit gegangen war. Um sie! All dies Elend, die ganze Zerstörung hatten dazu gedient, sie von ihren Leibwachen wegzulocken, um sie für Rulke zurückzubekommen. Sie war so leicht in die Falle getappt.

Aus den Augenwinkeln sah sie, wie jemand in die Latrine hinabstieg. In wenigen Minuten würde das Brett wiederhergestellt sein und das Karree abermals die Schlacht bestimmen. Sie hatte ihre ganz persönliche Katastrophe angerichtet, und es war weitaus schlimmer, als wenn sie gar nichts getan hätte.

Fünf Ghâshâd bildeten eine Mauer vor Maigraith, während die übrigen ihre Hände und Füße packten und sie fortzutragen begannen. Maigraith stöhnte hilflos, zu schwach, um sich selbst zu helfen. Welch eine Närrin war sie doch gewesen, so zu tun, als zöge sie im Namen des Guten in den Krieg. Sie hatte sich so schuldig gemacht wie jeder andere Kriegstreiber, war jedoch törichter gewesen.

Sie eilten mit ihr um ein Zelt herum, ließen sie dann plötzlich auf den Rücken fallen und blieben stehen – mit erstarrten Mienen. Maigraith verdrehte ihren Kopf. Mindestens hundert ihrer Soldaten hatten sie umstellt, und weitere stießen dazu.

»Legt die Waffen nieder!«, rief einer ihrer Offiziere.

Eine der Ghâshâd schrie, ein Schrei der Schmach und der Enttäuschung, und stürzte sich auf die Soldaten. Sie starb augenblicklich. Einer weinte. Über Maigraith blitzte ein Messer im Sonnenlicht des frühen Morgens. Sie sah hilflos zu. Ein Ghâshâd schrie: »Nein!«, und als die Klinge auf ihre Brust niederfuhr, warf er sich dazwischen. Das Messer durchbohrte seinen Körper und piekste in Maigraiths Brustbein.

Der Bursche mit dem Messer ging in die Knie.

»Wir haben es geschworen«, sagte der zweite zum ersten, hustete Blut und starb.

»Das versteh ich nicht«, sagte ihr Offizier, als die verzweifelten Ghâshâd abgeführt wurden.

Maigraith wälzte sich herum und erhob sich mit einiger Anstrengung auf Hände und Knie. Ihre Kleider waren schweißgetränkt. »Sie haben Rulke geschworen, mich unter Einsatz ihres Lebens zu beschützen«, sagte sie und fiel wieder um.

Ihre Soldaten hoben sie mit einem triumphierenden Brüllen empor. Die Schlacht war gewonnen; Bannador würde bald befreit sein, doch war der Preis zu hoch, als dass Maigraith irgendeine Freude über ihre wundervolle Leistung hätte empfinden können.

Weitere Soldaten traten herzu. »Maigraith«, keuchte ein begeisterter Vanhe und ergriff ihre Hand. »Ich hätte es nicht für möglich gehalten. Ihr seid wahrlich eine große Befehlshaberin! Yggur selbst hätte es heute nicht besser gekonnt.«

Maigraith schwieg. Die Wahrheit schmerzte fast so sehr wie die Nachwehen. Yggur hätte so etwas Närrisches nie versucht, dachte sie. Vorher hätte er die Armee und ganz Bannador ausgehungert. Dann tauchte sie in die Dunkelheit ein.

Am selben Nachmittag erschien Vanhe an ihrem Zelt, wo Maigraith krank und verwundet im Schein der untergehenden Sonne lag. Ihre Krankheit war schlimmer geworden, und ihr Zustand verschlechterte sich immer weiter.

»Ich bringe den Strafbefehl, damit Ihr ihn bestätigt.«

Strafbefehl? Sie konnte kaum einen klaren Gedanken fassen.

»Die Zweite Armee hat rebelliert und gegen die eigenen Kameraden gekämpft«, erklärte er. »Die Schuldigen müssen bestraft und ein Exempel muss statuiert werden.«

»Lest vor!« Sie machte eine schwache Handbewegung.

»Die Zweite Armee wird aufgelöst und ihre Standarte zerbrochen; alle Rang- und Ehrenabzeichen werden eingezogen und aberkannt; ihre Heeresrolle wird verbrannt.«

»Ja«, sagte sie, »ein Exempel muss statuiert werden.«

»Jeder Offizier wird vor der versammelten Armee hingerichtet, ebenso jeder achte Soldat.«

»Nein!«, sagte Maigraith und setzte sich trotz der Schmerzen auf.

Er fuhr fort, gleichmütig, unerbittlich. »All ihre Titel und der Besitz ihrer Familien, bis hin zu Vettern und Cousinen zweiten Grades, sind verwirkt, und die Familien werden in die Sklaverei verkauft. Jeder überlebende Soldat wird in die Sklaverei verkauft und ihren Familien jeder Titel und jedes öffentliche Amt für die Dauer einer Generation verwehrt sein.«

»Das ist barbarisch! Einen solchen Befehl werde ich nicht unterzeichnen.« Schon beim Gedanken wurde ihr doppelt so übel.

»Das ist die für Rebellion festgelegte Bestrafung«, sagte Vanhe. »Die Kriegsparagraphen werden bei jeder Parade vor den Truppen verlesen; jeder Soldat kann sie im Schlaf aufsagen. Angesichts dessen, dass sie sich gegen ihresgleichen gewandt haben, können sie froh sein, dass nicht jeder einzelne von ihnen zu Tode gesteinigt wird.«

»Hat Yggur diese Paragraphen verfasst?«, fragte Maigraith,

gezwungen, sich den unschönen Wahrheiten zu stellen, vor denen sie sich so lange gedrückt hatte.

»Das hat er, und er hat sie mehr als einmal verschärft. So ist nun mal der Krieg.«

»Aber sie wurden von den Ghâshâd beeinflusst«, wandte Maigraith ein. »Sie besaßen keinen freien Willen mehr.«

»Meine Armee hat *nicht* rebelliert«, sagte Vanhe grimmig. »Es muss sein.«

Sie empfand Übelkeit bei dem Gedanken, dass sie sich solch einem Monster wie Yggur hingegeben hatte, einem Mann, dem das Leben einfacher Menschen nichts bedeutete. »Ich kann es nicht …!«, schrie Maigraith. Ihr Schädel fühlte sich inzwischen an, als stünde er kurz davor, zu platzen.

»Egal«, sagte Vanhe. »Schlaft darüber. Ich werde morgen früh wiederkommen.« Er verbeugte sich und trat ab.

Dies war eine ihrer schlimmsten Nächte, und als Maigraith schließlich Schlaf gefunden hatte, war sie zu dem Entschluss gelangt, sich von ihrer Armee zu trennen. Sie wollte nicht für ein solches Verbrechen verantwortlich sein, das noch weit schlimmer war als der Krieg. Falls dies der Preis dafür war, Yggurs Reich zu erhalten, dann war er zu hoch. Sie wollte nichts damit zu tun haben, *und ebenso wenig mit ihm!*

Aber wenn sie ihre Armee verließ, was sollte sie mit sich selbst anfangen? Wenn sie all dies aufgab, wäre von ihrem Leben nichts mehr übrig.

Um Mitternacht wurde die ganze Welt abermals auf den Kopf gestellt.

Maigraith schlief, ihr langes kastanienbraunes Haar lag über den cremefarbenen Stoff des Kissens gebreitet. Sie ruhte auf ihrer gesunden Seite, denn ihre Schulter war in der Schlacht erneut verwundet worden.

Faelamor trat leise ins Zelt, stellte sich ans Bett und betrachtete sie. Maigraith rührte sich im Glauben, Vanhe wollte sie weiter bedrängen, obwohl es nicht seine Gewohnheit war, so spät zu kommen. Er befolgte die üblichen Anstandsregeln penibel. Ihre Wachen hätten außer ihm niemanden eingelassen, aber diesen Besucher konnten sie nicht aufhalten. Allmählich fiel der Schlaf von ihr ab.

»Faelamor!« Die altvertraute Angst stieg in ihr auf. »Wo bist du die ganze Zeit gewesen?«

»Das Tor hat mich nach Katazza befördert, inmitten des Meeres der Trockenheit. Das ist der Ort, wohin Tensor ging, um seine geisteskranken Mätzchen zu versuchen.«

»Wie bist du zurückgekommen?«

»Durch das Tor, obwohl es nicht dorthin führte, wohin es meiner Erwartung entsprochen hätte. Vielleicht war das Rulkes Werk.«

»Ist Yggur ebenfalls zurückgekommen?«, fragte sie bang.

Faelamor missverstand ihren Gesichtsausdruck als Zeichen der Besorgnis um ihn.

»Als ich ihn zuletzt sah, wand er sich unter Rulkes Faust. Ich vermute, er ist tot.«

»Oh, ganz bestimmt nicht!«, sagte Maigraith. Trotz all seiner Fehler, trotz all seiner früheren Entscheidungen, wünschte sie Yggur nichts Böses.

»Dieser Narr Tensor hat das Nachtland geöffnet und Rulke freigelassen. Er überwältigte Yggur innerhalb eines Augenblicks.« Faelamor zeigte kein Mitleid, kein Mitgefühl, aber Maigraith hätte das auch nicht von ihr erwartet.

»Rulke!« Maigraith verspürte eine Woge der Erregung. »Er war bereits hier. Er war furchtbar in seiner Stärke. Armer Yggur; er hat Rulke so sehr gefürchtet.«

»Rulke ist hier?« Faelamor war schockiert.

»Nicht *hier* – in Thurkad. Vor Monaten. Kurz nachdem Yggur das Tor durchquert hatte.«

Yggur tot? Es kam ihr nicht in den Sinn, dass Faelamor gar

nicht mitbekommen haben könnte, wie es ausgegangen war, oder dass sie vielleicht sogar log. Falls Yggur tot *war*, was hielt sie dann überhaupt noch hier?

Faelamor ließ ihr einen Augenblick zum Trauern, während sie nachdachte. Sie empfand Entsetzen vor Rulke. Er hatte so viel Zeit gehabt, um seinen Plan in die Wege zu leiten, sie hingegen hatte mit ihrem eigenen kaum begonnen. Sie musste unverzüglich handeln. Sie brauchte Maigraith jetzt mehr denn je, und dies war vielleicht ihre einzige Gelegenheit. Sie konnte es sich leisten, freundlich zu sein.

»Dein Geliebter ist mit Sicherheit tot«, sagte sie, diesmal jedoch gütig. »Hier erwartet dich nichts mehr. Warum hängst du dich an diese Fremden? Lass sie diesen Krieg führen, wenn sie müssen. Sie lieben ihre Kriege, diese Altmenschen, doch wenn es vorbei ist, wird sich nichts verändert haben. Ich gehe jetzt fort und werde niemals zurückkehren. Unsere Zeit ist fast gekommen, jener Augenblick, auf den ich all die langen Jahrhunderte unseres Exils hingearbeitet habe. Auch dich erwartet hier nichts mehr.« Sie sank auf die Knie und sprach demütig. »Komm mit mir. Ich brauche dich, Maigraith.«

Maigraith war verwirrt und überrumpelt. *Sie braucht mich!* Nie zuvor hatte Faelamor das gesagt; immer war es um Pflicht gegangen. Und doch, Faelamors Gefühle waren trügerisch; immer bereit, ihren Anforderungen zu dienen.

»Du sagst, dass *du* mich brauchst und Vanhe sagt, dass *sie* mich brauchen. Ich musste daran glauben, dass Yggurs Werk ehrenhaft war, wie sonst hätte ich zu ihm halten können? Ich sollte hierbleiben. Hier wollen sie mich nur wegen der Dienste, die ich ihnen erweisen kann – das weiß ich! Dennoch hat Vanhe mich höflich behandelt. Du hingegen hast mich herabgesetzt und gedemütigt, mich zur Wertlosigkeit verurteilt. Was kümmert es mich, ob die Faellem nach Tallallame zurückkehren oder nicht? Sie haben mir mein ganzes Leben lang Verachtung gezeigt. Ich werde nicht mit dir gehen!«

»Dort draußen ist von Tod oder Sklaverei für die gesamte Zweite Armee die Rede. Hast du diese Vollmacht unterschrieben?«

»Nein!«, flüsterte Maigraith und starrte zu ihr empor.

»Das ist alles, wofür sie dich haben wollen, nun, da du ihnen alles zurückgegeben hast, was sie verloren hatten. Um vieltausendmalige Vergeltung und Mord zu legitimieren. Wie lange wird es dauern, dein Gewissen davon reinzuwaschen? Ich habe dich niemals *so* grausam behandelt. Ist es erst einmal vollbracht, werden sie auch dich abtun.«

Faelamor kam näher. Sie sah sehr beherrscht aus, sehr schön. Ihre Augen waren golden im Licht der Lampe. Maigraith hatte den Zwang vergessen, der ihr vor vielen Monaten in den Sümpfen von Orist auferlegt worden war, und nicht daran gedacht, sich davor zu schützen. Sie wich zurück, aber es gab nichts, wo sie hätte Zuflucht finden können. Ihr ganzes Leben und Training waren eine Vorbereitung auf das Eintreten dieses Falles gewesen, und nichts würde Faelamor davon abhalten, sie mit sich zu nehmen.

Der Zwang wurde von der Rührung ausgelöst. Maigraith konnte nicht die Kräfte aktivieren, die sie befähigt hatten, Thyllan zu besiegen; die ihr erlaubt hatten, zu befehlen und Gehorsam zu erwirken. Sie waren irgendwo tief in ihrem Inneren abhandengekommen.

»Ich bitte dich inständig. Bitte komm«, sagte Faelamor. »Ich habe dich tatsächlich schlecht behandelt; eines von meinen zahlreichen Verbrechen. Doch das ist jetzt vorbei, und die Zeit, für die du ausgebildet wurdest, ist gekommen. Trotz allem erzähle ich keine Lüge, wenn ich sage, dass du wie eine Tochter für mich bist. Ich brauche dich sehr. Kleide dich an. Hier ist ein Beutel. Pack deine Kleider und Wertgegenstände zusammen – ich werde dir helfen.«

Maigraith sah eine Träne in Faelamors Auge. So weit hättest du nun wirklich nicht gehen müssen, dachte sie zynisch. Es gab hier wenig, das wirklich Maigraith gehörte, nur ihre Kleider und ein Geschenk von Yggur, ein Armreif aus Elfenbein, so alt, dass er fast gelb war und von den ursprünglichen Gravierungen nur noch Spuren übrig waren. Er gefiel ihr wegen seiner Schlichtheit und seines Alters. Sie streifte ihn über ihr Handgelenk neben den Ebenholzarmreif, den ihre unbekannte Mutter ihr bei ihrer Geburt gegeben hatte. Ebenholz und Elfenbein – verknüpfte Symbole der zwei Phasen ihres Lebens, in gewisser Weise.

Das Ankleiden nahm nur Minuten in Anspruch, obwohl sie wie betäubt war: teils aufsässig, teils nervös, aber gänzlich unfähig, sich zu widersetzen. Bald war ihr Beutel voll. Faelamor sah sich im Zelt um und sammelte noch ein oder zwei Kleidungsstücke auf, die sie übersehen hatten. Maigraith stand noch immer neben dem Bett und wiegte ein Tagebuch in den Armen, ihr Protokoll der täglichen Armeeangelegenheiten. Tränen flossen über den Einband.

»Das ist von Wert? Dann nimm es mit, wenn es dich tröstet.«

»Es ist vorbei«, flüsterte Maigraith und legte das Tagebuch wieder zurück.

Indem sie sie am Arm ergriff, zog Faelamor sie nach draußen. Maigraiths Soldaten schwärmten überall umher, aber der Glanz, oder welche Art der Illusion Faelamor auch immer benutzte, war so perfekt, dass niemand ihren Weggang bemerkte.

Sie kamen an einem Zelt vorbei, in dem Soldaten umhertorkelten, trunken vom Wein und ihrem großen Sieg. Mehr als einmal hörte Maigraith, wie ihr Name erwähnt wurde, und immer priesen sie sie in Tönen, die von Ehrfurcht geprägt waren. Dann gingen sie zwischen zwei Lazarettzelten hindurch, und in einem davon schrie ein Soldat, während drei Mann ihn niederhielten und ein weiterer sein zerfleischtes Bein absägte. Sie spähte durch die Zeltklappe und erkannte das gelbe Haar wieder. Es war Dilman, ihr getreuer Führer, das hübsche Gesicht zu einer Maske der Qual verzerrt. *Ich* habe das getan, dachte Maigraith. Was würde aus ihm werden? Sie versuchte, zu ihm hinzugehen, doch der Zwang gestattete es nicht.

»Komm schon«, sagte Faelamor.

Der Morgen dämmerte, sobald sie das Tal verlassen hatten. Sie tauchten in den Wald ein und verschwanden, nordwärts strebend.

Nachdem sie drei Tage lang ohne Unterlass geritten waren, war Yggur im Sattel zusammengesunken. Dolodha hatten sie an den Sattelknauf gebunden, ihr Pferd trabte langsam im Schritttempo voran. Plötzlich ritten sie aus einer dichten Rauchwolke in einen Wachtposten hinein. Die Sonne ging auf.

»Weist euch aus!«, rief die Wache, ein o-beiniger Mann mit einem grauen Verband um den Kopf. Er trug die Uniform der Ersten Armee.

Dolodha straffte sich. »Lord Yggur trifft ein. Wer bist du?«

»Lord!«, schrie der Wachmann und salutierte. »Ein großer Sieg.«

»Wo ist Maigraith?«, schnappte Yggur.

»Sie ruht im Zelt des Oberkommandierenden«, sagte der Wachsoldat, dessen Gesicht sich bei der Erwähnung ihres Namens aufhellte. »Dort entlang!«

Sich von der Verehrung in den Augen des Soldaten abwendend, legte Yggur den ganzen Weg bis zu Maigraiths Zelt im Spurt zurück. Er riss die Zeltklappe auf. Sein Augenlicht konnte nur eine Laterne ausmachen, die flackernd ihre letzten Tropfen Öl verzehrte. »Ist sie hier, Adjutantin?«

Doch er kannte die Antwort bereits. Das Zelt war leer. Ein Krampf durchzuckte ihn. Maigraith war sparsam; sie hätte nie bei Tageslicht eine Laterne brennen lassen.

»Wo ist sie?«, brüllte er.

Niemand hatte sie gesehen. »Adjutantin!«

Dolodha nahm Haltung an.

»Finde sie!«

Sie kam bald zurückgeeilt. »Sie hat das Lager verlassen. Wir haben Fußspuren entdeckt, die nach Süden führen. Aber niemand hat sie weggehen sehen.«

Yggur durchforschte noch einmal das Zelt. Sein Augenlicht verriet ihm nichts Neues, aber er roch etwas Vertrautes, einen Hauch von Faelamor. »Schick den Gefreiten Vanhe zu mir!«, brüllte er.

»Ihr meint Marschall Vanhe?«, fragte Dolodha nervös.

»Adjutantin Dolodha, oder *Sklavin?*«, sagte er mit tödlicher Stimme.

Sie rannte.

Maigraith war fort, und niemand hatte die leiseste Ahnung, wohin. Aber Yggur wusste es, und er wusste auch, dass es vorbei war. Sie war über ihn hinausgewachsen; er würde sie niemals zurückgewinnen. Der Schmerz war unerträglich, und in seiner Vorstellung gab es nur eine Art und Weise, um damit fertig zu werden. Er verwandelte sich in eine Maschine, ohne jedes Mitgefühl oder menschliches Empfinden.

Er hinkte aus dem Zelt, mit grimmiger Miene, und seine erste Handlung bestand darin, Vanhe seines Ranges zu entheben. Seine zweite: Er unterschrieb die Hinrichtungsbefehle. Bei Sonnnenuntergang existierte die Zweite Armee nicht mehr.

Kapitel vierundzwanzig

Ein Bamundi-Festschmaus

Nachdem sie Selial am Fuße der Regenbogenbrücke zur letzten Ruhe gebettet hatten, machten Karan und Llian eine stürmische Seereise durch, wobei sie mit ihrem schlingernden alten Pott ständig in westliche Winde gerieten. Die Aachim waren ungewohnt verschlossen, ebenso wie Karan. Auf dem beschwerlichen Rückweg zum Boot und während der Seereise nach Meldorin war kaum ein Wort gefallen.

Plötzlich tauchte die langgestreckte graue Küste von Thripsi über den weiß beflockten Wellen auf, und Karan erwachte aus ihrem selbstvergessenen Nachsinnen über die Entfernung von ihren Zuhause, das sie völlig vereinnahmt hatte, und bemerkte, dass Malien zu ihr sprach.

»Wie bitte?«, sagte Karan traumverloren.

»Ich sagte: ›Wohin wollt ihr jetzt weiterreisen?‹ Wir segeln von hier aus gesehen nach Westen, zur Großen Bibliothek.«

»Warum denn dorthin?« Karan hatte angenommen, dass die Aachim nach Thurkad zurückkehren würden. Diese neue Wendung warf alle möglichen Schwierigkeiten auf, nicht zuletzt die Frage, wie sie und Llian nach Gothryme gelangen sollten.

»Privatangelegenheiten.«

»Ich kehre heim«, sagte Karan. »Lasst uns am besten im nächstgelegenen Hafen an Land gehen – Siftah heißt er, glaube ich.«

»Werdet ihr nach Thurkad segeln?«, fragte Malien, als sie zum Kapitän gingen, um mit ihm zu reden.

»Dort ist Yggur!«, rief Karan aus. »Ich habe Angst, Malien.

Angst um Llian und auch um mich selbst – Gothryme ist der nächstgelegene Ort vor Shazmak. Rulke könnte bereits dort sein. Ich weiß nicht, was ich tun soll.«

»Hattest du wieder Träume?«

»Nicht in letzter Zeit.«

»Nun, wie immer deine Schwierigkeiten aussehen, es ist besser, sie unter deinem eigenen Dach durchzustehen. Aber reise unauffällig, über die Nebenstraßen.«

»Das werde ich. Was hast du vor, nachdem ihr in Zile wart?«

»Ich weiß es noch nicht. Mein Herz drängt mich nach Osten, nach Hause, aber ich wage nicht, heimzukehren, ehe die besagte Angelegenheit abgeschlossen ist. Wir besitzen keine Heimat mehr in Meldorin.«

»Warum kommt ihr nicht nach Gothryme? Ihr werdet in meinem Haus immer willkommen sein, wenngleich ich nicht weiß, ob es den Krieg überstanden hat.«

»Vielen Dank«, sagte Malien, »vielleicht werden wir das tun, obwohl es vorher für uns noch viel zu erledigen gibt.«

Das Schiff änderte den Kurs, wodurch es unangenehm ins Schlingern geriet, dann schlenderten die beiden dahin zurück, wo Llian im Schatten des Segels saß, über sein Tagebuch gebeugt. Ihre vereinten Schatten fielen von hinten auf ihn. Llian fuhr mit einem gedämpften Schrei empor.

»Was ist los?«, fragte Malien.

»Ich – dachte, ihr wäret jemand anders.«

Wir können nicht schnell genug von diesem Schiff herunterkommen, dachte Karan. Nur ich und Llian, und keine Probleme mehr.

Am nächsten Tag näherten sie sich dem Fischerort Siftah im nordwestlichen Winkel von Meldorin. Die Berghänge waren mit Gras, Heidekraut und duftendem Rosmarin bewachsen, eine graue und silberne Masse, die sich im Wind bewegte. An diesem heißen Nachmittag konnten sie es riechen, sowie sie die Landspitze umrundeten.

»Ich erinnere mich an diesen Ort«, sagte Llian, als sie durch eine windungsreiche Hafeneinfahrt segelten. Zur Rechten und Linken erhoben sich Berge aus kahlem Trümmergestein, braune Felsklumpen, die aus dem gelben Boden ragten wie Schokoladenkugeln in einem Kuchen. »Die Fischer hier sind gewaltige Trinker.«

»Ich vermute, das hat dir ganz gut gefallen«, schmunzelte Karan.

»Damals nicht. Ich war zu erschöpft. Ich legte mich zum Schlafen unter den Tisch. Und zwei Tage später erschienen die Überlebenden von Shazmak. Danach lebte ich in Todesangst.«

Karan sah auf und erblickte Basitor, der neben dem Steuerhaus stand und auf sie hinabstarrte. Obwohl er seit dem Meer der Trockenheit keinen Ärger mehr gemacht hatte, bedeutete seine Gegenwart doch eine ständige Erinnerung daran. Sie legte ihren Arm um Llian, eine beschützende Geste. »Bald ist es vorbei. Wir gehen nach Hause.«

Siftah war ein schmuckes Städtchen, zweihundert weiß getünchte Häuser an einem steilen Berghang, die das Ende der Meeresbucht wie ein Amphitheater umringten, und zwanzig oder dreißig Fischerboote, die meisten von äußerst schlichter Bauart.

Karan und Llian gingen von Bord und verabschiedeten sich auf dem Kai. Die Aachim winkten, alle außer einem, dann glitt das Schiff davon. Sie gingen die Straße hinauf, um Proviant für ihre lange Reise nach Süden einzukaufen.

»Das war's dann«, sagte Karan. »Wir sind endlich allein.«

»Endlich!«, stimmte Llian zu. »Jetzt muss ich nicht mehr dauernd über die Schulter blicken.«

Karan tat eben dies, dann lächelte sie. »Hallo-ho«, sagte sie, zu den Fischerbooten hinabblinzelnd, die auf der anderen Seite des Hafens vertäut lagen. »Ich kenne dieses Boot.«

»Ich nicht«, sagte Llian, der bestrebt war, weiterzukommen. »Komm schon!«

»Nein, es ist Tess, ich bin ganz sicher. Ich geh zurück.«

Llian seufzte und folgte ihr. Das Gepäck wog schwer nach den Tagen auf See.

»Tess!«, schrie Karan und rannte über das Kopfsteinpflaster des Hafenviertels, unter ständiger Gefahr, ins Wasser zu schlittern.

Auf einem der Boote wandte sich eine große, unförmige Gestalt von der Tätigkeit ab, die sie beaufsichtigte, und ihr wettergegerbtes Gesicht teilte sich zu einem breiten, strahlenden Lächeln.

»Na so was, die kleine Karan!«, sagte sie und streckte die Arme aus. »Und du hast ein bisschen zugelegt, seit ich dich zum letzten Mal gesehen habe. Wo bist du gewesen?«

»Halb durch das Meer der Trockenheit und wieder zurück«, sagte Karan und schloss sie in die Arme.

»Nanu«, sagte Tessariel verwundert. »Du musst eine Kondition aus Stahl besitzen. Als ich dich zum letzten Mal sah, warst du nur eine Hand voll Knochen. Ich hätte nicht geglaubt, dass du es zu Fuß von einem Ende von Ganhafen zum anderen schaffst. So, hast du denn gefunden, wonach du gesucht hast? Ah, ich seh schon, du hast«, erkannte sie, als Llian heranschlenderte.

»Das ist mein ganz besonderer Freund, Llian von Chanthed«, sagte Karan und zog Llian nach vorn. »Llian, sag ›Hallo‹ zu Tessariel, der Besitzerin dieses Bootes. Sie geht auf Bamundi-Fang.

Tess musterte Llian eingehend, bis ihm unbehaglich wurde.

»Der *Erzähler!* Du scheinst in Ordnung zu sein. Und du warst mal recht berühmt, entsinne ich mich.«

»Und ich werde es wieder sein, wenn das hier vorbei ist«, murmelte Llian.

»Was ist mit dem alten Mann geschehen, Karan? Hast du ihn mitten im Meer der Trockenheit zurückgelassen?«

»Shand zog von Flude aus auf eigene Faust weiter, vor kurzer Zeit«, sagte Karan.

»Aber das soll uns nicht betrüben! Nun, kommt mit mir.« Sie umschloss Karans Handgelenk mit eisernem Griff. »Du hast mir einen endlosen Ärger eingebracht, ist dir das klar?«

Karan sah bestürzt aus, doch Tess lächelte. »Ist schon gut, es ist bereits ein halbes Jahr her. Irgendwer in Ganhafen hat Anzeige gegen mich erstattet – deine alte Freundin Gansgesicht, die Kneipenwirtin, vermute ich. Die Pest über ihre Kaschemme und ihren berühmten Badezuber! Llian, ich würde zu gern wissen, ob Karan dir diese Geschichte erzählt hat?«

Karan lief rot an. »Ich glaube nicht«, sagte Llian grinsend, »aber ich wäre nur zu erfreut, Eure Geschichte zu hören.«

»Wie auch immer«, fuhr Tess fort, »als Yggurs Hauptmann, Zareth der Hlune – du erinnerst dich sicher an den Burschen ...«

»Nun, ich habe ihn niemals zu Gesicht bekommen«, sagte Karan, »da ich mich auf dem Grunde eines Korbs voller Fische befand ...«

»Auch diese Geschichte hat sie mir verschwiegen«, sagte Llian lachend.

»Als er sich von dem Krakengift erholte und herausfand, dass ich dir bei der Flucht geholfen hatte, war er nicht erfreut. Ich musste mir ein Versteck suchen. Ein Glück für dich, dass die Bamundi-Saison vorbei war, sonst hätte ich dich tausend Wochen lang mein Deck schrubben lassen, um den Verlust wettzumachen.« Sie grinste breit. Ihre Vorderzähne, oben und unten, waren aus massivem Gold.

»Nun«, sagte Karan, »als du uns beim letzten Mal an Land gesetzt hast, versprach ich dir, dir die Geschichte zu erzählen, falls wir uns je wieder treffen sollten.«

»Jawohl, das hast du getan! Und falls ich mich recht entsinne, bot ich dir im Gegenzug ein Bamundi-Essen an.«

»Wir werden Bamundi essen, bis uns zum Platzen zumute ist«, erinnerte Karan sich vergnügt.

»In der Tat, und du hast Glück, denn die Bamundi begannen

erst vor zwei Wochen, wieder zu ihren Laichplätzen zu wandern, und sie haben nie besser geschmeckt. Werdet ihr heute Abend zu mir nach Hause kommen?«

»Ich dachte, du lebst in Ganhafen!«

»Dort lebte ich, doch als ich untertauchen musste, kam ich hierher, und es gefiel mir hier so sehr, wie ich Ganhafen hasste, daher wohne ich jetzt in Siftah, und zwar bis zum Ende meiner Tage.«

Es war unverkennbar, dass Tess im Bamundi-Geschäft gut gefahren war, denn sie bewohnte ein großartiges altes Haus, das sich in die Landzunge oberhalb der Stadt schmiegte, eine Villa mit sonnengebleichten Veranden und einem Innenhof mit einem Palisanderholzbaum und einem Springbrunnen.

Der Abend war heiß, daher saßen sie auf der Veranda, während Tess einen halben Korb voller Bamundi zubereitete, indem sie die gewaltigen rosa Steaks mit Knoblauch und Rosmarin auf einer heißen Platte briet. Sie servierte sie mit einer Garnitur aus gehackten Zwiebeln, frischen Kapernsprossen und aromatischen Limonellenspalten aus den Früchten eines Busches, der im Schutz des Hofes wuchs.

Eine Flasche gelben Weines wurde geöffnet, und danach ein weiterer Wein, ein starker Roter, während Karan ihre Geschichte von dem Tag an erzählte, als Maigraith zum ersten Mal in Gothryme aufgetaucht war und sie um Beistand bat. Tess hörte kommentarlos zu, abgesehen von Ausrufen des Erstaunens bei jeder neuen abenteuerlichen Wendung. Endlich, als die Sterne über dem Hof aufgegangen waren und wieder verblassten, war Karan mit ihrer Geschichte fertig.

»Nun«, sagte Tess. »Das ist die bemerkenswerteste Geschichte, die ich jemals gehört habe. Und allemal ein weiteres Bamundi-Essen wert; mindestens. Aber«, fügte sie hinzu, »als die alte Knauserin, die ich nun mal bin, spare ich das für unsere nächste Begegnung auf, damit du mir erzählen kannst, wie die Geschichte ausgeht. Du hättest Erzählerin werden sollen«, sagte sie mit einem Grinsen und einem raschen Seitenblick auf Llian, aber der war in seinem Stuhl eingeschlafen. »He, wach auf, Junge! Es ist immer noch eine halbe Flasche übrig, und du hast dich noch nicht genug beteiligt.«

Llian wirkte verdrießlich, und Karan wusste auch, warum. Er hatte während der ganzen Zeit den Mund über ihre Abenteuer gehalten, wie Mendark befohlen hatte, und er vermisste das Erzählen fürchterlich.

»So, wie sehen denn jetzt eure Pläne aus? Ich frage, weil ihr wissen müsst, dass in Thurkad noch keine Ruhe eingekehrt ist.«

Karan nahm sich noch ein Stückchen Fisch. Sogar kalt war er köstlich. »Ich gehe nach Bannador, wo ich daheim bin.«

»Ich muss zuerst nach Chanthed gehen«, sagte Llian unverhofft.

»Chanthed!«, rief Karan aus und starrte ihn an. »Du bist verbannt, denk daran! Warum willst du dorthin gehen?«

»Wegen etwas, das Faelamor in Katazza gesagt hat. Ich habe über meine ursprüngliche Suche nachgedacht – wer hat das verkrüppelte Mädchen umgebracht? – und hege den Verdacht, dass ich in der Bibliothek etwas übersehen habe. Ich habe die Aufzeichnungen aus jener Zeit durchforscht, unmittelbar bevor ich Chanthed verließ, aber ich wurde ... äh, unterbrochen.« Er verstummte und grübelte über der Eskapade in der Bibliothek, die zu seinem Verweis aus dem Kolleg geführt hatte. »Ich muss dorthin zurück. Erinnerst du dich an jenen Tag in Katazza, als Faelamor mich ihr von der Düsternis erzählen ließ?«

Wie könnte sie es vergessen haben? »Chanthed wird die Reise um Wochen verlängern«, sagte sie missgestimmt. »Warum hast du mir das nicht eher gesagt?«

»Es tut mir leid – mir ist gerade erst klar geworden, dass es da noch etwas zu erledigen gibt. Ich freue mich nicht darauf, den alten Wistan um das Vorrecht einiger weniger Stunden in der Bibliothek anzubetteln, aber ich *muss* dorthin. Die Historien sind mein Leben.«

»Sie sind auch *mein* Leben«, schnappte Karan. »Ich muss den Ruin ausbaden, den meine Vorfahren über unsere Familie gebracht haben!«

»Jedenfalls wird dann auch das Festival stattfinden.«

Karan schien im Zwiespalt. Einst war das Festival von Chanthed ihr sehnlichstes Ziel gewesen, aber jetzt lockte ihr Zuhause stärker. »Nun, wir machen uns besser auf den Weg. Ich werde die Berge nicht noch mal im Winter überqueren.«

Tess hatte sich während der Auseinandersetzung in die Küche zurückgezogen. Nun kehrte sie mit Bechern dampfenden Tees zurück. »Vielleicht kann ich euch helfen«, sagte sie. »Wie es der Zufall will, werde ich in der Frühe nach Ganhafen segeln. Kommt mit mir. Ich bin ein wenig knapp an Arbeitskräften, ihr könnt die Überfahrt also abarbeiten und jeden Abend Bamundi essen. Das wird euch einen hübschen Fußmarsch ersparen. Mehr?« Sie hielt ihnen die Fischplatte hin.

Karan schüttelte den Kopf. »Ich platze sonst.«

Es dauerte vier Tage, um nach Ganhafen zu gelangen, Tage stürmischen Wetters, die sie beide seekrank verbrachten, Llian besonders, sodass er sich die ganze Zeit über nur von seiner Hängematte zur Reling bewegte, wo er festgehalten werden musste, damit er nicht bei jedem Würgekrampf über Bord ging.

In Ganhafen sagten sie Tess Lebewohl und machten sich flussaufwärts auf den Weg, indem sie einem Pfad folgten, der sich am Fluss Gannel entlang über die Bergkette und danach südwestwärts bis nach Chanthed schlängelte.

Die Gebirgsüberquerung schien Ewigkeiten zu währen, obwohl das Wetter mild und der Weg in gutem Zustand war und das Wandern verhältnismäßig leicht machte. Llian, der das Reisen restlos satthatte, sehnte sich nach einem Ort des Friedens und der Ruhe. Es gab viel, worüber er nachdenken, was er miteinander in Zusammenhang bringen und dem er einen Sinn abgewinnen musste, und er konnte sich nichts Wichtigeres vorstellen, als die Historien zu bewahren und die *Geschichte vom Spiegel* aufzuschreiben. Irgendwo in der Geschichte schlummerte ein großes Rätsel, das gelöst werden musste, eines, das den Schlüssel zur Zukunft Santhenars barg.

Auf dem Weg über die Ebenen von Folc kamen sie zu einer am Gannel gelegenen Stadt, wo es Flussschiffe gab: flache, plattwandige Prahme, die durch die windungsreichen Kanäle gestakt wurden oder auch segelten, falls sie das Glück eines von achtern aufkommenden Windes hatten, was oft vorkam. Mit Llians schwindender Münze buchten sie eine Fahrt flussaufwärts fast bis nach Chanthed. An jedem Halt fragte Karan nach Neuigkeiten aus Bannador. Sie hörte viel über den Krieg, obwohl es unmöglich war, das Wahre vom Erfundenen zu trennen. Nirgends vernahm sie die Nachrichten, nach denen sie sich so sehr verzehrte – wie es Gothryme ergangen war.

Langsam segelten sie voran. Es war nun tiefer Herbst, und als sie nach Süden kamen, wurde es bewölkter und kühler. Die Kriegszeichen mehrten sich, obwohl sie noch immer weit entfernt vom Zentrum des Geschehens waren. Nachrichten von Maigraiths Heldentaten in Bannador waren in aller Munde, und das erhöhte Karans Spannung nur noch. Sie hörte auch von Yggurs Rückkehr und dem Schicksal der Zweiten Armee. Llian sog all dies in sich auf, hungrig nach Neuigkeiten, doch Karan wolle das alles gar nicht wissen.

Die Bootsreise endete; der Gannel stand um diese Jahreszeit zu niedrig. Sie fanden sich auf der Straße nach Chanthed wieder. Karan konnte sich nicht entschließen, was sie mit sich anfangen sollte; sah sich nicht in der Lage, irgendwelche Pläne zu machen. Sie musste nach Gothryme zurückkehren und ihre Angelegenheiten in die Hand nehmen, aber sie hatte tödliche Angst vor dem, was sie dort antreffen würde.

Eine Woche war verstrichen. »Es ist jetzt nicht mehr weit«, sagte Llian. »Gleich nach der nächsten Biegung.«

Karan trottete an seiner Seite dahin und wischte sich den Schweiß von der Stirn. »Ich weiß!« Sie war ein paarmal in Chanthed gewesen, wenn auch nie aus dieser Richtung. »Bereitet es dir kein Unbehagen, zurückzukehren?«

»Das ist mir nicht mehr aus dem Kopf gegangen, seit wir Siftah verlassen haben.«

Sie bogen um die Kurve. Es war später Nachmittag. Der Gannel floss zu ihrer Rechten dahin, seicht und braun zu dieser Jahreszeit. Jenseits des Flusses wurden Weizenfelder abgeerntet, die Köpfe der Halme leuchteten buttergelb im Licht des Nachmittags. Karan erblickte eine verstreute Ansammlung von Dörfern in der Ferne und Kinder, die vom Fährsteg aus ins Wasser eintauchten.

Plötzlich ragte vor ihnen Chanthed aus dem Dunst, eine kompakte kleine Ballung von Straßen am Berghang, umgeben von einer schlichten Sandsteinmauer. Es war eine Stadt von vielleicht fünftausend Einwohnern. Die Sonne beglänzte die kopfsteingepflasterten Straßen und wärmte die alten Häuser aus honigfarbenem Sandstein und grünem Schiefer. Ganz oben auf dem Bergkamm stand das berühmte Kollegium der Historien, dessen Gebäude eine Orgie zierratverliebter Architektur darstellten. Dahinter waren die Spitzen schneebedeckter Berge zu sehen.

Sie schleppten sich den Berghang bis zum Stadttor hoch. Zwei Wächter standen auf Posten. »Früher hatten wir tagsüber nie Wächter«, sagte Llian. Er sah ängstlich, abgerissen und heruntergekommen aus. »Was, wenn sie mich nicht einlassen?«

»Überlass mir das Reden«, sagte Karan. »Halt dich im Hintergrund, und sag so wenig wie möglich.«

Sie marschierte zum Tor hinauf. »Ich bin Karan Elienor Fyrn vom Landgut Gothryme in Bannador«, sagte sie beherzt. »Und das ist mein Mann.«

Etwas blitzte in den Augen des Wachtpostens auf. Es war fast, als hätte er von ihr gehört. Er blickte aus seiner beträchtlichen Höhe auf sie herab, dann grinste er. »Ihr wart lange unterwegs, meine Dame.«

»Über ein Jahr lang. Dürfen wir passieren?«

»Bannador ist hier immer willkommen, meine Dame. Und ganz besonders Gothryme.« Er verneigte sich.

Llian trottete in ihrem Schlepptau durch das Tor, ohne dass die Wachen in diesem bärtigen und von der Reise gezeichneten Mann den vielgerühmten Erzähler erkannten, der vor einem Jahr verbannt worden war. Direkt hinter dem Tor spannte sich ein riesiges Banner von einer Straßenseite zur anderen und kündigte das bevorstehende Festival von Chanthed an, das in nur wenigen Wochen stattfinden würde. Die Zahl der Menschen in der Stadt würde sich dann verdreifachen, und ein Bett wäre für keinen Geldbetrag mehr zu haben.

»Oh weh!«, sagte Llian, als sie unter dem Banner hindurchschritten.

Selbst Chanthed hatte den Krieg nicht unversehrt überstanden. Linker Hand war eine ganze Häuserzeile ausgebrannt und wurde nun abgerissen und wieder aufgebaut. Wo sie auch hinsahen, erblickten sie Zerstörung. Jede einzelne Münze, die das Festival einbrachte, würde benötigt werden, um die Schäden zu beseitigen.

»Passt auf, was ihr tut!«, brüllte jemand, als sie am letzten Haus der zerstörten Häuserreihe vorbeikamen.

Karan blieb stehen, im Glauben, der Mann hätte sie angeschrien. Sie spähte über eine niedrige Mauer und sah zwei junge Leute, einen Jungen und ein Mädchen, die in einem Trog Mörtel anrührten. Das matschige Gemisch lief an den Seiten herab. Ein rotgesichtiger Polier schrie von einem Brett aus auf sie ein, das auf einem Baugerüst auf halber Höhe der Seitenmauer ruhte. Ein anderer Jugendlicher versuchte, eine mit Ziegelsteinen beladene Schubkarre eine schräge Planke hinaufzuschieben. Die Karre war zu schwer und schwankte von einer Seite zur anderen, wobei es dem Jungen jedes Mal gelang, sie gerade noch abzufangen.

»Schaff das Zeug hier hoch, aber dalli, du Clown!«, schrie der Polier einem Mädchen zu, das einen Mörteltrog auf der Schulter trug. »Du da, mehr verdammte Ziegel!« Er lehnte sich vom Gerüst herab, um auf die zwei am Mörtelmischtrog einzubrüllen. »Ihr habt zu viel Wasser reingekippt! Verdammte Schüler! Warum hab ich keine brauchbaren Gehilfen? Bleibt! wo ihr seid, ich mach's selbst!«

Er wirbelte herum, genau vor die Schubkarre, die über seinen Fuß rollte. »Scheiße!«, schrie er, auf einem Fuß herumhüpfend, dann holte er zu einer mächtigen Ohrfeige gegen den Jungen aus, der vor lauter Angst die Griffe der Karre losließ. Die Planke schwankte, und die Schubkarre stürzte inmitten eines Schauers aus Ziegelsteinen in den Mörtelmischtrog. Grauer Mörtel spritzte in alle Richtungen. Der Schubkarren-Junge klammerte sich an das Gerüst, aber der Polier folgte der Ladung nach unten und landete rücklings im Trog.

Karan brach in Gelächter aus. Der Polier setzte sich langsam auf, stöhnend und laut schimpfend, als er versuchte, sich den beißenden Mörtel aus den Augen zu reiben. »Verdammtes, nichtsnutziges Pack!«, kreischte er. »Geht in euer blödes Kollegium zurück!«

Das Mädchen auf dem Gerüst neigte seelenruhig seinen Mörteltrog, und ein eimergroßer Speißklumpen fiel hinab, um spritzend auf den Kopf des Poliers zu klatschen. Sie stellte den Trog auf einem der Gerüstbretter ab, zog ihre Arbeitskleidung aus und ließ sie in den Trog fallen, dann sprang sie über die Mauer.

Der Blick des Mannes fiel auf Karan, die noch immer lachte. »Pack dich«, seine mörtelverklebten Finger gestikulierten in ihre Richtung, »oder ich hetz dir die Hunde auf den Hals!«

Karan und Llian folgten der Schülerin den Hang hinauf,

noch immer grinsend. Sie gingen bis zur Kollegiumsmauer. Auch hier herrschte beträchtlicher Schaden. Der uralte Torbogen des Wissens, das Portal, durch das die Meister und Schüler das Kollegium der Historien betraten, war zertrümmert und verschandelt worden. Maurer waren fleißig dabei, ihn wiederherzustellen.

Llian stand da und blickte durch das Tor. Karan hörte ein Schniefen. »Ich dachte, du hasst diesen Ort«, sagte sie.

»Das tat ich auch, zum Schluss. Ich konnte es kaum abwarten, von hier wegzukommen. Aber jetzt, wo ich wieder hier bin ... Immerhin ist das der größere Teil meines Lebens. Lass uns gehen; gleich die Straße runter gibt es billige Unterkünfte.«

»Ich weiß«, sagte Karan. »Ich war im ›Orator‹ abgestiegen, dem günstigsten Hotel am Ort.«

»Eine wanzenverseuchte Höhle! So arm sind wir nun auch wieder nicht!«

Karan schämte sich ihrer bescheidenen Mittel. Sie fanden eine minimal bessere Herberge, nahmen ein Zimmer, und Llian schickte einen Straßenjungen mit einer Botschaft zu Wistan. Dieser war noch immer Direktor des Kollegiums, und die Formalitäten mussten eingehalten werden. Sie badeten, wuschen ihre abgetragenen Kleider und gingen auf die Straße hinunter, wo sie eine billige Taverne aufsuchten.

»Hier habe ich immer gegessen, als ich noch Student war«, sagte Llian.

In diesem Augenblick erklang ein Freudenruf: »Llian!« Eine große, dralle junge Frau schoss zur Tür hinaus und schloss ihn in die Arme.

»Thandiwe!«, jauchzte Llian, drückte sie an sich und tanzte mir ihr bis zur Straßenmitte hinaus.

Karan verfolgte die einander überbietenden Zuneigungsbezeugungen mit düsterer Miene. Die Frau war eindrucksvoll – langbeinig, vollbusig, mit sinnlichen Lippen und einem mutwilligen Funkeln in den Augen. Die Wiedervereinigung schien etwas zu leidenschaftlich, als dass Llian ihr lange vermisster Bruder hätte sein können.

»Ich hab dich so sehr vermisst, Llian«, sagte Thandiwe. »Was ist mit dir geschehen? Wistan wollte es nie verraten. Und hast du das Neueste von mir gehört? Ich bin jetzt eine Chronistin und werde beim Festival erzählen! Du musst hinkommen.«

Karan blieb mit der Hand auf dem Türknauf stehen. Sie fühlte sich äußerst unbehaglich. Warum waren die Frauen, die Llian gefielen, alle so verdammt hochgewachsen, prallbusig und schön? Und warum sah sie selbst immer so aus, als hätte man sie durch den Dreck geschleift? Mühsam unterdrückte sie ihre Empfindungen.

»Hallo«, sagte sie und streckte die Hand aus. »Ich bin Karan.«

»Thandiwe Moorn«, erwiderte die andere und musterte sie eingehend. »Bist du auch eine Chronistin?«, fragte sie in zweifelndem Tonfall.

Karan fühlte sich schrecklich verlegen. Ihre Kleider lösten sich inzwischen förmlich auf, und sie übte überhaupt keinen Beruf aus.

»Nein, ich bin ... in der Landwirtschaft tätig.«

Thandiwe wirkte erstaunt, obwohl sie es sogleich verbarg.

»Dann überlasse ich euch beide mal eurer Unterhaltung«, sagte Karan, die nur noch von den beiden wegwollte. »Ich hab Hunger.«

Sie eilte in die Taverne, verfolgt von Thandiwes dunklem Lachen, und die Tür knallte zu.

Schließlich tauchte Llian auf, aber zu Karans Verdruss folgte ihm die Frau und setzte sich mit an den Tisch. Karan schlürfte ihren Tee und war sich währenddessen bewusst, dass die liebreizende Thandiwe sie verstohlen begutachtete. Schließlich sagte sie etwas.

»Woher kommst du, Karan?«

»Gothryme!«

»Wo liegt das, bitte?«

»Du wirst noch nicht davon gehört haben. Es liegt in den Bergen von Bannador.«

Thandiwe starrte Karan an, und langsam dämmerte es ihr. »Dann bist du Karan von Bannador – *Karan von dem Spiegel!*« Ihr Gesicht hellte sich auf wie eine Miniatursonne.

Karan hasste es, vor Fremden über sich selbst zu sprechen. Sie fühlte sich immer so gehemmt. »Ja«, sagte sie mit fast unhörbarer Stimme.

Thandiwe lehnte sich über den Tisch, um ihre Hand zu ergreifen. »Du bist nicht ... wie ich es mir vorgestellt habe, aber was macht das schon? Du bist berühmt hier. Ich habe deine Geschichte beim Abschlusserzählen vorgetragen. Aber ich hätte nie erwartet ...« Sie betrachtete Karan von oben bis unten.

Karan fühlte sich verlegener denn je. »Was hast du denn erwartet – dass ich in Pelzen und Seide einherstolziere?«, sagte sie säuerlich und zog ihre Hand zurück. Sie verspürte einen unwiderstehlichen Drang, die Flucht zu ergreifen, doch dann nahm Llian unter dem Tisch ihre Hand und drückte sie zur Ermutigung. Sie nahm sich zusammen. »Wie hast du davon gehört?«

»Die Geschichte ging im letzten Winter durch ganz Meldorin. Ein kriegsflüchtiger Schreiber brachte sie hierher.«

»In Chanthed haben wir einen ganz besonderen Hunger nach neuen Geschichten«, erklärte Llian. »Von Schülern des Kollegiums ist bekannt, dass sie einander Kämpfe um das Vorrecht liefern, eine neue zu erzählen.«

Thandiwe schien das Gefühl zu haben, ihre Würde sei verletzt worden. »Ich habe mit niemandem um deine Geschichte gekämpft«, sagte sie steif. »Ich hatte Teile davon schon gehört, lange bevor sie den Weg von Thurkad hierher fand, und sie sprach mich an. Nun weiß ich auch, warum«, sagte sie mit einem Seitenblick auf Llian. »Ich trug mein Anliegen Wistan vor, und er stimmte zu, dass es das Beste wäre, die Geschichte zu erzählen. Vielleicht würdest du sie gern einmal hören.«

»Ja, vielleicht«, sagte Karan in überaus höflichem Ton und wünschte sich verzweifelt, wegzukommen.

»Allein schon die Vorstellung!«, zürnte sie später am Abend gegenüber Llian. »Herrje, die Brüste sind ihr ja förmlich aus dem Kleid gefallen. Allein der Gedanke, ich würde meine Geschichte von *ihr* erzählt haben wollen.«

»Du beurteilst Thandiwe falsch«, sagte Llian, der sich bemühte, so diplomatisch wie möglich vorzugehen. »Sie empfindet die allergrößte Achtung vor dir und versucht, es zu zeigen, so gut sie kann. Immerhin ist sie nur eine Schülerin – sie hat noch nichts aus ihrem Leben gemacht. Wohingegen du in Chanthed ziemlich berühmt bist. *Du bist in den Historien*«, sagte er überschwänglich, so als wäre das die größte Ehre, die man sich nur wünschen konnte. Was es ja auch war.

»Ich will nicht in den Historien sein«, schniefte Karan. Sie wusste ganz genau, was Thandiwe wollte.

»Dann bist du der einzige Mensch in ganz Santhenar, der das nicht will«, gab Llian zurück. »Sei lieber vorsichtig, sonst werden die Schüler glauben, du seiest ungezogen und stolz und dass du dich für etwas Besseres als sie hältst. Immerhin sind sie in den meisten Fällen arm, nicht wie du, die ein Gut und Land und Wald besitzt; ganz egal, wie alt und heruntergekommen es auch sein mag«, fügte er hinzu, um ihr zuvorzukommen. »Und Thandiwe gehört zu den ärmsten. Sie hat sehr hart gearbeitet, um hier bleiben zu können.«

»Oh«, sagte Karan, eine Träne trocknend. »War ich stolz und grob? Ich will nicht, dass sie das glaubt. Ich werde mir beim nächsten Mal mehr Mühe geben.«

Früh am nächsten Morgen wurden sie zu Wistan gerufen. Obwohl seit Llians Verbannung ein Jahr vergangen war, sah er der Begegnung mit Sorge entgegen.

»Karan Fyrn!«, rief Wistan aus und umschloss ihre Hände mit seinen knotigen Klauen. »Ich habe Eure Geschichte mehr als einmal gehört, und sie gefiel mir mit jedem Mal besser.«

Karan beäugte den hässlichen kleinen Gnom unsicher. Llians Erzählungen hatten ihr Bild von ihm stark beeinflusst.

Wistan lächelte. »Ich kannte Euren Vater. Galliad war ein sehr kluger Mann. Er hat häufig die Bibliothek genutzt, obwohl ich nicht glaube, dass er gefunden hat, was er suchte.«

Karan war augenblicklich entwaffnet. »Ich bin vor vielen Jahren mit ihm hierhergekommen. Ich saß auf dem Boden, während er mit Euch sprach – es war dort drüben in jener Ecke. Und Ihr wart es, der Llian im vergangenen Winter losgeschickt hat, um mich zu suchen, daher schulde ich Euch mehr, als ich zurückzahlen kann.«

Wistan spähte zu Llian hin und schürzte die dicken Lippen. »Was ich tat … geschah nicht aus den edelsten Beweggründen. Wenn es gut ausging, ist das nicht mein Verdienst. Doch nun zum Geschäft. Wir haben Eure Geschichten eifrig verfolgt, die Bruchstücke, die uns während des vergangenen Jahres erreichten. Aber wir sind begierig, zu erfahren, was wirklich geschah, vor allem seit dem Konklave.«

Der Krieg und die Ghâshâd hatten die Stadtbewohner aus ihrer saturierten Behaglichkeit gerüttelt. Wistan erkannte nun den Wert mächtiger Freunde. Trotz Mendarks Sturz im vergangenen Jahr schien er noch immer mächtig zu sein. Niemand konnte es sich dieser Tage leisten, ohne Verbündete zu sein, und Llians Name hatte mehr als einmal in Geschichten über den Krieg und den Spiegel Erwähnung gefunden. Und Wistan besaß die Gier des Chronisten nach Neuigkeiten. Wer war besser geeignet, sie ihm zu liefern?

Llian teilte ihm die Neuigkeiten mit, in Kurzfassung.

»Ihr habt Euch sehr verändert«, sagte Wistan, nachdem Llian fertig war.

Llian wusste das. Er konnte es kaum ertragen, an den unreifen Jungen zurückzudenken, der er gewesen war. Er hatte viel gelernt. Es gab mehr auf der Welt als nur ihn selbst.

»Das habe ich«, sagte er. »Ich bedaure den Ärger, den ich Euch bereitet habe. Damals war es nur ein Spiel für mich. Jetzt ist es harte Realität.«

»Egal«, sagte Wistan. »Ihr könnt uns einen großen Dienst erweisen, falls wir den kommenden Sturm überstehen. Ich bin sehr froh, Euch zu sehen.«

»Auch Ihr seid anders«, stellte Llian fest. Wistan war so verwittert und hässlich wie je, aber er schien jetzt weniger kalt zu sein, weniger manipulativ. Vielleicht war er nie so schlecht gewesen, wie Llian ihn gemacht hatte. Und die Zerstörung hatte ihn schockiert, ihn erkennen lassen, dass er zu alt war, um das Kollegium weiterhin zu verteidigen. Er brauchte einen neuen Direktor, einen, der nicht nur ein großer Chronist war, sondern auch mächtige Verbündete besaß.

»Sagt mir«, fragte Llian, »wo ist Trusco?« Er hatte den großen, gutgelaunten Hauptmann nirgends gesehen.

»Armer Trusco«, sagte Wistan. »Er fiel im Krieg, bei der Verteidigung des Kollegiums.«

»Das tut mir leid. Er war Euer Freund, und ich mochte ihn.«

»Ich vermisse ihn. Doch genug davon«, sagte er unvermittelt. »Nun, was kann ich für Euch tun? Werdet Ihr eine Zeitlang bleiben? Ihr müsst uns die vollständige Geschichte auf dem Festival erzählen.«

Llian sah Karan an. »Ich würde alles geben, um bleiben zu können, aber ich muss heimkehren«, sagte Karan.

»Ich kann nicht; nicht dieses Jahr. Die Angelegenheit des Spiegels ist noch längst nicht beendet, und Mendark wünscht nicht, dass darüber geplaudert wird. Es muss bis zum kommenden Herbst warten. Ich komme wieder, wenn alles vorbei ist, und tue mein Bestes, um eine Große Geschichte daraus zu machen.«

»Das ist zu lange hin!«, sagte Wistan. »Was ist, wenn Ihr niemals zurückkehrt? Was ist ...« Der alte Mann starrte in die Ferne. Llian wusste, dass er an seinen eigenen Tod dachte, der sicherlich nicht mehr allzu weit entfernt war. Wistan wollte nicht sterben, ohne gesehen zu haben, dass die Geschichte ordnungsgemäß aufgeschrieben worden war, zum ewigen Ruhme des Kollegiums und, es sei gestanden, seines eigenen. »Was Ihr bereits gesehen habt, darf nicht verloren gehen.«

Das war eine Notwendigkeit, die Llian nicht bestreiten konnte. Wistan rief nach Speisen und Wein und versammelte zwei Schreiber. Llian erzählte alles, was seit seinem Fortgang aus Chanthed geschehen war, und verschwieg nur die Versammlung, auf der der Versuch beschlossen worden war, die Flöte neu zu erschaffen. Dieses Geheimnis durfte nicht enthüllt werden. Das Erzählen beanspruchte die ganze Nacht und den folgenden Tag, und zwei lange Tage darauf, und Schreiber hielten es in einer Kurzschrift fest, auf vierundzwanzig Rollen von jeweils sechzig Seiten Länge.

»Das ist nicht sehr zufrieden stellend.« Llian runzelte die Stirn, nachdem er die Rollen durchgesehen und berichtigt hatte, das Werk mehrerer Tage. »Alles andere als eine Geschichte. Aber besser als nichts.«

»Es ist eine wunderbare Geschichte«, sagte Wistan mit leuchtenden Augen. »Eine Große Geschichte im Entstehen und eine große Auszeichnung für Euch und das Kollegium.«

Die Rollen wurden in einen Schrank gelegt, der verschlossen bleiben würde, bis Llian zurückkehrte, oder geöffnet, falls er starb.

Anschließend bat Llian um das Anrecht, die Bibliothek wieder zu benutzen, und erhielt einen Sonderausweis. Er konnte es kaum glauben, dass seine Verbannung aufgehoben worden war, konnte sich selbst nicht in der Rolle eines geachteten Besuchers sehen, nachdem er sich so lange für einen Versager und einen Ausgestoßenen gehalten hatte. Er kam sich noch immer wie der wertlose Junge vor, der vor einem Jahr vor die Tür gesetzt worden war.

Im Morgengrauen wurde Karan von einem Ziehen in ihrem Handgelenk geweckt, jenem, das sie sich erstmals gebrochen hatte, als sie im vergangenen Herbst gegen Idlis' riesigen Hund kämpfte. Sie hatte das Gefühl, dass sie sich an etwas erinnern sollte. Draußen bemerkten Llian und sie eine Schneeschicht in den Rinnsteinen, Monate bevor es hier normalerweise zu schneien begann.

Während sie an einem Fenstertisch mit Straßenblick frühstückten, fiel ihr ein, was es war. »Llian, heute ist mein Geburtstag!«, rief sie aus. »Heute werde ich fünfundzwanzig.«

Ohne ein Wort küsste Llian sie und eilte in die Küche hinaus. Karan, kurz allein gelassen, dachte über frühere Geburtstage nach. Letztes Jahr war sie aufgewacht und hatte Idlis' Hund über sich aufragen sehen. Sie war nur entkommen, indem sie ihre Faust in den Rachen des Tieres gerammt und es erstickt hatte, war aber dabei schrecklich zugerichtet worden und hatte sich das Handgelenk gebrochen. Später hatte sie ihre Schokolade mit dem gepeinigten Idlis geteilt. Das war so lange her, dass es kaum noch vorstellbar schien. Ein ganzes Jahr war seither vergangen, und sie war immer noch in der Spiegel-Angelegenheit gefangen, ohne Aussicht, jemals davon loszukommen.

Llian wankte herein, unter dem Gewicht eines zweihenkeligen Bechers von der Größe einer Urne, der heiße Schokolade mit einer Haube aus Schlagsahne in vielerlei Farben, aus gemahlener Muskatnuss und schwarzen Schokoraspeln enthielt. »Ich weiß, du liebst Schokolade«, sagte er und stellte ihn mit einer Verbeugung vor sie hin.

Was das wohl gekostet haben muss?, fragte sie sich und leckte

Sahne von einer Vanillestange, bevor sie sie auf ihrem Tellerrand ablegte. Schokolade kostete ihr Gewicht in Silber, hatte sie einstmals erfahren, als sie erwog, welche zu kaufen.

Der Tag verging wie im Fluge, während Llian sie von einem seiner Lieblingsorte zum anderen schleppte. Es war ein wundervoller, sorgenfreier Tag, einer der schönsten ihres Lebens, an dem all ihre Sorgen in den Hintergrund traten. Und als sie zum Mittagessen die Anhöhe hinabschlenderten, Karan mit einem Strauß Irisblüten in der Hand, liefen sie wieder Thandiwe in die Arme. Diesmal fühlte Karan sich kein bisschen eifersüchtig.

»Thandiwe«, sagte sie, ich habe gehofft, dass wir uns wiedersehen. Was gibt es Neues aus Bannador? Ich war lange nicht mehr dort und mache mir Sorgen.«

»Ich habe nichts über Gothryme gehört«, sagte Thandiwe. »Aber ich weiß, dass das Tiefland während des Kriegs schrecklich zu leiden hatte.« Die Geschichten, die sie erzählte, erhöhten Karans Gefühl der Hilflosigkeit noch. Sie wünschte, sie hätte nicht gefragt.

»Ich muss zur Bibliothek gehen«, sagte Llian und hielt sich nach einem ausgiebigen Mittagsbankett zu seinen Ehren den Bauch. »Deshalb bin ich nach Chanthed gekommen. Willst du mich begleiten?«

»Eigentlich nicht!«, sagte Karan. »Nicht, wenn du Tage damit verbringst, über unverständlichen Dokumenten zu brüten.«

»Es wird nicht lange dauern«, versprach Llian. »Ich weiß, wonach ich suche.«

Karan hob zweifelnd eine Augenbraue. »Und das wäre …?«

»Es hängt mit der *Geschichte von der Düsternis* zusammen, meiner ursprünglichen Suche. Erinnerst du dich, wie Faelamor mich in Katazza darüber ausquetschte? Sie wollte wissen, wer als Erster in den brennenden Turm eindrang – das konnte sie nicht verbergen. Aber als ich es ihr erzählte, gab sie vor, nicht mehr daran interessiert zu sein.

»Also, *wonach* suchst du?«

»Nach den Zeichnungen, die die Kriegsmaler in jener Zeit angefertigt haben. Ein Dutzend Armeen waren vor Ort, und jeder Vorfall ist festgehalten worden. Ich werde noch einmal diese ganzen Zeichnungen sichten. Irgendetwas hat mir früher zu denken gegeben, aber ich erhielt nie die Gelegenheit, dem richtig auf den Grund zu gehen. Einige der Nummerierungen scheinen vertauscht worden zu sein.«

Drunten in den Archiven überprüfte er jedes der Gemälde und jeden Stich. Verschiedene zeigten Yalkara im Glanze ihres Goldschmucks. Also hier hatte er das schon einmal gesehen! Er fing mit den Zeichnungen an und löste die Schnüre eines der Kartons. Die Bögen quollen heraus, allesamt zerknittert, weil sie so sorglos hineingestopft worden waren.

Llian war wutentbrannt. »Wer würde so kostbare Dinge derartig schlecht behandeln?«

»Jemand, der sehr in Eile war«, vermutete Karan.

»Dies sind die ursprünglichen Skizzen der Kriegsmaler. Sämtliche Stiche und Gemälde beruhen auf ihnen.« Er sah die Skizzen eine nach der anderen durch und hielt schließlich bei dem Satz mit Zeichnungen inne, der Menschen zeigte, die sich bereitmachten, den zerstörten Turm zu betreten. »Es stand nie fest, wer zuerst in den Turm ging, nachdem die Flöte zerstört worden war. Es gibt so viele unterschiedliche Versionen der Geschichte.« Plötzlich hielt er inne und runzelte beim Anblick des Bildes in seiner Hand die Stirn. »Die Nummern stimmen nicht mit dem Katalog überein!«

Karan breitete die Skizzen auf dem Boden aus, hielt jede ins Licht hoch, um die verblichenen Nummern zu überprüfen, und stapelte sie dann in der richtigen Reihenfolge übereinander. Schließlich legte sie den Stapel behutsam weg und suchte die Bänke und den Boden ab.

»Was ist los?«

»Oh, nichts. Es fehlen nur zwei, das ist alles.«

»Vermutlich sind sie hinten ins Regal gerutscht«, sagte Llian. »Sie waren vollständig, als ich letztes Jahr nachsah.«

Karan suchte überall. »Nein, zwei Skizzen fehlen definitiv.«

Llian sah den Stapel durch. »Das ist sonderbar! Es sind die, deren Nummern letztes Jahr vertauscht zu sein schienen.«

Sie starrten einander an. »Wer war als Letzter hier?«, fragte Karan.

Sie packten alles wieder an seinen Platz zurück und rannten hinaus. Llian berichtete der Archivarin, was sie entdeckt hatten. Sie zogen das Register zu Rate.

»Nur drei Leute haben kürzlich einen Blick in diese Unterlagen geworfen«, sagte die Archivarin. »Ihr selbst, vor einem Jahr, nicht lange vor Eurem großen Erzählen, und dann noch einmal kurz darauf. Ebenso Wistan, als er die Beweise für Eure Geschichte prüfte.«

»Ich glaube, ich kann die dritte Person erraten«, sagte Llian zu niemandem bestimmten.

»Eine Besucherin mit einem Ausweis der Bibliothek in Tellulior, einer Universitätsstadt im Südosten. Sie war im vergangenen Sommer hier.«

»Wie heißt sie?«, fragten Karan und Llian wie aus einem Munde.

Die Archivarin warf einen blinzelnden Blick in das Register, nahm ihre Brille ab und setzte sie wieder auf.

»Kekkuliel«, sagte sie. »Eine kleine Frau – jetzt erinnere ich mich an sie. Goldfarbene Haut, ebensolche Augen und bleiches Haar.«

»Faelamor«, flüsterte Karan Llian ins Ohr. »Böse Neuigkeiten.«

»Ich danke Euch«, sagte Llian zu der Archivarin. Er ergriff Karans Arm. »Lass uns irgendwo hingehen, wo wir reden können.«

Im hinteren Teil der Bibliothek nahmen sie in einem leeren Zimmer Platz. »Warum hat sie diese Zeichnungen mitgenommen?«, fragte Karan.

»Sie haben ihr etwas verraten – vielleicht, wer zuerst in den Turm ging –, und sie wollte nicht, dass noch jemand es herausfindet.«

Karan schauderte, als sie sich im Geiste etwas ausmalte: Charon und Aachim, Faellem und Altmenschen, alle mit ihren wetteifernden Apparaturen und ihren Toren, die Krieg und blutige Zerstörung über die ganze Welt brachten.

»Was können wir tun?«, fragte Llian.

»Ich weiß es nicht. Wem können wir trauen? Vielleicht sollten wir Yggur in Thurkad benachrichtigen.«

»Nein!«, rief Llian. Dennoch wusste er, dass es seine Pflicht war, diese Neuigkeit nach Thurkad gelangen zu lassen. Mendark musste bald aus dem Osten zurückkehren.

Sie berichteten Wistan, was sie herausgefunden hatten. »Überlasst es mir«, sagte er. »Obwohl ich zurzeit noch nicht einmal eine Nachricht verschicken kann. Es ist kein einziger Skeet mehr übrig in Chanthed. Der Krieg hat sie ausgerottet.«

Frühmorgens machten Llian und Karan sich nach Tullin auf den Weg. Als sie bei ihrer Abreise über ihre Schulter zurücksah, erblickte Karan die liebreizende Thandiwe, die ihnen traurig hinterschaute.

Kurz hinter dem Tor vor der Steigung kamen sie an einem beinamputierten Bettler vorbei, der im Schatten der Mauer hockte. Sein Gesicht war mit offenen Wunden und Fliegen bedeckt.

»Eine milde Gabe, edle Dame«, winselte er. »Eine milde Gabe, im Namen der Barmherzigkeit!«

Karan fingerte in Llians schlaffem Lederbeutel herum. Sie zog einen Silbertar hervor, ein kleines Vermögen für jeden Bettler und sogar für sie beide, aber der arme Mann wirkte verzweifelt. Sie hielt ihm den Tar hin, ohne zu wissen, dass es ihr letzter war.

Der Bettler schnappte danach, dann fielen seine eitrigen Augen auf Llian. Mit einem Wutschrei schlug er ihr die Münze aus der Hand. Sie klimperte über die Steine am Straßenrand, bevor sie verschwand.

»Fluch über dich, Llian!«, kreischte er. »Fluch über dich, bis die Erde blutet und der schwarze Mond in Stücke fault!«

Llian starrte den Bettler offenen Mundes an. »Turlew!«, rief er. »Was ist denn mit dir passiert?«

Wistans ehemaliger Seneschall, der Llian im vergangenen Jahr auf dem Weg nach Tullin angegriffen hatte, spuckte auf Llians Hosenbein. Llian sprang außer Reichweite.

»Wegen dir hab ich meine Anstellung verloren. Wistan hat mich aus der Stadt geworfen. Dann der Krieg ...« Er schlug auf seine Beinstümpfe ein, dann fuhr er mit brandiger Stimme fort: »Ich sag dir nur eins, Llian. Freu dich deines Erfolges, solange er währt, denn er wird nicht mehr lange währen. Bald wirst du keinen einzigen Freund mehr in ganz Santhenar haben. Allein schon dein Name wird ein Fluch sein, und noch vor dem nächsten Hythe wirst du wünschen, du wärst so glücklich wie *Turlew der Bettler!*«

Llian schien ungerührt, doch Karan fühlte, wie es ihr eiskalt den Rücken runterlief. »Komm weiter«, sagte sie und zog ihn fort.

Sie eilten die Straße hinauf. Als sie um die Ecke gebogen waren, schleppte Turlew seine Stümpfe über den Schotter. Er suchte zwischen den Steinen und Disteln, bis das Licht schwand, aber die wertvolle Silbermünze war nicht auffindbar.

In dieser Nacht lagerten sie inmitten der Hügel über Chanthed, zwischen den Gellonbäumen nicht weit von der Stelle, wo Llian vor fast einem Jahr seine erste Nacht außerhalb des Kollegiums verbracht hatte. Die meisten Zweige trugen nur schrumpelige, von Mehltau befallene Früchte, doch an einem einzigen

Baum waren die Früchte so reif, dass sie platzten und ihr süßer auslaufender Saft Klumpen aus Fruchtzuckerkristallen bildete, der die Bienen zu tausenden anzog.

Llian schien den Fluch des Bettlers vergessen zu haben. Er war den ganzen Tag herumgehüpft wie jemand, der völlig aus dem Häuschen ist. Karan machte das verdrießlich.

»Was macht dich so ausgelassen?«, fragte sie, als er hin und her eilte und Holz für das nächtliche Feuer auflas. Llian war normalerweise ein Trödler, wenn es um Lagervorbereitungen ging.

»Du kannst nicht wissen, wie es ist, ein Zain zu sein – ein Ausgestoßener.«

»Da hast du recht«, sagte sie, auf Händen und Knien, und versuchte in trüber Stimmung, Funken im Zunder zu entfachen. »Das kann ich nicht.«

»Das Kollegium war mein halbes Leben – mehr noch –,aber ich habe mich dort nie anerkannt gefühlt. Selbst nach dem Abschlusserzählen nicht, als ich zum Meister ernannt wurde.« Er kniete neben ihr nieder und begann den qualmenden Zunder anzufachen, indem er mit seinem Tagebuch wedelte.

»Du machst es noch aus«, sagte sie ärgerlich. Llian brauchte für gewöhnlich eine halbe Stunde, um ein Feuer in Gang zu bringen.

Das Feuer fing an zu brennen, und eine Flamme schoss aus dem Zundermaterial empor. Llian häufte Holzscheite darauf.

»Vorsicht!«, sagte sie. »Du wirst es ersticken.«

Binnen einer Minute loderte das Feuer bis zur Höhe ihrer Schultern empor. »Doch jetzt«, sagte Llian, »einen ehrenvollen Platz im Kollegium zu haben – du kannst dir nicht vorstellen, wie viel mir diese Sicherheit bedeutet. Ich habe keine Sicherheit gekannt, seit ich von zu Hause fort bin.«

Karan wusste, dass sie sich für ihn freuen sollte, doch war ihr eigenes Unbehagen seit ihrer Entdeckung in der Bibliothek immer stärker geworden. »Dann geh besser nicht davon aus, dass du mich noch länger benötigst«, schnappte sie. »Ich wage zu behaupten, dass Gothryme zu einfach für deinen Geschmack sein wird, wenn all die Freuden Chantheds locken. Vielleicht willst du ja der nächste Kollegiumsdirektor werden.«

Llian stutzte. »Sei nicht dumm«, sagte er, doch einen Moment lang bemerkte Karan diese Sehnsucht in seinen Augen.

Er wird mich wegen Chanthed verlassen! Ich beginne ihn zu langweilen. Karan ließ nicht locker. »Ich habe heute Morgen *ihre* großen Kuhaugen auf dir kleben gesehen.«

»Aber nicht meine auf ihr, oder?« Er wechselte das Thema. »Was hast du jetzt für Pläne?«

»Ich habe keine Pläne«, sagte sie in gedankenverlorenem Tonfall. Sie hatte ihr Kinn auf die Handflächen gestützt. Es war eine helle Nacht und etwas kühler, als sie es gewöhnt waren. Llian rückte ein wenig näher ans Feuer heran. »Keine Pläne. Nur Träume und Hoffnungen für mein Zuhause. Aber ... Bannador war eines der ersten Gebiete, die überrannt wurden, und Gothryme liegt zwischen Thurkad und Shazmak. Vielleicht gibt es mein Zuhause dort gar nicht mehr. Wir in Bannador sind ein ungeduldiges und aufsässiges Volk, Llian, und das bringt uns in Schwierigkeiten. Ich habe Angst um mein Land.«

»Wir werden bald dort sein.«

»Ich halte es kaum noch aus«, sagte Karan traurig. »Ich hoffe, Shand ist in Tullin. Ich vermisse ihn.«

Dies war wiederum eine andere Karan, eine, die vor Schwierigkeiten zurückscheute. Die Rückkehr nach Meldorin hatte Probleme neu aufgeworfen, über die sie keine Kontrolle hatte. Und obendrein hatte sie, obwohl sie Llian nichts davon sagte, in der vergangenen Nacht wieder die Berührung jener Träume gespürt, die ihr vor Selials Tod so zugesetzt hatten. Was hatte Rulke nur mit ihr im Sinn? Und doch war sie nicht wirklich überrascht. Seit ihrem Aufenthalt im Nachtland hatte sie immer erwartet, dass er auftauchte. Ein Teil von ihr schien dem unvermeidlich Kommenden halb mit Ehrfurcht, halb mit Grauen entgegenzusehen. Der Fluch des Bettlers war nur ein weiterer Baustein in ihrem Gebäude schrecklicher Vorahnungen.

Zuerst war es nur ein Hauch, eine flüchtige Präsenz gewesen, als würde Rulke sich ihrer versichern; sich selbst daran erinnern, dass es sie gab und dass er Macht über sie besaß.

Und vielleicht gab es noch einen anderen Grund für ihr Widerstreben. Sie hatte das Gefühl, dass sie ihm mit jedem Schritt ihrer Reise näher kamen, in sein Herrschaftsgebiet zurückkehrten. Und in jeder nachfolgenden Nacht wurden ihre Träume intensiver, unmittelbarer, realer.

Kapitel fünfundzwanzig

Traumbilder

Vier Tage später mühten sie sich durch für die Jahreszeit untypisch tiefe Schneelagen den Pfad nach Tullin hinauf. »Ich frage mich, was wir dort vorfinden werden«, äußerte Llian, der seine Hände zum Aufwärmen unter die Achselhöhlen geschoben hatte. »Wie hat es den Krieg überstanden?«

Karan war zu sehr in ihre eigenen Sorgen vertieft, um etwas zu erwidern. Sie umrundeten die Bergkante, und vor ihnen lag Tullin, eingebettet in seine Mulde nahe der Bergspitze und genau das gleiche Bild bietend wie im Jahr zuvor, abgesehen davon, dass jetzt der Schnee tiefer war. Die Schornsteine des Gasthofs qualmten munter.

»Ich mag Tullin«, sagte Llian. »Ich habe mich seit einer Ewigkeit darauf gefreut, wieder hierherzukommen. Trotzdem sollten wir um gutes Wetter beten – wir können uns nur eine Übernachtung leisten.«

»Hoffentlich ist Shand da«, sagte Karan.

Sie stapften den Pfad empor. Karan stieß die schwere Tür des Gasthofs auf und streckte ihren Kopf in die geräumige Schankstube, wo das Feuer prasselte. Mehrere Menschen bevölkerten den Schankraum, Einheimische mit ledriger Haut und gedämpften Stimmen. Hinter dem Tresen stand ein schüchternes schwarzäugiges Mädchen mit rosigen Wangen, in der Karan die Tochter des Hauses erkannte.

Karan ging zum Feuer hinüber, wobei sie den Gästen zunickte. Obwohl sie schon ein paarmal hier gewesen war und den Gastwirt und seine Familie kannte, hatten die jüngsten

Ereignisse ihr Selbstvertrauen erschüttert, sodass sie kaum die Kraft fand, Menschen anzusprechen. Eine lange Minute stand sie am Feuer und wärmte ihre Hände, dann atmete sie tief durch und wandte sich um. Zu ihrem Missbehagen war Llian ihr nicht gefolgt, aber sie nahm ihren ganzen Mut zusammen, ging zum Tresen hinüber und sagte Hallo.

Llian war geradeaus weitergegangen, direkt durch die Küche und über den Steinpfad zum Holzstoß hinab. Jemand hackte Holz. Er erwartete halb und halb, dass es Shand war, aber als er den Stoß umrundete, erblickte er den Wirt. Torgen sah auf, runzelte kurz die Stirn, dann lächelte er.

»Llian von Chanthed!«, sagte er und rieb seine platte Nase. »Llian der Verbannte! Obwohl ich vielleicht voreilig bin, da Ihr ja aus Chanthed kommt. Ihr wart vor einem Jahr hier, vor dem Krieg. Wie sahen Euch die Straße heraufkommen.« Er legte die Axt beiseite und schüttelte Llian die Hand.

Llian war erfreut, dass man sich an ihn erinnerte, obwohl man fraglos mehr als einmal über ihn gesprochen hatte und es zum Beruf eines Wirtes gehörte, sich seiner Kunden zu entsinnen.

»Ihr habt es beim letzten Mal recht eilig mit der Abreise gehabt«, sinnierte Torgen.

»Oh!«, sagte Llian und machte sich plötzlich Gedanken um etwas, das seit Langem vergessen war. »Ich war sicher, die Münze, die wir zurückgelassen hatten, würde reichen.«

Der Wirt lachte. »Hat gestimmt bis auf den Heller, soweit ich mich entsinne. Aber darauf habe ich nicht angespielt. Ich hoffe, Eure Angelegenheiten befinden sich in geordneterem Zustand als damals?«

Wirte neigten auch dazu, gern über die Geschäfte ihrer Kunden im Bilde zu sein. »Um die steht es gut«, sagte Llian. »Ich sehe, dass der Krieg an Tullin vorbeigezogen ist.«

Torgen hatte seine Axt wieder aufgenommen, doch nun legte er sie abermals beiseite. »Nicht ganz. Die Kampfhandlungen sind nicht bis hierher vorgedrungen, Yggurs Soldaten schon, und Eure Freunde, die Whelm, kehrten im vergangenen Frühling zurück. Soviel ich weiß, haben sie jetzt einen anderen Namen. Die Soldaten versetzten uns ein oder zwei Tage lang in Schrecken. Auch die Whelm fanden nichts – was gibt es in Tullin schon zu finden? Jahrelang ist unsere Einwohnerzahl durch Abwanderung geschrumpft, doch seit dem Krieg gleicht sich das wieder aus, ja, mehr als das, durch die Flüchtlinge aus Bannador und aus dem Osten. Es sind mehr Reisende auf den Straßen, als ich je zuvor gesehen habe. Im vergangenen Sommer hatten wir sogar Gäste, die in den Ställen schliefen. Ein gutes Jahr fürs Geschäft, obwohl ich wünschte, wir hätten ein gewöhnliches Jahr gehabt und keinen Krieg. Aber so geht's halt zu in Tullin. Menschen kommen und gehen, aber wir sind immer hier.«

»Ich hatte gehofft, Shand hier anzutreffen.«

»Er ist Mitte des Winters abgereist, bei Kriegsausbruch. Er soll in Thurkad gewesen sein, und er schrieb uns aus dem Norden; irgendein entlegener Ort, dessen ich mich nicht entsinne. Er meinte, er käme vielleicht nicht vor Ablauf eines Jahres zurück. Aber so ist Shand. Wir kennen ihn und machen uns keinen Kopf. Dennoch vermissen wir ihn.« Er wuchtete sich ein großes Holzscheit auf die Schulter und ging den Pfad hinauf.

Llian stand einen Augenblick lang sinnend da, dann fasste er so viel Holz, wie er tragen konnte, und folgte ihm langsam. Er warf das Brennholz in die Kiste neben dem Küchenherd, eilte wieder hinunter, um eine weitere Ladung heranzuschaffen, und holte den Wirt knapp vor dem Holzstoß ein.

»Ich habe aktuellere Nachrichten über Shand, falls Ihr sie hören wollt. Er verließ uns in Flude Ende des Sommers.«

»Flude? Das muss ein fremdländischer Ort sein, möcht ich meinen.«

Für die Einwohner von Tullin war sogar Chanthed ein fremdländischer Ort, deshalb ließ Llian das auf sich beruhen.

»Sehr fremdländisch! Flude liegt fast dreihundert Meilen Luftlinie von hier entfernt, auf der großen Insel Faranda.«

Torben erbleichte, so als hätte Llian über das dunkle Antlitz des Mondes gesprochen. »Nun, Ihr lebt und könnt davon berichten, also ist es vielleicht nicht ganz so tödlich, wie die Geschichten behaupten. Aber Ihr werdet ja alles darüber wissen. Ihr könnt Eure Geschichte nach dem Essen erzählen. Jeder wird wissen wollen, wie es um den alten Shand bestellt ist. Und falls die Geschichte gut genug ist, stelle ich Euch vielleicht Euer Bett nicht in Rechnung. Tja, das erinnert mich an etwas. Ah ja! Als Ihr zum letzten Mal hier wart, suchtet Ihr nach einer im Schnee vermissten Frau ...«

Der Wirt schwieg so lange, dass Llian förmlich die Zahnräder in seinem Gehirn rattern hörte. »Ich hab sie gefunden«, sagte Llian, »allerdings würde diese Geschichte einen halben Monat beanspruchen. Aber ich hab noch jede Menge andere auf Lager.«

Bislang hatte er seine Geschichte niemandem erzählt (außer in Chanthed, doch das war seine Chronistenpflicht gewesen), eingedenk Mendarks Forderung, dass die Sache geheim gehalten werden sollte. Aber er vermisste das Erzählen sehr und war glücklich, dass man ihn gefragt hatte. Es gab viele Geschichten über Shand, und es würde keinen Schaden anrichten. Er würde ihnen die beste Geschichte liefern, die man in Tullin jemals gehört hatte. Er musste es, andernfalls würden sie ohne einen Kupferling von dannen ziehen.

Beim Holztragen kam Llian noch ein Gedanke. »Wie lange hat Shand hier gelebt?«

»Solange ich mich erinnern kann. Er ist schon hier gewesen, als ich ein kleiner Junge war und mein Großvater den Gasthof geführt hat. Er ist immer hier gewesen.«

»Aber woher kam er, bevor er sich hier niederließ?«

Der Wirt schenkte ihm ein rätselhaftes Lächeln. »Ich weiß nicht, ob Shand es so gern sähe, dass ich über seine Angelegenheiten plaudere«, sagte er und packte seine Axt, als erklärte er die Diskussion für beendet.

Llian lud sich einen Stapel Holz auf und ging wieder hinein. Der Winter hielt bereits Einzug, einen Monat früher als im Jahr zuvor. Sogar in Chanthed hatte es ein paar Schneeschauer gegeben, doch hier lag der Schnee dicht und tief, und die Straße, die sich westwärts den Berg hinab nach Hetchet schlängelte, war bereits von tiefen Schneewehen versperrt. Seit Wochen war niemand mehr auf diesem Weg hierhergekommen.

»Shand ist nicht hier«, sagte Llian zu Karan, nachdem er seine Holzladung neben das Feuer hatte fallen lassen.

»Ich weiß.« Sie saß allein am Tisch und starrte in die Flammen. Die übrigen Gäste hatten nach einem kurzen Hallo erkannt, dass sie nicht in Plauderstimmung war, und sich wieder ihren Getränken und ihrem Dorfklatsch zugewandt.

»Bist du schlecht gelaunt?«

»Ich wusste, dass er nicht hier sein würde«, sagte sie tonlos. Nach einem verbissenen Schweigen trug Llian ihre Packbündel nach oben und begab sich dann zum Tresen hinüber.

Karan dachte überhaupt nicht an Shand, obwohl es sie enttäuscht hatte, zu erfahren, dass er nicht hier war. Seit ihrer Begegnung mit dem Bettler hatte sie sich unruhig gefühlt, und je weiter sie den Berg hinaufgingen, desto unwohler war ihr geworden. Die geheimnisvolle Entdeckung in der Bibliothek trug das ihre dazu bei. Viele Erinnerungen verbanden sie mit diesem Ort oder zumindest seiner Umgebung: ihre erste Begegnung mit Llian; aber auch einer ihrer schlimmsten Albträume, der Höhepunkt der Wochen, während derer sie von den Whelm gejagt worden war.

Doch das war *damals*; Geschichte. Das *Jetzt* war anders, nicht nur, weil sie Shazmak und den Ghâshâd nahe waren, sondern auch aus einem anderen Grund, den sie nicht in Worte kleiden konnte, einer bösen Vorahnung, die immer stärker wurde. Der Schrecken, dem sie im Nachtland ausgesetzt gewesen war, kehrte zurück; ein Grauen, gegen das sie nicht ankämpfen konnte, das blinde Panik in ihr hervorrief, das sie bewogen hatte, Llian dort zurückzulassen. Karan hatte Angst, dass sie dasselbe noch einmal tun würde. Ihr war, als würde sie abermals die Kontrolle über sich verlieren.

Was war nur mit dem unbeugsamen Willen geschehen, der sie halb Meldorin hatte durchqueren lassen? Er war nicht mehr vorhanden. Seit Chanthed hatte sie gelernt, die Nächte zu fürchten, und Llian war ihr keine Hilfe. Nach seinem Erfolg am Kollegium war er wieder ganz in seinen Historien gefangen. Er hatte noch nie so zufrieden auf sie gewirkt.

Karan sah ihm hinterher, verletzt, dass er nicht gespürt hatte, was sie durchmachte. Wie konnte er dem Nachtland so unversehrt entronnen sein, während sie solcher Qual ausgesetzt war? Er ging zu der Gruppe am Tresen – eine herrlich dralle und hübsche Frau mittleren Alters namens Maya (die Frau des Wirtes); ihre noch hübschere Tochter und zwei Gäste, die Karan den Rücken zukehrten.

Schnell stand Llian im Mittelpunkt der Aufmerksamkeit. Er wob ein Garn, lächelnd und mit den Armen gestikulierend. Jeder am Tresen brach in Gelächter aus. Die junge Frau schöpfte heißen Wein in Trinkschalen und streute grüne und gelbe Kräuter darüber, wie es hier im Herbst Brauch war. Llian hielt seine Schale in einer Hand, neigte den Kopf vor seinen Gefährten, schlürfte lang und laut aus dem Gefäß und sagte etwas, das die anderen in brüllendes Gelächter ausbrechen ließ. Maya, die sich zum anderen Ende des Tresens aufgemacht hatte, um dort einen Gast zu bedienen, blickte zurück und entfernte sich nur widerstrebend. Andere kamen hinzu, und bald scharten sich die meisten Wirtshausbesucher um Llian und lachten ausgelassen, als wären sie schon seit Jahren mit ihm bekannt. Die schüchterne Tochter starrte Llian an, doch jedes Mal, wenn sein Blick dem ihren begegnete, sah sie weg und errötete. Das arme Mädchen war ganz hingerissen.

Karan fühlte sich einsam, ausgeschlossen, ein Teil von ihr wäre gern dabei gewesen, der andere empfand Verachtung für die Ausgelassenheit dieser Menschen, wo doch die Welt in einem solchen Zustand war. Trinker!, dachte sie angewidert und blickte auf ihre eigene Schale hinab. Sie liebte *richtigen* Wein, den schweren, purpurnen Tropfen aus dem Tiefland von Iagador. Dieses Zeug hingegen war dünn und sauer. Schlimmer noch, die Kräuter verliehen ihm einen pflanzlichen Geschmack, der sich stark mit den übrigen Aromen biss.

Sie nahm einen weiteren kleinen Schluck, würgte, spuckte ihn heimlich in die Trinkschale zurück und schob sie beiseite. Als sie aufblickte, merkte sie, dass Llians Blick, und ebenso die Blicke aller anderen am Tresen, auf ihr ruhten. Einer der Männer stupste seine Kumpel an und lachte, und die anderen fielen ein. Als Llian sich abwandte, sah sie, dass sogar er lächelte. Karan wusste, dass es alles Mögliche sein konnte, das ihn amüsierte, dennoch spürte sie, wie ihre Wangen zu brennen anfingen in der Gewissheit, dass man sie auslachte. Abrupt erhob sie sich, stürmte die Treppe hinauf und warf sämtliche Sachen Llians auf den Flur hinaus. Sie verriegelte die Tür, kroch ins Bett, zog sich die Decken bis ans Kinn und lag düster brütend da.

Es war mit so viel Widerwillen gewesen, dass sie sich auf die Beziehung mit Llian eingelassen hatte. Sie hatte jede seiner Annäherungen zurückgewiesen, nicht, weil sie sich nichts aus ihm machte, sondern eher, weil sie sich zu viel aus ihm machte, und auf die falsche Weise. Sie hatte Llian den großen Erzähler vergöttert, aber Llian der Mann war, als sie ihm schließlich begegnete, ein völlig anderer gewesen – tollpatschig, töricht und mit dem Leben außerhalb seines Kollegiums auf Kriegsfuß stehend. Sie hatte ihn bei jeder Gelegenheit verspottet und beschimpft, aber es hatte nichts genützt. Sogar seine Torheiten in Shazmak vor fast einem Jahr hatten es nicht geschafft, sie von ihm abzubringen. Ihre Reaktion war desto heftiger gewesen aufgrund dessen, was sie für ihn empfand.

Sie lag da und starrte an die verräucherte Zimmerdecke, während es in ihr brodelte. Eine langbeinige braune Spinne reparierte ein Netz, das sich von der Decke bis zum Kamin spannte. Karan sah ihr missgelaunt zu.

Doch was empfand Llian für sie? Er war für sie über sich selbst hinausgewachsen auf jener furchtbaren Reise nach Sith und ebenso in Thurkad. Als sie in Katazza seine Stimme erstmals durch jene Mauer hörte und seine Hand mit der ihren berührte, hätte sie vor Wonne sterben können. Aber die letzten Tage hatten wieder die Mauer zwischen ihnen erstehen lassen, die von ihrem eigenen Versagen im Nachtland und Llians Handlungen dort errichtet worden war, *worin auch immer diese bestanden hatten*. Sie fühlte sich elend, traurig und angsterfüllt.

Karan löschte die Lampe und beobachtete im Dunkeln liegend den flackernden Widerschein des Feuers an der Wand. Gelegentlich drang ein Brüllen von unten herauf, zweifellos das vulgäre Gewiehere über eine von Llians schlüpfrigeren Geschichten. Sie döste, erwachte, legte Holz im Kamin nach, döste wieder.

Plötzlich wurde Karan von einem Rütteln an der Tür aus einem unruhigen Schlaf geweckt. Es war Llian, der am Türknauf drehte. Das Feuer war wieder heruntergebrannt – es musste weit nach Mitternacht sein. Llian schien nicht zu kapieren, dass er ausgesperrt war. Er glaubte anscheinend, dass die Tür klemmte; fand es anscheinend lustig. Er versetzte der Tür einen Tritt, fiel hin und brach erneut in brüllendes Gelächter aus. Dies würde wahrscheinlich die ganze Nacht so weitergehen, falls sie nichts unternahm.

Sie sprang aus dem Bett, stürmte zur Tür und riss sie auf. Sie nahm alles zusammen, was sie an Elend und Frustration angestaut hatte, und schleuderte es Llian entgegen.

»Hau ab, du widerliches besoffenes Schwein!« Sie schmiss ihm die Tür vor der Nase zu und kroch ins Bett zurück.

Ihr Ärger war verflogen. Sie fühlte sich entsetzlich traurig. Sie sollte jetzt sofort rausgehen und die Sache geradebiegen, bevor ein kleines Problem zu einem großen wurde. Sie musste es tun, ehe es zu spät war. Aber sie konnte es nicht; tat es nicht.

Karans Worte übten kaum Wirkung auf Llian aus, aber die kalte, wilde Wut, mit der sie hervorgestoßen worden waren, tat es. Sie hatte schon immer die Fähigkeit besessen, ihm mit ihrem Zorn die Sprache zu verschlagen, und diesmal hatte sie sich noch mehr angestrengt als sonst. Er kam auf Hände und Knie hoch, seine gute Laune verflog. In Wahrheit war er fast gar nicht betrunken, nur in Hochstimmung gewesen wegen des Erfolgs, den seine Geschichte gehabt hatte. Er klaubte seine verstreuten Sachen zusammen und ging still in das angrenzende Zimmer, das frei war. Es war so kalt, dass er angekleidet zu Bett ging.

Er war Karans Launen gewohnt und ihr Bedürfnis, allein zu sein; mehr als sie ihrerseits an sein Bedürfnis nach Menschen und ausgelassener Gesellschaft gewöhnt war. Dennoch konnte sie ihm wehtun. Zum Teil kannte er den Grund für ihren Zorn, aber er war unschuldig; sie hatten überhaupt nicht über sie gelacht. Aber so heftig ihre Wut auch war, sie würde bald verraucht sein.

Im Zimmer brannte kein Feuer, und auf dem Bett lag keine warme Steppdecke, nur zwei fadenscheinige Laken. Er wickelte sich hinein und lag hellwach in der kalten Nacht, als ihm plötzlich bewusst wurde, dass er erwartete, irgendetwas würde geschehen. Wind war aufgekommen. Der Fensterladen neben seinem Kopf klapperte ein oder zwei Mal. Das Blatt wendet sich, dachte er und erinnerte sich der Nacht in Tullin vor einem Jahr, als Karan über eine Gedankenverbindung um Hilfe gerufen hatte. Es konnte sich in ebendiesem Zimmer ereignet haben. Ja, es war dasselbe Zimmer: das vierte auf der rechten Seite, am oberen Ende der Treppe. Auch in jener Nacht hatte der Wind an den Fensterläden gerüttelt, obwohl damals erst Regen und dann Schnee gefallen war. Heute Nacht war es nur Schnee.

Das Gespür einer bösen Vorahnung war jetzt sehr stark in Llian, und ein überwältigendes Gefühl eines Déjà-vu. Etwas baute sich auf. War es Rulke oder nur Llians eigener von Schablonen besessener Geist, der aus einem rein zufälligen Zusammentreffen bestimmter Umstände ein Wiedereintreten vergangener Ereignisse machte?

Die Läden klapperten erneut, und einen Augenblick lang sah er sich im Geiste selbst, wie er vor einem Jahr in diesem Zimmer döste. Fast konnte er das träge Knacken des Feuers hören, den Regen auf dem Dach, das zähe Tröpfeln auf der Kaminplatte. Wie naiv war er damals gewesen. Er blickte auf jene Zeit zurück, jenen Llian, erschuf jene Nacht aus seiner perfekten Erinnerung daran, als würde er die Ereignisse für einen Erzählvortrag einstudieren. Er beschwor seine eigene Geistesverfassung wieder herauf, jenen unreifen jungen Mann, der er vor einem Jahr gewesen war, so erfüllt von sich selbst und seinen Heldenphantasien. Die Wirklichkeit war kälter, schmutziger, brutaler und absolut unversöhnlich. Welch ein ausgesprochen eitler Träumer war er doch gewesen. Er döste.

Plötzlich knisterte das Feuer, während es langsam im Kamin erstarb. Ein Regenguss prasselte aufs Dach. Ja, es war so real wie im Jahr zuvor! Und was war dieser rhythmische, auf und ab schwellende Klang in seinem Kopf? Versuchte Karan wieder, eine Verbindung zu ihm herzustellen?

Im angrenzenden Zimmer lag Karan in einem unruhigen Schlaf. Sie träumte, und vielleicht strömte etwas aus Llians Traum vom vergangenen Jahr zu ihr zurück, indem es die Verbindung aufnahm, die sie vor langer Zeit in Shazmak zwischen ihnen geknüpft hatte. Der Druck der Nacht hatte die Verbindung wiedererweckt. Sie träumte sich selbst in Llians verschlungene Geistespfade und war schockiert, dass sie sich selbst allein an jenem kalten Berghang von vor einem Jahr wiederfand, inmitten von Wind und Regen.

Ihr Lager war ein messerscharfer Felsgrat, der rechter Hand jäh abfiel, zur Linken steil nach unten verlief und vor ihr ebenso steil zu dem Plateau und den Ruinen anstieg, die ihr Ziel waren. Während der Mond am Himmel stand, hatte sie das Gefühl gehabt, an einer Turmspitze zu kleben, die das Himmelsgewölbe berührte, eine schwindelnde, ehrfurchtsvolle Empfindung, doch die dichten Wolken deckten das Bild wieder zu, und sie klammerte sich an die Marsstenge eines Segelschiffes im Sturm und wurde in der Dunkelheit mal in die eine, dann in die andere Richtung geworfen.

Nun schwoll der Wind an und blies stärker, als sie es je zuvor erlebt hatte; sie konnte jeden Augenblick vom Felsgrat hinuntergeweht und wie ein Stofffetzen in den Himmel geschleudert werden. Was, wenn die Whelm sie hier aufstöberten? Sie waren nah, doch wie nah?

Mit ihrer unversehrten Hand packte Karan eine lotrechte Klinge aus Schiefergestein. Sie konnte sich hier nicht verteidigen – aufzustehen hätte bedeutet, davongeweht zu werden. Bewegte sich dort unten ein Schatten? Der Mond hatte sich wieder verzogen; der Sturm bombardierte sie mit Graupeln. Ihre Finger waren unförmige, gefrorene Klumpen. Oh, wenn sie doch nur ein Feuer machen könnte! Es fehlte Holz; es fehlte der Mut! Abermals lugte der Mond hervor, und einen Augenblick lang wimmelte das untere Gefälle des Felsens von Schatten. Sogar als der Mond wieder verschwunden war, tanzten sie noch immer vor ihren Augen. Sie rieb sich mit den Handschuhen über das

Gesicht in dem Versuch, sich selbst von den Dämonen zu befreien. Sie war so müde, dass sie im Stehen hätte schlafen können.

Karan bewegte sich im Schlaf, streckte die Hand nach dem Trost von Llians starkem Rücken aus, aber er war nicht da. Wie einsam sie war.

Er war nicht da! War niemals da gewesen; sie war ihm noch nicht einmal begegnet. Sicherlich träumte sie im Wachsein, während sie sich an ihren Felssporn klammerte, eine romantische Einbildung, die auf jemandem beruhte, den sie nur kurz gesehen hatte. Eine magische Geschichte, die bei einem Festival erzählt worden war, ein Erzähler, der mit seiner Geschichte ihr junges Herz ergriffen hatte. Er hatte sie angesehen, während er die Geschichte vortrug, und im Geiste hatte sie gefühlt, dass er direkt zu ihr sprach, dass er sich auf sie allein konzentrierte. Dies war der Traum. Fast konnte sie seine Körperwärme spüren, doch dann riss der kreischende Wind die Empfindung mit sich fort.

Nicht länger mehr konnte sie diesen Gedanken denken, diesen Traum träumen. Ihr war zu kalt, sie war zu verängstigt. Sie durfte sich niemals gestatten, aufzugeben. Wie konnten die Whelm so nah sein? Auf dem Schnee hätte sie sie bereits aus weit über einen Kilometer Entfernung sehen müssen. Es musste sich um Phantome handeln, Sinnestäuschungen, die ihrem gepeinigten Geist entstammten wie schreckliche Wachträume.

Dann, gerade als ihr Mut zurückkehrte, teilten sich die Wolken über ihr, und der Mond schien hell auf ihr bleiches Gesicht herab. Mond? Aber er war zu hoch am Himmel, allzu groß, allzu rot und schwarz. Starrte auch das dunkle Antlitz des Mondes auf sie herab? Nein, eher glich es der riesigen Gestalt mit karmesinroten Augen aus ihren Träumen. Eher glich es Rulke, der sie beobachtete!

Ein Stöhnen entrang sich ihrer Kehle; sie konnte es nicht unterdrücken. Aber sie musste! Karan wusste, wenn sie schrie, würde das Grauen sich verselbständigen, und sie wäre verloren. Sie steckte den Finger in den Mund und biss hinein so fest sie konnte. Schmerz schnitt das Stöhnen ab, und das Auge verschwamm, das Licht verblasste, der Mond verschwand. Dann sah sie aus dem Augenwinkel die Schatten tanzen, und das Grauen, das sich eben erst in die dunklen Winkel des Zimmers verzogen hatte, kehrte stärker zurück denn je zuvor.

Auch Llians Pendel schwang von der Gegenwart in die Vergangenheit. Er träumte weiter, erwachte wieder – in einer Minute in diesem Zimmer im *Jetzt,* in der nächsten im Zimmer vom letzten Jahr im *Damals,* und zugleich irgendwie verbunden mit Karans *Jetzt* und ihren *Damals*-Träumen. Flüchtig erblickte er sie, wie sie sich auf jenem Felsgrat zusammenkauerte, und wusste genau, was sie empfand. Er hatte sich einen Tag später an derselben Stelle festgeklammert, als er ihr zu den Ruinen gefolgt war.

Doch die Augen, die für sie ein Symbol des Schreckens waren, waren ihm vertraut. Plötzlich erinnerte er sich an das, was Rulke ihn hatte vergessen lassen – an ihre Unterhaltung im Nachtland und die rasende Wut, die sie beide darüber verspürt hatten, dass die Historien verfälscht worden waren. Und an Rulkes Angebot: Wissen, das jedem anderen Chronisten verwehrt war. In seinem Zustand zwischen Traum und Wachsein erschien Karans Grauen nunmehr maßlos übertrieben. Warum erkannte sie es nicht? Rulke war ihrer beider Freund. *Er* bedeutete keine Gefahr, nur eine wunderbare Chance. Rulke konnte ihm alles geben, wovon er jemals geträumt hatte, und noch mehr: Dinge, von denen zu träumen er *niemals* fähig gewesen wäre. Und all das fast ohne Gegenleistung.

»Aahhhh!« Der Schrei drang mitten durch die Wand. Es war Karan. Doch als er aufzustehen versuchte, peinigte ihn ein

Schmerz, der sich wie ein Pfahl durch sein Gehirn bohrte. Es war alles zu schwierig. Er legte sich wieder hin. *Karan wird es gut ergehen,* seufzte etwas in seinem Hirn. *Ich werde für dich auf sie Acht geben.*

Karan setzte sich abrupt auf, die Laken glitten von ihren nackten Schultern. Der Biss in ihrem Finger war so schlimm, dass er blutete, aber sie wusste nichts mehr davon, außer dass sie einen furchtbaren Traum gehabt hatte. Sie war jetzt hellwach, oder glaubte zumindest, es zu sein. Die dunkle Vorahnung wurde schrecklicher und eindringlicher. Was machte Llian? Sie hatte die gleiche Empfindung wie bei ihrem Prozess in Shazmak, als sie ihren Traum wieder aus ihm herausgelesen und den Syndikatoren erzählt hatte. Nur, dass sie jetzt *seinen* Traum träumte. Llian träumte eine Lüge und zog sie beide in die Verdammnis hinab.

Sie versuchte aufzustehen, aber es gelang ihr nicht; ob wachend oder schlafend, sie musste diesen Traum durchleben. *Wie ist es hierzu gekommen?*, jammerte der bewusste Bestandteil ihres Geistes, während der Rest von ihr auf jenem windumtosten Felsgrat weilte und den huschenden Schatten und den Wolken zusah, die sich langsam über ihr teilten. Der Mond – das Auge – starrte auf sie herab: kalt, manipulativ, verräterisch. Sie seinem Willen unterwerfend.

Nein, ich will nicht! Doch gleichzeitig reckte ihr anderes Selbst die Hände empor, um das Grauen abzuwehren, nach einem Freund suchend, *schreiend*... Doch nein, das war zu einer anderen Zeit, als die Whelm auf der Jagd nach ihr in die Nähe von Narne gelangt waren und sie die verhängnisvolle Verbindung zu Maigraith hergestellt hatte, die sie alle verriet. Versuchte Rulke, sie abermals zum Aufbau dieser Verbindung zu zwingen?

Llians Traum vom vorigen Jahr begann sich in zwei Teile aufzulösen. Im einen Teil weilte er selbst in seiner Zimmerflucht in Tullin und träumte, er wäre beim Festival und erzählte die größte der Großen Geschichten, die *Geschichte von der Dunkelheit.* Im anderen Teil weilte er mit Karan am Berghang, und sie schrie: »Hilf mir! Hilf mir!« Er streckte langsam die Hand nach ihr aus, und dann noch langsamer, während die Erzählung ihren Höhepunkt erreichte, wo der irrsinnige Shuthdar, von seinen Feinden eingekreist, übermütig auf dem hohen Turm umherhüpft, sie alle verflucht und der Flöte jenen verhängnisvollen Pfeifton entlockt, der die ganze Welt in den Wahnsinn schleudert.

Karan fing den Traum auf, und er griff ihr ans Herz, denn es handelte sich um die Geschichte und um den Erzähler, nach denen sie sich nach dem Abschlusserzählen immer gesehnt hatte. Er brachte die Geschichte zu einem triumphalen Abschluss, und ihr Herz flog ihm entgegen. Und der Traum flog von der *Jetzt*-Karan in Tullin zu der *Damals*-Karan auf dem Felsgrat, und sie schrie vor Verzweiflung und Staunen und Hoffnung: »Hilf mir! Hilf mir!«, und zu ihrer Freude kam die Antwort zurück: »*Wo? Wo?*«

Die *Jetzt*-Karan weinte vor Angst. Dies war weit mehr als ein Traum – sieh nur, wozu es schon einmal geführt hat. Ihre Verbindung zu Maigraith war von Rulke abgefangen und dazu benutzt worden, die Whelm zu ihrer wahren Identität zu erwecken – Ghâshâd – und den Weltenbrand auszulösen. Sie war es gewesen, die jene Büchse geöffnet hatte. Um wie vieles schlimmer würde es jetzt werden, da Rulke frei war? Vor ihrem geistigen Auge konnte sie den *Jetzt*-Llian aufrecht im Bett sitzen und den Arm nach Rulke emporrecken sehen, und ebenso den anderen Llian vom Jahr zuvor, der von Grauen erfüllt nach oben blickte und versuchte, Deckung zu finden. Und sie sah die

Karan vom vergangenen Jahr (die Bilder wiederholten sich und verschwanden und verschmolzen ineinander, als sähe man sie in einem Spiegelpaar), die ihr Gesicht schützend mit den Händen bedeckte. Dies entsprach nicht im Mindesten dem, was sie sich vorgestellt hatte, als sie vor einem Jahr jenen ersten Hilferuf sandte.

Karans Traum blendete in Llians über. Hatte er sich verkauft, oder war er genötigt, übermannt worden? Was auch immer es war, sie musste es jetzt durchbrechen. Falls sie die Verbindung schlau genug nutzte, konnte sie Rulke die Kontrolle vielleicht entreißen. Karan versuchte, sich in Llians Träume hineinzufühlen, doch augenblicklich kehrte sich die ganze Weltsicht von unten nach oben und begann Übelkeit erregend zu kreisen. Ihr Kopf drehte sich, ihre Sicht auf Rulke änderte sich plötzlich. Er war groß und erhaben und weise. Sie sollte ihm folgen. Warum kämpfte sie dagegen an?

Nein! Rulke versuchte, sie über Llian zu *zwingen*, wobei er ihre eigene Verbindung gebrauchte. Karan versuchte, die Verbindung zu kappen, doch diese glich jetzt einem starren Seil, das sie aneinanderknüpfte. Sie konnte die Verbindung nicht unterbrechen! Rulke war bei Weitem zu stark, weitaus stärker, als er im Nachtland gewesen war, denn hier befanden sie sich in der Nähe Shazmaks, wo eine Legion von Ghâshâd darauf wartete, seine Befehle auszuführen. Dann wurde ihr klar, dass sie, falls sie die Verbindung abbrach, zugleich Llian wieder im Stich lassen würde. Sie würde ihre Freiheit mit seiner Seele erkauft haben.

Überhaupt irgendetwas zu tun war schwierig – Rulkes Wille war jetzt absolut übermächtig. *Komm zu mir, komm zu mir!*, schmachtete er, allein schon seine Stimme war die reinste Verführung. *Ich kann dir schenken, was du am meisten begehrst.*

Ich komme, ich komme!, zirpte sie zurück und zwang sich dazu, an nichts anderes zu denken. Wage es nicht, zu denken, oder es wird dich verraten. Doch Karan schaffte es kaum, überhaupt zu denken, denn die Stimme war so überwältigend, dass sie ihr folgen musste, wohin auch immer sie sie führte.

Karan fiel aus dem Bett. Ohne Zeit zu haben, sich anzukleiden, ohne fähig zu sein, an Kleider auch nur zu denken, kämpfte sie sich durch eine Luft voran, die sich so kalt und dick wie Teer anfühlte, ihr einzig möglicher Vorstoß, um dies zu beenden, ehe es zu seinem unausweichlichen, tödlichen Abschluss gelangte.

Sie taumelte zur Tür, schüttelte ihren Kopf in dem Versuch, ihn von dem Traum/den Träumen zu befreien, während die honigsüße Stimme schmachtend über die Verbindung tönte. Als sie mit der Tür kämpfte, waren ihre Gedanken so träge, dass es eine Minute dauerte, bis ihr wieder einfiel, dass sie sie verriegelt hatte. Sie stemmte den Riegel zurück. Der Traum war jetzt überaus furchtbar. Der Llian vom Jahr zuvor und die Karan auf dem Felsgrat, traurige Gespenster des vorigen Jahres, verblassten. Llian kniete wankend in seinem Zimmer und streckte beide Arme aus wie ein verlorener Sohn nach seinem Vater. Die große Gestalt erhob sich von ihrem Steinthron, zu ihren Füßen schimmerten zerbrochene Ketten. Die Luft begann sich träge umzurühren und auf die Zimmermitte zuzuquirlen, wo sie einen Strudel bildete, in dessen Zentrum Llian kniete.

»Nein!«, rief Karan leise, während sie hastig die wenigen Schritte bis zu Llians Tür zurücklegte und darum betete, dass er sie nicht abgesperrt hatte, als er zu Bett gegangen war. Warum sollte er auch? Tullin war als der sicherste Ort in ganz Meldorin erschienen.

Du Närrin! Oh, du dumme, dumme Närrin; du machst genau das, was er will.

Die Tür ging fast von allein auf, und Karan fiel ins Zimmer hinein, stolperte dabei über Llians Habseligkeiten jenseits der Schwelle. Sie kauerte auf dem Boden und hob den Blick. Der Traum und die Realität gingen ineinander über, verschwammen, verlagerten sich dann getrennt voneinander – der Traum war von Karans Standort aus sichtbar, die Realität hingegen so, als sähe Karan sie vom gegenüberliegenden Ende des Zimmers aus.

Ein Ebenbild Rulkes nahm langsam in der Zimmermitte Gestalt an. Sie wusste, dass es nur ein Abbild war, denn es war kein Luftschwall spürbar, wie er jedes Mal bei einer Tordurchquerung entstand, und das Abbild war durchscheinend, flirrte. Llian wirkte entzückt, wie ein Jünger, der davorsteht, das erste der großen Geheimnisse seines Meisters offenbart zu bekommen. Wie konnte sie dem Einhalt gebieten? Die *Damals*-Träume waren beinahe vorbei, gingen in die Realität des *Jetzt* über, hatten ihre Schuldigkeit getan. Was immer Rulke hatte in Bewegung setzen wollen, nahm nun von allein seinen Fortgang. Aber *was* wollte er von Llian?

Die Träume verblassten flackernd, aber der Zwang, der von Llian ausströmte, war so stark wie ehedem. Sie musste ihn brechen, bevor Rulke im Zimmer feste Gestalt annahm, oder er bekäme sie beide. Wie? Unter dem Bett erspähte sie einen alten Nachttopf aus dickem Porzellan, mit dünnen grauen Streifen und einem massiven Henkel. Mit einer einzigen Bewegung schnappte sie ihn und schleuderte ihn gegen Llians Kopf.

Er drehte sich nicht einmal um. Der schwere Gegenstand traf ihn seitlich am Kopf, neben der Schläfe. Erst fasste er sich an den Schädel, dann kippte er langsam um und lag reglos auf dem Laken. Der Topf rollte über die gegenüberliegende Bettseite und zerschellte auf den Dielen. Karan spürte ein grelles Aufblitzen des Schmerzes in ihrem eigenen Kopf und eine Sekunde lang Mitgefühl für Rulkes Pein, als die Verbindung urplötzlich abriss. Das Mitgefühl ärgerte sie. Die Erscheinung verschwand schlagartig.

»Liannnnnn!«, schluchzte sie in dem Glauben, sie hätte ihn getötet.

Llian war totenblass, abgesehen von dem dunklen Bluterguss und einem bogenförmigen Schnitt an der Seite seines Kopfes, wo der Topf ihn getroffen hatte. Der Schnitt blutete ein wenig, doch das hörte bald auf. Plötzlich waren der ganze Zorn, die ganze Verbitterung, all die Gefühle des Betrogenseins verflogen. Er war so sehr benutzt und missbraucht worden wie sie selbst. Wie hätte er denn Rulke widerstehen können? Niemand konnte das. Sie sprang auf das Bett und schloss Llian in die Arme, wiegte seinen kalten Kopf an ihrer Brust. Vielleicht war es besser für ihn, tot zu sein, als das, was er sonst geworden wäre. Vielleicht war es besser so.

Ein Schauder durchfuhr ihn. Sie rutschte im Bett nach unten, zog die Laken um sie beide empor, hielt ihn zärtlich, versuchte, ihn zu wärmen, gleichgültig gegenüber den neugierigen Gesichtern an der Tür. Der Wirt und seine Frau waren gekommen, um nachzuschauen, was der ganze Wirbel zu bedeuten hatte. Offenkundig nur Zoff unter Liebenden, und sie würden am Morgen für die Schäden aufkommen. Die beiden entfernten sich.

Das Zimmer besaß noch immer eine unangenehme Ausstrahlung, eine Präsenz. Karan wagte nicht, ihre Augen zu schließen, aus Angst, das Abbild abermals zu sehen. Falls sie es träumte, würde das sicherlich *ihm* wieder Zugang gewähren.

Sie musste Llian hier rausschaffen. Karan konnte ihn geradeso anheben, wobei seine Füße nachschleiften. Sie wankte den Flur entlang, wälzte Llian auf ihr Bett und wickelte ihn in die Decken.

Llian lag die ganze Nacht über da, reglos wie der Tod und ebenso kalt. Das Zimmer war dunkel, doch wagte Karan nicht, ihn zu verlassen, und sei es nur, um die Laterne anzuzünden. Sie zog ihn zu sich heran, bettete seinen Kopf zwischen ihre Brüste, schenkte ihm die Wärme ihres Körpers. Geistesabwesend liebkoste sie ihn und bewegte sich nur, wenn sie die verkrampfte Haltung nicht mehr aushielt. Sie hatte zu viel Angst vor ihren Träumen, um zu schlafen. Rulke ging um mitsamt seinem Konstrukt und hatte Llian überwältigt. Sie war ganz allein, sechzig Meilen von jeder möglichen Hilfe entfernt. Die Gemeinschaft war auseinandergerissen und über die Erde verstreut; falls ihnen überhaupt zu trauen war.

Sie musste sich jemandem anvertrauen, doch wenn sie das tat, überantwortete sie Llian dem fast sicheren Tod. Es gab keine Lösung.

Irgendwann nach der Morgendämmerung, als ein trübes Licht durch die Fensterläden ins Zimmer sickerte, ging Llians Bewusstlosigkeit in einen tiefen, ruhigen Schlaf über. Sein Atem ging ein wenig gleichmäßiger und auch kräftiger. Endlich ließ sie los.

Karan schlief ebenfalls.

Glossar der Namen, Orte und Begriffe

Aachan: Eine der Drei Welten; die Welt der Aachim und, nach ihrer Eroberung, der Charon.

Aachim: Die Menschenart, die Aachan ursprünglich besiedelte und von den Charon unterworfen wurde. Die Aachim sind klug, große Kunsthandwerker und Ingenieure, aber auch melancholisch und gekennzeichnet von einem Hang zur Überheblichkeit. Nach ihrer Umsiedlung auf die Welt Santhenar erlebten die Aachim eine Blütezeit, wurden jedoch im Kataklysmus verraten und zum Niedergang verurteilt. Sie zogen sich aus der Welt in ihre gewaltigen Festungsstädte in den Bergen zurück.

Alcifer: Die letzte und größte von Rulkes Städten, entworfen von Pitlis dem Aachim.

Almadin: Ein trockenes Land, von Thurkad aus jenseits des Meeres gelegen.

Altmenschen: Die ursprünglich auf Santhenar beheimatete Menschenart und die bei Weitem zahlreichste.

Asper: Ein Heiler der Aachim aus Tensors Gefolgschaft.

Bannador: Ein langgestrecktes, schmales und hügeliges Land an der Westgrenze von Iagador. Karans Heimat.

Basitor: Ein verbitterter Aachim, der die Plünderung Shazmaks überlebt hat.

Berenet: Einst der Zweite Stellvertreter Mendarks, nun ein Gefolgsmann Thyllans.

Bibliothek der Historien, die: Die berühmte Bibliothek des Kollegiums der Historien in Chanthed.

Blase: Ein Aachim aus Tensors Gefolgschaft.

Booreah Ngurle: Der brennende Berg oder Feuerberg, ein Vulkan in den Wäldern östlich von Almadin. Die Charon unterhielten dort einst eine Festung.

Calliat: Eine antike Philosophin und Mystikerin. Siehe auch: **Chrighm, die Neunundvierzig**.

Chanthed: Eine Stadt im nördlichen Meldorin, in den Gebirgsausläufern gelegen. Hier hat das Kollegium der Historien seinen Sitz.

Chard: Eine Art Tee.

Charon: Eine der vier Menschenarten, das Herrenvolk auf der Welt Aachan. Sie flohen aus der Leere, um den Aachim Aachan zu entreißen. Ihren Namen haben sie von einem eisigen kleinen Trabanten am äußersten Rand der Leere abgeleitet. Sie besitzen seltsame Augen, indigoblau oder karmesinrot, manchmal auch beides zugleich, je nach den Lichtverhältnissen.

Chrighm der Calliat, die Neunundvierzig: Eine Reihe miteinander verknüpfter Rätsel und Paradoxa, die so vertrackt sind, dass tausenddreihundert Jahre nach Calliats Tod nur eines gelöst ist. Maigraith hat in letzter Zeit viele weitere gelöst.

Chronist: Ein Historiker. Ausgebildet und geprüft in der Kunst und der Wissenschaft, die Historien aufzuzeichnen und zu überliefern.

Crandor: Ein reiches tropisches Land an der nordwestlichen Grenze von Lauralin; Tallias Heimat.

Direktor von Chanthed, der: Gegenwärtig Wistan; der Direktor des Kollegiums der Historien ist zugleich das ernannte Oberhaupt von Chanthed.

Dolodha: Ein Botenmädchen; eine von Yggurs Dienerinnen.

Drei Welten, die: Santhenar, Aachan und Tallallame.

Düsternis: Siehe ***Geschichte von der Düsternis, Die***.

Elienor: Eine große Heldin der Aachim aus jenen Tagen, als die Charon auf Aachan einfielen.

Emmant: Ein Halb-Aachim, Bibliothekar in Shazmak, der ein ungezügeltes, wollüstiges Verlangen nach Karan entwickelte und sie angriff. Sie tötete ihn in Thurkad.

Erzähler: Jemand, der das rituelle Erzählen der Geschichten beherrscht, die Teil der Historien von Santhenar sind.

Faelamor: Anführerin der Menschenart der Faellem, die kurz nach Rulke nach Santhenar kamen, um über die Charon zu wachen und das Gleichgewicht zwischen den Welten zu wahren; Maigraiths Lehnsherrin.

Faellem: Die Menschenart, die die Welt Tallallame bewohnt. Es handelt sich um kleine, gestrenge Menschen, denen es verboten ist, Maschinen oder gar magische Geräte zu benutzen, die jedoch Meister der Maske und der Illusion sind. Faelamors Schar saß dank der Düsternis auf Santh fest; seither suchen sie unablässig nach einem Weg, der sie wieder nach Hause bringt.

Festival von Chanthed, das: Eine jährlich stattfindende Festveranstaltung, die zur Herbstzeit in Chanthed ausgerichtet wird und bei der die Meister und Schüler des Kollegiums die Historien vortragen.

Fiz Gorgo: Eine Festungsstadt in Orist, in alter Zeit geflutet und jetzt wieder aufgebaut; Yggurs Feste.

Flöte; auch **goldene Flöte, die:** Eine in Aachan auf Rulkes Geheiß hin von dem genialen Schmied Shuthdar verfertigte Apparatur. Anschließend von Shuthdar gestohlen und nach Santhenar zurückgebracht. Wenn sie von einem Empfindsamen benutzt wird, vermag sie den Weg zwischen den Welten zu öffnen. Sie wurde zurzeit der Düsternis von Shuthdar zerstört.

Fyrn: Der Familienname Karans von Bannador, mütterlicherseits.

Galliad: Karans Vater, ein Halb-Aachim. Er wurde umgebracht, als Karan noch ein Kind war.

Gannel: Ein Fluss, der in der Nähe von Chanthed entspringt und durch die Berge bis nach Ganhafen fließt, wo er ins Meer mündet.

Geächtete Experimente, die: Magische Handlungen, die ersonnen wurden, um einen Fehler in der Düsternis ausfindig zu machen, der dazu dienen könnte, Rulke für immer zu verbannen. Äußerst riskant aufgrund der Gefahr, dass Rulke Kontrolle über den Ausführenden erlangt.

Geheime Kunst, die: Der Gebrauch magischer oder zauberischer Kräfte (Wirken). Eine Kunst, die nur sehr wenige beherrschen, und auch das nur nach eingehender Übung. Beachtliche Wirker sind Mendark, Yggur, Maigraith, Rulke, Tensor und Faelamor, obwohl jeder von ihnen andere Stärken und Schwächen darin aufweist. Tallia besitzt einiges Geschick darin, hat aber noch zu wenig Übung.

Gellon: Eine Frucht, die wie eine Mischung aus Mango und Pfirsich schmeckt.

***Geschichte von der Düsternis, Die*:** Die Größte aller Großen Geschichten. Sie erzählt von der endgültigen Zerstörung der Flöte durch Shuthdar vor mehr als dreitausend Jahren und wie die Düsternis Santhenar von den übrigen zwei Welten abschnitt.

Ghâshâd: Die uralten Todfeinde der Aachim. Sie wurden von Rulke verdorben und schworen ihm vor zweitausend Jahren Gefolgschaft, nachdem die Zain den Aufstand geprobt hatten. Doch als Rulke tausend Jahre später ins Nachtland verbannt wurde, vergaßen sie ihre Bestimmung und nahmen einen neuen Namen an: Whelm. Von Rulke mittels Karans geistiger Verbindung zu Maigraith neu erweckt, wurden sie wieder zu Ghâshâd und plünderten kurz vor dem Konklave Shazmak.

Gothryme: Karans verarmtes Landgut in der Nähe von Tolryme in Bannador.

Grint: Eine Kupfermünze von geringem Wert.

Große Bibliothek, die: Gegründet in Zile von den Zain zur Zeit des Imperiums von Zur. Die Bibliothek wurde geplündert, als die Zain ins Exil getrieben wurden, doch bald darauf neu gegründet. Ihr gegenwärtiger Bibliothekar ist Nadiril der Weise.

Große Geschichten: Die größten Geschichten innerhalb der Historien von Santhenar; nach altem Brauch auf dem Festival von Chanthed und bei wichtigen feierlichen Anlässen auf ganz Santhenar vorgetragen. Eine Geschichte kann nur durch den einstimmigen Beschluss der Meisterchronisten zur Großen Geschichte erklärt werden. Innerhalb von viertausend Jahren sind überhaupt nur zweiundzwanzig Große Geschichten entstanden.

Große Projekt, das: Der Versuch des Rates, eine Methode zu finden, um die Charon für immer aus Santh zu verbannen.

Große Täuscher, der: Rulke

Großes Konklave: siehe **Konklave, das**.

Havissard: Yalkaras aufgegebene Feste in der Nähe von Tar Gaarn. Havissard steht unter dem Schutz eines machtvollen Zaubers und wurde seit Yalkaras Fortgang vor dreihundert Jahren nicht mehr betreten.

Heimatlose, die: Penders drittes Boot, unter dem Namen *Schwarzer Opal* einstmals ein zur Fahndung ausgeschriebenes Schmugglerfahrzeug.

Hennia: Eine Zain. Sie gehörte dem Rat von Iagador an.

Hintis: Ein Aachim, der in Katazza umkam. Ein Freund Basitors.

Historien, die: Die gewaltige Sammlung von Aufzeichnungen, die mehr als viertausend Jahre erzählter Geschichte auf Santhenar wiedergeben. Die Historien bestehen aus geschichtlichen Dokumenten, aufgeschrieben oder bewahrt von den Chronisten, wie auch aus den Erzählungen, Liedern, Legenden und Sagen der Völker von Santhenar und der Einwanderer aus anderen Welten, die von den Erzählern vorgetragen werden. Die Kultur von Santhenar ist untrennbar mit den Historien verwoben, und der allergrößte Wunsch, den ein Mensch nur hegen kann, besteht darin, in ihnen erwähnt zu werden.

Hlune: Das schlaksige Volk, das die Kaistadt von Thurkad und sämtlichen Seehandel dort beherrscht.

Hornrass: Ein unüberwindbarer Abgrund, der die Meere von Thurkad und Qwale mit dem Meer der Trockenheit verbindet. Eine unvorstellbare Sturzflut schießt dort hindurch und ergießt sich über die Trihorn Fälle in das Meer der Trockenheit, um in dieser dürren Wüstenei spurlos zu versickern. Der Hornrass wurde einstmals von der prachtvollen Regenbogenbrücke der Aachim überspannt.

Hulings Turm: Der Ort, wo Shuthdar die goldene Flöte zerstörte.

Hythe: Der Mittwintertag, der vierte Tag der Endre, der Mittwinterwoche. Ein Tag der bösen Omen.

Iagador: Das Land, das zwischen den Bergen und dem Meer von Thurkad liegt.

Idlis: Einstmals der Niederste der Whelm, zugleich ein Heiler und lange Zeit der Jäger Karans und des Spiegels. Er wurde zum Ghâshâd und ging nach Shazmak.

Jepperand: Eine Provinz an der Westflanke der Berge von Crandor. Heimat der Zain und Llians Geburtsort.

Kalender: Ein Jahr auf Santhenar umfasst etwa 395,7 Tage und enthält zwölf Monate, deren jeder dreißig Tage hat.

Kandor: Einer der drei Charon, die nach Santhenar kamen. Er wurde einige Zeit nach dem Ende des Kataklysmus umgebracht, der einzige auf Santh umgekommene Charon.

Karan, Karan von Bannador: Eine Frau aus dem Hause Fyrn, in deren Adern jedoch seitens ihres Vaters, Galliads, das Blut der Aachim fließt und mütterlicherseits das der Altmenschen und der Faellem. Das macht sie zur Triune. Sie ist auch eine Empfindsame und lebt auf Gothryme. Karan half Maigraith dabei, den Spiegel aus Fiz Gorgo zu entwenden, entkam und versuchte, ihn Faelamor zu bringen. Seitdem wurde sie ununterbrochen gejagt.

Kataklysmus: Eine Folge von Kriegen zwischen den Charon und den Aachim, die vor etwa eintausendfünfhundert Jahren begannen und zur fast völligen Verwüstung Santhenars führten.

Katazza: Eine Festungsstadt, in uralter Zeit von Kandor erbaut. Sie entstand auf dem Gipfel eines Vulkans auf der Insel Katazza und war die Hauptstadt von Kandors Reich Perion, ehe die Perionische See zum Meer der Trockenheit wurde. Nach Kandors Tod wurde Katazza aufgegeben.

Klacker: Eine Art Flusskrebs.

Kollegium der Historien, das: Das älteste der Kollegien zur Ausbildung derer, die Chronisten oder Erzähler der Historien werden wollen, oder auch nur niedere Barden oder Königssänger. Es wurde kurz nach der Zeit der Düsternis in Chanthed eingerichtet.

Konklave, das: Eine Zusammenkunft, die in Thurkad zur Überwindung einer Krise abgehalten wird. Es wird von den »Gerechten« geleitet, einer ausgewählten Gruppe von Richterinnen und Richtern oder ranghohen Würdenträgern. Das bislang letzte Konklave wurde einberufen, um den Besitzanspruch auf den Spiegel zu klären, doch Tensor setzte einen Machtzauber ein, warf die Anwesenden nieder und entwendete ihn.

Konstrukt: Eine Maschine, die zumindest teilweise von der Geheimen Kunst betrieben wird.

Lar: Eine in Thurkad gebräuchliche Ehrenbezeichnung.

Lauralin: Der Kontinent, der östlich des Meeres von Thurkad liegt.

Leere, die: Die Räume zwischen den Drei Welten. Ein darwinistischer Ort, wo das Leben grausamer und weniger wert ist als irgendwo sonst. Die Leere wimmelt von Leben, das so exotisch ist wie nur irgend denkbar, da dort nichts überleben kann, ohne sich ständig neu zu erschaffen.

Lichtkugel: Ein aus Kristall und Metall gefertigtes Instrument, das Licht spendet, wenn man es berührt.

Lilis: Ein Straßenkind, das sich in Thurkad als Führerin verdingt. Ihr Vater Jevi wurde verschleppt und zum Matrosendienst auf einem Schiff gezwungen.

Llian: Ein Zain aus Jepperand. Ein Meisterchronist und Erzähler der Großen Geschichten. Ein hervorragender Student der Historien.

Machtzauber: Ein übermächtiger, den Geist brechender Zauber, der von den Aachim als Waffe gegen die Charon entwickelt wurde und gegen jeden wirksam ist, ausgenommen jene Zain, die Rulkes Gabe besitzen.

Magister: Ein Wirker und Vorsitzender des Rates. Mendark war tausend Jahre lang Magister, abgesehen von einer kurzen Zeitspanne, als Thyllan ihn widerrechtlich abgesetzt hatte. Nach dem Konklave entkam er aus Thurkad nach Zile, von wo aus er seine Gemeinschaft nach Katazza führte.

Maigraith: Eine Waise, die von Faelamor für einen unbekannten Zweck großgezogen und ausgebildet wurde. Sie ist eine Meisterin der Geheimen Kunst. Nach dem Konklave wurde sie Yggurs Geliebte, obgleich die Verbindung nicht gänzlich von Erfolg gekrönt war.

Malien: Eine Aachim; Raels Mutter; einst Gemahlin Tensors. Nach Tensors Aufstand in Katazza übernahm sie die Führerschaft über die Aachim.

Meer von Thurkad, das: Das langgezogene Meer, das Meldorin vom Kontinent Lauralin trennt.

Meisterchronist: Jemand, der das Studium der Historien

gemeistert und die Abschlussprüfung des Kollegiums mit den höchsten Auszeichnungen bestanden hat.

Meldorin: Die große Insel, die unmittelbar westlich des Meeres von Thurkad und des Kontinents Lauralin liegt.

Mendark: Magister des Rates von Iagador bis zu seiner Absetzung durch Thyllan. Ein mächtiger und raffinierter Wirker, wenngleich in letzter Zeit beunruhigt durch den Aufstieg seines langjährigen Feindes Yggur.

Menschenarten: Es gibt vier klar unterscheidbare Menschenarten: die Aachim von Aachan, die Faellem von Tallallame, die Altmenschen von Santhenar und die Charon, die aus der Leere kamen. Mit Ausnahme der Altmenschen können sie alle überaus langlebig sein. Verbindungen zwischen den verschiedenen Arten bringen selten Nachwuchs hervor. Siehe **Mischling**.

Mischling: Spross einer Vereinigung zweier der vier verschiedenen Menschenarten. Mischlinge kommen selten vor und sind häufig geistesgestört, können jedoch über bemerkenswerte Talente verfügen.

Mond: Der Mond umkreist Santhenar ein Mal innerhalb von dreißig Tagen. Allerdings ist eine Seite (das dunkle Antlitz) durch Vulkantätigkeit rot und schwarz gefleckt; und weil der Mond sich weit langsamer um die eigene Achse dreht, als er um Santhenar kreist, ist die dunkle Seite Santhenar nur alle zwei Monate voll zugewandt. Das fällt nur selten mit einer Vollmondphase zusammen, doch wenn dies geschieht, gilt es als böses Vorzeichen.

Nachtland: Ein Ort fernab der wirklichen Welt, an dem Rulke gefangen gehalten wurde. Rulke hatte versucht, die Macht seines Stadt-Konstruktes Alcifer zu gebrauchen, um die Düsternis zu durchbrechen, doch scheiterte dies. Der Rat wandte die Geächteten Experimente an, um Rulke in eine Blase zu zwingen, erschaffen aus der Außenhaut der Düsternis, die dann in sich zusammenfiel und den unentrinnbaren Kerker des Nachtlandes bildete. In Katazza erschuf Tensor ein Tor ins Nachtland, um Rulke daraus hervorzuzerren und Rache an ihm zu üben, erreichte aber nur, dass Rulke freikam.

Nachwehen: Eine Übelkeit, die Menschen befällt, nachdem sie Gebrauch von der Geheimen Kunst gemacht haben oder in der Nähe weilten, während eine andere Person eine derartige Kraft anwandte. Oft reicht es schon, ein angeborenes Talent eingesetzt zu haben. Empfindsame sind besonders anfällig dafür.

Nadiril: Der Leiter der Großen Bibliothek und Mitglied des Rates. Nadiril nahm Lilis als Lehrling an, nachdem sie mit Mendark und Tallia nach Zile gekommen war.

Narne: Eine Hafenstadt am schiffbaren Seitenarm des Garr.

Orist: Ein Land voller Sümpfe und Wälder an der südwestlichen Grenze Meldorins. Hier liegt Yggurs Festungsstadt Fiz Gorgo.

Osseion: Der Hauptmann von Mendarks Leibwache, ein großer dunkler Mann, der Mendark bei der Flucht aus Thurkad half und ihn nach Katazza begleitete.

Pender: Ein meisterlicher Seemann, der Karan und Llian von Narne nach Sith und später nach Thurkad beförderte. Nach dem Konklave half er Karan und Shand bei der Flucht aus Thurkad und wurde anschließend von Mendark in Dienst genommen.

Perion, das Reich von: Kandors Reich, das zusammenbrach, als die Perionische See austrocknete.

Pitlis: Ein bedeutender Aachim aus ferner Vergangenheit, durch dessen Torheit die große Stadt Tar Gaarn an Rulke verraten und die Macht der Aachim gebrochen wurde. Der Architekt, der Tar Gaarn und Alcifer entwarf. Von Rulke erschlagen.

Portal: siehe **Tor**.

Prinzip der Übertragung, das: Eines der Prinzipien der

Geheimen Kunst, demzufolge Objekte, die einmal miteinander in Verbindung standen, sich auch nach der Trennung gegenseitig beeinflussen.

Rachis: Karans Gutsverwalter auf Gothryme.

Rael: Ein Aachim und Vetter zweiten Grades von Karan, Sohn von Malien und Tensor. Er ertrank, als er Karan bei der Flucht aus Shazmak half.

Rat, der; auch **Rat von Iagador**, **Rat von Santhenar**, **Großer Rat**, **Hoher Rat**: Ein Zusammenschluss der Mächtigen. Gemeinsam mit den Aachim erschuf der Rat das Nachtland und setzte Rulke dort gefangen. Danach diente er zweierlei Zwecken – der Fortführung des Großen Projekts und der ständigen Bewachung Rulkes.

Rula: Vorgängerin Mendarks in der Stellung des Magisters. Sie wurde als die größte aller Magister angesehen.

Rulke: Ein Charon von Aachan. Er lockte Shuthdar nach Aachan, damit dieser dort die goldene Flöte erschuf, womit alles Ungemach seinen Anfang nahm. Nach dem Kataklysmus wurde er im Nachtland gefangen gesetzt, bis eine Methode gefunden wäre, ihn zurück nach Aachan zu verbannen. Als Tensor ein Tor zum Nachtland öffnete, wurde Rulke in die Lage versetzt, zu entkommen.

Rulkes Gabe; auch **Rulkes Fluch:** Das Wissen, das Rulke den Zain schenkte und das ihre Widerstandkraft gegen den geistbrechenden Machtzauber der Aachim stärkte. Sie hinterließ Stigmata, die sie als Zain kenntlich machten.

Santhenar, Santh: Die unbedeutendste der Drei Welten, Heimat der Altmenschen.

Selial: Eine Aachim, Oberhaupt der Syndikatoren in Shazmak, die nach der Erstürmung der Stadt entkam und Tensor nach Katazza begleitete, aber nie darüber hinwegkam, dass sie nicht in der Lage war, ihn unter Kontrolle zu halten.

Sendung, Senden: Eine Botschaft – Gedanken oder Empfindungen –, die auf geistigem Wege verschickt und empfangen wird.

Shalah: Eine junge Aachim, Zwillingsschwester von Xarah.

Shand: Ein alter Mann, der im Gasthof von Tullin arbeitet und mehr ist, als er zu sein scheint. Ein Freund von Karans verstorbenem Vater, rettete Shand Karan beim Konklave, schmuggelte sie aus Thurkad heraus und begleitete sie während der ganzen langen und gefährlichen Reise nach Katazza.

Shazmak: Die vergessene Stadt der Aachim in den Bergen westlich von Bannador. Sie wurde von den Ghâshâd eingenommen, nachdem diese aus ihrem langjährigen Dasein als Whelm erweckt worden waren.

Shuthdar: Ein Altmensch von Santhenar, der Schöpfer der goldenen Flöte. Nachdem er die Flöte und sich selbst vernichtet hatte, kam die Düsternis herab und verschloss den Weg zwischen den Welten.

Siftah: Eine Fischereistadt an der nordöstlichen Küste von Meldorin.

Sith: Eine freie Stadt und Handelsnation, errichtet auf einer Insel im Flusse Garr, im südlichen Iagador.

Skeet: Ein Botenvogel, grau oder blaugrau. Groß, hässlich und übellaunig.

Spanne: Längenmaß. Entspricht der Weite der ausgestreckten Arme eines großen Mannes. Ungefähr sechs Fuß oder etwas weniger als zwei Meter.

Spiegel von Aachan, der: Ein Instrument, das von den Aachim auf Aachan gefertigt wurde, um weit entfernte Dinge sehen zu können. Auf Santhenar wandelte er sich und verfälschte die Wirklichkeit, woraufhin die Aachim ihn verborgen hielten. Der Spiegel entwickelte auch ein Gedächtnis und bewahrte Abbilder der Dinge, die er gesehen hatte. Nachdem Yalkara ihn gestohlen hatte, benutzte sie den Spiegel, um eine Verwerfung in der Düsternis ausfindig zu machen und so zurück nach Aachan zu fliehen. Nach dem Konklave stahl Tensor ihn, brachte ihn nach Katazza und entdeckte in ihm das Geheimnis der Erschaffung von Toren.

Stassor: Eine Stadt der Aachim im Osten Lauralins.

Stimme, die: Die Fähigkeit großer Erzähler, in ihren Zuhörern durch ihre bloße Wortmacht jede beliebige Empfindung auszulösen.

Syndikatoren, die: Der regierende Rat der Aachim, manchmal auch in der Funktion einer Gerichtskammer. Niemand vermag sie als Richter bei einer offiziellen Gerichtsverhandlung zu belügen.

Tafel des Berechners, die: Ein halbmythischer Schlüssel zu dem geheimen Manuskript der Charon.

Talent: Eine angeborene Geschicklichkeit oder Gabe, gewöhnlich verfeinert durch ausgiebige Übung.

Tallallame: Eine der Drei Welten, die Welt der Faellem. Eine schöne, gebirgige Welt voller Wälder.

Tallia bel Soon: Mendarks erste Stellvertreterin. Sie ist eine Wirkerin und Meisterin der Kampfkunst mit und ohne Waffen. Tallia stammt aus Crandor.

Tar oder **Silbertar:** Eine Silbermünze, die in Meldorin sehr gebräuchlich ist. Ausreichend, um eine Familie mehrere Wochen lang zu ernähren.

Tar Gaarn: Wichtigste Stadt der Aachim zur Zeit des Kataklysmus; von Rulke geschliffen.

Tell: Eine Goldmünze im Gegenwert von zwanzig Silbertar.

Tensor: Anführer der Aachim. Er betrachtete es als seine Bestimmung, die Aachim wieder zu ihrer alten Größe zu führen und zu guter Letzt ihre Rache an Rulke zu vollziehen, der sie verriet und zu Fall brachte.

Tess, Tessariel: Besitzerin eines großen Fischerbootes, die von Ganhafen aus den Bamundi-Schwärmen nachstellt. Sie half

Shand und Karan, über das Meer von Thurkad aus Ganhafen zu entkommen.

Thandiwe: Eine Schülerin am Kollegium von Chanthed und Freundin Llians.

Thel: Eine von Tensors Aachim.

Thripsi: Eine gebirgige Küstenregion an der nordöstlichen Spitze von Meldorin, vor allem für ihren Fischfang bekannt.

Thurkad: Eine uralte, einwohnerreiche Stadt am Fluss Saboth und dem Meer von Thurkad, bekannt für ihren Reichtum wie für ihre Verderbtheit. Sitz des Rates und seines Magisters.

Thyllan: Kriegsherr aus Iagador und Mitglied des Rates. Er intrigierte gegen Mendark und stürzte ihn kurzzeitig vom Magisterstuhl, doch nachdem Yggur die Stadt eingenommen hatte, zog er sich übers Meer zurück, um eine Armee auszuheben.

Tor: Ein Gebilde, das der Geheimen Kunst untersteht und das Menschen erlaubt, augenblicklich von einem Ort zum anderen zu reisen. Auch Portal genannt.

Torgsted: Einer von Mendarks Gardisten. Ein gut gelaunter, zuverlässiger Bursche, der sich bereiterklärte, Verrat an Mendark vorzutäuschen und in den Dienst Thyllans zu treten, um ihn auszuspionieren.

Trazpar: Ein Destillierapparat, der mit Sonnenkraft arbeitet.

Triune: Ein zweifacher Mischling – einer, in dessen Adern das Blut aller drei Welten und dreier verschiedener Menschenarten fließt. Triunen sind äußerst selten und fast immer unfruchtbar. Sie können über bemerkenswerte Fähigkeiten verfügen. Karan ist eine Triune.

Tullin: Ein kleines Dorf in den Bergen südlich von Chanthed. Shand lebt hier.

Vanhe: Marschall Vanhe, einer von Yggurs Offizieren mittleren Ranges, der nach dem Tode sämtlicher Generälen Yggurs gezwungen war, den Oberbefehl zu übernehmen.

Vartila: Anführerin einer Whelmschar. Sie blieb eine Whelm und diente Yggur weiter, nachdem die meisten ihresgleichen wieder zu Ghâshâd geworden waren.

Verbindung, Herstellen einer Verbindung: Eine geistige Verknüpfung, mittels derer Personen Gedanken und Empfindungen miteinander teilen und einander Hilfe leisten können; manchmal auch eingesetzt, um Herrschaft über eine Person zu erlangen.

Verdrehte Spiegel, der: Der Spiegel von Aachan, gefertigt in Aachan und an Tensor übergeben, der ihn mit sich nach Santhenar schmuggelte. Wie alle Gegenstände, die von einer Welt zur anderen überführt werden, wandelte er sich und wurde verräterisch. Der »verdrehte« Spiegel genannt, weil er nicht immer die Wahrheit zeigt.

Versammlung, die: Die Marionettenregierung von Thurkad, beherrscht einerseits vom Magister und andererseits vom Stadtkommandanten.

Weg zwischen den Welten, der: Die geheimen, ewig im Wandel begriffenen, ätherischen Pfade, die den schwierigen Übergang von einer Welt zur anderen ermöglichen. Sie wurden von der Düsternis versperrt.

Whelm: Yggurs Diener; seine Schreckensgarde. Siehe auch: **Ghâshâd**.

Wirker: Ein Zauberer oder Hexer; ein Meister der Geheimen Kunst.

Wistan: Der vierundsiebzigste Direktor des Kollegiums der Historien und von Chanthed.

Xarah: Eine junge Aachim, Zwillingsschwester von Shalah.

Yalkara: Die Dämonenkönigin, die Herrin der Täuschung. Die letzte der drei Charon, die nach Santhenar kamen, um die Flöte aufzufinden und sie nach Aachan zurückzubringen. Sie nahm den Spiegel an sich und benutzte ihn, um eine Verwerfung in der Düsternis zu entdecken, dann floh sie aus Santh, wobei sie den Spiegel zurückließ.

Yetchah: Eine junge Whelm, die Llian von Chanthed nach Tullin jagte.

Yggur: Ein großer und mächtiger Wirker und eingeschworener Feind Mendarks. Einst ein Mitglied des Rates, hat er sich in Fiz Gorgo niedergelassen. Nachdem Karan den Spiegel gestohlen hatte, überrannten seine Armeen den größten Teil Süd-Meldorins und eroberten Thurkad. Er und Maigraith wurden Geliebte. Yggur hasst und fürchtet Rulke seit jener Zeit, da Rulke, ehe er im Nachtland gefangen gesetzt wurde, von ihm Besitz ergriffen hatte.

Zain: Ein Volk von Gelehrten, das einst in Zile beheimatet war und die Große Bibliothek gründete. Sie schlossen einen Pakt mit Rulke und wurden nach seinem Fall größtenteils niedergemacht, die Überlebenden ins Exil getrieben. Sie leben in Jepperand und gehen keinerlei Bündnisse mehr ein.

Zareth der Hlune: Einer von Yggurs Stellvertretern, den Shand mit Krakengift unschädlich machte, um zu verhindern, dass Karan in Tess' Fischerboot entdeckt wurde.

Zitadelle, die: Der Palast des Magisters in Thurkad, ein gewaltiges, festungsartiges Bauwerk von barocker Extravaganz.

Zwang, Zwingbann: Eine Spielart der Geheimen Kunst; eine Methode, jemanden zu nötigen, etwas gegen den eigenen Willen zu tun.

»Senstationelle epische Fantasy!
DIE GABE ... ist erfüllt vom Geist Tolkiens.«

KIRKUS REVIEWS

Alison Croggon
DIE GABE
Roman
496 Seiten
ISBN 978-3-404-28514-3

Maerad ist eine Sklavin in einer kleinen, unwirtlichen Siedlung. Hier lebt sie schon, seit ihre Familie im Krieg ums Leben gekommen ist. Über ihre Herkunft weiß sie nicht viel. Als eines Tages ein geheimnisvoller Fremder in die Siedlung kommt, ändert sich Maerads Leben für immer. Der Mann bietet ihr an, sie zu befreien, und das nicht ohne Grund. Maerad weiß nicht, dass eine mächtige Gabe in ihr schlummert und dass ihr Name in einer schrecklichen Prophezeiung erwähnt ist. Sie tritt eine gefährliche Reise an, einem unbeschreiblichen, namenlosen Grauen entgegen ...

Bastei Lübbe Taschenbuch